KB044325

탈출기

▲ 서해 최학송(1901~1932).

▲ 서른 무렵 서해의 모습. 사진 왼쪽으로부터 최서해, 부인 박분려, 화가 이승만.

▼ 대표작 〈탈출기〉를 썼던 양주의 봉선사 전경. 서해는 춘원 이광수의 주선으로 이곳에서 3개월 동안 머물렀다. 원 위는 부인 박분려, 원 아래는 활발히 작품 활동을 하던 하던 26세 무렵의 서해.

▲ 서해는 1924년 단편 〈고국〉이 《조선문단》에 추천되어 등단했다. 사진은 〈고국〉의 첫 장.

▲ 첫 작품집 《혈흔》, 두번째 작품집 《홍염》, 데뷔작이 실린 《조선문단》의 표지(윗줄 왼쪽부터 시계방향으로).

▲ 동료 문인들과 함께. 윗줄 왼쪽 두번째부터 김동인·서해·김동환.

한국문학대표작선집 25

탈출기 외

최서해

종합
출판 문학사상

개인과 사회의 관계에 천착한 작가
—최서해의 생애와 문학 재조명

곽근(문학평론가 · 동국대 교수)

서해에 대한 이해와 오해

최서해(1901～1932)는 1924년 단편 〈토혈〉〈고국〉으로 등단하여 1931년 장편 《호외시대》까지, 치열한 작가정신으로 자신의 작품 영역을 개척해 나간 작가다. 그는 한국 근대문학 초창기 대부분의 작가들처럼 시 · 소설 · 수필 · 평론 등에 걸쳐 장르의 범위를 넓혀나갔다. 그 결과 소설 60편, 수필 37편, 평론 15편, 그 외 몇 편의 시와 잡문을 남겼다.

그에 대한 문단의 반응은, 생존시에는 장차 기대해도 좋을 작가로 주목하였고, 작고한 후에는 수 년 간 인물평이 중심이 되었으며, 그 후 점차 본격적인 논의가 이루어졌다. 한국 근대문학사에서 김동인 · 염상섭 · 현진건 · 나도향 등과 함께 그가 동렬에 설 수 있었던 것도 활발한 논의의 결과일 것이다. 그에 대한 연구는 지금도 계속되고 있으며, 앞으로도 지속될 것이다. 그렇다면 그의 무엇이 그토록 우리의 흥미를 끄는 것일까. 그는 과연 끊임없이 연구할 만한 작가인가.

실상 지금까지의 연구물은 그의 많은 작품을 논외로 하거나, 논자 자신의 선입견을 앞세워 무리한 논리를 전개한 경우가 허다하다. 어떤 계열 혹은 하나의 특징만을 확대·과장하여 해석한 경우도 많다. 따라서 이들의 논지는 자주 침소봉대針小棒大되거나 왜곡되고 진실에서 일탈한 느낌을 준다. 어느 작가든지 마찬가지겠지만 특히 서해의 경우, 그의 문학적 진실은 전 작품을 대상으로 선입견을 버리고 고찰해야만 밝혀낼 수 있다. 다시 말해 작품을 총체적으로 고구考究하여 그 본질이나 특질을 파악해야만, 비로소 그의 문학사적 위치는 정당하게 자리매김될 수 있다는 말이다.

서해 문학의 주제적 특질

서해가 작품 활동을 본격적으로 시작한 1920년대 초반은, 현실적으로 일제의 억압과 수탈로 자유가 박탈되고 궁핍이 극심해져 간 암울한 시기였다. 사상적으로는 3·1운동의 실패로 꿈과 희망이 좌절된 채, 민족주의·사회주의·무정부주의·공산주의 등의 유입으로 상당히 혼란스러운 상태였다. 당시 대부분의 작가들은 불안과 절망 속에 감상적이고 퇴폐적인 분위기에 젖어 사소한 개인의 문제에 연연하고 있었다. 그들은 일본 유학생으로 선진 문화를 접하였고, 어느 정도 여유로운 가정환경으로 인해 식민지적 현실을 절실하게 체득하지 못하였다.

이들에 비해 서해는 특이한 존재였다. 유학은커녕 국내의 중학교 교육도 받지 못하였다. 일찍이 간도를 6~7년 동안 유랑하며 처절한 빈궁 속에서 온갖 고통을 겪었다. 귀국 후에는 문인으로서 잡지사나 신문사 등에 취직은 했다지만 여전히 궁핍을 벗어나지 못하였다. 이러한 체험은 서해로 하여금 당시의 일반적인 소설 경향과는 색다른 작품을 창작하게 하였다.

사실 빈곤은 어느 사회, 어느 시대에나 인간 삶의 한 조건이겠지만, 서해는 이의 근본적 원인을 가중되고 있는 일제의 약탈에서 찾았다. 물론 당대의 작가들, 예컨대 나도향·현진건·염상섭 등도 빈궁의 현실을 괴로워하고 가슴 아파한 것은 틀림없고, 박영희·김기진 등도 빈궁을 도외시하지 않은 것은 사실이다. 그러나 전자는 관찰자나 관조자의 입장에서 인식하였고, 후자는 지나치게 관념적이고 도식적으로 파악하였다. 이들에 비해 빈궁을 몸소 절실하게 체험한 서해는 누구보다도 사실적이고 객관적으로 이를 형상화할 수 있었다. 때문에 당시 현실의 실체를 드러내는 서해 소설은 단연 이채로울 수밖에 없었고, 문단 안팎에서 공감과 호응을 얻을 수 있었다.

여타의 작가들이 개인의 문제에 안주할 때, 개인과 사회를 함께 파악한 것은 괄목할 만한 일이다. 이로써 비로소 서해의 빈궁 문학이 의미를 갖는다. 즉 서해 문학이 가치가 있는 것은 빈궁을 작품화해서가 아니라, 빈궁을 통해서 일제하의 참담한 사회적 현실을 사실적으로 전해 주었기 때문이다. 이를 간과한 채 단지 빈곤 체험 자체만을 문제삼는다면, 서해의 문학적 진실은 상당히 훼손되고 마는 것이다. 간도를 배경으로 한 작품들과 〈백금〉〈이역원혼〉〈큰물 진 뒤〉〈폭군〉〈설날 밤〉〈전아사〉〈무서운 인상〉〈담요〉 등이 여기에 해당한다.

물론 체험 소설이라고 하여 보고 형식으로 그의 경험을 그대로 보여준 것만은 아니다. 그 경험은 상상력으로 굴절된 것이다. 체험이 바탕된 것으로 알려진 작품들도 정작 체험과는 무관한 것이 많다. 〈홍염〉을 서해가 간도에서 중국인에게 억압당한 경험의 소산처럼 말하고 있지만, 실은 서해의 장모가 멀리 떠나보낸 딸을 만나 보지도 못한 채 임종한 사실을 근거로 창작한 것이다. 〈그믐밤〉 역시 체험과는 상관없이 어머니의 고담古談 비슷한 이야기를 근거로 순전히 창작한 것임을 그는 강조한다. 이와 관련하여 서해는 '사실을 근거로 하면 그 사실이 주는 압력 때문에 더 노력이 들고, 그렇기에 공상을 위주로 하며 사실 3 공상 7분 주의'로 소설을 쓴다고(〈홍염〉과 〈탈출기〉) 고백한 적이 있다.

서해에게는 빈궁 외에 특기할 만한 체험으로 간도 유랑이 있다. 간도는 우리에게 오래 전부터 낯설지 않은 곳이다. 1920년대에는 이미 수십만의 조선인이 이주해 있었다. 그래도 작가들에게 별다른 관심의 대상이 되지 못하였다. 서해는 간도 유랑의 체험을 바탕으로 그곳을 자신의 소설 배경으로 정했다. 고국에서의 처참한 생활에 하는 수 없이 내몰려 이곳으로 이주한 노동자·농민을 주로 주인공으로 하였다. 이들은 일본인에 의해 농지가 약탈되어 소작마저도 힘들어지자 살길을 찾아 떠난 것이었다.

그러나 간도 역시 고국 못지않게 살벌한 곳이다. 중국인에게 당하는 고통은 말할 것도 없고, 비참한 생활을 모면할 수 있는 어떠한 방법도 발견할 수 없다. 이들의 고통의 근원은 그러므로 일제 침략에 있음을 암시한다. 서해는 여기서 방황하고 유랑하는 인물들의 모습을 통하여 조국을 상실한 민족의 비참함과 암울함을 보여준다. 그 참담함을 극대화하기 위해서는 겨울이나 밤, 홍수, 피폐한 농촌, 험악한 골짜기 등을 배치한다. 따라서 간도를 배경으로 한 작품들은 한국소설의 무대를 확대시키고 간도 유랑 문학의 한 유형을 보여준 것으로 매우 의의있다고 하겠다. 〈토혈〉〈고국〉〈탈출기〉〈십삼 원〉〈박돌의 죽음〉〈기아와 살육〉〈홍염〉〈만두〉〈향수〉〈돌아가는 날〉〈해돋이〉〈폭풍우 시대〉 등 주로 전기작前期作이 여기에 해당한다.

빈궁 소설이나 간도 유랑 소설 등 체험이 밑바탕된 작품에는 횡포와 억압의 주체에 강력히 저항하는 인물들이 등장한다. 이들은 이미 지적

한 것처럼 대개가 노동자·농민 등 하층민이다. 서해처럼 극한적인 궁핍 상태에 처해 있고, 그 원인이 사회의 구조적 모순에 기인한다고 생각한다.

이런 인물을 통해 서해는 현실을 고발하거나 폭로하는 차원에만 머물지 않고, 압박받는 민족의 설움과 함께 그들의 저항감을 보여주려 하였다. 이를 카프파 작가들은 대환영하면서 서해를 자기들의 진영으로 끌어들이려 하였다. 서해가 무산계급의 고통을 대변하고 그들의 해방을 위해 유산계급에 적극적으로 반항하는 주인공을 설정한 것으로 믿었다. 이론만 난무하고 작품이 뒷받침해 주지 못하는 처지에서, 서해가 그 임무를 감당할 수 있는 적격자라고 판단했다. 그러나 서해의 작중인물들의 저항은 계급 타파를 위한 것이 아니라, 압박과 착취에 대해 살아남기 위한 몸부림이었다.

지금까지 서해 문학의 특질을 체험, 빈궁, 간도 유랑(이민), 저항의 측면에서 그 실체를 개략적으로 살펴보았다. 이들은 서로 연계되어 있어 개별적으로 논할 성질이 아님을 알 수 있다. 즉 서해는 자신의 빈곤한 생활과 간도 유랑 체험을 근간으로, 우리 민족의 궁핍한 현실과 유리표박할 수밖에 없는 처지를 작품화했으며, 주인공들을 통해 그러한 상황에 타협하거나 굴복하지 않고 적극적으로 저항하려는 민족감정을 보여주었다. 이러한 그의 체험 소설이 논픽션이나 사소설적 범주를 넘어설 수 있었던 것은, 자신이 경험한 고통이나 아픔이 자신만의 것이 아닌 전 민족적인 문제이고, 그 원인이 자신으로부터 연유한 것이 아니고 당시의 현실로부터 야기되었음을 보여주었기 때문이다.

서해 문학의 문체·기법적 특질

이상에서 살펴본 것이 서해 소설의 전부는 아니다. 궁핍을 다루지 않은 작품(〈보석반지〉〈해돋이〉〈쥐 죽인 뒤〉〈부부〉〈그믐밤〉〈금붕어〉〈갈등〉〈누이동생을 따라〉〈동대문〉〈물벼락〉〈폭풍우 시대〉)도 있고, 인물의 저항이 보이지 않는 작품(〈십삼 원〉〈오원 칠십오 전〉〈팔 개월〉〈낙백불우〉〈같은 길을 밟는 사람들〉〈인정〉〈저류〉〈먼동이 틀 때〉〈미치광이〉《호외시대》)도 있다. 도저히 체험의 소산이라고 볼 수 없는 것도 있고, 간도가 아닌 국내를 배경으로 한 것도 있다. 국내를 배경으로 한 작품 중에도 설화를 변용한 작품(〈매월〉〈저류〉)이 있는가 하면, 애정소설의 범주에 드는 것(〈보석반지〉〈동대문〉〈젊은 시절의 로맨스〉)도 있다.

이 소설들은, 가령 〈해돋이〉가 '3 · 1운동의 체험과 그 연장으로서 간도에서의 독립투쟁의 모습'을 그리고, 《호외시대》가 '당시의 민족자본의 몰락'을 보여주는 등 각각의 특색이 있지만, 다음과 같이 그 특징을 요약할 수 있다. 즉 주인공이 대부분 잡지사 기자나 문인 등 직업을 가진 소시민이다. 이들은 현실의 부조리와 모순을 인식하고 있지만, 이를 변혁시킬 수 없음을 알고 소극적으로 일관한다. 그래서 그러한 자신을 되돌아보고 고민하고 갈등한다.

이런 특징을 이유로 이 작품들이 가치가 없다거나 무의미하다고는 할 수 없다. 주인공들의 진지한 자아반성은 현실에 응전할 예비적 단계이거나, 새로운 방법론의 모색일 수도 있기 때문이다. 이처럼 해석에 따라서는 가치 있고 유익함에도 불구하고 아쉽게도 이 계열의 작품들은 아직까지 제대로 조명받지 못하였다.

한편, 서해의 소설을 역사적 · 사회적 측면에서 높이 평가하면서도 미학적 측면에는 아쉬움을 나타내는 논자들이 의외로 많다. 서술만 있고 묘사가 없다느니, 자신의 체험을 생경하게 노출시켰을 뿐이지 재구성에 실패했다느니, 역사적 가치는 있으나 예술적 가치는 없다느니 하는 논조들이 곧 그것이다.

대표적인 카프 문인인 북한의 문학평론가인 안함광은 《최서해론》(1956)에서 서해 소설의 언어적 특징으로 ①모든 언어를 시각적 형상으로 통일시킴 ②기성적인 판박이 언어들을 극력 배격함 ③언어와 개념은 운동·몸짓·형상의 감촉을 주고 있으며 육체적인 움직임에 신호를 주는 심리적 운동을 내포함 ④자연 묘사와 세태 묘사에 개성화된 언어 사용 ⑤문장에는 사람의 호흡과 시대의 맥박이 있음 ⑥독자적인 문체 사용 ⑦고대소설을 통해 언어의 인민성과 미학적 기능을 체득함 등을 들었다. 찬사로 일관한 과장된 논리임에는 틀림없지만, 서해의 소설적 언어가 훌륭히 기능하고 있음은 전해 주고 있다.

　이 정도의 찬사나 과장은 없었지만 서해의 문체는 박진감과 약동성으로 당시 문단의 주목거리였다. '글자가 펄덕펄덕 뛰는 듯한 묘사' '꼼꼼하게 다듬지 않고 거칠은 자연묘사나 다이내믹한 서술' '영감이 나는 생동하는 문맥' '강냉이 조밥을 강다짐하는 맛' '고추송이를 날대로 드립다 문 듯한 감' 이라는 증언들이 이것을 확인시켜 준다. 백철도 "그(서해, 필자주)의 문장은 실지 체험을 바탕으로 한 때문인지 영감이 나는 생동하는 문맥이 큰 특색으로 되어 있고, 일상적인 말을 문학적인 용어로 바꿔쓰는 데도 대담한 시도를 보였다"(《문학사상》26호, 240쪽)고 긍정적으로 평가했다. 서해가 비록 주제 표출이나 구성에는 다소 소홀했다고 하더라도, 문체나 기법에 대해서만은 유달리 집착했음을 말해 준다.

　우리는 그의 작품에 구사된 다채로운 문체나 기법에서 그 예를 얼마든지 발견할 수 있다. 먼저 불[火]과 피[血]라는 자극적이고 원색적인 이미지를 조성하는 단어의 활용을 들 수 있다. 이들은 생생한 현장감과 현실감을 느끼게 해준다. 거의 모든 작품에서 보여지는 울음과 눈물의 문체로는 인간의 따뜻한 정을 유감없이 묘사한다. 불과 피, 울음과 눈물은 지배적인 톤tone으로써 서해 소설의 특질을 이룬다. 의성어·의태어를 자주, 그리고 적절히 사용하여 문장에 생동감도 부여한다. 인물들로 하여금 신분과 지역에 맞게 표준어와 사투리를 구사하도록 하여 효과를 더하기도 한다.

의식몽롱한 혼수상태의 장면이나 비몽사몽의 상태를 환상 장면으로 처리하여 삽입하기도 한다. 인물들이 처한 절박한 상황을 부각시키기 위한 기법으로 의도적으로 자주 이용했던 것 같다. 이것은 체험소설의 한계성을 뛰어넘고 작품의 평면성에 입체감을 더한다. 아마도 문학수업 시기에 감명받은 신소설이나 이광수·김동인의 작품에서 영향받은 듯하다. 이러한 문체와 기법들은 예술적 장치로 기능하여 작품의 극적 효과를 높이는 데 기여하고 있다.

한국문학사에서 서해의 의미

남북통일이 가까워졌다는 기대감과 함께 쏟아져 들어온 북한의 문학사류나 근대문학 자료에서도 서해는 예외 없이 거론되고 있다. 8·15광복 후 북한에서는 서해에 대해 사회제도와 일제 및 자본주의에 적극적으로 부정하고 반항한 작가라는 데 대체로 견해를 일치한다.

혁명문학이나 투쟁문학을 산출한 작가로 추켜세우거나, 전문적 예술가로서 훌륭한 자질과 기량이 갖추어졌다고 높이 평가하기도 한다. 동시에 사회주의적 이상을 쟁취할 방법론이 부재하다고 비판한다. 비판적 사실주의의 작품이 대부분이지만 〈탈출기〉를 비롯한 몇몇 작품은 사회주의적 사실주의의 맹아를 보이거나 그 초기 작품에 해당한다고 주장하기도 한다. 이러한 논지는 이데올로기를 중시한 편향성이 엿보이나, 엄정한 통일문학사를 위해서는 외면할 수만도 없을 것이다.

서해 소설을 옥석玉石으로 분류할 때 혹시 돌[石]도 많이 있을는지 모른다. 완결짓지 않은 작품들, 수필과 유사하거나 별 내용 없는 짤막한 소품들, 이따금 생경하게 주제가 노출되는 작품들, 짜임새가 엉성한 작품들이 없지 않기 때문이다.

그러나 이러한 작품들을 제외한 문제작만으로도 서해는 한국문학사에 뚜렷이 존재할 작가임에 틀림없다. 그는 소위 유탕遊蕩문학이 성행할 때 개인과 사회의 관계를 인식하고 소설 속에서 이를 형상화하였다. 식민지하의 민족의 참상을 그의 독특한 체험을 바탕으로 진술하게 그려내어 민족의식을 일깨워주었다. 우리 국어와 문학에서 습득한 문체와 기법도 적절히 활용하여 작품의 미학적 측면에도 결코 소홀하지 않았다.

서해 이후 비로소 우리 소설은 개인과 사회의 관계를 주목하고, 이 문제의 천착을 진지한 덕목으로 삼았다. 1970년대와 1980년대를 거치면서 민족문학이나 민중문학의 연원을 서해에게서 찾으려는 이유도 여기에 있다. 서해의 이러한 작가적 면모가 꾸준히 우리의 시선을 끌고, 그의 작품을 재독·삼독하게 하는지 모른다. 이 때문에 한때의 유행작가였다는 일부 논자들을 비웃기라도 하듯, 지금까지도 그에 대한 글들은 계속 씌어지고 있다. 그는 비록 혜성처럼 나타났다 사라졌지만, 그에 대한 열기는 이처럼 여전히 식지 않고 지속되고 있는 것이다.

그에 대한 관심은 남북한만의 것이 아니다. 일본과 러시아에까지 뻗쳐 있다. 이에 걸맞게 제대로 된 연구가 절실히 요구된다. 우선은 서해의 연보를 바르게 정리하는 것부터 시작하여, 기존의 연구 성과를 진지하게 검토하고, 그의 전 작품을 대상으로 단편적이고 부분적이 아닌 총체적인 고찰이 이루어져야 할 것이다.

차 례

일러두기

1. 맞춤법과 띄어쓰기는 현대어 표기법에 준해 고쳐놓았으나, 방언의 경우 작가의 뜻을 살려 원본 그대로 두었다.
2. 의미를 알기 어려운 단어의 경우 찾아보기를 통해 독자의 이해를 편리하도록 했다.

토 혈

토혈

2월의 북극에는 아직 봄빛이 오지 않았다. 오늘도 눈이 오려는지 회색 구름은 온 하늘에 그득하였다.

'워질령'을 스쳐오는 바람은 몹시 차다.

벌써 낮이 기울었다. 나는 가까스로 지고 온 나뭇짐을 진 채로 마루 앞에 펄썩 주저앉았다. 뼈가 저리도록 찬 일기건마는 이마에서 구슬땀이 흐르고 전신은 후끈후끈하다. 이제는 집에 다 왔거니 한즉 나뭇짐 벗을 용기도 나지 않는다.

나는 여태까지 곱게 먹고 곱게 자랐다. 정신상으로는 다소의 고통을 받았다 하더라도 육체의 괴로운 동작은 못 하였다. 그런데 나는 형제도 없고 자매도 없다. 아버지는 아직 강보에 있을 때에 멀리 해외로 가신 것이 지금까지 소식이 없다. 그러니 나는 이때까지 어머니 덕으로 길리었다. 어머니는 내가 외아들이라 하여 쥐면 꺼질까 불면 날까 하여 금지옥엽같이 귀여워하셨다. 또 어머니는 여장부라 할 만치 수완이 민활하여 그리 큰 돈은 못 모았어도 생활은 그리 궁졸치 않았다. 그래 한잎 두잎 모아서 맛있는 것과 고운 것으로 나를 입히고 먹였다.

나는 이렇게 평안하게 부자유가 없이 자라났다. 이리하여 나뭇짐 지는 것도 시방 처음이다. 지금 입은 이 남루한 옷은, 이전에는 보기만 하였어도 나는 소스라쳤을 것이다.

금일 우리 집 운명은 나에게 달렸다. 여러 식구가 굶고 먹기는 나의 활동에 있다. 어머니는 늙었다. 백발이 성성하시다. 민활하던 그 수완도 따라서 쇠미하였다. 나는 처도 있다. 금년에 3세 되는 어린 딸 몽주도 있다. 그런데 나의 처는 병석에서 신음한 지가 벌써 한 달이 넘었다.

그러나 나는 이때까지 직업을 얻지 못하였다. 생소한 이곳에서 도와주는 이조차 없다. 내 생활은 곤궁하다. 나를 사랑하여 별별 고생을 다 하시고 길러주신 어머니를 내가 벌게 된 오늘날에 이르러 차디찬 그 조밥이나마 배부르도록 대접지 못한다. 더욱 병석에서 신음하는 나의 처, 냉돌에 홑이불 덮고 누워 있는 그에게 약 한첩 따뜻이 못 먹였다.

소위 우리 집의 가장이라는 나는—아무 수입 없는 나는— 헐벗고 못 먹고 신음하는 어머니와 처자를 볼 때나 생각할 때마다 부끄럽고 쓰려서 차마 머리를 들지 못한다. 그러나 그렇다고 그네들은 조금도 불평한 기색을 보이지 않는다.

내가 마루 앞에 나뭇짐 놓는 소리를 듣고 몽주가 뚫어진 문구멍으로 내다보더니 "아빠" 하고 부른다. 그리고 반가운 듯이 문을 탁탁 친다. 머루알 같이 까만 눈—그 귀여운 웃음을 띤 어글어글한 눈이 창구멍으로 보인다. 그 모양을 보는 나는 잠깐 온갖 괴로움과 설움을 다 잊었다. 알지 못할 아름다운 사랑을 느꼈다. 이때에 어머니가 부엌문을 열고 내다보신다. 흐르는 광음을 증명하는 늙은 낯에는 모든 괴로움과 근심의 암운暗雲이 돌았다. 그것을 보는 내 마음은 칼로 쪽쪽 찢는 듯하였다.

"인제야 오니…… 배고프겠구나."

어머니는 괴로운 웃음을 지으시면서 말씀하신다.

"관계찮아요. 아침을 많이 먹었더니……"

나는 가장 쾌활스럽게, 괴롭지 않은 듯이 대답하였다. 그러나 실상인

즉 배가 고팠다. 나는 나뭇짐을 벗었다. 땀이 밴 의복에서는 몸을 움직일 때마다 시치한 땀 냄새가 코를 찌른다. 나는 꽁무니에 질렀던 낫을 뽑으면서 부엌에 들어섰다.

양기가 잘 들지 않는 방이요, 바깥날이 흐렸고 벽이며 창이 연기에 그을어서 어둑하고 우울한 실내의 공기는 십분 불쾌하였다. 나는 서양 소설에서 읽은 비밀 지하실을 상상하였다.

몽주는 방긋방긋 웃으면서 바지를 잡아끈다. 똥똥하던 낯이 가죽만 남아 파랗게 된 처는 부뚜막에 고요히 누웠다가 쌍꺼풀진 눈을 힘없이 떠서 나를 보더니 다시 스르르 감는다. 미미한 호흡은 괴로운 듯이 급하다. 나는 창 곁에 몽주를 안고 앉았다. 어머니는 병처病妻의 곁에 앉았다. 몽주는 나의 '조끼' 단추도 만져보며 호주머니에서 종이조각을 끄집어 내었다가는 도로 넣었다가는 도로 끄집어내면서 나를 보고 방긋 웃는다. 죄 없는 그는 늘 웃으나, 나는 가슴이 뿌듯하였다. 치마 하나도 없어서 차디찬 냉방에서 온 겨울 아랫도리를 벗고 지내는 어린 몽주를 볼 때마다 나는 눈물이 솟았다. 아아, 과연 내가 남의 아비 노릇할 자격을 가졌는가? 나는 가슴이 답답하였다. 목구멍에서 연기가 팽팽 돈다. 소리를 크게 쳐서 통곡을 하고 싶다. 나는 그만 몽주를 어머니에게 보내고 목침을 베고 누웠다. 눈을 꼭 감았다. 배가 아프다. 나는 수 년 되는 복통이 지금까지 낫지 않았다. 그러나 나는 아픈 모양을 보이지 않았다. 악독한 마귀가 염염한 화염을 우리 집으로 향하여 뿜는다. 집은 탄다. 잘 탄다. 우리 식구도 그 속에서 타 죽는다. 나는 몸살을 치며 눈을 번쩍 떴다. 그것은 한 환상이었다. 나는 다시 눈을 감았다. 마음이 진정되지 않는다. 머리맡에 있는 오랜 신문을 집어 들고 읽어보았다. 그러나 그것도 의식 없이 읽었다. 온갖 생각이 뒤숭숭한 나의 머리로는 이해할 수 없었다. 나는 그 신문으로 낯을 가리고 눈을 감았다. 처의 신음소리가 점점 높아진다. 모두 죽었으면 시원하겠다고 나는 생각하여 보았다. 어머니도 죽고, 처도 죽고, 몽주도 죽고…… 만일 그렇다하면 그 모든 시체를 땅에 넣고 돌아서는 나는 어찌될까? 자국자국에 괴는 원한의 혈루血淚가 나의 일생을 흐리게 할까? 모든 짐을 벗었으니 자유롭게 활동할까? 아— 아니다. 그네들도 사람이다. 생을 아끼는 인간이다. 그네의 그 생명도 우주에 관련된 생명이다. 내가 내 생을 위한다면, 그네들도 나와 같이 생을 아낄 것이다. 그네들도 인류로서의 권리가 있다. 왜? 죽어. 왜? 죽으라 해! 나는 부지불식 간에 주먹을 부르쥐었다.

"여보." 새어 내리는 소리로 처가 부른다.

"왜? 그리우……" 나는 벌떡 일어나면서 낯을 찌푸리고 귀치 않은 듯이 대답하였다. 그러나 나는 처가 미워서 그런 것은 아니었다. 내 짜증에 그런 것이다.

처는 나의 거친 대답을 듣고 나의 불평스러운 낯을 물끄러미 보더니 그만 눈을 감는다. 감은 그 눈에서는 소리 없는 눈물이 흐른다. 내 간장은 천 갈피 만 갈래로 찢어졌다. 내가 왜 짜증을 내었누? 병구완도 바로 못하는 그를 내가 왜 마음이나 편하게 못 해주나! 나는 후회와 측은한 감정이 감정에 넘치었다.

나는 처의 곁으로 가서 그의 팔을 주물렀다. 그의 사지는 온통 뒤틀리고 줄어붙는다. 또 풍증이 이는 것이다. 그는 퍽 괴로운 모양이다. 그 이마에서는 진땀이 빠직빠직 돋는다. 호흡은 급하였다. 이제는 죽는고나 하고 나는 속으로 말하였다. 나는 "여보" 하고 불렀다. 그는 혀가 굳어서 대답은 못하고 눈을 번쩍 떴다가 다시 감는다. 그 두 눈에는 혈조血潮가 빨갛게 올랐다. 처의 다리를 주무르던 어머니는 흑흑 느껴 우신다.

"너를 죽이는고나! 너를…… 약 한첩 바로 못쓰고 너를 죽이는고나…… 죽 한술 따뜻이 못 먹고 죽는고나."

24

어머니는 한탄하신다. 철없는 몽주는 "엄마 엄마" 하면서 젖 먹으려고 인사불성의 어미 가슴에 기어오른다. 나는 그만 눈물이 쏟아졌다. 어쩌면 좋을까?……

"얘, 의원을 보이고 약이나 좀 써보았으면 원이나 없겠구나! 어디 좀 가서 사정이나 하여보아라."

어머니는 울음 절반으로 말씀하신다. 나는 아무 말 없이 일어섰다.

날은 벌써 저물었다. 이집 저집에서는 저녁연기가 솟는다. 바람은 점점 차진다.

나는 의원을 불러왔다. 뱃심 좋은 의원을 제발 사정하여 불러왔다. 의원은 처음 맥을 보더니, "병은 대단 위중한걸요. 그러나 고치지요" 한다. 나는 마음이 좀 누긋하였다. 어머니도 반가운 듯이, "그러면 어서 고쳐주시오. 죽지나 않겠소" 하신다.

"네…… 죽기야 하겠소마는……" 하면서 의원은 주저한다. 그의 안색은 이상하게 빛났다. 나는 또 무슨 일이 있는가 하여, "그런데 어찌 어려운 일이 있습니까?" 하고 물었다.

"아니 별 어려운 일이 아니라 시방 양반들은 병이 나으면 자기 덕이라는걸……" 하면서 쓱 돌아앉아 배를 툭인다. 어머니는 어느 결에 준비한 것인지 그의 앞에 술상을 가져다놓았다. 벌써 의원의 눈치를 챈 나는 술을 잔에 부어 의원에게 권하면서, "허허, 그럴 리야 있겠습니까?" 하였다.

의원은 술을 마시고 수염을 씻으면서, "그러면 우리 계약합시다" 한다. 나는 공연히 가슴이 울렁울렁하였다.

"계약은 어떻게?" 나는 물었다.

"저 병을 지금 당장에 고칠게 백 원을 주겠소?" 그 소리는 의기양양하게 명령적이었다. 나는 그 말대답하기에 주저하였다. 과연 내가 백 원을 낼 힘이 있는가 의심하였다. 백 원을 못 낸다 하면 처는—나의 사랑하는 처는—나를 위하여 온갖 풍상을 다 겪은 처는 죽는다. 세상이 이리도 야속하냐? 고 나는 생각하였다. 이때에 어머니는, "백 원……드리지요. 사람만 살려주시오" 하신다.

"정말?" 하고 의원은 다진다.

"참말이지요." 어머니는 대답하였다.

"자— 우리 그러면 계약서를 씁시다."

"허허, 말하면 그만이지요. 계약서 없다고 변하겠습니까. 살려만 주시면 그 은혜는 참말……" 하고 피상적 대답을 하는 나는 도리어 그를 반항하려는 악감이 일어났다. 망할 자식, 내 처 병만 고쳐놓으면 백 원은 고사하고 백 리도 못 먹으리라 하는 감정이 나의 눈을 붉혔다. 의원은 동침으로 병자의 사지를 놓는다. 나는 처의 손을 꼭 잡았다. 침을 다 놓은 의원은 '가미서경탕' 이라는 처방을 써준다. 과연 그 의원의 묘술은 놀랄 만하다. 처의 병은 좀 돌렸다. 사지가 노근하여졌다. 호흡도 안정하였다. 의원은 가장 큰 승리나 얻은 듯이 만족한 웃음을 지으면서, "그러면 그렇지…… 아니 나을 리야 있겠소. 그런데 약속이나 잊지 마시오. 나는 가오" 하면서 일어섰다.

의원이 간 뒤에 나는 약국으로 갔다. 나는 약국 문 앞에서 여러 번 주저거리다가 그만 결심하고 방으로 들어갔다. 약 냄새가 코를 찌른다. 나는 처방을 내어놓았다. 거만스럽게 앉은 약국 주인은 처방을 보더니 "돈 가지고 왔소" 하고 산판을 집어 약값을 놓는다. 나는 그 약국 주인이 하느님같이 높이 보였다. 그러나 아니꼬운 감정도 솟았다.

"돈을 못 가지고 왔습니다. 내일 드리지요" 하고 나는 공손히 대답하였다.

"그러면 못 짓겠소" 하고 처방을 도로 준다.

"병이 급하니 좀 지어주시오." 나는 애원하였다.

"흥 그런 잔소리 쓸 데 있소? 돈만 가지고 오오" 하고 그는 일어나 뒤울안으로 나갔다. 나는 눈물이 앞을 가리고 맥이 풀려서 어쩔 줄 몰랐다. 분하기도 하였다.

나는 집으로 돌아왔다. 날은 이미 황혼이 되었다. 어둑한 방 안 공기는 쓸쓸하다. 처는 그저 부뚜막에 누웠다.

"어디 갔다 오시우." 처는 묻는다. 나는 그저 "응?" 하였다. 그러나 나는 무슨 의미로 응, 하였는지 모르겠다. 다만 그 응 소리는 비분과 원한의 응결된 소리였다. 나는 그 밖에는 무엇이라고 대답할 수가 없었다. 차마 약 지으러 갔다가 빈손으로 돌아왔다고는 말이 나오지 않는다.

"좀 어떠오." 나는 힘없이 물었다.

"좀 관계치 않소" 하면서 그는 몸을 강잉하여 일어앉았다. 나는 벽에 달아놓은 어유등에 불을 켰다. 빤한 불빛은 방 안을 비치었다. 그런데 어머니는 어디로 나가셨는지 아니 계시다. 처더러 물으니, "글쎄 아까 당신이 가신 후에 곧 나가셨는데 지금까지 돌아오시지 않았소" 하고 불안한 듯이 대답한다. 나는 어머니 오시지 않는 것이 공연히 마음에 케였다.

뚫어진 창구멍으로 유입하는 야기夜氣는 몹시 차다.

몽주는 어미 곁에서 삭삭 자고 있다. 네 팔자도 기박하지 왜 내게 태어나서 배를 곯느냐 하고 나는 몽주를 보면서 생각하였다. 참 가슴이 쓰리다. 나는 몽주의 연한 뺨을 만져보았다.

"그 손구락은 왜 동였소." 처는 나의 왼손 둘째손가락 동인 것을 보고 의심스러운 눈으로 묻는다. 나는 천연스럽게, "낮에 다쳐서" 말하였다. 그는 "낮에" 하고 아무 말도 없다.

나는 "응" 하면서 내 손을 보았다. 내 손일망정 나는 새삼스럽게 놀랐다. 분길 같은 이 손이 이렇게 될 줄은 몰랐었다.

이때에 밖에서 나를 찾는 사람이 있다. 따라서 여러 사람의 떠드는 소리가 들린다.

"아, 저 저런 끔찍한 일……" 하는 여자의 음성도 들렸다. 나는 눈이 둥글하였다. 웬일인지 가슴이 덜컥 내려앉으면서 어머니 생각부터 난다. 나는 밖으로 뛰어나갔다. 나를 찾던 자는 이웃에 있는 이였다. 그는 나를 보더니 "저리 나가보오" 침착스럽게 말한다. 누구인지 희미한 어둠 속으로 무엇을 등에 업고 온다. 나는 그리로 뛰어갔다. 아! 이것이 웬일이냐? 등에 업힌 것은 우리 어머니였다. 나는 어머니의 차디찬 손을 잡고 "어머니" 소리를 질렀다. 벌써 정신 잃은 어머니는 아무 소리도 없다. 나는 오장이 짜깃짜깃 미어지는 듯이 바싹바싹 조였다. "어머니." 나는 또 불렀다. 그러나 어머니는 여전히 말씀이 없다. 조그마한 보에 무얼 싼 것을 들고 쫓아오던 김은, "여보, 어서 방에 들여다 뉩시다" 말한다.

어머니를 방에다 뉘였다. 작년 가을에 입은—땟물이 까만— 그 옷은 검붉은 피에 적시어졌다. 낮이며 다리에는 피가 흐른다. 나는 어머니의 스린 손을 붙잡고 안았다. 어머니는 그저 정신을 차리지 못하셨다. 호흡은 미미한 대로 좀 있다.

앉기도 하고 서기도 한 여러 사람은 분분히 떠든다.

"대관절 어쩐 일이오" 하고 나는 물었다. 김의 대답은 이러하였다.

김이 오늘 저녁에 수남촌에 갔다가 돌아오는데 큰물 다리 모퉁이 중국집 근처에 이르니 개가 몹시 짖었다. 그런데 누가 "사람 살려주오" 외치는 소리가 요란히 짖는 개 소리에 섞여서 들렸다. 김은 뛰어가 본즉 그것은 우리 어머니였다. 어머니는 개에게 물리면서도 무엇인지 보에 싼 것을 꼭 안았다. 그래 그 개를 쫓고, 김과 함께 오던 이가 어머니를 업고, 김은 그 보에 싼 것을 들고 왔다.

"그 보에 싼 것이 무엇인가?" 이가 묻는다. 김은 보를 풀었다. 불과 이삼 되의 '좁쌀'이었다. 어머니는 쌀 얻으려 수남에 간 것이었구나. 저녁 먹을 쌀 얻으려 자기 머리의 다리를 풀어가지고 갔었구나!

처는 운다. 앓던 그는 소리쳐 운다. 떠드는 바람에 자던 몽주도 깨었다. 몽주는 어머니에게 와 보더니 두 손으로 어머니의 머리를 들면서 "이—차 이—차" 일어나라는 뜻을 말한다. 그러나 어머니는 잠잠하시다. 몽주는 운다. 누가 어머니를 위하여 물 한술 끓여주는 이가 없다.

나는 눈물도 흐르지 않았다. 울음도 나오지 않았다. 가슴이 답답하고 울화가 일어났다. 닥치는 대로 쳐부수고 막 미쳐 뛰고 싶다. 나는 정신이 갑자기 아찔하면서 숨이 꽉 막힌다. 목구멍으로 나오는 비린 냄새가 코를 찌른다. 호흡이 가쁘다. 가슴이 미어지는 것 같다. 나는 욱욱 하며 가슴을 주먹으로 두들겼다. 누구인지 등을 쳐준다. 나는 욱 하고 토하였다. 그것은 한 덩이 붉은 피였다.

아— 괴로워…… 처의 울음소리…… 몽주의 울음소리…… 귓가에 얼푸름히……

고국

고국

　큰 뜻을 품고 고국을 떠나던 운심의 그림자가 다시 조선 땅에 나타난 것은 계해년 삼월 중순이었다. 그는 처음으로 회령에 왔다. 헌 미투리에 초라한 검정 주의, 때 아닌 복면모를 푹 눌러쓴 아래에 힘없이 꿈벅이는 눈하며, 턱과 코밑에 거칠거칠한 수염하며, 그가 오 년 전 여리여리하던 운심이라고는 친한 사람도 몰랐다.

　간도에서 조선을 향할 때의 운심의 가슴은 고생에 몰리고 몰리면서도 무슨 기대와 희망에 탔다. 그가 두만강 건너편에서 고국산천을 볼 때 어찌 기쁜지 뛰고 싶었다. 그러나 노수가 없어서 노동으로 걸식하면서 온 그는 첫째 경제 문제를 생각지 않을 수 없었다. 다음 그의 가슴을 찌르는 것은 패자라는 부끄러운 느낌이었다.

　'아, 나는 패자다. 나날이 진보하는 도회에서 활동하는 모든 사람은 다 그 새에 훌륭한 인물이 되었을 것이다. 나는 확실히 패자로구나……'

　생각할 때 그는 그만 발 옮길 용기가 나지 않았다. 고국의 사람은 물론이요, 돌이며 나무며, 심지어 땅에 기어 다니는 이름 모를 벌레까지도 자기를 모욕하며 비웃으며 배척할 것같이 생각된다. 그러나 이미 편춤이니 건너갈 수밖에 없다 하였다. 그는 사동탄에서 강을 건넜다. 수지기 순사는 어디 거진가 하여 그를 눈도 거들떠보지 않았다. 그러나 그것이 그에게는 다행이었다.

운심은 신회령역을 지나 이제야 푸른빛을 띤 물버들이 드문드문한 조그마한 내를 건넜다. 진달래 봉오리 방긋방긋 하는 오산을 바른편에 끼고 중국사람 채마밭을 지나 동문고개에 올라섰다. 그의 눈에는 넓은 회령시가가 보였다. 고기비늘 같은, 잇댄 기와지붕이며 사이사이 우뚝우뚝 솟은 양옥이며 거미줄같이 늘어진 전봇줄이며 푸푸푸푸 하는 자동차, 뚜뚜 하는 기차소리며, 이전에 듣고 본 것이건만 그의 이목을 새롭게 하였다.

운심은 여관을 찾을 생각도 없이 비스듬한 큰길로 터벅터벅 걸었다. 어느새 해가 졌다. 전기가 켜졌다. 아직 그리 어둡지 않은 거리에 드문드문 달린 전등, 이집 저집 유리창으로 흘러나오는 붉은 불빛. 황혼 공기에 음파를 전하여 오는 바이올린 소리. 길에 다니는 말쑥한 사람들은 운심에게 딴 세상의 느낌을 주었다. 그의 몸은 솜같이 휘줄근하고 등에 붙은 점심 못 먹은 배는 꼴꼴 운다.

"객줏집을 찾기는 찾아야 할 터인데 돈이 있어야지……"

그는 홀로 중얼거리면서 길 한복판에 발을 멈추고 섰다.

밤은 점점 어두워간다. 전등 빛은 한층 더 밝다. 짐을 잔뜩 실은 우차가 삐걱삐걱 소리를 내면서 그의 앞을 지나갔다. 그의 머리 위 넓고 푸른 하늘에 무수히 가물거리는 별들은 기구한 제 신세를 엿보는 듯이 그는 생각났다. 어디선지 흘러오는 누릿한 음식 냄새는 그의 비위를 퍽 상하였다.

운심은 본정통에 나섰다. 손 위로 현등 아래 '회령여관'이라는 간판이 걸렸다. 그는 그 문 앞에 갔다. 전등 아래의 그의 낯빛은 창백하였다.

'들어갈까? 어쩌면 좋을까?' 하고 그는 망설였다. 이때에 안경 쓴 젊은 사람이 정거장에 통한 길로 회령여관 문을 향하여 들어온다. 그 뒤에 갓 쓴 이며, 어린애 업은 여자며, 보퉁이 지고 바가지 든 사람들이 따라 들어온다.

"어서 들어가십시오. 여관을 찾습니까?"

그 안경 쓴 자가 조그마한 보따리를 걸머지고 주저거리는 운심이를 보면서 말을 붙인다. 그러나 운심은 대답이 없었다.

"자 갑시다. 방도 덥고 밥값도 싸지요."

운심은 아무 소리 없이 방에 들어갔다. 방은 아래위 양간兩間이었다. 그리 크지는 않으나 그리 더럽지도 않았다. 양방에다 다 천장 가운데 전등이 달렸다. 벽에는 산수화가 붙어 있었다. 안경 쓴 자와 함께 오던 사람도 운심이와 한 방에 있게 되었다.

저녁상을 받은 운심은 밥을 먹으면서도 밥값을 치러줄 걱정에 가슴이 답답하였다. 이를 어쩌노! 밥값을 못 주면 이런 꼴이 어디 있나! 어서 내일부터 날삯이라도 해야지, 하는 생각에 밥맛도 몰랐다.

*

바로 3·1운동이 일어나던 해 봄이었다. 그는 서간도로 갔다. 처음 그는 백두산 뒤 흑룡강가 '청시허'라는 그리 크지 않은 동리에 있었다. 생전에 보지 못하던 험한 산과 울창한 산림과 듣지도 못하던 홍우적(마적) 홍우적 하는 소리에 간담이 서늘하였다.

그러나 하루 지나고 이틀 지나 차차 몇 달 되니 고향 생각도 덜 나고 무서운 마음도 덜하였다. 이리하여 이곳서 지내는 때에 그는 산에나 물에나 들에나 먹을 것에나 입을 것에나 조금의 부자유가 없었다. 그러한 부자유는 없었으되 그의 심정에 닥치는 고민은 나날이 깊었다. 벽장골 같은 이곳에 온 후로 친한 벗의 낯은 고사하고 편지 한 장 신문 한 장도 못 보았다. 이곳 사람들은 그의 벗이 되지 못하였다. 토민들은 운심이가 머리도 깎고 일본말도 할 줄 아니 정탐꾼이라고 처음에는 퍽 수군덕수군덕하였다. 산에로 돌아다니면서 사냥을 일삼는 옛날 의병 찌꺼러기들도 부러 운심을 보러 온 일까지 있었다. 이곳에 사는 사람은 함경도, 평안도, 황해도 사람이 많다. 거의 생활 곤란으로 와 있고 혹은 남의 돈 지고 도망한 자, 남의 계집 빼가지고 온 자, 순사 다니다가 횡령한 자, 노름질하다가 쫓긴 자, 살인한 자. 의병 다니던 자, 별별 흉한 것들이 모여서 군데군데 부락을 이루고 사냥도 하며 목축도 하며 농사도 하며 불한당질도 한다. 그런 까닭에 윤리도 도덕도 교육도 없다. 힘센 자가 으뜸이요, 장수며 패왕이다. 중국 관청이 있으나 소위 경찰부장이 아편을 먹으면서 아편 장수를 잡아다 때린다.

운심은 동리 어린아이들을 모아놓고 이야기도 하고 글도 가르쳤다. 그러나 그네들은 운심의 가르침을 이해치 못하였다. 운심이는 늘 슬펐다. 유위의 청춘이 속절없이 스러져가는 신세 되는 것이 그에게는 큰 고통이었다.

운심은 그 고통을 잊기 위하여 양양한 강풍을 쏘이면서 고기도 낚고 그림 같은 단풍 그늘에서 명상도 하며 높은 봉에 올라 소리도 쳤으나 속 깊이 잠긴 그 비애는 떠나지 않았다. 산골에 반향을 주는 냇소리와 푸른 그늘에서 흘러나오는 유량한 새의 노래로는 그 마음의 불만을 채우지 못하였다. 도리어 수심을 더하였다. 그는 항상 알지 못한 딴 세상을 동경하였다.

산은 단풍에 붉고. 들은 황곡에 누른 그해 가을에 운심이는 청시허를 떠났다. 땀 냄새가 물씬물씬한 여름옷을 그저 입은 그는 여름 삿갓을 쓴 채 조그마한 보따리를 짊어지고 지팡이 하나를 벗하여 떠났다. 그가 떠날 때에 그곳 사람들은 별로 섭섭하다는 표정이 없었다. 모두 문 안

에 서서, "잘 가슈" 할 뿐이었다. 다만 조석으로 글 가르쳐준 열세 살 나는 어린것 하나가,

"선생님, 짐을 벗으오. 내 들고 가겠소" 하면서 청시허에서 십 리 되는 다시허 고개까지 와서, "선생님, 편안히 가오. 그리고 빨리 오오" 하면서 운다. 운심이도 울었다. 애끊게 울었다. 어찌하여 울게 되었는지 운심이 자신도 의식지 못하였다. 한참 울다가 주먹으로 눈물을 씻고 돌아서 보니 그 아이는 그저 운다. 운심이는 그 아이의 노루 꼬리만 한 머리를 쓰다듬으면서, "어서 가거라. 내가 빨리 다녀오마" 말을 마치지 못하여 그는 또 울었다. 온 세계의 고독의 비애는 자기 홀로 가진 듯하였다. 운심이는 눈을 문지르는 어린애 손을 꼭 쥐면서,

"박돌아! 어서 가거라. 내달이면 내가 온다."

"나는 아버지가 내 말만 들었으면 선생님과 가겠는데……"

하면서 또 운다. 운심이도 또 울었다. 이 두 청춘의 눈물은 영별의 눈물이었다.

물을 건너고 산을 넘어 허덕허덕 홀로 갈 때 돌에 부딪치며 길에 끌리는 지팡이 소리만 고요한 나무 속의 평온한 공기를 울리었다. 그의 발길은 정처가 없었다. 해지면 자고 해뜨면 걷고 집이 있으면 얻어먹고 없으면 굶으면서 방랑하였다. 물론 이슬에도 잠잤으며 풀뿌리도 먹었다.

이때 한창 남북만주에, 독립단이 처처處處에 벌 떼같이 일어나서 그 경계선을 앞뒤에 늘인 때였다. 청백한 사람으로서 정탐꾼이 가고 독립군 총에 죽은 사람도 많았거니와 진정 정탐꾼도 죽은 사람이 많았다. 운심이도 그네들 손에 잡힌바 되어 독립당 감옥에 사흘을 갇혔다가 어떤 아는 독립군의 보증으로 놓였다. 그러나 피 끓는 청춘인 운심이는 그저 있지 않았다. 독립군에 뛰어들었다. 배낭을 지고 총을 메었다. 일시는 어벙벙한 것이 기뻤다. 그러나 날이 가고 달이 갈수록 그 군인 생

활이 염증이 났다.

그리고 그는 늘 고원을 바라보고 울었다. 이상을 품고 울었다. 그 이 듬해 간도 소요를 겪은 후로 독립당의 명맥이 일시 기운을 펴지 못하게 됨에 군대도 해산되다시피 사방에 흩어졌다. 운심이 있는 군대도 해산 되었다. 배낭을 벗고 총을 집어던진 운심이는 여전히 표랑漂浪하였다. 머리는 귀밑을 가리고 검은 낯에 수염이 거칠었다. 두 눈에는 항상 붉 은 핏발이 섰다. 어떤 때에 그는 아편에 취하여 중국사람 골방에 자빠 진 적도 있었으며, 비바람을 무릅쓰고 사냥도 하였다. 그러나 이방의 괴로운 생활에 시화詩化되려던 그의 가슴은 가을바람에 머리 숙인 버들 가지가 되고 하늘이라도 뚫으려던 그 뜻은 이제 점점 어둑한 천인갱참 千人坑塹에 떨어져 들어가는 줄 모르게 떨어져 들어감을 그는 깨달았다. 그는 신세를 생각하고 울었다. 공연히 소리를 지르면서 뛰어도 다녔다.

이 모양으로 향방 없이 표랑하다가 지금 본국으로 돌아오기는 왔다. 내가 찾아갈 곳도 없고 나를 기다려주는 이도 없건만 나도 본국으로 돌 아왔다. 알 수 없는 무엇이 나를 이리로 이끈 것이었다. 그러나 이로부 터 어디로 가랴.

*

운심이가 회령 오던 사흘째 되는 날이다. 회령여관에는 도배장이 나 운심[塗褙匠 羅雲深]이라는 문패가 걸렸다.

탈출기

탈출기

1

김군! 수삼 차 편지는 반갑게 받았다. 그러나 한 번도 회답지 못하였다. 물론 군의 충정에는 나도 감사를 느리지만 그 중정을 나는 받을 수 없다.

―박군! 나는 군의 탈가脫家를 찬성할 수 없다. 음험한 이역에 늙은 어머니와 어린 처자를 버리고 나선 군의 행동을 나는 찬성할 수 없다. 박군! 돌아가라. 어서 집으로 돌아가라. 군의 보모와 처자가 이역 노두에서 방황하는 것을 나는 눈앞에 보는 듯싶다. 그네들의 의지할 곳은 오직 군의 품밖에 없다. 군은 그네들을 구하여야 할 것이다.

군은 군의 가정에서 동량棟梁이다. 동량이 없는 집이 어디 있으랴? 조그마한 고통으로 집을 버리고 나선다는 것이 의지가 굳다는 박군으로서는 너무도 박약한 소위이다.

군은 ××단에 몸을 던져 ×선에 섰다는 말을 일전 황군에게서 듣기는 하였으나 그렇다 하여도 나는 그것을 시인할 수 없다. 가족을 못 살리는 힘으로 어찌 사회를 건지랴.

박군! 나는 군이 돌아가기를 충정으로 바란다. 군의 가족이 사람들 발아래서 짓밟히는 것을 생각할 때! 군의 가슴인들 어찌 편하랴—

김군! 군은 이러한 말을 편지마다 썼지? 나는 군의 뜻을 잘 알았다. 사랑하는 나의 가족을 위하여 동정하여 주는 군에게 어찌 감사치 않으랴? 정다운 벗의 충고에 나는 늘 울었다. 그러나 그 충고를 들을 수 없다. 듣지 않는 것이 군에게는 고통이 되는지, 분노가 되는지? 나에게 있어서는 행복일는지도 알 수 없는 까닭이다.

김군! 나도 사람이다. 정애情愛가 있는 사람이다. 나의 목숨 같은 내 가족이 유린받는 것을 내 어찌 생각지 않으랴? 나의 고통을 제삼자로서는 만분의 일이라도 느낄 수 없는 것이다.

나는 이제 나의 탈가한 이유를 군에게 말하고자 한다. 여기에 대하여 동정과 비난은 군의 자유이다. 나는 다만 이러하다는 것을 군에게 알릴 뿐이다. 나는 이것을 군이 아니면 다른 사람에게라도 알리지 않고는 견딜 수 없는 충동을 받는 까닭이다.

그러나 나는 단언한다. 군도 사람이거니 나의 말하는 것을 부인치는 못하리라.

2

김군! 내가 고향을 떠난 것은 오 년 전이다. 이것은 군도 아는 사실이다. 나는 그때에 어머니와 아내를 데리고 떠났다. 내가 고향을 떠나 간도로 간 것은 너무도 절박한 생활에 시들은 몸에 새 힘을 얻을까 하여 새 희망을 품고 새 세계를 동경하여 떠난 것도 군이 아는 사실이다.

―간도는 천부금탕이다. 기름진 땅이 흔하여 어디를 가든지 농사를 지을 수 있고 농사를 지으면 쌀도 흔할 것이다. 삼림이 많으니 나무 걱정도 될 것이 없다.

농사를 지어서 배불리 먹고 뜨뜻이 지내자. 그리고 깨끗한 초가나 지어 놓고 글도 읽고 무지한 농민들을 가르쳐서 이상촌理想村을 건설하리라. 이렇게 하면, 간도의 황무지를 개척할 수 있다.

이것이 간도 갈 때의 내 머리 속에 그렸던 이상이었다. 이때에 나는 얼마나 기뻤으랴! 두만강을 건너고 오랑캐령을 넘어서 망망한 평야와 산천을 바라볼 때―청춘의 내 가슴은 이상의 불길에 탔다. 구수한 내 소리와 헌헌한 내 행동에 어머니와 아내도 기뻐하였다. 오랑캐령을 올라서니 서북으로 쏠려오는 봄 세찬 바람이 어떻게 뺨을 갈기는지, "에 그 춥구나! 여기는 아직도 겨울이구나" 하고 어머니는 수레 위에서 이불을 뒤집어썼다.

"무얼요, 이 바람을 많이 마셔야 성공이 올 것입니다."

나는 가장 씩씩하게 말하였다. 이처럼 나는 기쁘고 활기로웠다.

3

김군! 그러나 나의 이상은 물거품으로 돌아갔다. 간도에 들어서서 한 달이 못되어서부터 거친 물결은 우리 세 생령生靈의 앞에 기탄없이 몰려왔다.

나는 농사를 지으려고 밭을 구하였다. 빈 땅은 없었다. 돈을 주고 사기 전에는 한 평의 땅이나마 손에 넣을 수 없었다. 그렇지 않으면 지나인支那人의 밭을 도조나 타조로 얻어야 한다. 일년 내 중국사람에게서 양식을 꾸어먹고 도조나 타조를 지으면 가을 추수는 빚으로 다 들어가고 처음 꼴이 된다. 그러나 농사라곤 못 지어본 내가 도조나 타조를 얻는대야 일 년 양식 빚도 못될 것이고 또 나 같은 '시로도'에게는 밭을 주지 않았다.

생소한 산천이요, 생소한 사람들이니, 어디 가 어쩌면 좋을는지? 의논할 사람도 없었다. H라는 촌 거리에 셋방을 얻어가지고 어름어름하는 새에 보름이 지나고 한 달이 넘었다. 그새에 몇 푼 남았던 돈은 다 부러먹고 밭은 고사하고 일자리도 못 얻었다.

나는 팔을 걷고 나섰다. 이리저리 돌아다니면서 구들도 고쳐주고 가마도 붙여주었다. 이리하여 호구하게 되었다. 이때 H장에서는 나를 '온돌장이'라고 불렀다. 갈아입을 의복이 없는 나는 늘 숯검정이 꺼멓게 묻은 의복을 벗을 새가 없었다.

H장은 좁은 곳이다. 구들 고치는 일도 늘 있지 않았다. 그것으로 밥 먹기는 어려웠다. 나는 여름 불볕에 삯김도 매고 꼴도 베어 팔았다. 그리고 어머니와 아내는 삯방아 찧고 강가에 나가서 부스러진 나뭇개비를 주워서 겨우 연명하였다.

김군! 나는 이때부터 비로소 무서운 인간고人間苦를 느꼈다. 아아, 인생이란 과연 이렇게도 괴로운 것인가, 하는 것을 나는 생각하게 되었다. 나는 나에게 닥치는 풍파 때문에 눈물 흘린 일은 이때까지 없었다. 그러나 어머니가 나무를 줍고 젊은 아내가 삯방아를 찧을 때 나의 피는 끓었으며 나의 눈은 눈물에 흐려졌다.

"에구, 차라리 내가 드러누워 앓고 있지, 네 괴로워하는 꼴은 차마 못 보겠다."

이것은 언제 내가 병들어 신음할 때에 어머니가 울면서 하신 말씀이다. 이것을 무심히 들었던 나는 이때에야 이 말의 참뜻을 느꼈다.

"아아, 차라리 나의 고기가 찢어지고 뼈가 부서지는 것은 참을 수 있으나, 내 눈앞에서 사랑하는 늙은 어머니와 아내가 배를 주리고 남의 멸시를 받는 것은 참으로 견디기 어렵구나."

나는 이렇게 여러 번 가슴을 쳤다. 나는 밤이나 낮이나, 비 오나 바람이 치나 헤아리지 않고 삯김, 삯심부름, 삯나무. 무엇이든지 가리지 않았다.

"오늘도 배고프겠구나, 아침도 변변히 못 먹고…… 나는 너 배 주리지 않는 것을 보았으면 죽어도 눈을 감겠다."

내가 삯일을 하다가 늦게 돌아오면 어머니는 우실 듯이 말씀하셨다. 그러나 나는 흔연하게, "배는 무슨 배가 고파요?" 하고 대답하였다.

내 아내는 늘 별 말이 없었다. 무슨 일이든지 시키는 대로 다소곳하고 아무 소리 없이 순종하였다. 나는 그것이 더욱 불쌍하게 생각되었다. 나는 어머니보다도 아내 보기가 퍽 부끄러웠다.

'경제의 자립도 못 되는 내가 왜 장가를 들었누?'

이것이 부모의 한 일이건만 나는 이렇게도 탄식하였다. 그럴수록 아내에게 대하여 황공하였고 존경하였다.

어떻게 하면 살 수 있을까?…… 이러한 생각은 이때 내 머리를 몹시 때렸다. 이때 나에게 부지런한 자에게 복이 온다, 하는 말이 거짓말로 생각되었다. 그 말을 지상의 격언으로 굳게 믿어 온 나는 그 말에 도리어 일종의 의심을 품게 되었고 나중은 부인까지 하게 되었다.

부지런하다면 이때 우리처럼 부지런함이 어디 있으며, 정직하다면 이때 우리 식구같이 정직함이 어디 있으랴? 그러나 빈곤은 날로 심하였다. 이틀 사흘 굶은 적도 한두 번이 아니었다. 한번은 이틀이나 굶고 일자리를 찾다가 집으로 들어가 보니 부엌 앞에 앉았던 아내가 (아내는 이때에 아이를 배어서 배가 남산만 하였다) 무엇을 먹다가 깜짝 놀란다. 그리고 손에 쥐었던 것을 얼른 아궁이에 집어넣는다. 이때 불쾌한 감정이 내 가슴에 떠올랐다.

'……무얼 먹을까? 어디서 무엇을 얻었을까? 무엇이길래 어머니와 나 몰래 먹누? 아! 여편네란 그런 것이로구나! 아니 그러나 설마…… 그래도 무엇을 먹던데……'

나는 이렇게 아내를 의심도 하고 원망도 하고 밉게도 생각하였다. 아내는 아무런 말없이 어색하게 머리를 숙이고 앉아 씩씩 하다가 밖으로 나간다. 그 얼굴은 좀 붉었다.

아내가 나간 뒤에 나는 아내가 먹다가 던진 것을 찾으려고 아궁이를 뒤지었다. 싸늘하게 식은 재를 막대기에 뒤져내니 벌건 것이 눈에 띄었다. 나는 그것을 집었다. 그것은 귤껍질이다. 거기는 베먹은 잇자국이 있다. 귤껍질을 쥔 나의 손은 떨리고 잇자국을 보는 내 눈에는 눈물이 괴었다.

김군! 이때 나의 감정을 어떻게 표현하면 적당할까?

'오죽 먹고 싶었으면, 오죽 배고팠으면, 길바닥에 내던진 귤껍질을 주워 먹을까, 더욱 몸 비잖은 그가! 아아, 나는 사람이 아니다. 그러한 아내를 나는 의심하였구나! 이놈이 어찌하여 그러한 아내에게 불평을 품었는가. 나 같은 잔악한 놈이 어디 있으랴. 내가 양심이 부끄러워서 무슨 면목으로 아내를 볼까?'

이렇게 생각하면서 나는 느껴가며 눈물을 흘렸다. 귤껍질을 쥔 채로 이를 악물고 울었다.

"야, 어째서 우느냐? 일어나거라. 우리도 살 때 있겠지, 늘 이러겠느냐" 하면서 누가 어깨를 친다. 나는 그것이 어머니인 것을 알았다.

"아이구 어머니, 나는 불효자외다" 하면서 어머니의 팔을 안고 자꾸 자꾸 울고 싶었다. 그러나 나는 아무 소리 없이 가슴을 부둥켜안고 밖으로 나갔다.

'내가 왜 우노? 울기만 하면 무엇 하나? 살자! 살자! 어떻게든지 살아보자! 내 어머니와 내 아내도 살아야 하겠다. 이 목숨이 있는 때까지는 벌어보자!'

나는 이를 갈고 주먹을 쥐었다. 그러나 눈물은 여전히 흘렀다. 아내는 말없이 울고 서 있는 내 곁에 와서 손으로 치맛끈을 만지작거리며 눈물을 떨어뜨린다. 농삿집에서 자라난 아내는 지금도 어찌 수줍은지 내가 울면 같이 울기는 하여도 어떻게 말로 위로할 줄은 모른다.

4

김군! 세월은 우리를 위하여 여름을 항상 주지는 않았다.

서풍이 불고 서리가 내리기 시작하였다. 찬 기운은 헐벗은 우리를 위협하였다. 가을부터 나는 대구어大口魚 장사를 하였다. 삼 원을 주고 대구 열 마리를 사서 등에 지고 산골로 다니면서 콩(大豆)과 바꾸었다. 그러나 대구 열 마리는 등에 질 수 있었으나 대구 열 마리를 주고받은 콩 열 말은 질 수 없었다. 나는 하는 수 없이 삼사십 리나 되는 곳에서 두 말씩 두 말씩 사흘 동안이나 져왔다. 우리는 열 말 되는 콩을 자본 삼아 두부 장사를 시작하였다.

아내와 나는 진종일 맷돌질을 하였다. 무거운 맷돌을 돌리고 나면 팔이 뚝 떨어지는 듯하였다. 내가 이렇게 괴로울 적에 해산한 지 며칠 안 되는 아내의 괴로움이야 어떠하였으랴? 그는 늘 낯이 부석부석하였다. 그래도 나는 무슨 불평이 있는 때면 아내를 욕하였다. 그러나 욕한 뒤에는 곧 후회하였다.

콧구멍만한 부엌방에 가마를 걸고 맷돌을 놓고 나무를 들이고 의복 가지를 걸고 하면 사람은 겨우 비비고 들어앉게 된다. 뜬 김에 문창은 떨어지고 벽은 눅눅하다. 모든 것이 후줄근하여 의복을 입은 채 미지근한 물속에 들어앉은 듯하였다. 어떤 때는 애써 갈아놓은 비지가 이 뜬 김 속에서 쉬어버렸다. 두붓물이 가마에서 몹시 끓어 번질 때에 우윳빛 같은 두붓물 위에 버터빛 같은 노란 기름이 엉기면 (그것은 두부가 잘 될 징조다) 우리는 안심한다. 그러나 두붓물이 희멀끔해지고 기름기가 돌지 않으면 거기만 시선視線을 쏘고 있는 아내의 낯빛부터 글러가기 시작한다. 초를 쳐보아서 두부발이 서지 않고 매캐지근하게 풀려질 때에는 우리의 가슴은 덜컥 한다.

"또 쉰 게로구나! 저를 어쩌누?"

젖을 달라구 빽빽 우는 어린아이를 안고 서서 두붓물만 들여다보시는 어머니는 목 메인 말씀을 하시면서 우신다. 이렇게 되면 온 집안은 신산하여 말할 수 없는 울음, 비통, 처참, 소조蕭條한 분위기에 싸인다.

"너 고생한 게 애닯구나! 팔이 부러지게 갈아서…… 그거(두부)를 팔아서 장을 보려고 태산같이 바랐더니……"

어머니는 그저 가슴을 뜯으면서 우신다. 아내도 울 듯 울 듯 머리를 숙인다. 그 두부를 판대야 큰돈은 못된다. 기껏 남는대야 이십 전이나 삼십 전이다. 그것으로 우리는 호구를 한다. 이십 전이나 삼십 전에 어머니는 운다. 아내도 기운이 준다. 나까지 가슴이 바짝바짝 조인다.

그날은 하는 수 없이 쉰 두붓물로 때를 에우고 지낸다. 아이는 젖을 달라고 밤새껏 빽빽거린다. 우리의 살림에 어린애도 귀치는 않았다.

5

울면서 겨자 먹기로 괴로운 대로 또 두부를 하지 않으면 안 된다. 그러나 이번에는 땔나무가 없다. 나는 낫[鎌]을 들고 떠난다. 내가 낫을 들고 떠나면 산후여독産後餘毒으로 신음하는 아내도 낫을 들고 말없이 나를 따라나선다. 어머니와 나는 굳이 만류하나 아내는 듣지 않는다.

내 손으로 하는 나무이건만 마음 놓고는 못 한다. 산 임자에게 들키면 여간한 경을 치지 않는다. 그러므로 우리는 황혼이면 산에 가서 도적나무를 하여 지고 밤이 깊어서 돌아온다. 아내는 이고 나는 지고 캄캄한 밤에 산비탈로 내려오다가 발이 미끄러지거나 돌에 차이면 곤두박질을 하여 나뭇짐 속에 든다. 아내는 소리 없이 이었던 나무를 내려놓고 나뭇짐에 눌려서 버둥거리는 나를 겨우 끄집어 일으킨다. 그러나 내가 나뭇짐을 지고 일어나면 아내는 혼자 나뭇짐을 이지 못한다. 또 내가 나뭇짐을 벗고 아내에게 이어주면 나는 추어주는 이 없이는 나뭇짐을 질 수가 없다. 하는 수 없이 나는 어떤 높은 바위에 벗어 놓고 (후에 지기 편하도록) 아내에게 이어준다. 이리하여 산비탈을 내려오면 언제 왔는지 어머니는 애를 업고 우둘우둘 떨면서 산 아래서 기다리다가도, "인제 오니? 나는 너 또 붙들리지나 않은가 하여 혼이 났다" 하신다. 이때마다 내 가슴은 저렸다. 나는 이렇게 나무 도적질을 하다가 중국 경찰서까지 잡혀가서 여러 번 맞았다.

이때 이웃에서는 우리를 조소하고 경찰에서는 우리를 의심하였다.

"흥, 신수가 멀쩡한 년놈들이 그 꼴이야, 어디 가 일자리도 구하지 않구. 그 눈이 누래서 두부 장사 하는 꼬락서니는 참 더러워서 못 보겠네. 불알을 달고 나서 그렇게야 살리?"

이것은 이웃 남녀가 비웃는 소리였다. 그리고 어떤 산 임자가 나무

잃고 고발을 하면 경찰서에서는 불문곡직하고 우리 집부터 수색하고 질문하면서 나를 때린다. 그러나 나는 호소할 곳이 없었다.

6

김군! 이러구러 겨울은 점점 깊어가고 기한飢寒은 점점 박두하였다. 일자리는 없고…… 그렇다고 손을 털고 앉았을 수도 없었다. 모든 식구가 퍼러퍼레서 굶고 앉은 꼴을 나는 그저 볼 수 없었다. 시퍼런 칼이라도 들고 하루라도 괴로운 생을 모면하도록 쿡쿡 찔러 없애고 나까지 없어지든지, 그렇지 않으면 칼을 들고 나가서 강도질이라도 하여서 기한을 면하든지 하는 수밖에는 더 도리가 없게 절박하였다. 나는 일이 없으면 없느니만치, 고통이 닥치면 닥치느니만치 내 번민은 컸다. 나는 어떤 날은 거의 얼빠진 사람처럼 눈을 감고 깊은 생각에 잠긴 일도 있었다.

이때 머리 속에서는 머리를 움실움실 드는 사상이 있었다(오늘날에 생각하면 그것은 나의 전 운명을 결정할 사상이었다).

그 생각은 누구의 가르침에 의해 일어난 것도 아니거니와 일부러 일으키려고 애써서 일어난 것도 아니다. 봄 풀싹같이 내 머리 속에서 점점 머리를 들었다.

─나는 여태까지 세상에 대하여 충실하였다. 어디까지든지 충실하려고 하였다. 내 어머니, 내 아내까지도─ 뼈가 부서지고 고기가 찢기더라도 충실한 노력으로써 살려고 하였다. 그러나 세상은 우리를 속였다. 우리의 충실을 받지 않았다. 도리어 충실한 우리를 모욕하고 멸시하고

학대하였다.

우리는 여태까지 속아 살았다. 포악하고 허위스럽고 요사한 무리를 용납하고 옹호하는 세상인 것을 참으로 몰랐다. 우리뿐 아니라 세상의 모든 사람들도 그것을 의식지 못하였을 것이다. 그네들은 그러한 세상의 분위기에 취하였다. 나도 이때까지 취하였다. 우리는 우리로서 살아온 것이 아니라 어떤 험악한 제도의 희생자로서 살아왔다—

김군! 나는 사람들을 원망치 않는다. 그러나 마주魔酒에 취하여 자기의 피를 짜 바치면서도 깨지 못하는 사람을 그저 볼 수 없다. 허위와 요사와 표독標毒과 게으른 자를 옹호하고 용납하는 이 제도는 더욱 그저 둘 수 없다.

—이 분위기 속에서는 아무리 노력하여도 우리는 우리의 생生의 만족을 느낄 날이 없을 것이다. 어찌하여 겨우 연명을 한다 하더라도 죽지 못하는 삶이 될 것이요, 그 영향은 자식에게까지 미칠 것이다. 나는 어미 품속에서 빽빽 하는 어린것의 장래를 생각할 때면 애잡짤한 감정과 분함을 금할 수 없다. 내가 늘 이 상태면 (그것은 거의 정한 이치다) 그에게는 상당한 교양은 고사하고 다리 밑이나 남의 집 문간에 버리게 될 터이니. 아! 삶을 받을 만한 생명을 죄 없이 찌그러지게 하는 것이 어찌 애닲지 않으며 분치 않으랴? 그렇다면 그것을 나의 죄라 할까?—

김군! 나는 더 참을 수 없었다. 나는 나부터 살리려고 한다. 이때까지는 최면술에 걸린 송장이었다. 제가 죽은 송장으로 남(식구들)을 어찌 살리랴. 그러려면 나는 나에게 최면술을 걸려는 무리를, 험악한 이 공기의 원류를 쳐부수어야 하는 것이다.

나는 이것을 인간의 생의 충동이며 확충이라고 본다. 나는 여기서 무상의 법열法悅을 느끼려고 한다. 아니 벌써부터 느껴진다. 이 사상이 나로 하여금 집을 탈출케 하였으며, ××단에 가입게 하였으며, 비바람 밤낮을 헤아리지 않고 벼랑 끝보다 더 험한 ×선에 서게 한 것이다.

김군! 거듭 말한다. 나도 사람이다. 양심을 가진 사람이다. 애정을 가진 사람이다. 내가 떠나는 날부터 식구들은 더욱 곤경에 들 줄도 나는 안다. 자칫하면 눈 속이나 어느 구렁에서 죽는 줄도 모르게 굶어죽을 줄도 나는 잘 안다. 그러므로 나는 이곳에서도 남의 집 행랑어멈이나 아범이며, 노두에 방황하는 거지를 무심히 보지 않는다. 아! 나의 식구도 그럴 것을 생각할 때면 자연히 흐르는 눈물과 뿌직뿌직 찢기는 가슴을 덮쳐잡는다.

그러나 나는 이를 갈고 주먹을 쥔다. 눈물을 아니 흘리려고 하며 비애에 상하지 않으려고 한다. 울기에는 너무도 때가 늦었으며 비애에 상하는 것은 우리의 박약을 너무도 표시하는 듯싶다. 어떠한 고통이든지 참고 분투하려고 한다.

김군! 이것이 나의 탈가脫家한 이유를 대략 적은 것이다. 나는 나의 목적을 이루기 전에는 내 식구에게 편지도 하지 않으려고 한다. 그네가 죽어도, 내가 또 죽어도……

나는 이러다 성공 없이 죽는다 하더라도 원한이 없겠다. 이 시대, 이 민중의 의무를 이행한 까닭이다.

아아, 김군아! 말을 다 하였으나 정은 그저 가슴에 넘치누나!

십삼 원

십삼 원

류원이는 자려고 불을 껐다. 유리창으로 흘러드는 훤한 전등 빛에 실내는 달밤 같다.

그는 옷도 벗지 않고 그냥 이불 위에 아무렇게나 누웠다. 그러나 온갖 사념에 머리가 뜨거운 그는 졸음이 오지 않았다. 이리 궁굴, 저리 궁굴하였다. 등에는 진땀이 뿌직뿌직 돋고 속에서는 번열이 난다.

이때 건넌방에 있는 H가 편지를 가져왔다.

편지 받은 류원이는 껐던 전등을 다시 켰다. 피봉을 뜯는 그의 가슴은 두근두근 울렁거렸다. 무슨 알지 못할 큰 걱정이 장차 앞에 닥쳐오려는 사람의 심리 같았다. 그리 짧지 않은 편지를 잠잠히 내려보던 그는 힘없이 편지를 자리 위에 던지고 왼팔을 구부려 손바닥으로 머리를 괴고 또 이불 위에 눕는다.

눈을 고요히 감은 류원이는 무엇을 생각한다.

그의 낯빛은 몹시 질린 사람같이 파랗다.

그리고 힘없이 감은 두 눈가에는 한없는 슬픈 빛이 흐른다.

그 편지는 그의 어머니께 온 것이다. 그 편지에는 이러한 구절이 있다.

생애가 너무 곤란하여 무명을 짜려고 한다. 그러니 솜을 사야 할 터인데 돈이 한 푼도 없구나! 넌들 객지에 무슨 돈이 있겠느냐마는 힘이 자라거든 십삼 원만 부쳐다오.

그런데 처음에는 십사 원이라 썼다가 그 사자를 뭉개고 옆에 다시 삼자를 썼다. 그것이 더욱 류원의 가슴에 못이 되었다.

류원이는 금년 이십의 청춘이다. 그는 어머니가 있다. 처도 있다. 두 살 나는 어린것도 있다. 그러나 곤궁한 그 생애는 그로 하여금 따뜻한 가정 생활을 못하게 했다. 그는 늘 동표서랑東漂西浪으로 가족을 떠나 있지 않을 수 없는 운명에 지배되었다. 지금도 그 가족은 시방 류원이 있는 곳에서도 백여 리나 더 가서 S라는 산골에 있다. 그리고 류원이는 이곳에서 노동을 하여 다달이 얼마씩 그 가족에게 보낸다. 사세 이러하니 그의 객지 생활은 넉넉지 못하였다. 친구에게 부치는 서신도 마음대로 못 부친다. 그의 사정이 이런 줄을 그 어머니는 잘 안다. 류원이가 어디 가서 넉넉히 지내더라도 그 어머께 돈 보내라는 편지는 못 받았다. 그 어머니는 항상 빈한貧寒에 몰려서 괴로운 생활을 하건만 류원에게는 괴롭다는 편지를 보내지 않았다. 그것은 사랑하는 자식인 류원의 마음을 상할까 염려함이다. 그렇던 어머께 이제 돈 보내라는 편지가 왔다.

류원이는 벌떡 일어났다. 그는 다시 그 편지를 집어 들었다. 십삼 원의 쓰신 구절을 또 읽었다.

"아! 어머니가 여북하시면 돈을 보내랄까! 십사 원을 쓰셨다가 다시 십삼 원으로 고치실 때 형언 못 할 감정이 넘쳤을 어머니의 가슴."

머리를 망연히 들어 벌건 전등을 바라보고 눈을 감으면서 이리 생각하는 류원의 머리 속에는 행여 돈이 올까 하여 기다리고 있을 어머니의 측은한 모양이 떠올랐다. 까맣게 때 묻고 다 떨어진 치마를 입고 힘없

56

이 '베틀'에 앉아 있는 처의 형용도 보였다. 젖을 먹으려고 어미의 무릎에 벌레벌레 기어오르는 어린것의 가긍한 꼴도 그의 눈앞에 환영으로 지내었다. 류원이는 조금 서러워도 잘 우는 성질이다. 그러나 지금은 어쩐지 눈물도 나지 않았다. 모든 의식이 망연하고 가슴이 답답하여 무어라 할지 몰랐다.

"에라— 어디 K 하고나 말할밖에……" 하면서 그는 벌떡 일어섰다. K는 류원이 복역하는 노동조의 회계이다. 오십 가까운 중늙은이로 조원들의 숭경崇敬을 받는 이다. 상당한 재산도 있는 사람이다.

류원이는 뒷마당에 나왔다. 문간에 달아놓은 전등 빛은 밝다. 가을밤에 스치는 바람은 쓸쓸하였다. 하늘은 흐려서 별 하나 보이지 않았다.

류원이는 문간에 잇대어 있는 K의 방으로 들어갔다. K는 있었다. 그 밖에 K의 부인과 같은 조원인 C가 놀러왔다. 류원이는 K의 곁에 앉았다. 그는 공연히 가슴이 울렁울렁하여 어떻게 말을 꺼집어내면 좋을지 몰랐다. 신문을 보던 K는, "허허, 동경 근처는 말이 아닐세! 이것 참 세상이 다시 개벽할랴나? 이렇게 큰 지진은 말도 못 들었지" 하면서 류원이를 쳐다본다. 풍부한 살결에 윤광潤光이 도는—주름이 약간 잡힌 이마 아래 두 눈에는 웃음을 띠었다. K는 언제든지 류원이를 대하면 웃는다.

"글쎄요."

류원이는 대답을 하기는 하였으나 무슨 말에 대답하였는지 무슨 의미로 글쎄요 하였는지 그는 그 스스로도 몰랐다. 다만 십삼 원이란 돈 말을 어찌할까? 함이 그의 온 감정을 지배하였다.

'이 말을 내었다가 거절을 당하면 어쩌나?'

그의 신은 떨렸다. '그러나 그 거절당하는 무참도 순간이겠지? 내가 말 내기 어려운 말 내는 것도 한 찰나겠지? 영영히 그 무참이나 그 괴로움이 있지는 않을 것이다. 이 순간을 어서 흘리어야 하겠다' 생각하니 그는 용기가 좀 났다. 그는 말하려고 입을 머뭇하였다. 그의 가슴은 쩌릿하였다. 그의 마음에는 곁에 있는 여러 사람이 거리끼었다. 그 사람들 앞에서 자기의 구구한 사정을 꺼내기는 참으로 괴로웠다. 자기는 세상에 아무 권리도 없는 약하고도 천한 무능력한 자라는 모욕적 감정이 그의 의식을 흔들었다. 그는 그만 "으흠" 기침을 하고 말을 내지 않았다. "조용한 틈을 타서 말하리라" 하고 생각하였다. 설마 K가 거절이야 않겠지? 그는 추측하였으나 그것도 말해 보아야 판단하리라 하였다.

K는 류원이를 사랑한다. 그의 정직하고 쾌활한 성격을 사랑하며 비상한 재주를 사랑한다. 또한 곤궁으로 헛되이 보내는 류원의 청춘도 아까워하였다.

금년 여름이었다. 류원이가 ××강습소에 3주일 동안이나 매일 오전마다 다녔다. 그때에 K는 친히 류원이 대신 조에 가서 일한 일도 있었다.

"우리 조 회계가 좀해서는 뉘 말을 잘 안 듣는데 류원의 말은 잘 들어!"

"흥 그러지 않으면 그 사람이(류원) 또 그렇지. 회계의 일이라면 좀 잘 보아주나. 어찌했든 류원이 같은 사람이 쉽잖아."

"암 그렇구 말구. 우리게 비기면 그래도 지식도 있고 당최에 냄새가 없지!"

그 조원 간에는 이러한 회화가 종종 있었다.

신문을 보던 K는 유리 미닫이를 드르륵 열고 가겟방으로 나간다.

"아— 벌써 열한 점인가!"

시계를 쳐다보고 혼자 중얼거리면서 류원이는 K를 따라 가겟방으로 나갔다. 그는 이제는 은근히 말하리라 하고 K의 옆에 다가섰다. 방의 모든 사람은 유리를 스쳐 자기의 행동을 유심히 보는 듯하여 또 기운이 줄었다. 그러나 그가 용기를 내어서 "또 걱정이 생겼어요" 하는 그 말은 남의 말 하듯 좀 냉정하였다. 그의 가슴은 여전히 두근덕두근덕하였다.

그러나 영맹한 기운이 들어찬 골에 들어가는 사람이 골 어귀에 이른 때의—그러한 심리는 아니었다. 이미 골에 들어서서 맹수에게 화살을 던진 때에 그 생사 여부를 기다리는 때의 심리였다.

"응 무슨 일로?"

K가 묻는 때에 방에 있던 C가 유리창을 열고 나오면서, "에ー 가서 자야" 한다.

류원이는 또 말문이 막혔다. K는 이편 류원이 쪽으로 머리를 기웃하고 무슨 소리를 기다린다. C는 갔다. K는 도로 방으로 들어왔다.

'아ー 내가 왜 말을 콱 하지 못하고 이리도 애를 쓰노' 하고 류원이는 자기의 마음 약한 것을 뉘우쳤다. 이번은 꼭 말하리라 하고 주인을 따라 방으로 들어왔다.

"저…… 편지가 왔는데……" 하고 그는 괴로운 웃음을 지었다.

"응 어디서?"

K는 입에 문 궐련 연기가 눈에 들어갔는지 눈을 비비면서 류원을 본다.

"집에서요."

류원은 편지를 꼬집어내려고 호주머니에 손을 넣었다.

"무에라구?"

K는 편지를 받으려고 손을 내밀었다.

"이것을 보십시오. 또 돈이올시다."

그는 한편으로는 K에게 편지를 주고 곁눈질하여 K의 부인을 보았다. 부인은 담배만 퍽퍽 피우고 이쪽에는 귀도 기울이지 않는다. 그의 마음은 좀 편하였다.

"내일 부치오. 아마 집에서 퍽 곤란할게요. 그러면 벌써 말하지."

K는 태연히 말하였다. 류원이는 무엇이라 할는지 너무도 감격하여

말이 나오지 않았다. 동시에 그는 어머니의 십삼 원 받고 기뻐할 것을 상상하였다. 감격에 끓던 그의 가슴은 다시 쓰린 감정이 넘치었다.

"아— 이 십삼 원, 이것으로 무명원료를 사면 쌀을 어찌할까? 나무는 무엇으로?"

그는 그만 소리 없는 눈물을 떨어뜨리었다.

*

류원이가 우편국에 가서 어머니에게 십삼 원 부친 날 밤이었다. S촌에 있는 류원의 어머니는 이상한 꿈을 꾸었다. 무명을 짜느라고 외상으로 산 솜 값 받으러 솜 장사가 왔다. 그런데 류원에게서는 돈을 못 부친다는 편지가 왔다. 솜 장사는 솜 값을 내지 않는다고 베틀에 불을 질렀다. 류원의 어머니는 불붙는 무명을 부여잡고 울다가 깨어나니 꿈이었다.

박돌朴乭의 죽음

박돌朴乭의 죽음

1

밤은 자정이 훨씬 넘었다.

이웃의 닭소리는 검푸른 새벽빛 속에 맑게 흐른다. 높고 푸른 하늘에 야광주를 뿌려 놓은 듯이 반짝이는 별들은 고요한 대지를 향하여 무슨 묵시를 주고 있다. 나뭇잎에서는 이슬 듣는 소리가 고요하다. 여름밤이 건만 새벽녘이 되니 부드럽고도 쌀쌀한 기운이 추근하게 만상萬象을 소리 없이 싸고돈다.

남자인지, 여자인지, 어둠 속에 잘 분간할 수 없는 히슥한 그림자가 동계사무소洞契事務所 앞 좁은 골목으로 허둥허둥 뛰어나온다.

고요한 새벽 이슬기에 추근한 땅을 울리면서 나오는 발자취는 퍽 산란하다. 쿵쿵 하는 음향音響은 여러 집 울타리를 넘고 지붕을 건너서 어둠 속으로 어둠 속으로 규칙 없이 퍼져나갔다.

어느 집 개가 몹시 짖는다. 또 다른 집 개도 컹컹 짖는다. 캥캥하는 발바리 소리도 난다.

뛰어나오는 그림자는 정직상점正直商店 뒷골목으로 휙 돌아서 내려간다. 쿵쿵쿵……

서너 집 내려와서 어둠 속에 잿빛같이 보이는 커다란 대문 앞에 딱 섰다. 헐떡이는 숨소리는 고요한 공기를 미미히 울린다. 그 그림자는 대문에 탁 실린다. 빗장과 대문이 맞찍겨서 삐걱 하고는 열리지 않았다.

"문으 좀 벗겨주오!"

무엇에 쫓긴 듯이 황겁한 소리는 대문 안 마당의 어둠을 뚫고 저편 푸른 하늘 아래 용마루선線이 죽 그인 기와집에 부딪혔다.

"문으 좀 열어주오!"

이번에는 대문을 두드리고 밀면서 고함을 친다. 소리는 퍽 황겁하나 가늘고 쟁쟁한 것이 여자다 하는 것을 직각게 한다.

"에구 어찌겠는구? 이 집에서 자음메? 문으 빨리 벗겨주오!"

절망한 듯이 애처로운 소리를 치면서 문을 쿵쿵 치다가는 삐걱삐걱 밀기도 하고, 땅에다가 배를 붙이고 대문 밑으로 기어 들어가려고도 애를 쓴다. 대문 울리는 소리는 주위의 공기를 흔들었다.

이웃집 개들은 그저 몹시 짖는다.

닭은 홰를 치고 꼬끼요— 한다.

"그게 뉘기요?"

안에서 선잠 깬 여편네 소리가 들린다.

"에구 깼구먼!"

엎드려서 배밀이 하던 여인은 벌떡 일어나면서, "내요, 문으 좀 벗겨주오!" 한다. 그 소리는 아까보다 좀 나직하다.

"내라는 게 뉘기요? 어째 왔소?"

안에서는 문을 벌컥 열었다. 열린 문이 벽에 부딪히는 소리가 탁 하고 울타리에 반향하였다.

"초시初試 있소? 급한 병이 있어 그럼메."

컴컴하던 집 안에 성냥불 빛이 가물가물하다가 힘없이 스러지는 것이 대문 틈으로 보였다. 다시 성냥불 빛이 번득하더니 당그랑잘랑 하는 램프 유리의 부딪치는 소리와 같이 환한 불빛이 문으로 흘러나와 검은 땅을 스쳐 대문에 비치었다. "에헴" 하는 사내의 기침 소리가 들렸다. 칙칙거리는 어린애 울음소리가 난다. 불빛이 언뜻하면서 문으로 여인이 선잠 깬 하품 소리를 "으앙" 하며 맨발로 저벅저벅 나와서 대문 빗장을 뽑았다.

"뉘기요?"

들어오는 사람을 기웃이 본다.

"내요."

밖에 섰던 여인은 대문 안으로 들어섰다.

"나는 또 뉘기라구? 어째서 남 자는 밤에 이 야단이오?"

안에서 나온 여인은 입을 씰룩하였다.

"에구 박돌〔朴乭〕이 앓아서 그럼메! 초시 있소?"

밖에서 들어온 여인은 떨리는 목소리로 아첨 비슷하게, 불빛에 오른쪽 볼이 붉은 주인 여편네를 건너다본다.

"있기는 있소."

주인 여편네는 휙 돌아서서 안으로 들어가더니,

"저 두에 파충댁이로구마! 의원이구 약국이구 걷어치우오! 잠두 못 자게 하구!"

소리를 지른다. 캥캥한 소리는 몹시 쌀쌀하였다. 지금 온 여인은 퇴마루 아래에 서서 머리를 숙였다 들면서 한숨을 휴— 쉬었다.

정주鼎廚에서 한참 동안이나 부스럭부스럭 하는 소리가 나더니 사잇문 소리가 덜컥 하면서 퇴마루 놓인 방문 창에 불빛이 가득 찼다.

"에헴, 들오!"

다 쉬어빠진 호박통을 두드리는 듯한 사내의 소리가 들린다. 밖에 섰던 여인은 퇴마루에 올라섰다. 문을 열었다. 방에서 흘러나오는 불빛은 마루에 떨어졌다. 약 냄새는 코를 쿡 찌른다.

2

"하― 그거 안됐군. 그러나 나는 갈 수 없는데……."

몸집이 뚱뚱하고 얼굴에 기름이 번질번질한 의사(김 초시)는 창문 정면에 놓인 약장에 기대앉았다.

"에구 초시사, 그래 쓰겠소? 어서 가 봐주오."

문 앞에 황공스럽게 쭝그리고 앉은 여인의 사들사들한 낯에는 어색한 웃음이 떠올랐다.

"글쎄 웬만하문사 그럴 리 있겠소마는, 어제부터 아파서 출입이라구 못 하구 있소. 에헴, 에헴, 악……."

의사는 입에 물었던 담뱃대를 뽑아 들더니 안 나오는 기침을 억지로 끄집어내어 가래를 타구에 뱉는다.

"그게(박돌) 애비 없이 불쌍히 자란 게 죽어서 쓰겠소? 거저 초시게 목숨이 달렸으니 살려주오."

의사는 땟국이 꾀죄한 여인을 힐끗 보더니, "별말을 다 하오. 내 염라대왕이니 목숨을 쥐고 있겠소? 글쎄 하늘이 무너진대도 못 가겠소" 하며 담배 연기를 휙 내뿜고 이마를 찡기면서 천장을 쳐다본다. 흰 연기는 구름발같이 휘휘 돌아서 까맣게 그을은 약봉지를 대롱대롱 달아 놓은 천장으로 기어올라서는 다시 죽 퍼져서 방 안에 찼다. 오줌 냄새, 약 냄새에 여지없는 방 안의 공기는 캐― 한 연기와 어울려서 코가 저리도록 불쾌하였다.

"제발 살려줍시오, 네? 그 은혜는 뼈를 갈아서라도 갚아드리오리! 네? 어서 가 봐주오."

"글쎄 못 가겠는 걸 어쩌겠소? 이제 바람을 쏘이고 걷고 나면 죽게 않겠으니, 남을 살리다가 제 죽겠소."

"가기는 어디로 간단 말이오? 어제 하루, 그래, 또 밤새곤 앓구서리."

의사의 말 뒤를 이어 정주에서 주인 여편네가 캥캥거린다.

여인은 머리를 푹 숙이고 앉았더니,

"그러문 약이라도 멧 첩 지어주오" 한다.

"약종이 부족해서 약을 못 짓는데."

의사는 몸을 비틀면서 유들유들한 목을 천천히 돌려서 약장을 슬그머니 돌아본다.

"약값 염례는 조금도 말고 좀 지어주오."

"아, 글쎄 약종이 없는 것을 어떻게 짓는단 말이오? 자, 이거 보오!" 하더니 빈 약서랍 하나를 뽑아서 땅바닥에 덜컥 놓는다.

"집에 돼지 새끼 하나 있으니 그거 모레 장에 팔아드릴게 좀 지어주오."

"하, 이 앞집 김 주사도 어제 약 지러 왔다가 못 지어 갔소."

의사는 어이없다는 듯이 입을 벌린다.

"그래 못 지어주겠소?"

푹 꺼진 여인의 눈은 이상스럽게 의사의 낯을 쏘았다.

의사는, "글쎄 어떻게 짓겠소?" 하면서 여인이 보내는 시선을 피하려는 듯이 미닫이 두껍집에 붙인 산수화山水畵를 본다.

"에구, 내 박돌이는 죽는구나! 한심한 세상두 있는게?"

여인의 소리는 애참하게 울음에 젖었다. 때가 지덕지덕한 뺨을 스쳐 흐르는 눈물은 누더기 같은 치마에 떨어졌다.

"에, 곤하군. 아—함, 어서 가보오."

의사는 하품과 기지개를 치면서 일어섰다. 여인은 눈물을 쓱쓱 씻더니 벌떡 일어섰다.

"너무 한심하구먼! 돈이 없다구 너무 업시비 보지 마오. 죽는 사람을 살려주문 어떠오? 혼자 잘사오."

여인의 눈에는 이상한 불빛이 선뜩하였다. 그 목소리는 싹 에는 듯이 아츠럽게 들렸다. 의사는 가슴이 꿈뜰하였다.

3

여인은 갔다.

한 집 건너 두 집 건너 닭 우는 소리가 요란하다. 이웃에서 개 짖는 소리도 들렸다.

포플러 잎에서는 이슬 듣는 소리가 은은하다.

"별게 다 와서 성화를 시키네!"

여인이 간 뒤에 의사는 대문을 채우고 안으로 들어오면서 중얼거렸다.

"그까짓 거렁뱅들께 약을 주구 언제 돈을 받겠소? 아예 주지 마오."

주인 여편네는 뾰로통해서 양양거린다.

"흥, 그리게 뉘기 주나!"

의사는 방문을 닫으면서 승리나 한 듯이 콧소리를 친다.

"약만 주어보오? 그놈의 약장, 도끼로 바사 놓게."

의사의 내외는 다시 불을 끄고 자리에 누웠으나 두루 뒤숭숭하여 졸음이 오지 않았다.

"에구, 제마(어머니)! 에구 배야!"

박돌이는 이를 갈고 두 손으로 배를 웅크려 잡으면서 몸을 비비 틀기도 하고 벌떡 일어앉았다가는 다시 눕고, 누웠다가는 엎드리고 하며 몸 지접할 곳을 모른다.

"에구, 내 죽겠소! 왝, 왝."

시리하고 넌들넌들한 검푸른 액液을 코와 입으로 토한다. 토할 때마다 그는 소름을 치고 가슴을 뜯는다. 뱃속에서는 꾸르르꿀 꾸르르꿀 하는 물소리가 쉬일 새 없다. 물소리가 몹시 나다가 좀 멎는다 할 때면 쏴ㅡ 뿌드득 뿌드득 쏴ㅡ 하고 설사를 한다. 마대 조각으로 되는 대로 기워서 입은 누덕바지는 벌써 똥물에 죽이 되었다.

"에구, 어찌겠니? 의원醫員놈도 안 봐주니…… 글쎄 이게 무슨 갑작 병인구?"

어머니는 토하는 박돌의 이마를 잡고 등을 친다.

"에구, 이거 어찌겠는구? 배 아프냐?"

어머니는 핏발이 울울한 박돌의 눈을 들여다보았다. 눈이 휘둥그레서 급한 호흡을 치는 박돌이는 턱 드러누우면서 머리만 끄덕인다. 어머니는 박돌의 배를 이리저리 누르면서, "여기냐? 어디 여기는 아니 아프냐? 응, 여기두 아프냐?" 두서없이 거듭거듭 묻는다.

"골은 아니 아프냐? 골두 아프지?"

그는 빤한 기름불 속에 열이 끓어서 검붉게 보이는 박돌의 이마를 짚었다. 박돌이는 "으흐 으흐" 하면서 머리를 꼬드기려다가 또 왝 하면서 모로 누웠다. 입과 코에서는 넌들넌들한 건물이 울컥 주르륵 흘렀다.

"에구! 제마! 에구 내 죽겠소! 헤구!"

박돌이는 또 쏜다. 그의 바지를 벗겼다. 꺼끌꺼끌한 거적자리 위에 누운 그의 배는 등에 착 달라붙었다. 그는 가슴을 치고 쥐어뜯고, 목을 늘였다 쪼그리면서 신음한다.

"늬 죽겠구나, 응! 박돌아, 박돌아! 야, 정신을 차려라. 에구, 약 한 첩 못 써보고 마는구나! 침鍼이래도 맞혀봤으면 좋겠구나!"

박돌이는 낯빛이 검푸르면서 도끼눈을 떴다. 목에서는 담 끓는 소리가 퍽 괴롭게 들렸다.

"에구, 뒷집 생원(서방님)은 어째 아니 오는지, 박돌아!"

박돌이는 눈을 떴다. 호흡은 급하고 높았다.

"제마! 주(橘)를 먹었으문!"

"줄으? 에구, 줄이 어디 있니?"

어머니는 한숨을 쉬면서 등불을 쳐다본다. 그 눈에는 눈물이 괴었다.

"그러문 냉쉬冷水를 좀 주오!"

"에구, 찬물을 자꾸 먹구 어찌겠니?"

"애고고고……"

박돌이는 외마디 소리를 치더니 도끼눈을 뜨면서 이를 빡 간다.

뒷집에 있는 젊은 주인이 나왔다. 어둑충충한 등불 속에서 무겁게 흐르는 께저분한 공기는 새로 들어온 사람에게 몰려들었다. 젊은 주인은 부엌에 선 대로 구들을 올려다보면서 이마를 찡그렸다.

찢기고 뚫어지고 흙투성이 된 거적자리 위에서 신음하는 박돌이 모자의 그림자는 혼탁混濁한 공기와 빤한 불빛 속에 유령幽靈같이 보였다.

"어째 의원은 아니 보임메?"

젊은 주인은 책망 비슷하게 내뿜었다.

"김 초시더러 봐달라니 안 옵데. 돈 없는 사람이라구 봐주겠소? 약두 아니 져주던데!"

박돌 어미의 소리는 소박을 맞아 가는 젊은 여자의 한탄같이 무엇을 저주하는 듯 떨렸다.

"뜸이나 떠보지비?"

"그래 볼까? 어디를 어떻게 뜨믄 좋은지? 생원이 좀 떠주겠소? 떠주오. 내 쑥은 얻어올게."

"아, 그것두 뜰 줄 모릅메? 숫구녕에 쑥을 비벼 놓고 불을 달문 되지! 그런 것두 모르구 어떻게 사오?"

"떠봤을세 알지, 내 어떻게 알겠소!"

박돌 어미는 어색한 웃음을 지으면서 젊은 주인을 쳐다보았다.

"체하잖았소?"

"글쎄 어쨌는둥?"

박돌 어미는 박돌이를 본다.

"어젯밤에 무스거 먹었소?"

"갱게(감자)를 삶아 먹구…… 그리구 너무두 먹구 싶어 하기에 뒷집에서 버린 고등어 대가리를 삶아 먹구서는 먹은 게 없는데."

"응, 그게루군. 문〔傷〕 고등어 대가리를 먹으문 죽는대두! 그거는 무에라구 축축스럽게 주워 먹소?"

젊은 주인은 입을 실룩하였다.

"에구, 그게(고등어) 그런가? 나는 몰랐지! 에구, 너무두 먹구 싶어서 먹었더니 그렇구마. 그래서 나도 골과 배가 아팠던 게로군! 그러나 나는 이내 게워버렸더니 일없구면."

박돌 어머니는 매를 든 노한 상전 앞에 선 어린 종같이 젊은 주인을 쳐다본다.

"우리 집에 쑥이 있으니 갖다 뜸이나 떠주오. 에익, 축축하게 썩은 고기 대가리를 먹다니?"

젊은 주인은 뒤도 안 돌아보고 나가버린다.

"에구, 한심한 세상도 있는게! 의원만 그런 줄 알았더니 모두 그렇구나!"

박돌 어미의 눈에는 또 눈물이 괴었다. 가슴은 빠지지하다. 어쩌면 좋을지 앞뒤가 캄캄할 뿐이다. 온 세상의 불행은 혼자 안고 옴짝달싹할 수 없이 밑도 끝도 없는 어둑한 함정으로 점점 밀려 들어가는 듯하였다.

쫑그리고 무릎 위에 손을 꽂고 불을 판히 쳐다보는 그의 눈은 유리를 박은 듯이 까딱하지 않는다. 때가 꺼먼 코 아래 파랗게 질린 입술은 뜨거운 불기운을 받은 가지〔茄子〕처럼 초들초들하다. 그의 눈에는 등불이 큰 물 항아리같이 보였다가는 작은 술잔같이도 보이고 두셋이나 되었다가는 햇발같이 아래위 좌우로 씰룩씰룩 퍼지기도 한다.

"응, 내 이게 잊었구나! …… 쑥을 가져와야지."

박돌의 괴로운 고함 소리에 비로소 자기를 의식한 박돌 어미는 번쩍 일어섰다.

5

이웃집 닭은 세 홰나 운 지 이슥하다. 먼지와 그을음에 거뭇한 창문은 푸름하더니 훤하여졌다. 벽에 걸어 놓은 등불 빛은 있는가 없는가 하리만치 희미하여지고, 새벽빛이 어둑하던 방 안을 점점 점령한다.

박돌의 호흡은 점점 미미하여진다. 느른하던 수족은 점점 꼿꼿하며 차다. 피부를 들먹거리던 맥박은 식어가는 열과 같이 점점 사라져버렸다. 이제는 구토도 멎고 설사도 멎었다. 몹시 붉던 낯은 창백하여졌다.

"으응 꺽!"

숯구멍에 놓은 뜸쑥이 타들어서 머리카락과 살 타는 소리가 뿌지직뿌지직 할 때마다 꼼짝 않고 늘어졌던 박돌이는 힘없이 감았던 눈을 떠서 애원스럽게 어머니를 쳐다보면서 괴로운 신음 소리를 친다. 그때마다 목에서 몹시 끓던 담 소리는 잠깐 그쳤다가 다시 그르렁그르렁 한다.

박돌의 호흡은 각일각 미미하다. 따라서 목에서 끓는 담 소리도 점점 가늘어진다.

"껙."

박돌이는 폐기 한 번을 하였다. 따라서 목에서 뚝 하는 소리가 났다. 박돌이는 소리 없이 눈을 휙 홉떴다. 두 눈의 검은자위는 곤줄을 서고 흰자위만 보였다. 그의 낯빛은 햇끔하고 푸르다.

"바 바…… 박돌아! 야— 박돌아! 에구, 박돌아!"

어머니는 박돌의 낯을 들여다보면서 싸늘한 박돌의 가슴을 흔들었다.

"야 박돌아, 박돌아, 박돌아! 이게 어쩐 일이냐, 으응? 흑흑, 껙껙."

박돌 어미는 울면서 박돌의 가슴에 쓰러졌다. 밖에서 가고 오는 사람의 자취가 들린다. 개 짖는 소리, 닭 우는 소리, 새의 지절거리는 소리가 요란하다.

6

붉은 아침볕은 뚫어지고 찢기고 그을은 창문에 따뜻이 비치었다.

서까래가 보이는 천장에는 까맣게 그을은 거미줄이 얼키설키 서리고 넌들넌들 달렸다. 떨어지고, 오리고, 손가락 자리, 빈대 피에 장식된 벽에는 누더기가 힘없이 축 걸렸다. 앵앵 하는 파리 떼는 그 누더기에 몰려들어서 무엇을 부지런히 빨고 있다. 문으로 들어서서 바로 보이는 벽에는 노끈으로 얽어 달아 매놓은 시렁이 있다. 시렁 위에는 금간 사기 사발과 이 빠진 질대접 몇 개가 놓였다. 거기도 파리 떼가 웅성거린다. 부엌에는 마른 쇠똥, 짚 부스러기, 흙구덩이에서 주워온 듯한 나뭇가지가 지저분하다.

뚜껑 없는 솥에는 국인지 죽인지 글어서 누릿한 위에 파리 떼가 어찌 욱실거리는지 물 담아 놓은 파리통 같다.

먼지가 풀썩풀썩 이는 구들, 거적자리 위에 박돌이는 고요히 누웠다. 쥐마당같이 때가 지덕지덕한 그 낯은 무쇠 빛같이 검푸르다. 감은 두 눈은 푹 꺼졌다. 삐쭉하게 벌어진 입술 속에 꼭 악문 누릿한 이빨이 보인다. 그의 몸에는 누더기가 걸치었다. 곁에 앉은 그 어머니는 가슴을 치면서 큰 소리 없이 꺽꺽 흑흑 느껴 울다가도 박돌의 낯에 뺨을 대고는 울고, 가슴에 손을 넣어보곤 한다. 그러나 박돌이는 고요히 누워 있다.

"흑흑 바…… 바…… 박돌아! 애고 내 박돌아! 너는 죽었구나! 약 한 첩, 침 한 대 못 맞아 보고 너는 죽었구나! 에구 하느님도 무정하지. 원통해서…… 꺽꺽 흑흑…… 글쎄 무슨 명이 그리두 짜르냐? 에구!"

그는 박돌의 가슴에 푹 엎드렸다. 박돌의 몸과 그의 머리에 모여 앉았던 파리 떼는 우아 하고 날아가다가 다시 모여 앉는다.

"애비 없이 온갖 설움을 다 맡아 가지고 자라다가 열두 살이나 먹구서…… 에구!"

머리를 들고 박돌의 푸른 낯을 들여다보며,

"박돌아, 야 박돌아!"

부르다가 다시 쓰러지면서,

"먹고 싶은 것도 못 먹고, 입고 싶은 것도 못 입고 항상 배를 곯다가…… 좋은 세상 못 보고 죽다니. 휴! 제마! 제마! 나도 핵교〔學校〕를 갔으문 하는 것도 이놈의 입이 원수 돼서 못 보내고! 흑흑."

그는 벌떡 일어 앉았다.

"에구 하느님도 무정하지! 내 박돌이를, 내 외독자를 왜 벌써 잡아갔누? 나는 남에게 못 할 짓 한 일도 없건마는."

그는 또 박돌이를 본다.

"박돌아! 에구 줄을 먹었으면 하는 것도 못 멕였구나. 이렇게 될 줄 알았으면 돼지 새끼 하나 있는 거라도 주고 먹고 싶다는 거나 갖다줄걸. 공연히 부들부들 떨었구나! 애비 어미를 잘못 만나서 그렇게 됐구나!"

어제까지 눈앞에 서물거리던 아들이 죽다니! 거짓말 같기도 하고 꿈속 같기도 하다. "제마!" 부르면서 툭툭 털고 일어나는 듯하다. 그는 기다리던 사람의 발자취를 들은 듯이 머리를 번쩍 들었다. 그러나 그 눈앞에는 아무도 없고 다만 액색히 죽어 누운 박돌이가 보일 뿐이다.

"박돌아!"

그는 자는 애를 부르듯이 소리쳤다. 박돌이는 고요하다. 아아 참말이다. 죽었다. 저것을 흙 속에 넣어?— 이렇게 다시 생각할 때 또 눈물이 쏟아지고 천지가 아득하였다. 자기가 발붙이고 잡았던 모든 희망의 줄은 툭 끊어졌다. 더 바랄 것 없다 하였다.

그는 박돌의 뺨에 뺨을 비비면서 박돌의 가슴을 안고 쓰러졌다. 그의 가슴에는 엉클엉클한 연鉛 덩어리가 꾹꾹 쑤심질하는 듯하고 목구멍에서는 겻불내가 팽팽 돈다. 소리를 버럭버럭 가슴이 툭 터지도록 지르면서 물이든지 불이든지 헤아리지 않고 엄벙덤벙 날뛰었으면 속이 시원할 것 같다. 목구멍을 먼지가 풀썩풀썩하는 흙덩어리로 콱콱 틀어막아서 숨쉴 틈 없는 통 속에다가 온몸을 집어넣고 꽉 누르는 듯이 안타깝고 갑갑하여 울려야 소리가 나지 않는다.

가슴이 뭉클하고 뿌지지하더니 목구멍에서 비린 냄새가 왈칵 코를 찌를 때, 그는 왝 하면서 어깨를 으쓱하였다. 그의 입에서는 검붉은 선지피가 울컥 나왔다. 그는 쇠말뚝을 꽉 겯는 듯한 가슴을 부둥키고 까무라쳤다.

문구멍으로 흘러드는 붉은 볕은 두 사람의 몸 위에 동그란 인을 쳤다. 뿌연 먼지가 누런 햇발 속에 서리서리 떠오른다. 파리 떼는 더욱 웅성거린다.

.

7

"제마! 애고— 아야! 내 제마!" 하는 소리에 박돌 어머니는 머리를 번쩍 들었다. 문을 내다보는 그의 두 눈은 유난히 번득였다.

이때 그의 눈 속에는 보이는 것이 있었다.

낮인가? 밤인가? 밤 같기는 한데 어둡지는 않고 낮 같기는 한데 볕이 없는 음침한 곳이다. 바람은 분다 하나 나뭇가지는 떨리지 않고 비는 온다 하나 빗소리는커녕 빗발도 보이지 않는 흐리마리한 빗속이다. 살이 피둥피둥하고 얼굴이 검붉은 자가 박돌의 목을 매어 끌고 험한 가시밭 속으로 달아난다.

"애고! 애고— 제…… 제마! 제마!"

박돌의 몸은 돌에 부딪히고 가시에 찢겨서 온몸이 피투성이가 되었다. 피투성이 속으로 울려 나오는 박돌의 신음 소리는 째릿째릿하게 들렸다.

"으응."

박돌 어미는 몸을 부르르 떨었다. 그는 머리를 번쩍 들었다. 모듭뜬 두 눈에서는 이상스러운 빛이 창문을 냅다 쏜다. 그는 돼지를 보고 으르는 개처럼 이를 악물고 번쩍 일어서더니 창문을 냅다 차고 밖으로 뛰어나갔다.

먼지가 뿌연 그의 머리카락은 터부룩하여 머리를 흔드는 대로 산산이 흩날린다. 입과 코에는 피 흘린 흔적이 임리하고 저고리와 치마 앞은 피투성이가 되었다.

"야 이놈아, 내 박돌이를 내놔라! 에구 박돌아! 박돌아! 야 이 느므새끼야, 우리 박돌이를 내놔라!"

그는 무엇을 뚫어지도록 눈이 퀭해 보면서 허둥지둥 뛰어간다.

"야 이놈아! 저놈이 저기를 가는구나!"

그는 동계사무소 앞 골목으로 내뛰더니 바른편으로 휙 돌아 정직상점 뒷골목으로 내리뛰면서 손뼉을 짝짝 친다. 산산한 머리카락은 휘휘날린다.

"에구 저게 웬일이야?"

"박돌 어미가 미쳤네!"

"서게 웬 에미넨구!"

길에 있던 사람들은 눈이 둥그레 피하면서 한마디씩 뇐다. 웬 개 한마리는 짖으면서 박돌 어미 뒤를 쫓아간다.

"이놈아! 저놈이 내 박돌이를 끌고 어디를 가니? 응, 이놈아!"

뛰어가는 박돌 어미는 소리를 치면서 이를 간다. 도끼눈을 뜨는 두 눈에는 이상스런 빛이 허공을 쏘았다. 그 모양을 보는 사람은 누구나 소름을 치고 물러선다.

"이놈아! 이놈아! 거기 놔라! 저놈이 내 박돌이를 불 속에 집어 넣네…… 에구구…… 끔찍도 해라. 에구 박돌아!"

"응 박돌아, 그 돌[石]을 줴라! 꼭 붙들어라!"

박돌 어머니는 이를 빡빡 갈면서 서너 집 지나 내려오다가 커다란 대문 단 기와집으로 쑥 들이뛴다. 그 대문에는 김병원진찰소金丙元診察所라는 팔분八分으로 쓴 간판이 붙었다.

"저놈이…… 저 방으로 들어가지? 이놈! 네 죽어봐라, 가문 어데로 가겠니! 이놈아, 내 박돌이를 어쨌니? 내놔라! 내 박돌이를 내놔라! 글쎄 내 박돌이를 어쨌니?"

두 눈에 불이 횡한 박돌 어머니는 퇴마루 놓인 방 미닫이를 차고 뛰어 들어가서 그 집 주인 김 초시의 멱살을 잡았다.

멱살을 잡힌 김 초시는 눈이 둥그레서,

"이…… 이…… 이게…… 무슨 일이야?"

하며 황겁하여 윗방으로 들이뛰려고 한다.

"이놈아! 네가 시방 우리 박돌이를 끌어다가 불 속에 넣었지? 박돌이를 내놔라! 박돌아!"

날카롭고 처량한 그 소리에 주위의 공기는 싹싹 에어지는 듯하였다.

"아…… 아…… 박돌이를 내 가졌느냐? 웬일이냐?"

박돌이란 소리에 김 초시 가슴은 뜨끔하였다. 김 초시는 벌벌 떨면서 박돌 어미 손에서 몸을 빼려고 애를 쓴다. 두 몸은 이리 밀리며 저리 쓰러져서 서투른 씨름꾼의 씨름 같다.

약장은 넘어지고 요강은 엎질러졌다. 우시시한 초약과 넌들넌들한 가래며 오줌이 한데 범벅이 되어서 돗자리에 흩어졌다.

"야 이년아! 이 더러운 년아! 남의 집에 왜 와서 이 야단이냐?"

얼굴에 독살이 잔뜩 나서 박돌 어미에게로 달려들던 주인 여편네는 피 흔적이 임리한 박돌 어미의 입과 퀭한 그 눈을 보더니, "에구, 저 에미네 미쳤는가?" 하면서 뒤로 주춤한다.

김 초시의 멱살을 잔뜩 부여잡은 박돌 어미는 이를 야금야금하면서 주인 여편네를 노려본다.

주인 여편네는 뛰어다니면서 구원을 청하였다.

김 초시 집 마당에는 어린애 어른 할 것 없이 모여들었다. 그러나 모두 박돌 어미의 꼴을 보고는 얼른 대들지 못한다.

"응 이놈아!"

박돌 어미는 김 초시의 상투를 휘어잡으며 그의 낯에 입을 대었다.

"에구! 사람이 죽소!"

방바닥에 덜컥 자빠지면서 부르짖는 김 초시의 소리는 처량히 울렸다.

사내 몇 사람은 방으로 뛰어 들어간다.

"이놈아! 내 박돌이를 불에 넣었으니 네 고기를 내가 씹겠다."

박돌 어미는 김 초시의 가슴을 타고 앉아서 그의 낯을 물어뜯는다.
코, 입, 귀…… 검붉은 피는 두 사람의 온몸에 발리었다.

"어째 저럼메?"

"모르겠소!"

밖에 선 사람들은 서로 의아해서 묻는다. 모든 사람은 일종 엷은 공
포에 떨었다.

"그까짓 놈(김 초시), 죽어도 싸지! 못할 짓도 하더니……"

이렇게 혼잣말처럼 뇌는 사람도 있다.

향수

향수

1

먼 산은 푸른 안개에 윤곽이 아른하고 담 밑에 저녁연기가 솔솔 잦아 흐를 때였다. 추근한 땅 위에 부드럽게 내리는 이른 봄 궂은비는 고독한 나그네의 수심을 한껏 돕는다.

전등도 켜지 않은 방 미닫이를 반쯤 열어놓고 컴컴한 황혼 속에 내리는 빗소리를 듣는 나의 몸과 마음은 농후한 자줏빛 안개 속으로 점점 스러져 들어가는 듯하였다. 나는 눈을 감고 머리를 숙였다. 기름을 붓는 듯이 미끄럽게 들리는 빗소리, 삼라만상을 소리 없이 싸고도는 으슥한 빛, 모든 것은 끝없는 솜같이 부드러운 설움을 휩싸서 여지없는 듯하다. 그 설움은 내 옷을 측은히 적시고 온 모공으로 살금살금 기어들어서 혈관을 뚫고 붉은 피를 푸르게 물들여서 내 온몸을 안팎 할 것 없이 속속이 싸고 도는 듯이 안타깝고 아쉽고 그리워 무어라 형용할 수 없는 애수를 가슴에 부어넣는다.

아아, 감개무량한 날이요, 감개무량한 황혼이다. 나는 이 봄을 당할 때마다 7년 전 옛 봄을 생각한다. 한번 간 후로 소식이 묘연한 김군을 생각지 않을 수 없게 된다.

2

때는 1919년 3월 25일이었다.

나는 나의 가장 사랑하는 친구 김우영 군께서 그가 고국을 떠난다는 마지막 편지를 받은 날이다. 그것은 내가 그에게 써 보낸 편지의 회답이었다.

김우영의 회답

군의 편지는 어저께 받았다. 나는 가슴이 미어지는 듯하여 무어라 하면 좋을지 모른다. 꿈같기도 하고 거짓 같기도 하다. 그러나 또렷한 군의 필적이어니 이제 무엇을 다시 의심하랴? 나는 밤새껏 가슴을 쥐어뜯으면서 울었다. 울기는 벌써 때가 지난 줄 내 모르는 것이 아니건만 나오는 눈물을 어찌하랴?

집 떠난 지 5년 새에 내 사랑하던 어머니가 돌아가시고 어린것이 죽고 이제 남았던 아내까지 죽었으니 아아, 무슨 바람과 무슨 면목으로 이제 다시 고향을 밟으랴?

올해는 어떨까 명년에나 어떨까 하여 해가 갈 때마다 집으로 돌아가기를 맹세하고 바랐으나 몸은 점점 괴로울 뿐이고 모든 것은 뜻같이 되지 않아서 고향으로 못 돌아갔다. 이리하여 세월도 나를 속였거니와, 나도 세월을 속였으며, 내 사랑하던 식구까지 속였구나.

작년 가을에 이곳으로 온 것은 이역상설에 너무도 고향이 그리워서 고국 땅이라도 밟아서 한 걸음이라도 고향 가까이 있어보려는 진정으로 온 것이다. 그러나 이곳에 와서도 노동자의 무리에서 비지땀을 짜게 됨에 역시 낭탁이 비었다. 가난에 우는 처자를 버리고 나서 한푼 없이 어찌 돌아가랴. 그네들은 죽을 때에 눈을 못 감았으리라. 아아, 이 무정한 나를 얼마나 바라고 기다렸으랴. 생각할수록 가슴이 터지는 듯하다.

나는 가련다. 저쯤께 차버렸던 '만주'나 '씨비리'로 가련다. 그러나 나는 고국에 많은 애착을 두고 간다. 이 몸이 떠나는 때 그 자국자국에 괴일 눈물의 뜻을 군은 알 것이다.

죽어서 만약 영혼이 있다 하면 나는 고향으로 가련다. 부모처자의 영혼을 따라 고향 가서 이 가슴의 설움을 꿋꿋이 아뢰고저 한다.

잘 있거라. 그러나 군의 목숨이 붙어 있는 때까지 이 세상에는 김우영이라는 친구가 있었더라는 것을 잊지 말아다오.

3월 23일 김우영 씀

그날도 이렇게 비가 뿌리었다. 사랑하는 벗의 쓰라린 편지를 고즈넉한 봄비 속에서 읽을 때, 나는 무어라고 형언할 수 없는 갑개의 가슴을 만졌다.

3

김우영 군이 고향 있을 때 일이다. 하루는 그리 몹시 불던 바람이 자더니 곧 검은 구름이 하늘을 가리었다. 우중충한 날이 반나절이나 계속하다가 해 넘어갈 때부터 함박꽃 같은 눈이 펄펄 내렸다. 눈은 밤새껏 퍼부어서 온 거리에 솜같이 쌓인 위로 새벽부터 바람이 건너기 시작하였다.

해오를 임박에는 바람 형세가 맹렬하였다. 노한 바다 소리같이 우― 하고 서북으로부터 쓸려 내려올 때면 지진 난 것처럼 집까지 흔들흔들하는 듯하였다. 눈가루가 창문을 치는 때면 모래를 뿌리는 듯이 쏴—
하며 뚫어진 구멍으로 막 뿌려들었다. 울타리 말짱이 부러지는지 뉘 집
지붕이 떠나가는지 우지끈 뚝딱 덩그렁 철썩 하는 소리는 온 생령生靈으
로 하여금 점점 몸을 옹송그리게 한다.

식전부터 순사들은 돌아다니면서 눈을 치라고 야단이다. 그러나 쓸
어놓으면 또 불어오고 낮을 들면 눈이 뿌려서 옴짝할 수 없었다. 그러
나 경관들은 칼 소리를 내고 돌아다니면서 못 견디게 굴었다.

나는 화로를 끼고 앉았다가 하는 수 없이 밖에 나섰다. 천지는 뿌예
서 눈안개 속에 잠기고 칼 같은 바람은 뺨을 후린다. 나는 바로 우리 집
앞에 있는 우영 군 집으로 갔다. 둘이 협력하여서 눈을 치워보려고 생
각한 까닭이다.

우영 군 집 마당에 들어서니 그 집 온 식구들은 벌써 밖에 나왔다. 우
영 군의 아내는 맨발에 떨어진 짚세기를 끌고 낯이 파랗게 질려서 흙마
루에 뿌린 눈을 쓸고 있다. 그리고 우영 군은 차디찬 눈 뿌린 퇴마루를
짚고 앉아서 흑흑 느껴가면서 눈물을 떨어뜨린다. 나는 웬일인가 하여
눈이 둥그레서, "자네 왜 우나! 응!" 하고 물었다. 그러나 우영군은 아무
대답 없고 마루 밑에 떨어진 짚세기를 찾고 있던 그의 늙은 어머니가
머리를 돌려 나를 보면서, "자네 왔나?" 하고 어색한 소리로 말한다.

"네! 안녕히 주무셨습니까? 그런데 우영 군이 왜 저러구 앉았어요?"

"응 그 급살을 맞을 놈들이 그 애를 때렸네! 에구 그 언 뺨을 그놈들
이 사정 없이두 때리데."

"누가 때려요?"

"순사 놈들이 때리지 누가 때리겠나!"

"순사가 왜 때려요?"

"눈 치우러 얼른 나오잖는다구, 그 구둣발로 차고 그것도 부족해서

뺨까지 때렸다네! 에구 망할 놈의 세상두……"

그 어머니는 눈물이 글썽글썽해서 우영 군을 본다. 나도 보았다. 팔뚝이 빠진 헌 양복저고리를 입고 울던 우영 군은,

"내가 아무 때든지 이 설치를 해야지—" 하며 마루를 꽝 때린다.

"이 사람아, 울 것 있나?"

"너무도 억울해서 그러네. 이놈의 사회가 언제까지 이 모양으로 갈는지?"

4

우영 군과 나는 들채에다 눈을 담아서는 앞개울로 내다버렸다. 그런데 우영 군은 우리 노동자 가운데서는 꽤 든든한 편인데, 이날 아침에는 숨이 차서 헐떡헐떡하며 이마에 땀이 내돋아서 서리가 뿌옇다. 그리고 몇 걸음 걷다가는 힝 하고 자빠지거나 비틀비틀하고 잘 걷지도 못한다.

"이 사람이 오늘은 왜 이리 자빠지나? 호호."

나는 농담을 하면서 들채를 들다가 쓰러지는 그를 보고서 웃었다.

"에구! 벌써 세 끼나 굶었으니 무슨 기운이 나겠나!"

마루에 서서 우리를 보던 우영 군의 어머니는 탄식처럼 뇐다. 그 소리를 들은 나는 그만 맥이 풀렸다. 나는 겨죽이나마 배불리 먹고 굶은 그네들 앞에 선 것이 죄송스럽기도 하고 고생을 죽도록 해도 근근이 생명을 이어가는 우리네 팔자가 너무도 억울하였다.

그 후 며칠이 지났었다. 하루는 우영 군이 나를 찾아와서,

"나는 떠나려네!"

"응 어디로?"

"간도나 해삼위로 가려네!"

"거기는 가서?"

"암만해도 이 상태로는 늘 이 꼴이 되겠으니 어느 금광이나 탄광에 가서 좀 벌어보겠네."

"이 사람아, 식구들은 어찌할 작정인가?"

"어쩌다니 방책이 없지!"

"괜히 고생만 더 하게 되기 쉬우니 잘 생각하게나!"

"자네 아직도 못 깨달았나. 우리가 이에서 고생을 더하면 얼마나 하겠나? 나는 내 일생에 고생을 피하거나 벗으려고 하지 않네. 글쎄 그러면 그것은 마음만 상하지 쓸데 있나. 나는 어떤 고통이든지 지긋지긋 밟고 나가서 그것을 이기려고 하네. 어쨌든지 살아보려고 하네. 내가 떠나는 것은 좀 웬만하면 식구들을 배나 주리지 않게 할까 함일세. 내가 굶은들 상관있나마는 식구들 굶는 꼴은 참 못 보겠네. 어디 가보아서 좋으면 몇 달에 얼마씩이라도 보내게 될 터이지."

"글쎄 그렇다면 모르거니와 참 딱할세."

6

그 후로는 그는 씨비리로 북만주로 찬비와 쓰린 눈을 무릅쓰고 돌아

다녔다. 그러나 집에는 돈 한푼 못 보내었다. 그의 식구는 열흘이면 엿새는 굶었다.

그 후 5년 만에 우영 군은 경흥 웅기에 왔다는 편지가 있었다. 그 편지를 받은 후로 그의 식구들은 그가 오기를 더욱 기다렸다.

그 어머니는 늘 이런 편지를 그에게 부쳤다.

그러자 그 이듬해 봄에 독감이 유행하여 그의 식구들은 하나 남지 않고 죽었다.

"우리 우영이는 어째 안 오는가? 응! 우리 우영이 왔나?"

그 어머니는 죽을 때에 곁에 앉은 나를 보고 여러 번 물었다.

이 식구들의 죽은 소식을 들은 우영군은 마지막 편지를 나에게 주고 웅기를 떠나서 또 해외로 갔다. 그것이 벌써 7년 전 옛일이다.

김우영 군은 지금 어디 있는지? 나도 그 후로 고향을 떠나서 타관에 유리표박하게 되면서부터 다년 생활에 몰려서 어떤 때면 그를 잊다시피 생각지 않는다. 그러나 이 봄을 만나고 더욱 궂은 봄비 뿌리는 때면 그가 그립고 고향이 그립다. 작년인가 풍편으로 들으니 김우영 군은 모스크바 ××회에서 활동한다 하나 자세한 소식은 못 된다.

내가 살아 있는 것처럼 그도 살아 있다 하면 내가 그를 생각하느니만큼 그도 나를 생각할 것이며 내가 고향을 그리는 것처럼 그도 고향을 그릴 것이다. 천 리에 방랑하는 두 혼의 가슴에 타는 애수는 언제나 스러질까? 인생이 있는 동안에는 이 설움은 늘 있을 것이다.

창 앞에 빗소리는 그저 그치지 않았다.

기아와 살육

기아와 살육

1

경수는 묶은 나뭇짐을 짊어졌다. 힘에야 부치거나 말거나 가다가 거꾸러지더라도 일기가 사납지 않으면 좀 더 하려고 하였으나 속이 비고 등이 시려서 견딜 수 없었다. 키 넘는 나뭇짐을 가까스로 진 경수는 끙끙거리면서 험한 비탈길로 엉금엉금 걸었다. 짐바가 두 어깨를 꼭 죄어서 가슴은 뻐그러지는 듯하고 다리는 부들부들 떨려서 까딱하면 뒤로 자빠지거나 앞으로 곤두박질할 것 같다. 짐에 괴로운 그는, "이놈, 남의 나무를 왜 도적질해 가니?" 하고 산 임자가 뒷덜미를 집는 것 같아서 마음까지 괴로웠다. 그의 가슴은 한껏 두근거렸다. 벗어버리고 싶은 마음이 여러 번 나다가도 식구의 덜덜 떠는 꼴을 생각할 때면 다시 이를 갈고 기운을 가다듬었다. 서북으로 쏠려오는 차디찬 바람은 그의 가슴을 창살같이 쏜다. 하늘은 담뿍 흐려서 사면은 어둑충충하다.

어수선한 중국사람의 마을을 지나 오 리가 가까운 집까지 왔을 때, 경수의 전신은 땀에 후줄근하였다. 몸을 움직일 때마다 의복 속으로 퀴지근한 땀 냄새가 물씬물씬 난다. 그는 부엌방 문 앞에 이르러서 나뭇짐을 진 채로 펑덩 주저앉았다.

"인제는 다 왔구나" 하고 생각할 때, 긴장되었던 그의 신경은 줄 끊어진 활등같이 흐뭇하여져서 손가락 하나 꼼짝할 용기도 나지 않았다.

"해해, 아빠 왔다. 아빠! 해해."

뚫어진 문구멍으로 경수를 내다보면서 문을 탁탁 치는 것은 금년에 세 살 나는 학실이었다. 꿈 같은 피곤에 싸였던 경수는 문구멍으로 내다보는 그 딸의 방긋 웃는 머루알 같은 눈을 보고 연한 소리를 들을 제 극히 정결하고 순화하고 부드럽고 따뜻한― 무어라 형용키 어려운 감정이 그 가슴에 넘쳤다. 그는 문이라도 부수고 들어가서 학실이를 꼭 껴안고 그 연한 입술을 쪽쪽 빨고 싶었다.

"으응, 학실이냐?"

그는 빙그레 웃으면서 바와 낫을 뽑아 들었다. 이때 부엌문이 덜컥 열렸다.

"이제 오니? 네 오늘 칩었겠구나! 배두 고프겠는데 어찌겠는구?"

하면서 내다보는 늙은 부인은 어색해한다.

"어머니는 별 걱정을 다 함메! 일없소."

여러 해 동안 겪은 풍상고초를 상징하는 그 어머니의 주름 잡힌 낯을 볼 때마다 경수의 가슴은 전기를 받는 듯이 찌르르하였다.

2

경수는 부엌에 들어섰다. (북도는 부엌과 구들 사이에 벽 없이 한데 이어 있다.) 벽에는 서리가 들이돋고 구들에는 먼지가 풀썩풀썩 일어나는 이 어둑한 실내를 볼 때, 그는 새삼스럽게 서양 소설에 나타나는 비밀 지하실을 상상하였다. 경수는, "아빠, 아빠!" 하고 달릉달릉 쫓아와서 오금에 매어달리는 학실이를 안고 문 앞에 앉아서 부뚜막을 또 물끄러미 보았다. 산후풍産後風이 다시 일어서 벌써 열흘 넘어 신음하는 경수의 아내는 때가 지덕지덕한 포대기와 의복에 싸여서 부뚜막에 고요히 누워 있다. 힘없이 감은 두 눈은 쑥 들어가고 그리 풍부치 못하던 살은 쪽 빠져서 관골이 툭 나왔다.

"내 간 연에 더하지는 않았소?"

"더하지는 않았다마는 사람은 점점 그른다."

창문을 멍하니 보던 그 어머니는 머리를 돌려서 곁에 누운 며느리를 힘없이 본다. 문구멍으로 흘러드는 바람은 몹시 쌀쌀하다. 여러 날 불 끊은 후 구들은 얼음장같이 뼈가 제릿제릿하다. 누덕치마 하나도 못 얻어 입고 입술이 파래서 겨울을 지내는 학실이는 방긋방긋 웃으면서 경수의 무릎에 올라앉았다가는 내려서 등에 가 업히고, 업혔다가는 무릎에 와 안기면서 알아 못 들을 어눌한 소리로 무어라고 지껄이기도 한다.

"안채에서는 아까두 또 나와서 야단을 치구……"

그 어머니는 차마 못 할 소리를 하듯이 뒤끝을 흐리마리해 버린다.

"미친놈들 같으니라구, 누가 집세를 떼먹나! 또 좀 떼우면 어때?"

경수는 억결에 내쏘았다.

"야 듣겠다. 안 그렇겠니? 받을 거 어째 안 받자구 하겠니? 안 주는 우리가 긇지……"

하는 어머니의 소리는 처참한 처지를 다시금 저주하는 듯했다.

"긇기는? 우리가 두고 안 준답디까? 에그, 그 게트림하는 꼴들을 보지 말구 살았으면……"

경수는 홧김에 이렇게 쏘았으나 그 가슴에는 천사만념이 우물거렸다. 어머니의 시대에는 남부럽잖게 지내다가 어머니가 늙은 오늘날, 즉 자기가 주인이 된 이때에 와서 어머니와 처와 자식을 뼈저린 냉방에서 주리게 하는 것을 생각하는 때면 자기가 이십여 년 간 밟아온 모든 것이 한푼의 가치가 없는 것 같고, 차마 내가 주인이라고 식구들 앞에 낯을 드러내놓기가 부끄러웠다.

'학교? 홍 그까짓 중학은 다녔대야 무얼 한 게 있누? 학비 때문에 오막살이까지 팔아가면서 마쳤으나 무엇이 한 것이 있나? 공연히 식구만 못살게 굴었지!'

그는 이렇게 하루에도 몇 번씩 자기의 소행을 후회하고 저주하였다. 그러다가도,

'아니다, 아니다.'

머리를 흔들면서, '내가 그른가? 공부도 있는 놈만 해야 하나? 식구가 빌어먹게 집까지 팔면서 공부하게 한 죄가 뉘게 있니? 내게 있을까? 과연 내게 있을까? 아아, 세상은 그렇게 알 테지. 홍! 공부를 하고도 먹을 수 없어서 더 궁항에 들게 되니, 이것도 내 허물인가? 일을 하잖는다구? 일! 무슨 일? 농촌으로 돌아든대야 내게 밭이 있나, 도회로 나간대야 내게 자본이 있나? 교사 노릇이나 사무원 노릇을 한대야 좀 뾰로 통한 말을 하면 단박 집어 세이고…… 그러면 나는 죽어야 옳은가? 왜 죽어? 시퍼렇게 산 놈이 왜 그저 죽어? 살 구멍을 뚫다가 죽어두 죽지! 왜 거저 죽어? 세상에 먹을 것이 없나, 입을 것이 없나? 입을 것 먹을 것이 수두룩하지! 몇 놈이 혼자 가졌으니 그렇지! 있는 놈은 너무 있어서 걱정하는데 한편에서는 없어서 죽으니 이놈의 세상을 그저 두나?' 경수는 이렇게 돋쳐 생각할 때면 전신의 피가 막 끓어올라서 소리를 지르고 뛰어나가면서 지구 덩어리까지라도 부숴 놓고 싶었다. 그러나 미약한 자기의 힘을 돌아보고 자기 한 몸이 없어진 뒤의 식구(자기에게 목숨을 의탁한)의 정상이 눈앞에 선히 보이는 듯할 때면 '더 참자!' 하는 의지가 끓는 감정을 눌렀다. 그는 어디서든지 처지가 절박한 사람을 보

면 가슴이 찌르르 하면서도, 그 무리를 짓밟는 흉악한 그림자가 눈앞에 뵈는 듯해서 퍽 불쾌하였다.

'아아, 내가 왜 주저를 하나? 모두 다 집어치워라. 어머니, 처, 자식— 그 조그마한 데 끌릴 것 없다. 내 식구만 불쌍하냐? 세상에는 내 식구보담도 백 배나 주리는 사람이 있다. 이것저것 다 돌볼 것 없이 모든 인류가 다 같이 살아갈 운동에 몸을 바치자!'

그는 속으로 이렇게 결심도 하고 분개도 하였으나 아직 그렇게 나서기에는 용기가 부족하였다. 아니 용기가 부족이라는 것보담 식구에게 대한 애착이 너무 컸다. 지금도 어수선한 광경에 자극을 받은 경수는 무릎을 그러안은 두 손 엄지가락을 맞이어 배배 돌리면서 소리 없는 아내의 꼴을 골똘히 보고 있다. 철없는 학실이는 그저 몸에 와서 지근지근한다. 아까는 귀엽던 학실이도 이제는 귀찮았다. 그는 학실이를 보고, "내가 자겠다. 할머니 있는 데로 가거라" 하면서 부엌에서 불을 때는 어머니를 가리켰다. 그리고 그는 그냥 드러누웠다. 그는 이 생각 저 생각 끝에, 모두 죽어라! 하고 온 식구를 저주했다. 모두 다 죽어주었으면 큰 짐이나 벗어 놓은 듯이 시원할 것 같다.

'아니다. 그네도 사람이다! 산 사람이다. 내가, 내 삶을 아긴다 하면 그네도 그네의 삶을 아낄 것이다. 왜 죽으라고 해! 그네들을 이 땅에 묻어? 내가 데리고 이 북만주에 와서 그네들은 여기다 묻어 놓고 내 혼자 잘 살아가? 아아, 만일 그렇다 해보자! 무덤을 등지고 나가는 내 자국 자국에 붉은 피가, 저주의 피가 콜짝콜짝 고일 테니 낸들 무엇이 바로 되랴? 응! 내가 왜 죽으려고 했을까! 살자! 뼈가 부서져도 같이 살자! 죽으면 같이 죽고!'

그는 무서운 꿈이나 본 듯이 눈을 번쩍 떴다가 다시 감으면서 돌아누웠다.

3

경수는 돌아누운 대로 꼼짝하지 않고 또 깊은 생각에 잠겼다.

"여보!"

잠잠하던 아내는 경수를 부른다. 그 소리는 가까스로 입밖에 흘러나오는 듯이 미미하다.

"또 어째 그러오?"

경수는 낯을 찡그리고 획 일어나면서 역증 나게 대답했다. 그러나 그것은 아내의 부르는 것이 역증이 나거나 귀찮아서 그런 것이 아니었다. 가슴에 알지 못할 불쾌한 감정이 울근불근할 제 제 분에 못 겨워서 그렇게 대답한 것이다.

그 아내는 벌떡 일어나는 경수를 보더니 아무 소리 없이 눈을 스르르 감는다. 감는 그 두 눈으로부터 굵은 눈물이 뚝뚝 흘러 해쓱한 뺨을 스치고 거적자리에 떨어진다. 그것을 볼 때 경수의 가슴은 몹시 쓰렸다. 일없이 퉁명스럽게 대답한 것이 후회스러웠다. 자기를 따라 수천 리 타국에 와서 주리고 헐벗다가 병나 드러누운 아내에게 의약을 못 써주는 자기가 말로라도 왜 다정히 못 해주었을까? 하는 생각이 치밀 때, 그는 죄송스럽고 애절하고 통탄스러웠다. 이때 그 아내가 일어나서 도끼로 경수의 목을 자른다 하더라도 그는 순종하였을 것이다. 그는 아내를 얼싸안고 자기의 잘못을 백번 사례하고 싶었다.

"여보! 어디 몹시 아프우?"

경수는 다정스럽게 물으면서 곁으로 갔다.

"야 이거 또 풍이 이는게다."

불을 때고 올라와서 학실이를 재우던 어머니는 며느리의 낯을 보더니 겁난 목소리로 부르짖는다.

이를 꼭 악문 병인의 이마에는 진땀이 좁쌀같이 빠직빠직 돋았다. 사들사들한 두 입술은 시우쇠 빛같이 파랗다. 콧등에도 땀방울이 뽀직뽀직 흐른다. 그의 호흡은 몹시 급하다. 여러 날 경험에 병세를 짐작하는 경수의 모자는 포대기를 들고 병인의 팔과 다리를 보았다. 열 발가락, 열 손가락은 꼭꼭 곱아들었고 팔다리의 관절관절은 말끔 줄어붙어서 소디손 나무통에다가 집어 넣은 사람같이 되었다.

어머니와 경수는 이전처럼 그 팔다리를 주물러 펴려고 애썼으나 점점 줄어붙어서 쇳덩어리같이 굳어만 지고 병인은 더욱 괴로워한다.

"여보, 속은 어떠오?"

경수는 물 퍼붓듯 하는 아내의 이마의 땀을 씻으면서 물었다. 아내는 무슨 말을 하려고 입술을 너분적거리나 혀가 굳어서 하지 못하고 눈만 번쩍 떠서 경수를 보더니 다시 감는다. 그 두 눈에는 피발이 새빨갛게 섰다. 경수는 가슴이 찌르르하고 머리가 띵할 뿐이었다.

"야, 학실 어멈아! 니 이게 오늘은 웬일이냐? 말두 못 하니? 에구— 워쩐 땀을 저리두 흘리니?"

어머니는 부들부들 떨면서 병인의 팔다리를 주무른다. 병인은 호흡이 점점 높아가고 전신에서 흐르는 땀은 의복 거죽까지 내배어서 포대기를 들썩거릴 때마다 김이 물씬물씬 오른다.

"에구 네가 죽는구나! 에구 어찌겠는구! 너를 뜨뜻한 죽 한 술 못 멕이고 죽이는구나! 하—야 학실 아비야! 가봐라! 응? 또 가봐라, 가서 사정해라! 의원醫員 두 목석이 아니문 이번에야 오겠지! 좀 가봐라. 침이라두 맞혀보고 죽여야 원통찮지!"

경수는 벌떡 일어섰다. 무슨 결심이나 한 듯이 그의 눈에는 엄연한 빛이 돈다.

네 번이나 사절하고 응하지 않던 최 의사는 어찌 생각하였는지 오늘은 경수를 따라왔다.

맥을 짚어 본 의사는 병을 고칠 테니 의채 오십 원을 주겠다는 계약을 쓰라 한다.

경수 모자는 한참 묵묵하였다.

병인의 고통은 점점 심해 간다.

경수는 몸이 부르르 떨렸다. 한 나라 한 땅에서 난 사람(최 의사)으로 다같이 이국 땅에 와서 그렇게 쌀쌀스런 짓을 부리는 최 의사를 단박 때려서 죽여버리고 싶었다. 그러나 일각이 시급한 아내를 살려야 하겠다 생각하면 그의 머리는 숙여지지 않을 수 없었다. 그러나 이를 어찌하랴? 그러라 하면 오십 원을 내놓아야 하겠으니 오십 원은커녕 오 전이나 있나? 못 하겠소 하면 아내는 죽는다.

'아아, 그래 나의 아내는 죽이는가?'

생각할 때 그의 오장은 칼에 푹푹 찢기는 듯하였다.

"시방 돈이 없더라도 일없소. 연기를 했다가 일후에 주어도 좋지. 계약서만 써놓으면……"

의사는 벌써 눈치 채었다는 수작이다.

경수는 벼루를 집어다가 계약서를 써주었다. 그 계약서는 이렇게 썼다.

의채 일금 오십 원을 한 달 안으로 보급하되 만일 위약하는 때면 경수가 최 의사 집에 가서 머슴 일 년 동안 살 일.

의사는 경수 아내의 팔다리를 동침으로 쓱쓱 지르고 나서 약화제 한 장을 써주면서, "이것을 가지고 박 주사 약국에 가보오. 내 약국에는 인삼이 없어서 못 짓겠으니" 하고는 돌아다도 보지 않고 가버렸다.

병인의 사지는 점점 풀리면서 순하여진다.

경수는 차마 발길이 떨어지지 않았다. 그 약국 문 앞에 이르러서 퍽 주저거리다가 할 수 없이 방에 들어섰다.

약 냄새는 코를 쿡 찌른다. 그는 주저거리다가 겨우 입을 열었다.

"약을 좀 지어주시오."

약국 주인은 아무 말 없이 화제를 집어서 보다가 수판을 자각자각 놓더니, "돈 가지고 왔소?" 하면서 경수를 본다. 경수의 낯은 화끈하였다.

"돈은 내일 드릴 테니 좀 지어주시오."

경수의 목소리는 간수 앞에서 면회를 청하는 죄수의 소리 같다.

약국 주인은 아무 말도 없이 이마를 찡그리면서 저편 방으로 들어간다. 경수는 모든 설움이 복받쳐서 눈물에 앞이 캄캄하였다. 일종의 분노도 없지 않았다. 세상은 너무도 자기를 학대하는 것 같았다. 그것이 새삼스럽게 슬프고 쓰리고 원통하였다. 방 안에 걸어 놓은 약봉지까지 자기를 비웃고 가라고 쫓는 것 같았다. 그는 소리 없는 눈물을 주먹으로 씻으면서 약국 문을 나섰다. 약국을 나선 경수는 감옥에서나 벗어난 듯이 시원하지만 빈손으로 집에 들어갈 일을 생각하면 또 부끄럽고 구슬펐다.

5

경수는 집으로 돌아왔다.

집 안은 황혼 빛에 어둑하여 모두 희미하게 보인다. 그는 아내의 곁에 가 앉았다.

"좀 어떻소? 어머니는 어디루 갔소?"

"어머님은 그집(당신)에서 나간 담에 이내 나가서 시방 안 들어왔소. 약 지어왔소?"

아내의 소리는 퍽 부드러웠다. 경수는 무어라 대답하면 좋을지 몰랐다. 어서 괴로운 병을 벗어나서, 한 찰나라도 건전한 생을 얻으려는 그 아내에게—그가 먹어야만 될 약을 못 지어 왔소 하기는 남편 되는 자기의 입으로는 차마 말할 수 없었다.

"지금 지어요. 나는 당신이 더하지 않은가 해서 또 왔소. 이제 또 가지러 가겠소."

경수는 아무쪼록 아내의 마음을 위로하려고 이렇게 말하였다. 그러나 그것이 경수에게는 더욱 고통이 되었다. 내가 왜 진실히 말 안 했누? 생각할 때, 그 순박한 아내를 속인 것이 무어라 할 수 없이 가슴이 아팠다. 아내는 그 약을 기다릴 것이다. 그 약에 의하여 괴로운 순간을 벗으려고 애써 기다릴 것이다. 이렇게 생각하면서도 그것이 거짓말이라고 고백할 수도 없었다.

"돈 없다구 약국쟁이가 무시기라구 안 합데?"

"흥!"

경수는 그 소리에 가슴이 꽉 막혔다. 그 무슨 의미로 흥! 했는지 자기도 몰랐다. 그는 아무 소리 없이 손가락만 비비고 앉았다. 어머니가 얼른 오시잖는 것이 퍽 조마조마하였다. 그는 불만 멍하니 쳐다보았다. 빤한 기름불은 실룩실룩하여 무슨 괴화怪火같이 보이더니 인제는 윤곽만 희미하여 무리를 하는 햇빛 같다. 모든 빛은 흐리멍텅하다. 자기 몸은 꺼먼 구름에 싸여서 밑없고 끝없는 나라로 흥덩거려 들어가는 것 같다.

꺼지고 거무레한 그의 눈 가장자리가 실룩실룩하더니 누른빛을 띤 흰자위에 꾹 박힌 두 검은자위가 점점 한곳으로 모여서 모듭떴다. 그의 낯빛은 점점 검푸르러 가며 두 뺨과 입술은 경련적으로 떨린다.

그는 모듭뜬 눈을 점점 똑바로 떠서 부뚜막을 노려보고 있다. 그의 눈에는 새로 보이는 괴물이 있다. 그 괴물들은 탐욕의 붉은 빛이 어리어리한 눈을 날카롭게 번쩍거리면서 철관鐵管으로 경수 아내의 심장을 꾹 질러 놓고는 검붉은 피를 쭉쭉 빨아 먹는다. 병인은 낯이 새까맣게 질려서 버둥거리며 신음한다. 그렇게 괴로워할 때마다 두 남녀는 피에 물든 새빨간 혀를 내두르면서 "하하하" 웃고 손뼉을 친다. 경수는 주먹을 부르쥐면서 소름을 쳤다. 그는 뼈가 짜릿짜릿하고 염통이 쏙쏙 찔렸다. 그는 자기 옆에도 무엇이 있는 것을 보았다. 눈깔이 벌건 자들이 검붉은 손으로 자기의 팔다리를 꼭 잡고 철관으로 자기의 염통 피를 빨면서 홍소哄笑를 친다. 수염이 많이 나고 낯이 시뻘건 자는 학실이를 집어서 바작바작 깨물어 먹는다. 경수는 악 소리를 치면서 벌떡 일어섰다. 그것은 한 환상이었다. 그는 무서운 사실을 금방 겪은 듯이 눈을 비비면서 다시 방 안을 돌아보았다. 불빛이 어스름한 방 안은 여전하다.

그의 어머니는 그저 오지 않았다. 오늘은 어머니가 어떻게 기다려지는지 마음이 퍽 죄였다. 너무도 괴로워서 뉘 집 우물에 가서 빠져 죽은 것 같기도 하고 어느 나뭇가지에 가서 목이라도 맨 것같이도 생각났다. 그럴 때면 기구한 어머니의 시체가 눈에 보이는 듯하였다. 그는 뒷간에도 가보고 슬그머니 앞집 우물에도 가보았다. 그 어머니는 없었다. 그럴 리가 없겠지? 하고 자기의 무서운 상상을 부인할 때마다 그러한 생각을 하는 자기가 고약스럽고 악착스러웠다.

이렇게 마음을 죄이는 경수는 잠든 아내의 곁에 앉았다. 학실이도 그저 깨지 않고 잘 잔다. 뼈저리게 차던 구들이 뜨뜻하니 수마睡魔가 모든 사람을 침범한 것이다. 경수도 몸이 노곤하면서 졸음이 왔다.

"경수 있나?"

밖에서 부르는 소리에 경수는 깜짝 놀라 일어섰다. 이때 그의 심령은 그에게 무슨 불길不吉을 가르치는 듯하였다.

경수는 문밖에 나섰다.

쌀쌀한 어둠 속에서 사람들이 수군거린다. 그는 공연히 가슴이 덜컥하고 두근두근하였다. 그는 앞뒤를 얼결에 돌아보았다. 누군지 히슥한 것을 등에 업고 경수의 앞에 나타났다.

"아이구 어머니!"

그 사람의 등에 업힌 것을 들여다보던 경수는 이렇게 소리를 지르면서 축 늘어져서 정신없는 어머니에게 매어달렸다.

6

경수의 어머니는 방에 들여다 눕혔다. 다리와 팔에서는 검붉은 피가 그저 줄줄 흘러서 걸레 같은 치마저고리에 피 흔적이 임리하다. 낮의 고기도 척척 떨어졌다. 그는 정신없이 축 늘어졌다. 사지는 냉랭하고 가슴만 팔딱팔딱 한다.

경수는 갑갑하여 울음도 나지 않고 말도 나오지 않았다.

"이게 어쩐 일이오?"

죽 모여 선 사람 가운데서 누가 묻는다. 입을 쩍쩍 다시고 앉았던 김 참봉은 말을 내었다.

"하, 내가 지금 최 도감하구 '물남'에 갔다 오는데요, 물 건너 되놈(支那人)의 집 있는 데루 가까이 오니 그놈의 집 개가 어떻게 짖는지! 워낙 그놈의 개가 사나운 개니까 미리 알아채리느라구 돌째기(돌멩이)를 찾느라고 엎대서 낑낑하는데 '사람 살리오!' 하는 소리가 개 소리 가운데 모기 소리만치 들린단 말이야! 그래 최 도감하구 둘이 달려가 보니까 웬 사람을 그놈의 개들이 물어뜯겠지! 그래 소리를 쳐서 주인을 부른다, 개를 쫓는다 하구 보니 아 이 늙은이겠지" 하며 김 참봉은 경수 어머니를 가리킨다.

"에구 그놈의 개가 상년에두 사람을 물어 죽였지."

누가 말한다.

"그래 님자는 가만히 있나?"

또 누가 묻는다.

"그 되놈덜, 개를 클아배(할아버지)보담 더 모시는데! 사람을 문다구, 누군지 그 개를 때렸다가 혼이 났는데두!"

"이놈(지나인)의 땅에 사는 우리가 불쌍하지!"

이 사람 저 사람의 소리에 말을 끊었던 김 참봉은 또 입을 열었다.

"그래 몸을 잡아 일으키니 벌써 정신을 잃었겠지요. 그런데두 무시긴지 저거는 옆구리에 꼭 껴안고 있어."

하면서 방바닥에 놓은 조그마한 보퉁이를 가리킨다.

"그게 무시기요?" 하면서 누가 그것을 풀었다. 거기서는 한 되도 못 되는 누런 좁쌀이 우시시 나타났다. 경수 어머니는 앓는 며느리를 먹이려고 자기 머리에 다리를 풀어가지고 물남에 쌀 팔러 갔었던 것이다.

자던 학실이는 언제 깨었는지 터벅터벅 기어 와서 할머니를 쥐어 흔든다.

"한머니, 이러나라, 이차! 이— 차."

학실이는 항상 하는 것같이 잠든 할머니를 깨우는 모양으로 할머니의 머리를 들어 일으키려고 한다. 경수의 아내는 흑흑 운다. 너무도 무서운 광경에 놀랐는지 그는 또 풍증이 일어났다. 철없는 학실이는 할머니가 일어나지 않고 대답도 없으니 어미 있는 데 가서 젖을 달라고 가슴에 매어 달린다. 괴로워하는 그 어미의 호흡은 점점 커졌다.

모였던 사람은 하나둘씩 흩어진다. 누가 뜨뜻한 물 한 술 갖다 주는 이가 없다.

경수는 머리가 띵하였다. 그는 사지가 경련되는 것을 느꼈다. 그의 가슴에서는 연鉛 덩어리가 쑤심질하는 듯도 하고 캐한 연기가 팽팽 도는 듯도 하고 오장을 바늘로 쏙쏙 찌르는 듯도 해서 무어라 형언할 수 없었다. 갑자기 하늘은 시커멓게 흐리고 땅은 쿵쿵 꺼져 들어간다. 어둑한 구석구석으로부터는 몸서리치도록 무서운 악마들이 뛰어나와서 세상을 깡그리 태워버리려는 듯이 뻘건 불길을 활활 내뿜는다. 그 불은 집을 불사르고 어머니를, 아내를, 학실이를, 자기까지 태워버리려고 확확 몰켜 온다. 뻘건 불 속에서는 시퍼런 칼을 든 악마들이 불끈불끈 나타나서 온 식구들을 쿡쿡 찌른다. 피를 흘리면서 혀를 가로물고 쓰러져 가는 식구들의 괴로운 신음소리는 차마 들을 수 없이 뼈까지 저민다. 그 괴로워하는 삶[生]을 어서 면케 하고 싶었다. 이러한 환상이 그의 눈앞에 활동사진같이 나타날 때,

"아아, 부숴라! 모두 부숴라!"

소리를 지르면서 그는 벌떡 일어섰다. 그의 손에는 식칼이 쥐어졌다. 그는 으악― 소리를 치면서 칼을 들어서 내리찍었다. 아내, 학실이, 어머니 할 것 없이 내리찍었다. 칼에 찍힌 세 생령은 부르르 떨며, 방 안에는 피비린내가 탁 터졌다.

"모두 죽여라! 이놈의 세상을 부수자! 복마전伏魔殿 같은 이놈의 세상을 부수자! 모두 죽여라!"

밖으로 뛰어나오면서 외치는 그 소리는 침침한 어둠 속에 쌀쌀한 바

람과 같이 처량히 울렸다. 그는 쓸쓸한 거리에 나섰다. 좌우에 고요히 늘어 있는 몇 개의 상점은 빈지를 반은 닫고 반은 열어 놓았다.

경수의 눈앞에는 아무 거리낄 것, 아무 주저할 것이 없었다. 그는 허둥지둥 올라가면서 닥치는 대로 부순다. 상점이 보이면 상점을 짓모으고 사람이 보이면 사람을 찔렀다.

"홍으적(도적놈)이야!"

"저 미친놈 봐라!"

고요하던 거리에는 사람의 소리가 요란하다.

"내가 미쳐? 내가 도적놈이야? 이 악마 같은 놈들 다 죽인다!"

경수는 어느새 웃장거리 중국 경찰서 앞까지 이르렀다. 그는 경찰서 앞에서 파수 보는 순사를 콱 찔러 누이고 안으로 뛰어 들어갔다. 창문을 부순다. 보이는 사람대로 찌른다.

꽝…… 꽝…… 꽝꽝.

경찰서 안에서는 총소리가 연방 났다. 벽력같이 울리는 총소리는 쌀쌀한 바람과 함께 거리에 처량히 울렸다.

모든 누리는 공포의 침묵에 잠겼다.

기아

기아

1

"여보."

서재에서 무엇을 쓰던 최순호는 그 아내 경희의 부르는 소리에 붓을 멈추었다.

"여보세요. 거기 계셔요."

남편의 대답이 늦으니까 재차 부르는 소리가 들린다.

으스름한 초승달빛이 소리 없이 흐르는 뜰을 지나 순호의 서재 방으로 울려 들려오는 그 소리는 몹시 거칠다. 그러자 뒤따라 "으아 엄마" 하는 어린애 울음소리가 처량히 들린다.

"왜 그리우?"

순호는 아내의 소리에 맞장구를 치면서 교의에서 일어섰다.

"이리 좀 나와요. 누가 애를 버리고 갔어요."

그 소리는 날카롭게 순호의 신경을 찌르르 울렸다.

순호는 교의에서 벌떡 일어섰다. 그러나 순호는 아주 진중한 태도로 천천히 걸어서 밖으로 나간다.

"할멈!"

경희는 황겁스럽게 할멈을 부르더니,

"뒷집 언니 좀 오시래. 큰일났네."

퍽 황황해한다.

순호는 마루 아래 내려섰다. 서늘한 초가을의 으스름 달빛은 퍽 처량히 뜰을 엿보고 있다. 뜰에는 어느새 여자의 그림자가 대여섯이나 어른거린다.

"애! 너 웬 애냐? 응, 울지 말고 이리 오너라."

순호는 천천히 대문간으로 걸어 나간다. 어둑어둑한 대문 그림자 속에 유령같이 어른거리는 조그마한 그림자는 "어엉 엄마— 잉잉 흑흑" 구슬피 부르짖으면서 밖으로 엉금엉금 나간다.

"아이 어서 붙잡아요. 어디로 가리다."

처음부터 지접을 못하는 경희는 더욱 어쩔 줄 모른다.

"애 울지 말어! 너 웬 애냐? 응 저리 가자!"

순호는 어린것을 안더니 문간바닥에서 넌짓넌짓한 흰 포대기를 집어 들고 들어온다.

어린것은 목을 놓아 악을 쓰고 운다. 붉은 몸뚱이에 찬물을 받는 사람같이 흑흑 느껴가면서 엄마를 부르는 그 소리는 차고도 혹독한 세상을 저주하는 듯이 마디마디 설움이 괴어서 오장이 스러지는 듯하다.

"그건 뭐라구. 거기 놔요. 괜히 더치리다. 우리 집에 애가 없는 줄 알고 길러줄까 해서 버린게지?"

어린것을 안아다가 마루에 놓으려는 순호를 보면서 그 아내 경희는 발악하듯이 소리를 지른다.

"그러면 어떨거나?"

순호는 어쩔 줄 모르고 주저거린다. 이때 웬 여자의 그림자가 문간에 급히 나타나더니,

"이게 웬일이야" 하면서 마루간으로 간다. 그 여인은 유명한 전도부인이다. 서재 유리창으로 흘러나오는 전등불 빛은 뜰 화단을 스쳐서 건너편 마루의 한 귀퉁이를 밝게 비치었다.

"아이 언니예요. 누가 문간에 애를 버리고 갔어요. 저를 어떡해요?"

경희는 큰 짐이나 진 듯이 걱정이 자심하다.

"아이 끔찍해라! 그래 누가 봤나?"

그 여자의 소리는 물에 빠진 사람 같다.

"지금 금방 할멈이 보고 이르기에 뛰어나오니 참말이겠지!"

"그래 할멈, 버리구 가는 사람 못 봤나?"

휙 돌아서서 할멈인지 어둑한 처마 그늘 속에 서 있는 그림자를 본다.

"아 지금 막 나가려는데 문간에서 울음소리가 나겠지요. 그래 뛰어가보니 웬 애가 포대기 속에 꾸무럭꾸무럭 하면서…… 어찌 무서운지, 누가 두고 갔는지 에구 끔찍두……"

할멈은 기가 막힌 듯이 서두 없는 말을 늘어놓는다.

"엑 망할 년놈들 같으니라구. 제 자식을 버리다니."

그 여인은 혼잣소리같이 뇌었다.

"그런데 이를 어쩌나? 울기만 하니."

순호는 마루에 놓고 걱정한다.

"글쎄 저것을 마루에 놓으면 어쩐단 말이오?"

경희는 발을 동동 구른다.

"울지 마라!"

언니란 여자는 애를 향해서 표독히 소리를 지른다. 어린것은 회피키 어려운 권력 아래서 행여나 구호자를 바라듯이 두리번두리번 하면서 폭포같이 쏟아져 나오던 울음을 흑흑 꺽꺽 그친다.

"애, 네가 이름이 뭐냐 응?"

최순호는 어린것을 보면서 물었다. 그는 이마를 찡그렸다. 어린애는 무섭다는 듯이 머리를 돌리면서 또 울음을 낸다.

"아양 엄마 흑흑."

"울지 말아. 귀 아프다."

어린것을 둘러싼 무리는 위협과 조소와 모욕과 멸시로 그의 울음을—그가 기껏 울 수 있는 자유를 가진 울음까지 구속한다.

"할멈, 애를 업어다가 종로 경찰서로 가져가게. 응!"

할멈은 골을 찡그리면서 어린것을 업고 나간다.

"엑 끔찍하다. 자식을 버리다니!"

최순호는 혼잣말처럼 뇌이면서 업혀나가는 어린것의 뒤를 바라본다.

수수하던 마당 안은 잠깐사이 무거운 침묵이 지배되었다. 날은 어느새 서산에 걸려서 서쪽 집 그림자가 마당에 고요히 서서 잠깐사이 꼼짝하지 않는 사람의 그림자들은 송장을 뻗치어 세워놓은 듯하다.

차고도 혹독한 세상을 마디마디 저주하듯이 할멈에게 업혀가면서 지르는 그 쥐어짜내는 듯한 어린애 울음소리는 점점 멀리 들리다가 스러졌다. 그러나 여러 사람의 눈과 귀에는 그 어린것의 참혹한 형상과 애처로운 소리가 그저 남아 있었다.

2

"엄마 밥 주, 흐흥 흥!"

금년에 네 살 나는 학범이는 또 조르기 시작한다. 벌써 세끼나 굶은 학범 어미는 배가 고프다 고프다 못해서 이제는 배만 허부러지고 걸으려면 다리가 부들부들 한다.

"밥? 흥 밥이 웬 밥이냐?"

학범 어미도 처음에는 그 아들의 입술이 마르고 배가 등에 붙은 것을 보든지, 그 남편이 빈 지게를 걸머지고 어두워서 추들추들히 들어오는 것을 보면 가긍스럽기도 하고 안타깝기도 하여 소리 없는 설움에 흐르는 줄 모르게 눈물이 때 묻은 옷깃을 적시더니 그것도 너무 여러 번이니 이제는 시들하다. 시들하다는 것보다 극도의 빈궁으로 일어나는 악이 머리끝까지 바싹 올라서 만사에 화만 부럭부럭 나고 아무것도 귀찮았다.

"으응 흥! 엄마 밥 주어! 응 엄마!"

그 소리는 억지로 짜내는 소리 같다.

"퍽은 못 견디게 군다. 네 아비더러 달라려무나! 나도 인제는 모르겠다."

마대조각을 깔아놓은 움 속에 드러누웠던 학범 어미는 귀찮은 듯이 소리를 지르면서 벌떡 일어앉았다. 속이 허영허영하고 머리가 어질어질하면서 눈앞이 갑자기 까매졌다. 그는 머리를 붙들고 그 자리에 쓰러졌다.

"앙 아아 흥, 밥을 주어. 흥흥 잉 —"

학범이는 아무 응종 없이 쓰러져 있는 어미를 보더니 더욱 갑갑한지 쥐어짜내는 소리를 더 크게 지르면서 발버둥을 친다.

콧구멍만한 드나들 거적문 하나를 달아놓은 움 속은 저물어가는 황혼 빛 속 같다. 모두 빛을 잃어서 그 속에서 움직거리는 사람조차 유령 같은 느낌을 준다.

이슥하더니 학범 어미는 슬그머니 일어난다. 그는 얼빠진 사람처럼 판한 거적문을 내다본다.

학범은 엄마 곁으로 앉은걸음질해 가면서 조른다.

"엄마! 배고파, 응 엄마, 밥 주어!"

"이 자식이 왜 이 성화냐? 응."

그는 무릎에 올라앉은 어린것을 사정없이 홱 밀쳤다. 어린것은 뒤로 나가자빠져서 머리를 땅바닥에 탕 부딪쳤다.

"으아! 엄마―"

"뼈를 갈아먹어라. 네 아비 죄지, 내 죄냐?"

그는 이렇게 혼자 푸닥거리를 놓았다. 그러나 땅바닥에 머리를 내치고 우는 학범이를 볼 때 알 수 없이 가슴이 짜르르 전기를 받는 듯하였다. 그는 잠깐새 자기의 배고픈 것까지 잊었다. 그 아들의 주린 울음이 뼈에 짜깃짜깃 사무쳐서 견딜 수 없었다. 자기의 피라도 쭉쭉 뽑아서 그 아들의 배를 채워주고 싶었다. 그러나 그도 저도 할 수 없는 것을 생각할 때 저주와 분원忿怨만 가슴에 바싹바싹 치밀어서 이꼴 저꼴 다 안 보도록 깡그리 없애버리고 싶은 심사가 또 치밀었다.

아침에 나간 남편이 해가 기울도록 들어 안 올 적에야 수가 트이지 않아서 벌벌 매노라고 그런 줄을 번연히 알면서도 남편이 원망스럽고 밉살스러웠다.

3

김철호는 오늘도 새벽에 빈 지게를 등에 붙이고 문안에 들어왔다. 광희문 밖 움집으로 온 후로 이것이 그의 매일 하는 일과이다.

그는 뱃가죽이 착 달라붙은 등에 지게를 얹고 정거장으로, 큼직한 객줏집으로, 종로로 짐을 얻을까 해서 싸대었다. 자기는 애가 달아서 다니건만 한 사람도 알은체하지 않는다.

116

굵은 데다 단골이 배기다시피 된 철호였건마는 원체로 세 끼나 굶고 쏘다닐라니 땀만 부직부직 흐르고 등이 구부려져 걸음이 나가지 않았다.

"이렇게도 신수가 궁할까? 호떡 값이라두 얻어야 할 텐데!"

야즐거리던 가을빛이 서쪽 산 위에 기울어지니 그의 마음은 더욱 초조하였다. 젖도 못 먹는 어린것과 그 에미가 칼칼히 마르는 형상이 눈앞에 선해서 애가 끊는 듯하다.

어느새 장안에는 전등이 눈을 떴다. 종로에는 파란 불빛 아래 야시장꾼이 버글버글 끓는다. 철호는 하는 수 없이 아침에 나오던 그 꼴로 집으로 돌아갔다. 그는 버글버글 끓는 야시夜市를 힘없이 헤쳐 간다. 모든 것이 꿈속 같다. 인력거에 실려서 지나가는 기생이나 단장을 휘두르면서 배를 내밀고 있는 신사나 요란히 외치는 "싸구려" 소리나 좌우전방에 늘어놓은 화려한 물품이나 모두 어째서 그런지 알 수 없었다. 그의 눈앞에 비치는 야시는 아무 의미와 빛 없이 보였다.

어디까지 왔는지 그는 터벅터벅 내려오다가 보니 바른편 말간 불빛 아래 윤기가 번즈르한 밀국수가 그득 놓였다. 그는 갑자기 식욕이 치밀었다. 그에게는 아무것도 보이지 않고 전부가 밀국수만 보였다. 그는 수 난 듯이 팔을 벌리고 허둥허둥 달려들어서 그 국수를 집었다.

"엑 미쳤나?"

누가 소리를 치면서 두 눈에서 불이 번쩍 나게 뺨을 치는 바람에 그는 정신을 차렸다.

"이놈아, 그 더러운 손으로 이게 뭐냐?"

눈을 똑바로 뜨고 달라붙는 그자의 서슬에 정신 차린 철호는 그만 어청어청 들고 뛰었다. 그는 광희문 밖 움집으로 왔다.

짚 부스레기, 양철 조각, 떨어진 거적으로 에운 움집은 황혼 빛 속에 오랜 무덤 같다.

철호는 기침도 못하고 문밖에서 지게를 슬그머니 내려놓았다. 호떡 하나 못 사들고 서너 끼나 굶은 식구 보기는 참말로 쓰린 일이다.

"날 잡아먹어라. 밥이 무슨 밥이냐?"

"흥! 으응······"

안으로 울려나오는 소리에 철호는 귀를 기울였다.

"응 밥 주! 응 엄마"

"이 자식아, 왜 이 성화냐, 응. 이 망할 자식 같으니라구."

여편네는 악을 빡 쓰면서 어린것을 툭탁 쥐어박는 소리가 들렸다.

"아야 아— 애고고······"

지르는 학범의 소리는 숨이 끊어지는 듯하다. 철호는 땅이 꺼지도록 한숨을 쉬었다.

"이자식아, 귀 아프다. 울음을 안 그칠 테냐?"

또 탁탁 치는 소리가 들린다.

"애고고······ 엄마! 으응 아 아."

철호의 가슴에는 알 수 없는 분노가 떠올랐다.

아니 분노라는 것보다 저주였다. 그는 거적문을 탁 지르고 안으로 뛰어들어갔다.

"이년, 이 오라를 질 년 같으니라고!"

그는 두 눈에 불이 횡해서 어둑한 속에서 꾸물거리는 여편네의 머리채를 휘어잡았다.

"왜 남의 머리를 쥐어 응? 왜 남을 못살게 굴어!"

여편네의 목소리는 날카로운 줄로 쇠를 쓰는 듯이 어두운 공기에 파문을 일으킨다.

"이년아, 철없는 것을 달래지는 않고 웬 발악이냐? 응 발악이 웬 발악이야?"

그는 한 손으로 머리채를 감아들고 한 손으로는 여편네의 등을 사정 없이 쿵쿵 때린다.

"애고고 사람 살리우! 절로 못 죽어하는 것을 어디 실컷 때려라. 야, 이놈아 그러지 말고 뼈를 갈아먹어라. 응응 흑흑."

여편네는 발악을 하면서 목을 놓아 통곡을 친다.

"야 이년아! 이 소리를 못 그칠 테냐?"

이번에는 발길로 차고 주먹으로 모은다.

"응 끽!"

발길로 가슴을 채인 여편네는 외마디 소리를 치고는 그만 꺼꾸러져서 잠잠하다.

"망할 년 같으니라구."

철호는 숨이 차서 어깨를 들썩들썩하면서 쓰러진 여편네를 노려본다. 이제는 집 안이 캄캄하여 잘 보이지도 않았다.

"이자식 왜 이리 우니?"

어미아비 싸움에 놀라서 더욱 소리를 지르고 우는 학범이는 어두운 구석에서 쿨쩍쿨쩍 응응 한다.

"못 그칠 테냐. 이 자식, 저리 가라. 왜 뒈지지 못하니?"

철호는 울음 나는 구석을 향하여 발길을 획 던졌다. 발길에 채인 학범이는 또 "애고고……" 하면서 운다.

철호의 가슴은 뭉클하였다. 굶주린 처자를 멋없이 때린 것이 퍽 후회스러웠다. 전신의 피가 다 말라서 백골이 갈리는 소리같이 학범의 소리는 더욱 들을 수 없다. 차라리 그 소리를 피하여 이꼴 저꼴 보지 말고 어디라 없이 가거나 그렇지 않으면 여편네고 자식이고 어느 굶지 않을 데 보내고도 싶었다. 그러나 이것저것 다 할 수 없이 된 자기 신세를 생각하니 앞이 캄캄하였다. 그 자리에서 알 수 없는 커다란 검은 그림자에 눌리는 듯하다.

그는 머리를 숙이고 한참 앉아서 무얼 생각하더니 "학범아, 내게 업자. 호떡 사주마" 하고 어둑한 구석을 엿보듯이 본다. 그 소리는 부르르 떨리는 절망자絶望者의 소리 같았다.

학범이는 울음을 툭 끊더니 부시럭부시럭 일어나서 아비 등에 업힌다. 철호는 너저분한 포대기에 싸 업고 집을 나섰다. 그의 가슴은 무슨 큰 불상사를 예기하듯이 울렁거렸다.

4

철호는 무덤같이 늘어진 움집 사이로 힘없이 걸어 나갔다.

쓸쓸한 밤공기 속을 흘러내리는 파란 초승달빛은 께저분한 냄새가 흐르는 땅에 소리 없이 떨어졌다. 바람결에 문안으로 스쳐오는 분주잡담한 소리는 꿈속같이 들렸다.

철호는 집을 돌아보고는 한참씩 서서 주저거렸다. 그의 가슴은 뻐지지하면서 울렁거렸다. 천 길이나 되듯이 까맣게 높은 한강철교가 안개속에 잠긴 듯이 그의 눈앞에 얼푸름히 나타났다. 따라서 졸음이 울듯이 그물그물 고요히 흐르는 강물도 보였다. 커다란 집 대문간도 그의 머리에 언뜻 떠올랐다.

"아이구 학범아!"

거품을 꾸직꾸직 물고 발식을 쓰면서 날뛰는 아내의 그림자도 보이는 듯하더니 뒤따라, "엉엉 엄마 애애" 하면서 개울창에서 헤매는 학범의 꼴도 뵈는 듯하였다. 철호는 몸을 부르르 떨었다. 그는 무의식 가운데 등에 업힌 학범이를 만지면서 넘겨다보았다. 학범이는 등에 뺨을 붙이고 고요히 엎드렸다.

"아아 참말로 못할 노릇이다."

그는 여러 번 발을 돌쳤다가는 걷고 걷다가는 돌쳐서서 주저거렸다. 망설이는 그는 다시 굳센 결심을 하고 종로에 나서서 빨리빨리 걸었다.

사람이 버글거리는 사이를 휘저어 올라오다가 경운동 골목으로 들어서서 한참을 나간다. 한참 올라가다가 창덕궁 나가는 길로 돌아서서 다시 계동골목으로 올라간다. 대여섯 집을 더 가더니 왼편으로 획 돌아서서 들어가다가 막다른 골목에 이르러서 떡 섰다. 그의 앞에는 커다란 대문이 흐그럽게 서 있다.

철호는 이리 기웃 저리 기웃거리다가 슬그머니 문간에 들어섰다. 들어서는 바람에 팔에 다쳐서 문소리가 삐걱할 때 그의 가슴은 덜컥하였다. 그는 무서운 동굴에 들어선 사람처럼 가만히 서서 엿들었다. 안으로는 청량한 여자들 웃음이 흘러나온다. 그는 한숨을 화 쉬면서 학범이를 싸 업은 포대기 끈을 끌렀다. 그는 무엇을 채 가지고 뛰는 도적놈 모양으로 자는 학범이를 포대기째 문간에 내려놓고 문밖에 뛰어나왔다. 무엇이 두발을 꽉 잡는 것 같아서 자빠질 듯하였다. 문 위에 환한 전등은 노염이 그득한 눈을 부릅뜨고 꾸중을 내리듯 하였다.

철호는 허둥지둥 계동 골목을 빠져나왔다.

"아바!"

피 터지게 부르는 학범의 소리가 귀에 들리고 낯이 파랗게 질린 학범이의 꼴이 뵈는 듯해서 그는 앞이 캄캄하였다. 더구나, "아이구 내 학범아! 학범아! 하느님 맙시사! 내 학범이를 내놔라" 하고 미쳐 뛰는 아내의 그림자를 상상할 때 온몸의 피가 막 끓어오르고 오장이 빠직빠직 끓겨서 그의 발이 차마 집을 향하고 걸어지지 않았다.

처음 학범을 업고 집을 나선 때에는 학범을 한강에 집어넣으려고 하였다. 기구한 자기 앞에서 굶주리는 것보다 어서 없어져서 후생에나 잘 살게 되면 하는 마음으로 그리하였으나 어린 그 목숨을 끊기는 철호의 양심이 아직도 허락지 않았다.

"응! 됐다. 어느 잘살고 애 없는 집에다가 버렸으면 거둬주겠지."

돌쳐 생각하고 그는 계동으로 온 것이다. 그 집은 인후하기로 유명한 ××학교장 최순호의 집이다. 철호는 이 집 짐을 여러 번 지어서 그 집에 애 없는 것을 잘 알았다.

그러나 네 살이 다 먹도록 기른 자식을 버리고 나오게 되니 디디는 자국자국에 학범의 원한의 눈물이 괴는 듯해서 차마 발이 떨어지지 않았다.

"이놈! 즘생도 자식을 사랑하는데…… 이 도적같은 놈아."

머리 위에서 무엇이 꾸짖으면서 벼락을 내리는 듯할 때 그는 알 수 없이 부르르 떨면서 발을 돌렸다. 그러나 학범을 찾아가자니 또 발이 떨어지잖는다. 호떡을 사주마 하고 업고 온 학범을 다시 그 무덤 속 같은데 데리고 가서 굶길 생각하니 진저리가 난다. 벌고 벌고 뼈가 빠지도록 고생하여도 열흘이면 절반을 더 굶는 자기 앞에서 굶겨 죽이는 것보다 나으리라고 믿었다. 점잖은 집이요, 자식 없는 집이니 길러줄 줄 믿었다.

철호는 재동 파출소 앞을 나오다가 파출소에 달아놓은 밝은 현등을 볼 때 가슴이 섬뜩하여서 발을 돌려 창덕궁을 향하여 걸었다.

아까까지 철호에게 화려하고 부드럽게 보이던 만호장안은 갑자기 변하여 복마전같이 뵈었다. 철호는 눈을 들어 모든 것을 두리번두리번 보았다. 크고 작은 건물들은 녹슨 백골을 저장한 마굴 같다. 총총한 전등은 유령의 험한 눈초리 같다. 들리는 소리, 보이는 빛이 모두 도깨비판 같다. 그는 우뚝 서서 눈을 딱 감고 모든 것을 보지 않으려고 하였다.

5

일주일 뒤였다.

줄줄 내리는 가을비는 황혼에도 멎지 않았다. 땅은 질쩍질쩍하다. 수정알을 이어놓은 듯한 빗발 속에 꿈같이 보이는 전등불은 물 괸 땅에 어른히 비치였다. 종로에는 야시꾼이 없어서 고요한데 벌건 전차의 내왕하는 소리만 처량하다.

밤은 깊었다.

무겁게 나직이 드리운 잿빛구름은 그저 비를 쏟치고 있다. 전등은 의연히 편히 눈을 뜨고 있다.

이때 사람의 자취가 끊어진 어둑한 계동골로 들어가는 그림자가 있다. 줄줄 내리는 빗속을 우비도 없이 걸어가는 그림자는 쓰러질 듯 쓰러질 듯 홍떵홍떵 하다가는 겨우 무거운 몸을 지탱해 가지고 비틀비틀 걸어간다.

"으응 엑."

그 그림자는 대여섯 집 올라와서 왼편으로 돌아지더니 막다른 골목으로 기울어져서 커다란 대문 앞에 우뚝 서서 흔들흔들하면서 문 위에 달아놓은 전등불을 물끄러미 본다. 낯빛은 벌겋게 되고 두 눈에서는 술이 줄줄 나오도록 취하였다. 불빛을 받은 전신은 비에 휘줄근히 젖어서 물에 빠진 쥐같이 되었다. 어깨며 궁덩이에는 검은 흙이 철썩철썩 묻었다.

"어어 저놈이 나를 봐?"

그는 전등을 뚝 부릅뜨고 보면서 혀가 굽은 소리로 웅얼거린다. 사면은 고요하다.

"이놈아 보면 어쩔 테야? 엑에헤 에헤."

그는 어깨를 으쓱하고 머리를 숙이면서 흥글벙글 하다가 대문에 가서 탁 쓰러지면서

"학범아 어! 학범아." 고함을 친다. 그 소리는 송아지 부르는 암소 소리같이 흐리고 애처로웠다.

"어— 이놈의 문이 정 이 모양이야?"

그는 어청어청 문을 짚고 일어서서는 쿵쿵 때리면서,

"학범아! 내가 왔다. 네가 보구 싶어서 내가…… 으음."

말끝은 울음에 젖었다.

"이거 누가 이 야단이요?"

안으로 톡 쏘는 듯한 여자의 음성이 들려나왔다.

"무…… 무…… 문…… 조…… 좀 열어주. 이잉 흑흑 학범이 보러 왔소."

안에서 얼른 열지 못하고 방문 소리, 발자취 소리, 기침 소리가 분주히 나더니,

"누구요?"

노숙한 사내의 목소리가 나면서 문을 덜컥 열었다. 문에 기대었던 그자는 문 열리는 바람에 문턱에 다리를 걸고 안으로 쓰러졌다. 문간 전등불 아래 그 몸집이 뚱뚱하고 수염이 너슬너슬한 주인 최순호의 그림자가 언뜻하다가 그자의 쓰러지는 바람에 다시 주춤 문간에 들어선다.

"이게 누구요?"

"네…… 어…… 나리 마님…… 나…… 나리 마님, 학범이 보러 왔어요. 후우 여편네도 달아나구……"

그자는 엉금엉금 일어나더니 합장하고 허리가 부러지게 절을 한다.

"누구예요?"

안에서 쨍쨍한 여성의 말소리가 들렸다.

"웬 거진지 미치광인지 알 수 없소."

최순호는 대답하면서 그자를 물끄러미 보고 이마를 찡그린다.

"나리 마님…… 이제는 여편네까지……죽어도 안고 죽을 것을 제 제 제가 못된 놈이 돼서 자식을 버 버 버 버리…… 고 그래서 여편네까지 도망치고 아이구 으응응 흑흑 끽끽."

그자는 주먹으로 가슴을 치면서 엉엉 운다.

"허허허. 이게 웬 이래. 어서 가— 허허허."

최순호는 벙긋벙긋 웃으면서 가라고 호령을 친다.

"나 나…… 나리 마님…… 제발 한번만 보여줍쇼. 에구 내 학범을 제발 한번만……"

그자는 또 합장을 하고 허리가 부러지게 절한다.

"보여주긴 무얼 보여주어! 어서 가."

"그건 무얼 그리고 있어요. 밀어내지 않고……"

안으로서 종알종알 지껄이는 여자는 화가 나는지 안대문을 달칵 열고 방긋이 내다본다.

"밀어내요! 할멈 이리 오게."

최순호와 할멈은 그 주정꾼을 끌어서 질척한 대문 밖에 내몰고는 덜컥 문을 잠근다.

"에구 내 학범아. 네 엄마는 갔다. 에구구 휘— 나리 마님. 학범을 한번만 보게 해주세요. 엉엉."

전신에 흙투성이가 된 그자는 또 벌떡 일어나더니 대문을 탁 밀친다.

"에구머니!"

잠그려던 대문이 탁 열리는 바람에 안에 섰던 여자는 주춤한다.

"하 학범아! 내가 왔다. 학범이 좀 보여주어! 응 내 학범이!"

그자는 주인 내외와 할멈이 쥐어박고 내밀치는 것도 상관치 않고 안으로 뛰어 들어간다.

"에구 저를 어째?"

"웬 주정꾼이 저 야단이야!"

마당으로 뛰어 들어가는 그자의 억센 팔에 밀치여서 뒤로 물러서는 주인 내외는 난리나 만난 듯이 몸을 부르르 떨었다.

큰물 진 뒤

큰물 진 뒤

1

닭은 두 홰째 울었다. 모진 비바람 속에 울려오는 그 소리는 별다른 세상의 소리 같았다.

비는 그저 몹시 퍼붓는다. 급하여 가는 빗소리와 같이 천장에서 새어 내리는 빗방울은 뚝뚝 뚝뚝 먼지 구덩이 된 자리 위에 떨어진다. 그을음과 빈대 피에 얼룩덜룩한 벽은 새어 내리는 비에 젖어서 어스름한 하늘에 피어오르는 구름발 같다. 우우 하고 불어오는 바람에 몰리는 빗발은 간간이 쫘— 하고 서창을 들이쳤다.

"아이구 배야! 익힝 응 아구 나 죽겠소!"

윤호의 아내는 몸부림을 치면서 이를 빡빡 갈았다. 닭 울 때부터 신음하는 그의 고통은 점점 심하여졌다. 두 손으로 아랫배를 누르고 비비다가도 그만 엎드려서 깔아 놓은 짚과 삿자리를 박박 긁고 뜯는다. 그의 손가락 끝은 터져서 새빨간 피가 삿자리에 수를 놓았다.

"애고고! 내 엄마! 응응, 하이구 여보!"

그는 몸을 벌떡 일어서 윤호의 허리를 껴안았다. 윤호는 두 무릎으로 아내의 가슴을 받치고 두 팔에 힘을 주어서 아내의 겨드랑이를 추켜 안았다. 윤호에게는 이것이 첫 경험이었다. 어머니며 늙은 부인들께 말로는 들은 법하나 첫으로 당하는 윤호의 가슴은 알 수 없는 두려움이 두근두근하였다. 그에게는 과거도, 미래도 없었다. 침통과, 우울과, 참담과 공포가 있을 뿐이었다. 미구에 새 생명을 얻으리라는 기쁨은 이 찰나에 싹도 볼 수 없었다.

"여보! 내가 가서 귀둥녀 할미를 데려오리다, 응."

"아니 여보! 아이구!"

아내는 윤호의 허리가 끊어지도록 안았다. 그의 낯은 새파랗게 질렸다. 아내의 괴로움만큼 윤호도 괴로웠다. 아내가 악을 쓸 때면 윤호도 따라 힘을 썼다. 아내가 몸부림을 하고 자기의 허리를 꽉 껴안을 때면 윤호도 꽉 껴안았다.

윤호는 누울 때 지나서부터 몹시 괴로워하는 아내를 보고 옛적 산파로 경험이 많은 귀둥녀 할미를 불러오려고 하였다. 그러나 아내의 고통은 각일각 괴로워가는데 보아줄 사람은 하나도 없고, 게다가 비바람이 어떻게 뿌리는지 촌보를 나아갈 수 없어서 주저거렸다. 윤호는 아내의 생명이 끊기고야 말 것같이 생각되었다. 어수선한 짚자리 위에서 뻐둑뻐둑하다가 어린 목숨을 낳다 말고 두 어미 새끼가 돼지는 환상이 보였다. 따라서 해산으로 죽은 여러 사람의 기억이 떠올랐다. 그는 몸을 부르르 떨면서 아내를 더욱 꽉 껴안았다. 마음대로 하는 수 있다면 아내의 고통을 나누고 싶었다. 괴로운 신음소리와 같이 몸부림을 탕탕 하는 것은 자기의 뼈와 고기를 싹싹 에어내는 듯해서 차마 볼 수 없었다.

"끽! 응! 으응! 윽! 아이구! 억억."

아내는 더 소리를 못 지른다. 모둡뜬 두 눈은 무엇을 노려보는 듯이 똥그랗게 되었다. 숨도 못 내쉬고 이를 꼭 깨물고 힘을 썼다.

"으악!"

퀴퀴근한 비린 냄새가 흐르는 누런 불빛 속에 울리는 새 생명의 소리! 어둔 밤 비바람 소리 속의 그 소리! 윤호는 뵈지 않는 큰 물결에 싸이는 듯하였다.

"무에요!"

신음소리를 그치고 짚자리 위에 누웠던 아내는 머리를 갸우드름하여 사내를 쳐다보았다. 새빨간 핏방울을 번질번질 쏟친 볏짚 위에 떨어진 어린 생명은 꼼지락꼼지락 하면서 빽빽 소리를 질렀다. 윤호는 전에 들어두었던 기억대로 푸른 헝겊으로 탯줄을 싸서 물어 끊었다.

"응! 자지가 있네! 히히히."

윤호는 때오른 적삼에 어린것을 싸면서 웃었다.

"흥, 호호!"

아내는 웃으면서 허리를 구부정하여 어린것을 보았다. 이 찰나, 침통과 우울과 공포가 흐르던 이 방 안에는 평화와 침묵이 흘렀다. 윤호는 무엇을 끓이려고 부엌으로 내려갔다.

우우 쏴아— 빗발은 서창을 쳤다. 젖은 벽에서는 흙점이 철썩철썩 떨어진다. 어디서 급한 물소리와 같이 수수거리는 소리가 들렸다. 그 소리는 봄비 속에 개구리 소리같이 점점 높이 들렸다. 윤호는 눈을 둥그렇게 뜨면서 귀를 기울였다.

"윤호! 윤호! 방강[堤防]이 터지니 어서 나오!"

그 소리는 윤호에게 청천의 벽력이었다. 그는 튀어나갔다. 이 순간 그의 눈앞에는 퍼런 논판이 떠올랐다. 그 밖에 아무것도 생각나지 않았다. 그는 마당 앞으로 몰려 지나가는 무리에 뛰어들었다. 어디가 하늘! 어디가 땅! 창살같이 들이는 비! 몰려오는 바람! 발을 잠그는 진창! 그 속에서 고함을 치고 어물거리는 으슥한 그림자는 수천만의 도깨비가 횡행하는 것 같다.

2

모든 사람들은 침침 어둔 빗속을 헤저어서 마을 뒤 방축으로 나아갔다. 더듬더듬 방축으로 기어올랐다. 물은 보이지 않았다. 손과 발로 물형세를 짐작할 뿐이었다. 꽐꽐 철썩 출렁 꽐꽐 하는 물소리는 태산을 삼키고 대지를 깨칠 듯하다.

"이거 큰일났구나!"

"암만 해두 넘겠는데!"

이 입 저 입으로 흘러나왔다. 그 소리는 위대한 자연의 힘 앞에 인력의 박약을 탄식하는 듯하였다.

"자! 이러구만 있겠소? 그 버들을 찍어라! 찍어서 여기다가 눕히자!"

우렁찬 소리가 들렸다.

"가만있자! 한 짝에는 섬에다가 돌을 넣어다가 여기다가 막읍시다."

"떠들지 말구 빨리 합시다."

탁—탁 나무 찍는 도끼 소리가 났다. 한편에서는 섬을 메어 올렸다. 윤호는 찍은 나무를 끌어다가 가장 위태로운 곳에 뉘었다.

빗소리, 물소리, 바람 소리, 어둠 속에서 흥분된 모든 사람들은 죽기로써 힘을 썼다.

이 방축에 이 마을 운명이 달렸다. 이 방축 안에 있는 논과 밭으로 이백이 넘는 이 마을 집이 견디어간다. 그런 까닭에 해마다 가을 봄으로 이 마을 사람들은 이 방축에 품을 들여서 천만 년 가도 허물어지지 않게 애를 써왔다. 그뿐만 아니라 이리로 바로 쏠리던 물길을 방축 건너편 산 아래로 돌리기까지 하였다.

이렇게 쌓은 공이 하루아침에 무너졌다. 작년 봄에 이 마을 밖으로 철도가 났다. 철도는 이 마을 뒷내를 건너게 되어서 그 내에 철교를 놓왔다. 그 때문에 저편 산 아래로 돌려 놓은 물은 철교를 지나서 이 마을 뒤 방축을 향하고 바로 흐르게 되었다. 이 때문에 촌민들은 군청, 도청, 철도국에 방축을 더 굳게 쌓아주든지, 철교를 좀 비스듬히 놓아서 물길이 돌게 하여 달라고 진정서를 여러 번이나 들였으나 조금의 효과도 얻지 못하였다. 작년 여름 물에 이 방축이 좀 터졌으나 호소할 곳이 없었다. 그 뒤로 비만 내리면 촌민들은 잠을 못 자고 방축을 지켰다.

"이— 이 이게, 어찐 일이냐? 응!"

"터지는구나! 이키 여기는 벌써 터졌네!"

"힘을 써라! 힘을 써라! 이게 터지면 우리는 죽는다. 못 산다!"

초초분분 불어가는 물은 콸콸 소리를 치면서 방축을 넘었다. 바람이 우우 몰려왔다. 비는 여러 사람의 낯을 쳤다. 모두 흑흑 느끼면서 낯을 가리고 물을 뿜었다.

쏴— 콸콸콸.

"여기도 또 터졌구나!"

모두 그리로 몰렸다. 아래를 막으면 위가 터지고 위를 막으면 아래가 터진다. 터지는 것보다 넘치는 물이 더 무서웠다.

"이키, 여기 벌써 물이 길(丈)이나 섰구나."

거무칙칙하여 보이지 않는 논판에서 누가 부르짖었다.

이제는 누구나 물을 막으려는 사람은 없다. 어둠 속에 히슥한 그림자들은 창살 같은 빗발을 받고 가만히 서 있다. 모진 바람이 한바탕 지나갔다. 모든 사람들은 굳센 물결이 무릎을 잠그고 궁둥이를 잠글 때 부르르 떨었다.

윤호도 방축을 넘는 물속에 박은 듯이 서 있었다. 꺼먼 그의 눈앞에는 물속에 들어가는 논이 보였다. 떠내려가는 집들이 보였다. 아우성치는 사람이 보였다. 이 환상을 볼 때 그는 으응 부르짖으면서 방축에서 내려뛰었다. 방축 아래 내려서니 살같이 흐르는 물이 겨드랑이를 잠근다. 그는 돌인지 물인지 길인지 밭인지 빠지고 거꾸러지면서 집 마을을 향하고 뛰었다. 이 모퉁이 저 모퉁이에서 물을 헤저어 나가는 아우성 소리가 빗소리와 같이 요란하건만 그에게는 들리지 않았다. 그의 눈앞에는 물 한 모금 못 먹고 짚자리 위에 쓰러진 두 생령의 환상이 보일 뿐이다. 그는 환상을 보고 떨 뿐이다. 그 환상은 누런 진흙물 속에 쓰러진 집에 치어서 킥킥 버둥질치는 형상으로도 나타났다. 그는 주먹을 부르쥐고 이를 악물었다. 윤호는 자기 집 마당에 다다랐다.

불빛이 희미한 창 속에서 어린애 울음이 들렸다. 창에 비친 불빛에 누릿한 물은 흙마루를 지나 문턱을 넘었다.

윤호는 방으로 뛰어 들어갔다. 방에는 물이 흥건히 들었다. 아내는 물속에서 애를 안고 어쩔 줄을 몰라 한다. 물은 방 안에 점점 들어온다. 어디서 쏴— 소리가 들렸다. 돌아보니 뒷벽이 뚫어져서 물이 디미는 소리였다. 윤호는 아내를 둘러업고 아기를 안았다. 이때 초인간적 굳센 힘이 그를 지배하였다. 그는 문을 차고 밖으로 뛰어나왔다. 어느새 물은 허리에 잠겼다. 물살이 어떻게 센지 소 같은 장사라도 견디기 어려울 지경이다. 그는 쓰러졌다가는 일어서고 일어섰다가는 쓰러지면서 물속을 헤저어 나갔다. 팔에 안은 것이 무엇이며 등에 업은 것이 누구라는 것까지 이 찰나에 의식지 못하였다. 의식적으로 업고 안은 것이 이제는 기계적으로 놓지 않게 되었다.

3

동이 텄다. 사방은 차츰 훤하여졌다. 거무칙칙하던 구름이 풀리면서 퍼붓는 듯하던 비가 실비로 변하더니 이제는 안개비가 되었다. 바람도 잔다.

마을 사람들은 거지반 마을 앞 조그마한 산에 몰렸다. 밝아가는 새벽 빛 속에 최최해서 어물거리는 사람들은 갈 바를 몰라 한다. 누구를 부르는 소리, 울음소리, 신음하는 소리에 수라장을 이루었다.

윤호는 후줄근한 풀 위에 아내를 뉘었다. 어린것도 내려놓았다. 참담한 속에서 고고성을 지른 붉은 생령은 참담한 속에서 소리 없이 목숨이 끊겼다. 찬비와 억센 물에 쥐어짠 듯이 된 윤호 아내는 싸늘한 어린것을 안고 흑흑 느낀다. 윤호는 아무 소리 없이 붙안고 우는 어미 새끼를 물끄러미 보았다. 그의 가슴은 저리다 못하여 무엇이 뭉킷 누르는 듯하고, 머리는 띵한 것이 눈물도 나지 않고 말도 나오지 않았다.

날은 다 밝았다. 눈앞에 뵈는 것은 우뚝우뚝한 산을 남겨 놓고는 망망한 물판이다. 어디가 논? 어디가 밭? 어디가 집? 어디가 내? 누런 물이 세력을 자랑하는 듯이 좔—좔— 흐른다. 널쪽, 궤짝, 짚가리, 나뭇단, 널따란 초가지붕— 온갖 것이 둥둥 물결을 따라 흘러내린다. 저편 버드나무 속으로 흘러나오는 집 위에는 계집 같기도 하고 사내 같기도 한 사람 서넛이 이편을 보고 고함을 치는지 손을 내두르고 발을 구른다. 갠지 돼지인지 자맥질쳐서 이리로 나온다. 사람 실은 지붕은 슬슬 내리다가 물 위에 머리만 봉긋이 내놓은 버드나무에 닿자마자 그만 물속에 쑥 들어가더니 다시 떠오를 때에는 여러 조각이 났다. 그 위에 사람의 그림자는 다시 볼 수 없었다. 그 저편에서도 두엇이나 탄 지붕인지 짚가리인지 흘러간다. 그러나 누구 하나 그것을 건지려는 사람은 없다. 윤호의 곁에 있는 한 오십 되어 뵈는 늙은 부인은, "에구 끔찍해라! 에구 내 돌쇠야! 흑흑" 하면서 가슴을 치고 땅을 친다. 어떤 젊은 부인은 어린것을 업고 흑흑 울기만 한다. 사내들도 통곡하는 사람이 있다.

밥 달라고 우는 어린것들도 있다. 어떤 사람은 멍하니 서서 질펀한 물판을 얼없이 보기도 하고, 어떤 사람은 지르르한 풀판에 앉아서 담배만 풀썩풀썩 피우기도 한다.

풀렸다가는 엉키고 엉켰다가는 풀리는 구름 사이로 푸른 하늘이 보이면서 둔탁한 굵은 볕발이 누른 무지개 모양으로 비치었다. 안개비도 개었다.

"여보! 울면 뭘 하우, 그까짓 죽은 것 생각할 게 있소? 자— 울지 마오, 산 사람은 살아야 안 쓰겠소?"

이렇게 아내를 위로하나 그도 슬펐다. 물 한 모금 못 먹인 아내를 생각하든지 제 명에 못 죽은 아들! 현재도 현재려니와 이제 어디를 가랴? 일 년 내 피와 땀을 짜 받아서 지은 밭이 하룻밤 물에 형적形迹조차 남기지 않았으니 이 앞일을 어찌하랴? 그는 생각하면 생각할수록 슬펐다. 슬픔에 슬픔을 쌓은 그 슬픔은 겉으로 눈물을 보내지 않고 속으로 피를 짰다. 그는 어린 주검을 소나무 아래 갖다 놓고 솔잎으로 덮어 놓았다. 그 주검을 뒤에 두고 나오니 알 수 없이 발이 무거웠다.

이른 아침 때가 되어서부터 윤호의 아내는, "아이구 배야! 배야!" 하고 구른다. 어물어물하는 사람은 많건만 모두 제 설움에 겨워서 남의 괴로움을 돌볼 새가 없다.

"허허, 이것 안 되었군! 산후에 찬물을 건네구 사람이 살 수 있겠소! 별수 없으니 어서 업구서 넘엇마을로 가보."

웬 늙은이가 곁에 와서 구르는 아내를 붙잡아주면서 걱정한다.

윤호는 아내를 업었다. 새벽에는 아내를 업고 애를 안고 그 모진 물속을 헤저어 나왔건만, 인제는 일 마장도 갈 것 같지 못하다. 더구나, "아이구 배야!" 하면서 두 어깨를 꽉 끌어당기면서 몸을 비비 틀면 허리가 휘친휘친 하고 다리가 휘우뚱거려서 어쩔 수 없다. 그는 땀을 흘리면서 조그마한 고개를 넘어왔다. 거기는 십여 호나 되는 조그마한 동리가 있다. 벌써 물에 쫓긴 사람들은 집집이 몰려들었다. 윤호는 어느 집 방을 겨우 얻어서 아내를 뉘어 놓았다. 누가 미음을 쑤어다 주는 것을 먹였으나 아내는 한 모금 못 먹고 그저 신음한다. 의원을 데려다가 침, 뜸, 약— 힘 자라는 데까지 손을 써보았으나 소용이 없었다.

낮부터 비는 또 쏴—르륵 내렸다.

4

괴로운 사흘은 지나갔다.

집을 잃고 밭을 잃고 부모를 잃고 처자를 잃은 무리들은 거기서 삼십 리나 되는 읍으로 나갔다. 윤호도 그중의 한 사람이었다. 그네들은 읍에 나가서 정거장의 노동자, 물지게꾼, 흙질꾼, 구들 고치는 사람— 이렇게 그날그날을 보내었다. 어떤 자는 이 집 저 집으로 돌아다니면서 밥을 빌어먹었다. 윤호는 집 짓는 데 돌아다니면서 흙을 져 날랐다. 그의 아내의 병은 나날이 심하였다. 바싹 말랐던 사람이 퉁퉁 부어서 멀겋게 되었다. 그런 우중 눅눅한 풀막 속에서 변변히 먹지도 못하고 간병하는 손도 없으니 그 병의 회복을 어찌 속히 바라랴!

윤호가 하루는 아내의 병구완으로 한잠도 못 자고 밤새껏 애쓰다가 아침을 굶고 일터로 나갔다. 하루 오십 전을 받는 일이건만 해 뜨기 전에 나와서 어두워야 돌아간다. 그날 아침에는 흙을 파서 담는데 지겟다리가 부러져서 그 때문에 한 시간 동안이나 흙을 못 날랐다. 그새에 다른 사람은 세 짐이나 더 지었다.

"이놈은 눈깔이 판득판득해서 꾀만 부리는구나!"

양복 입은 감독은 늦게 온 윤호를 보고 눈을 굴렸다. 윤호는 아무 대답 없이 흙을 부어 놓고 돌아서 나왔다. 나오려고 하는데 감독이 쫓아오더니 앞을 딱 막아서면서, "왜 늦게 댕겨!" 하고 꺼드럭꺼드럭하는 서울말로 툭 쏘았다.

"네, 지겟다리가 부러져서 그거 고치느라구 늦었습니다."

그는 괴로운 웃음을 지었다.

"뭘 어쩌구 어째? 남은 세 지게나 졌는데 어디 가 낮잠을 잤어……? 그놈 핑계는 바루!"

"정말이외다. 다른 날 언제 늦게 옵데까? 늘 남 먼저 오잖었소……"

"이놈아, 대답은 웬 말대답이냐? 응 다른 날은 다른 날이고 오늘은 오늘이지! 돈이 흔해서 너 같은 놈을 주는 줄 아니?" 하더니 윤호의 여윈 뺨을 갈겼다. 윤호는 뺨을 붙잡고 가만히 서 있었다.

"이놈아, 너 같은 놈은 일없다. 가거라!" 하더니 주먹으로 윤호의 미간을 박으면서 발을 들어 배를 찼다.

"아이구! 으응응 흑흑."

윤호는 울면서 지게 진 채 땅에 거꾸러졌다. 그의 코에서는 시뻘건 선지피가 콸콸 흘렀다. 일꾼들은 모두 이편을 보았다. 같은 지게꾼들은 모두 이편을 보았다. 같은 지게꾼들은 무슨 승수나 난 듯이 더 분주하게 져 나른다.

"이놈아, 가! 가거라!"

감독은 독살이 잔뜩 엉긴 눈으로 윤호를 보더니 사방을 돌아보면서, "뭘 봐? 어서 일들 해! 도모 조센징와 다메다! 쓰루쿠테 다메다!" 하는 바람에 일꾼들은 조심조심히 일에 손을 대었다.

눅눅한 검은 땅을 붉고 뜨거운 코피로 물들인 윤호는 일어섰다. 코에서는 걸디건 피가 그저 뚝뚝 흘렀다. 그의 흙투성이 된 옷섶은 피투성

138

이가 되었다. 그는 머리를 숙이고 한참이나 서서 무엇을 생각하더니 빈 지게를 지고 어청어청 아내가 누웠는 풀막으로 돌아갔다.

윤호는 지게를 벗어서 팔매를 치고 막 안으로 들어갔다. 어둑한 막 안에서 신음하던 아내는 눈을 비죽이 떠서 윤호를 보더니 목구멍을 겨우, "여보, 어째 그러오? 그게 어쩐 피요?" 묻는다. 윤호는 아무 대답 없이 아내의 곁에 드러누웠다. 모두 귀찮았다. 세상만사가 다 귀찮았다. 세상 밖에 나와서 비로소 가장 사랑하던 아내까지도 귀찮았다. 죽는다 해도 꿈만 하였다.

"네? 어째 그러오?"

그러나 재쳐 묻는 부드러운 아내의 소리에 대답 안 할 수가 없었다.

"응, 넘어져서 피가 터졌소!"

윤호의 소리가 그치자 아내는 훌쩍훌쩍 운다. 윤호의 가슴은 칼로다 빡빡 찢는 듯하였다. 그는 알 수 없는 커다란 것에 눌리는 듯하였다. 무엇이 코와 입을 꽉 막는 듯이 호흡조차 가빴다. 그는 온몸에 급히 힘을 주면서 눈을 번쩍 떴다. 아무것도 없었다. 그저 으스름한 속에 넌들넌들 드리운 풀포기가 있을 뿐이다. 그는 눈을 다시 감았다. 모든 지나온 일이 눈앞과 머리 속에 방울이 져서 떠올라서는 툭 터져버리곤 한다. 자기는 이때까지 남에게 애틋한 일, 포악한 일을 한 적이 없었다. 싸움이면 남에게 졌고, 일이면 남보다 더 많이 하였다. 자기가 어려서 아버지 돌아갈 때에 밭뙈기나 있는 것을 삼촌더러 잘 관리하였다가 자기가 크거든 주라고 한 것을 삼촌은 그대로 빼앗고 말았다. 그러나 자기는 가만히 있었다. 동리 심부름이라는 심부름은 자기와 아내가 도맡아 하여왔다. 그래도 잘못한 일이 있으면 자기와 아내가 홀로 책망과 욕을 들었다. 선한 일을 하면 복을 받는다, 부지런하면 부자가 된다, 남이 욕하든지 때리든지 가만히 있어라― 이러한 것을 자기는 조금도 어기지 않고 지켜왔다. 그러나 이때까지 자기에게 남은 것은 풀막—그것도 제 손으로 지은 것— 병, 굶주림, 모욕밖에 남은 것이 없다. 집을 바치고 밭을 바치고 힘을 바치고 귀중한 피까지 바치면서도 가만히 순종하였건만 누구 하나 이렇다 하는 이가 없었다. 오히려 이때까지 자기가 본 경험으로 말하면 욕심 많고, 우락부락하고, 못된 짓 잘하는 무리들은 잘 입고, 잘 먹고, 잘 쓴다. 자기에게 남은 것은 이제 실낱같은 목숨뿐이다. 아내뿐이다. 그러나 그것도 이렇게 되고서는 몇 달을 보증하랴! 까딱하면 목숨까지 버릴 것이다. 목숨까지 바쳐? 이 목숨—예까지 생각하고 그는 몸을 부르르 떨면서 주먹을 쥐었다.

"응! 그는 못 해!"

그는 혼잣소리같이 뇌면서 머리를 흔들었다. 사실이다. 목숨까지 바치기는 너무도 억울하다. 자기가 왜 고생을 했나? 목숨이다! 이 목숨을 아껴서 무슨 고생이든지 하였다. 목숨을 바치면 죽는 것이다. 죽고도 무엇을 구할까? 그러나 그저 이대로 있어서는 살 수 없다. 병으로 살 수 없고 배고파 살 수 없고—결국 목숨을 바치게 된다. 이때 그의 머리에는 떠오르는 것이 있었다. 눈앞에 보이는 환상이 있었다. 그의 해쓱한 낯에는 엄연한 빛이 어리고 다정스럽던 두 눈에는 독기가 돌았다. 그는 다시 입술을 깨물고 주먹을 쥐었다.

5

초승달이 재를 넘은 지 벌써 오래되었다. 훤히 갠 하늘에 별빛은 푸근히 보였다. 사면은 고요하다. 이슬에 눅눅한 대지 위에 우뚝이 솟은 건물들은 잠잠한 물 위에 뜬 듯이 고요하다. 멀리 뭉긋이 보이는 산날은 하늘 아래 굵은 곡선을 그었다.

세상이 모두 잠자는 이때, 집 마을에서 좀 떠나 으슥한 수수밭 머리에 풀포기를 모아 얽어 놓은 조그만 막 속에서 나오는 그림자가 있다. 그 그림자는 막 앞에 나서서 한참 주저거리더니 수수밭 머리에 훤히 누워 있는 큰길을 건너서 조와 콩이 우거진 밭 속으로 몸을 감추었다.

사면은 다시 쥐 하나 어른거리지 않는다. 스르륵스르륵 서로 부닥치는 좃대 소리는 귀담아듣는 이나 들을 것이다. 먼 데서 울려오는 개 짖는 소리는 딴 세상의 소리 같다.

한참 만에 집 마을 가까운 조밭 속으로 아까 숨던 그림자가 다시 나타났다. 그 그림자는 으슥한 집집 울타리 그림자 속으로 살근살근―그러나 민활하게 이 집 저 집, 이 골목 저 골목으로 지나간다. 가다가는 한참이나 서서 주저거리다가도 또 간다. 기다란 골목의 여러 집을 지나서 나오는 그림자는 현등懸燈이 드문드문 걸린 거리에 이르더니 썩 나서지 못하고 어떤 집 옆에 서서 앞뒤를 보고 아래위를 본다. 거리는 고요하다. 집집이 문을 채웠다.

저 아래편에 아득히 보이는 파출소까지 잠잠하였다. 한참 주저거리던 그림자는 얼른얼른 뛰어 건너서 맞은편 어둑한 골목으로 들어섰다. 그를 본 사람은 하나도 없었다. 그러나 거리의 말없는 현등만은 그가 누군 것을 알았다. 그는 윤호였다.

윤호는 몇 걸음 걷다가는 헝겊에 똘똘 감아서 허리 밑에 지른 것을 만져보았다. 만질 때마다 반짝 서릿발 같은 그 빛을 생각하고 몸을 떨면서 발을 멈추었다. 뒤따라 새빨간 피, 째각째각 칼 소리를 치고 모여드는 붉은 눈! 잔뜩 얽히는 자기 몸을 생각지 않을 수 없었다. 그보다도 칼 밑에 구슬피 부르짖고 쓰러지는 생령을 생각하면 가슴이 뭉킷 하고 온 신경이 째릿째릿 하였다.

'아, 못 할 일이다! 참말 못 할 일이다! 내가 살자고 남을 죽여?'

그는 입 안으로 중얼거리면서 발끝을 돌렸다. 그러다가도 자기의 절박한 처지라거나 자기가 목표 삼고 나가는 대상들의 하는 것들을 생각할 때면 그 생각이 뒤집혔다.

'아니다. 남을 안 죽이면 나는 죽는다. 아내는 죽는다. 응, 소용없다. 선한 일! 죽어서 천당보다 악한 짓이라도 해야 살아서 잘 먹지! 그놈들도 다 못된 짓 하고 모은 것이다. 예까지 왔다가 가다니?'

이렇게 생각하면 풀렸던 사지가 다시 긴장되었다. 그는 다시 앞으로 걸었다. 집에서 떠나면서부터 이리하여 주저한 것이 오륙 차나 되었다.

윤호는 커다란 솟을대문 앞에 다다랐다. 그는 급한 숨을 죽여가면서 대문을 뒤두고 저편 높다란 싸리 울타리 밑으로 갔다. 그의 가슴은 두근두근하고 사지는 떨렸다. 귀밑 맥이 툭탁툭탁하면서 이가 덜덜 쫓긴다.

'에라 그만둬라. 사람으로서 차마!'

그는 가슴을 누르고 한참 앉았다. 한참 만에 그는 우뚝 일어섰다. 두 팔을 쭉 폈다. 몸을 부쩍 솟는 때에 싸리가 부서지는 소리, 우쩍 하자 그의 몸은 울타리 위에 올라갔다.

마루 아래서 으응— 하고 으릉대는 개가 울타리 안에 그림자가 어른하는 것을 보더니 으르렁 엉 웡웡 하면서 내닫는다.

"으흥! 이 개!"

방에서 우렁한 사내 소리가 들렸다. 윤호는 얼른 고기를 꿰어 가지고 온 낚시를 집어던졌다. 개는 집어 먹었다. 낚시에 걸린 개는 낚싯줄을 잡아당기는 대로 꼼짝 소리를 못 지르고 느른히 쫓아다닌다. 낚싯줄을 울타리 말뚝에 잡아맨 윤호는 살금살금 마루로 갔다. 그리 몹시 두근거리던 그의 가슴은 끓고 난 뒤의 물같이 잠잠하였다. 두 눈에서 흐르는 이상한 빛은 어둠 속에서 번쩍하였다. 그는 마루 아래 앉더니 허리끈에 지른 것을 빼어서 슬근슬근 풀었다. 널찍한 헝겊이 다 풀리자 환한 별빛 아래 번쩍하는 것이 그의 무릎에 놓였다. 그는 그 헝겊으로 눈만 내놓고는 머리, 이마, 귀, 입, 코 할 것 없이 싸고 무릎에 놓인 것을 잡더니 마루 위에 살짝 올라섰다. 이때 방 안에서, "무어는 무어야? 개가 그러는게지?" 사내의 소리가 나더니 삭스르럭 성냥 긋는 소리가 들렸다. 윤호는 주춤하다가 다시 빳빳이 섰다.

6

낮이면 돈을 만지고 밤이면 계집을 어르는 것으로 한없는 쾌락을 삼는 이 주사는 어쩐지 오늘 밤따라 마음이 뒤숭숭하여 졸음이 오지 않았다. 끼고 누웠던 진주집을 깨워서 술을 데워 서너 잔이나 마시었으나 역시 잠들 수 없었다. 눈을 감으면 무엇이 와 덮치는 것 같기도 하고 눈을 뜨면 마루에서 무슨 소리가 들리는 듯도 하였다. 머리맡에 켜놓은 촛불의 거물거물하는 것까지 무슨 시뻘건 눈깔이 노려보는 듯해서 꺼버렸다.

"여보, 잡시다. 왜 잠 못 드우?"

"글쎄, 왜 졸음이 안 오는구려."

이 주사는 진주집 말에 대답은 하였으나 자기 입으로—자기 넋으로 나오는 소리 같지 않았다. 그는 눈 감았다 뜰 때에 벽에 해쓱한 그림자가 서 있는 것을 보고 여러 번 가슴이 꿈틀꿈틀하였다. 그러다가도 그 그림자가 의복이라고 생각하면 좀 맘이 팼다. 그렇게 생각하고 그 그림자에 여러 번 속았다. 그는 여러 번 베개 너머로 손을 자리 밑에 넣었다. 큼직한 것이 손에 만지우면 그는 큰 숨을 화—쉬었다. 그는 이렇게 애쓰다가 삼경이 지나서 겨우 잠이 소르르 들자마자 무슨 소리에 놀라 깨었다. 진주집도 이 주사가 와뜰 놀라는 바람에 깨었다. 그 소리는 마루 아래 개가 으르릉 웡! 짖는 소리였다. 이 주사는 가슴에서 널장이 뚝 떨어졌다.

"으흥! 이 개!"

그는 겁결에 소리를 쳤으나 뛰노는 가슴을 진정할 수 없었다. 더욱 왈칵 내닫는 개가 깜짝 소리 없는 것이 의심스러웠다. 그러나 마루가 우찍 하는 것이 무에 단박 들이미는 것 같았다.

"마루에서 무엔구!"

진주집은 초에다가 불을 켰다.

"무에는 무에야 개가 그러는게지."

이 주사의 소리는 떨렸다. 그는 얼른 자리 밑에 넣었던 뭉치를 끄집어내어서 꼭 쥐었다.

"어디 내가 내다보구!"

진주집은 미닫이를 열더니 덧문을 덜컥 벗겨서 열었다.

문 열던 진주집! 뒤에서 내다보던 이 주사! 벌거벗은 두 남녀는 "으악" 들이긋는 소리와 같이 그만 푹 주저앉았다. 열린 문으로는 낯을 가린 뻣뻣한 장정이 서리 같은 칼을 들고 나타났다. 장정은 미닫이를 천천히 닫더니, "목숨을 아끼거든 꼼짝 마라!" 명령을 내렸다. 그 소리는 그리 높지 않으나 시멘트 판에 쇳덩어리를 굴리는 듯하였다. 벌거벗은 남녀는 거들거리는 촛불 속에 수굿이 앉았다. 두 사람의 낯은 새파랗게 질렸으나 아름다운 살빛! 예쁜 곡선은 여윈 사람에게서는 도저히 볼 수 없는 것이었다.

"이근춘이, 네 들어라. 얼마든지 있는 대로 내놔야지 그러잖으면 네 혼백은 이 칼끝에 달아날 것이다."

장정은 칼끝으로 이 주사를 견주며 노려보았다. 평화와, 안락과, 춘정이 무르녹았던 방에는 긴장한 공포의 침묵이 흘렀다.

"왜 말이 없니?"

"네, 모다 저금하고 집에는 한 푼도 어, 없습니다. 일후에 오시면……"

이 주사는 꿇어앉아서 부들부들 떤다.

장정은 이 주사를 한참 노려보더니 허허허 웃으면서,

"이놈이 무에 어쩌구 어째? 일후에 오라구? 고사를 지내봐라, 일후에 오나! 어서 내라…… 이놈이 칼 맛을 보아야 하겠군!" 하더니 유들유들한 이 주사의 목을 잡아끌었다. 이 주사는 끌리면서도 꼭 모은 두 다리는 펴지 않았다.

"이놈아, 그래 못 줄 테냐?"

서리 같은 칼끝은 이주사의 목에 닿았다.

"끽끽! 칙칙!"

여자는 낯을 가리고 부들부들 떨면서 속으로 운다.

"아…… 아 안 그리…… 제발 살려줍시오."

이 주사는 두 다리 새에 끼었던 커다란 뭉치를 끄집어내면서, "모두 여기 있습니다…… 제발 살려줍쇼!" 하고 말도 바로 못 한다.

장정은 이 주사의 목을 놓고 그 뭉치를 받더니 싼 것을 벗기고 속을 보았다.

"인제는 갈 테니 네 손으로 대문 벗겨라!"

장정은 명령을 내렸다. 이 주사는 부들부들 떨면서 대문을 벗겼다. 대문 밖에 나선 장정은 홱 돌아서서 이 주사를 보더니,

"흥! 낸들 이 노릇이 좋아서 하는 줄 아니? 나도 양심이 있다. 양심이 아픈 줄 알면서도 이것을 한다. 이래야 주니까 말이다. 잘 있거라!" 하고 장정은 어둠 속에 그림자를 감추었다. 대문턱에 벌거벗고 선 이 주

사는 오지도 가지도 않고 멀거니 섰다가 몸을 부르르 떨면서 눅눅한 땅에 거꾸러졌다.

사면은 고요하였다. 높고 넓은 하늘에 총총한 별만이 하계의 모든 것을 때룩때룩 엿보았다.

오 원 칠십오 전

오 원 칠십오 전

1

　장안에 궂은비 내리고 삼각산에 첫눈이 쌓이던 날이었다.

　나는 온종일 들엎드려서 신문, 잡지 원고지와 씨름을 하였다. 마음은 묵직하고 머리가 띵한 것이 무엇을 읽어도 눈에 들지 않고 붓을 잡아도 역시 무엇이 써질 듯 써질 듯하면서 써지지 않았다. 나중에는 화가 더럭더럭 나서 보던 잡지로 낯을 가리고 누워버렸다. 눈을 감았으나 졸음이 올 리가 없다. 끝도 없고 머리도 없는 여러 가지 생각이 떠올라서는 터져버리고 떠올라서는 터져버렸다. 생각의 실머리가 흐트러지고 그것이 현실과 항상 뒤바뀌는 것을 느끼게 되면 가슴이 갑갑하고 누웠던 자리까지 배기는 듯이 편안치 않았다. 그만 벌컥 일어났다. 일어났으나 또한 별수 없었다.

　바깥날이 흐리니 방안은 어둑컴컴하여 침울한 기분을 한껏 돋웠다. 비는 멎었는지 밖은 고요하였다. 나는 책상 위에 손을 얹고 멀거니 앉아서 창문만 보고 있었다.

　"나리!"

　나지막한 소리가 밖에서 들렸다.

"나리 계셔요?"

아까보다 좀 높게 불렀다. 그러나 어디서든지 맞장구를 쳐주지 않았다. 그런데 그 소리는 바로 내 방 창문 앞에서 울렸다. 나는 그것이 누구의 소린 것을 알았다.

"김 주사 나리! 허허……"

이번에는 흐릿한 창문에 어둑한 그림을 묵직 실으면서 더 가까이 와서 불렀다. 나는 나를 "나리!" 하고 찾을 리는 만무하다 하면서도 미닫이를 슥 열었다. 그것은 주인이었다.

"허허허."

퇴마루에 비스듬히 올라앉아서 두 손으로 마루바닥을 짚고 나를 보는 주인은 어색한 웃음을 지었다. 나는 벌써 그 웃음의 뜻을 알았다. 그러나 짐짓 모르는 체하고, "무슨 일이 있어요?" 정색하여 물었다. 주인은 아첨 비슷하게 싱긋 웃더니 말하기 어려운 듯이 머뭇머뭇하였다. 나역시 다시 입을 못 벌리고 미닫이 고리를 잡은 채 주인을 보고 빙그레 웃었다. 나는 낯이 근질근질함을 깨달았다. 나는 한참만에 겨우 입을 열었다.

"무슨 말씀예요?"

"하— 이것 참 큰일났습니다."

"왜요?"

"지금 종로에 나갔다 들어오니 저놈의 자식들이 전기를 끊어놓고 갔어요! 하—"

선웃음 치는 주인의 낯에는 그윽한 어두움이 흘렀다.

"전기를 끊다니요?"

"글쎄 지난달 전기세를 여태까지 못 갚았지요! 그것두 여러 달이면 모르겠지만 겨우 한 달을 밀렸는데 다시 와서 재촉도 없이 끊어버렸습니다.…… 그것도 제가 있었으면 말마디나 했겠지만 안에서들만……
있는데…… 왔으니…… 허…… 이거 저녁에 불을 못 보겠으니 이런 큰
일이 없습니다."

주인은 팔짱을 끼고 퇴기둥에 기대어 앉아서 하늘을 처다보았다.

"그거참 안 되었습니다."

나는 문을 닫지도 못하고 시원한 대답도 주지 못하였다. 은연한 주인
의 말 가운데는 요구조건이 있긴 하지만 지갑이 쇠 냄새 맡은 지가 하
도 오래된 판이니 그 요구를 들을 수 없었다. 들을 수 없다고 거절할 수
도 없었다. 그렇다고 나가버릴 수도 없었다.

"허 — 그놈의 난쟁이 같은 일본 놈이 제게다가 전기 청원을 안했다고
앙심을 먹었단 말예요!"

"앙심은 왜?"

"그놈에게 말하면 그놈이 의뢰금 얼마를 먹지요! 그것이 미워서 회사
에 직접 말했더니 그놈이 앙심을 먹었단 말씀이지요! 이놈의 세상……"

주인은 서리고 서렸던 분을 한꺼번에 쏟을 듯이 혼자 어성語聲을 높였
다 낮추었다 하면서 한탄 비스듬히 뿜었다.

"세상이란 그런게지요!"

정작 책임을 져야 할 나는 남의 소리하듯 쓸쓸히 대답하였다.

"좀 어떻게 변통할 수 없을까요? 허……"

주인은 화제를 슬쩍 변하여 나를 보았다. 나는 벌써 그 소리가 나올
줄로 짐작하지 않은 것이 아니지만 주인의 시선이 내 낯을 스칠 때 머
리가 저절로 숙여졌다. 네! 하자니 거짓말이 되겠고 아니! 하자니……
이제는 입이 떨어지지 않았다.

"글쎄 어떻게 하누?"

나는 주인의 시선을 피하여 방 안을 보면서 겨우 한마디 하였다. 가

슴이 맥맥한 것이 획책이 없었다.

"흥!"

나를 보던 주인은 어이없는 코웃음을 쳤다.

"네가 그럴 테지!" 그 웃음은 나를 비웃는 듯이 들렸다. 나는 더욱 무색하였다. 이때까지 내가 가졌던 모든 자존심은 그만 이 순간에 다 깨뜨려져버렸다. 아무 권리가 없었다.

"좀 어떻게 변통을 해보세요!"

주인의 소리는 사형선고같이 들렸다. 나는 온몸이 장판 속으로 자지러져드는 듯했다.

2

벌써 몇 달이냐?

서너 삭이 되도록 동전 한 푼 이렇다는 말없이 파먹어 주었으니 이제는 주인 볼 면목이 없었다. 선금을 준다고 해놓고 한 달 두 달…… 이렇게 넉 달이나 버텨오니 주인인들 갑갑하지 않을 수 없었다.

×사에서 오륙십 원 받을 것이 있으나 오늘 낼……하고 그것조차 얼른 주지 않으니 나도 속이려고 해서 속인 것은 아니지만 근질근질하고 마음이 조리조리해서 세끼 밥상 받는 때마다 살이 쪽쪽 내리는 듯하였다. 사실 살이 내리지 않은 것은 아니었다. 이 서너 삭 사이에 눈이 꺼지고 볼이 들어가서 보는 사람마다 중병을 앓았느냐고 물었다.

주인이 넉넉하거나 우락부락한 처지 같으면 사정도 하여보고 뱃심도 부려보겠지만 그도 퍽 간구한 형세요, 극히 온순한 사람이었다. 또 나라는 위인이 그렇게 뱃심이 든든치 못한 터이니 밤낮 은근히 마음만 끓릴 뿐이었다.

이렇게 서너 삭이나 끌어오되 주인은 첫날이 막날같이 내게 대해서 꼴 한번 징기지 않았다.

어떤 때 내가 쓸쓸히 앉았으면 담배까지 사다주었다. 그나 그뿐인가? 신던 양말까지 깨끗이 빨아놓았다. 피차 같은 사람으로 누구는 먹고, 누구는 지어주며, 누구는 부리고, 누구는 부리라는 패를 채웠으랴? 그런 것 저런 것 다 생각하면 생각할수록 내 양심은 아팠다.

창밖에 빚꾼들이 모여와서 주인을 땅땅 조르는 때면 내 기운은 더욱 줄어졌다. 나와 아무 상관없는 빚꾼들까지 나를 노리는 듯하고 그네들께 쪼들려서 하늘만 쳐다보는 주인의 낯이 보기가 괴로워서 그런 때면 변소에 가는 것까지 주저거렸다. 이렇게 되니 무슨 일이 손에 잡히랴? 그렇다고 방 안에 자빠져 있을 수도 없고 밖으로 나갈 수도 없었다. 집에 배겨서 구물구물 날을 보내면 일하기 싫어하는 부랑자패 같기도 해서 주인 보기가 더 안됐고 어디 나갔다 들어오면 행여나 해서 방에 슬그니 따라 들어와서 눈치만 슬몃슬몃 보는 주인의 낯을 더 볼 수 없었다.

죽도록 벌어준 것도 끌기만 하면서 주지 않고 나 때문에 돈 변통을 다니던 B까지 절망이 되는 바람에 나는 아주 두문불출한 작정으로 변소 출입 외에는 밖으로 나가지 않았다. 이렇게 들앉으니 공상만 펄펄 자라갔다. 하루에도 머리 속에 청기와집 몇 백 개씩 지어보는지 알 수 없었다. 그러나 눈을 번쩍 뜨면 그 모든 것이 돋아 오르는 햇발에 스러지는 안개가 되어버리고 어디까지든지 현실은 현실이라는 느낌이 머리를 치는 때면 모면할 수 없는 험악한 운명이 큰 물결같이 금방 목을 덮는 것 같아서 퍽 불쾌하고 괴로웠다. 이런 때면 내게는 예술도 종교도 철학도 없었다. 다만 내 앞을 가로막는 그 이상한 빚쟁이밖에 없었다.

그래도 버릇을 버리지 못하여 책을 집어 들거나 원고지를 대하면 무엇을 읽었는지 무엇을 쓰려고 했는지 막연할 뿐이었다. 역시 떠오르는 것은 현재 내 앞을 엇지른 빚쟁이였다.

이렇게 될수록 주인의 낯 보기가 더욱 싫었다. 문밖에서 그의 음성만 들려도 괜히 신경이 들먹거렸다. 그리고 안에서들까지 음식범절에 등한히 하는 것 같이 생각되었다. 사실 주인은 어떤 때,

"오늘은 좀 어떻게 해주셔야 하겠습니다."

하다가도,

"글쎄 될 데서 되지 않아서 그럽니다."

내가 말하면 더 말하지는 않아도 낯빛이 좋지 않았다. 그때마다 주인은 나보다 몇 층 위에 앉은 듯이 쳐다보였다. 주인은 나를 쳐다볼 때마다 그는 나를 내려누르고 내 몸을 얽는 무엇 같아서 나중은 주인과 나 사이가 점점 멀어져서 절교한 벗 사이같이 허성허성함을 깨달았다. 어떤 때 다른 할말이 있어도 나는 주저거리고 입을 못 열었다. 밖에 나서면 길바닥에 깔린 돌까지 아무 권리와 세력 없는 나를 비웃고 꾸짖는 듯하였다. 이렇든 판에 주인의 전기 타령이 나왔다.

3

"글쎄 그러면 이를 어쩝니까?"

주인의 낯에는 웃음이 스러졌다.

"글쎄 그것 안됐구려!"

나는 연방 안됐구려만 불렀다. 주인은 이마를 찡그렸다.

"이것 불을 켜야 안 쓰겠습니까?"

주인은 더 못 참겠다는 듯이 울 듯 울 듯한 소리 속에 불평이 그득 흘

렀다. 나는 아무 말 없이 문턱에 팔을 고이고 하늘을 쳐다보았다. 잔뜩 찌푸린 날씨가 또 무엇이 올 것 같다. 바람은 없으나 쌀쌀한 기운이 뼈를 찔렀다.

"좀 어디 나가보세요! 오 원 칠십오 전예요……"

오르는 불평을 억제하려고 하면서도 억제치 못하여 주인의 말은 떨렸다.

"글쎄 보시는 형편에 지금 어디 가서 육 원 돈이나 얻는단 말씀입니까?"

나는 너무도 어이없는 김에 이렇게 말하였다. 주인은 그래도 이제는 더 어쩔 수 없다는 듯이 조른다.

"좀 나가보세요! ×사에 가보시든지……"

내가 너무도 미안쩍어서 "×사에서 요즘은 될 터인데!" 하고 주인을 대할 때마다 뇌었고, 또 어디 나갔다 들어올 때면 "×사에 갔다 온다"고 하여 나도 밥값 때문에 상당히 고심한다는 자취를 보이느라고 애쓴 것이 여러 번이었다. 그 때문에 주인은 ×사 타령을 끄집어낸 것이었다.

"글쎄 ×사에도 이제 시간이 다 지난 다음에 가면 뭘 합니까?"

"그러면 이 밤을 어떡합니까? 전기를 끊어놓았으니."

주인은 기막히다는 듯이 울쩍 소리를 높이더니 다시 어성을 낮추어서, "그래도 나리야…… 좀 변통을 해보세요!" 하는 것은 마치 돈 받으려는 사람이 아니라 돈 꾸러 온 사람 같았다. 그것을 보니 나는 알 수 없이 가슴이 쪼르르 하였다.

"글쎄 못 돼요! 내일 봅시다.…… 네…… 좀 참으세요. 허허."

나는 선웃음을 쳤다.

"낼? 이 밤은 어떡하고요?"

주인은 어이없다는 눈초리로 나를 보았다.

"밤에는 초를 사다 켭시다, 흥!"

나도 내 소리에 우스워서 흥! 하여버렸다.

"하— 초 살 돈이나 있습니까?"

주인은 입을 딱 벌렸다.

"글쎄 지금 없는 돈을 어디서 변통한다는 말이오!"

"없다니요. 그러면 어떡해요?"

"없는 것을 없다고 안 하고, 그래 있다고 해야 옳단 말이오?"

나는 짜증을 벌컥 내면서 벌떡 일어서서 모자를 집어썼다. 주인은 아무 소리 없이 어색히 웃으면서 축대에 내려서는 나를 쳐다보았다.

큰일이나 한 듯이 소리를 고래고래 지르고 나오기는 하였으나 갈 데가 어디냐? 길 잃은 시골뜨기처럼 질적한 다방골 골목을 어정어정 헤어나왔으나 내 정신으로 내가 걷는 것 같지 않았다. 멋없이 짜증 낸 것을 생각하니 나로서도 우스웠다. 더구나 멀쑥해서 쳐다보던 주인의 얼굴이 떠올라서 부끄럽고 미안스러웠다. 연세로 봐서 내게는 아버지뻘이나 되는 이가 무엇 때문에 나리나리 하고 아첨을 한담?—

나는 알 수 없이 가슴이 뻐근하였다. 어디가서든지 돈을 얻어야! 하고 혼자 결심을 했지만 결국 갈 데가 없다. 물인지 땅인지 모르고 어청어청 종로 네거리까지 나왔을 제 머리에 언뜻 B군이 떠올랐다. B군은 나와 같은 고향 사람이고 또 나의 동창이다. 그가 일본 가는 길에 서울 잠깐 들렀었다. 나는 그를 찾아가려고 발을 서대문 쪽으로 돌렸다.

어느새 전등은 눈을 떴다. 질적한 거리는 번쩍번쩍 빛났다. 컴컴할 하숙을 생각하니 마음이 더 졸여서 부리나케 걸었다. 그러나 남의 노자를 잘라 쓰고 얼른 채워 놓지 못하는 날이면 길이 체연될 것을 생각하니 발이 떨어지지 않았다.

"이 사람 내일이나 모레 줄 테니 자네 돈 오 원만 취해 주게! 응……

지금 급하니……"

B군은 쾌히 승낙하였다.

하늘을 가졌으면 이에서 더 기쁘며 땅을 맡았으면 이에서 더 좋으랴? 나는 의기양양하게 하숙으로 향하였다.

나는 전등이 꺼져서 껌껌한 문간을 지나 들어갔다. 마당은 컴컴하였다. 두어 방 미닫이에 비치인 불빛은 꺼불꺼불하였다. 어느 때는 어디 나갔다가도 슬그머니 들어오던 나는 기침을 하면서 내 방문을 열었다. 컴컴한 방 속에서 누릿한 장판 냄새가 흘러나왔다.

주인은 따라 나와서 초에 불을 켰다.

"아 김 주사, 용서하세요? 제 홧김이 불쾌한 소리를……"

주인은 아까 일이 미안스럽다는 사과를 하였다. 나는 도리어 낯이 후끈하였다.

"아뇨! 천만에…… 제야 참 제 홧김에 괜히……"

하면서 나는 오 원 지폐를 주인의 손에 쥐었다.

주인은 벙긋 웃었다.

"아무쪼록 노여 마세요. 하하."

"하하, 천만에 말씀을 하십니다."

주인도 나와 같이 웃었다. 이 찰나! 주인과 나 사이에 가로 질렀던 담벽이 툭 터져서 더욱 가까워진 듯하였다. 아까 피차 찌그리던 낯은 티만치도 찾을 수 없었다.

―아아 단 돈 오 원이로구나!

―나는 이렇게 생각할 제 가슴이 찌르르 하여 눈물이 핑 돌았다.

또다시 내일이나 모레 주마― B군에게 한 말이 떠올라서 이마를 찡그리지 않을 수 없었다.

폭군

폭군

1

구들이 차다는 트집으로 아내를 실컷 때리고 나선 춘삼이는 낮전에 술이 흙같이 취하였다.

홍글멍글하고 남의 집 대문 앞에 서서 오줌을 쐐쐐 쏟다가 그 집 늙은 부인한테 욕을 톡톡히 먹었건만 그래도 빙글빙글 웃고 골목길을 걸었다. 길을 걷는지, 춤을 추는지, 뼈가 빠진 동물같이 이리 홍글, 저리 홍글, 이리 비틀, 저리 주춤 내려오다가 조그마한 쪽대문에 들어서서 정지(부엌방) 문을 펄쩍 열었다.

"아주마니! 술 한잔 주오?"

그는 신 신은 채 정지 아랫목에 쓰러진다.

바당(부엌, 복도는 부엌과 안방 새에 벽 없이 한데 통하였다. 바당이란 것은 부엌이고 정지는 부엌에 있는 안방이다)에서 불을 때던 늙수그레한 부인은 "어디서 저리 처질렀누! 엑 개자식" 하고 입속으로 뇌면서 혀를 툭 찼다.

"아 하 그래 술을 안 준단 말이오!"

총 맞은 사람같이 아랫목에 쓰러져서 씨근덕씨근덕 하던 춘삼이는 벌컥 일어나 앉았다.

두 팔로 앞을 버티고 앉은 그는 금시 쓰러질듯이 흥떵멍떵 한다.

"에구 취했구나! 생원이 집에 가서 자구 오오! 그러문 내 국을 끓여 드리오!"

억지로 웃음을 뵈는 노파의 이맛살은 펴지지 못하였다.

"에―무무 무시기라오?"

그는 술이 줄줄 흐를 듯이 거불거불한 눈으로 노파를 처다보았다.

"그그 그래 수 술을 안 준단 말이요? 내게 돈이 없나? 내가 술값을 잘라먹었나? 어쨌단 말이우? 자 여기 여여기 돈! 돈이……" 하면서 그는 두루마기 앞섶을 헤치고 조끼 윗주머니에 손을 넣는다.

어이없다는 눈으로 물끄러미 그 꼴을 보던 주인 노파는 허허 웃으면서 주정꾼 앞으로 오더니, "생원이사 내 속을 뻔히 알지? 내 어디 그럽데? 돈이? 생원에게 돈이 어찌 없겠소? 돈이 없어두 줄 처진데, 돈이 있다는데 주기 싫어서 안 주겠소? 시방 취했으니 있다가 잡수!" 하고 노파는 풀어진 춘삼의 옷고름을 바로 매주었다.

"내가 술값을 잘라먹을 것 같소? 에퉤 흐흐흐."

그는 어깨를 으쓱하고 머리를 흔들흔들하면서 코웃음을 쳤다.

"글쎄 뉘가 잘라먹는다메? 또 잘리면 어때서? 내 그만치 생원에게 잘렸다구 송사를 하겠으메? 하하 어서 좀 가 자오!"

노파는 얼렁얼렁하면서 춘삼의 허리를 안아 일으켰다.

"이게 무슨 짓이오? 이 이 이것 놓소! 뉘가 늙은 거 좋다구 하오? 흥."

춘삼이는 몸을 틀면서 노파를 두 손으로 콱 밀쳤다.

그는 머쓱히 밀려 서 있는 노파를 보면서, "하하하, 그래 술 안 주겠소? 한잔만 딱 먹겠소!" 하면서 궁뎅이를 질질 끌고 복도막에 들앉았다.

얼었던 신발이 뜨뜻한 방 안에 들어오니 녹아서 흙물이 번지르르 자리에 그림을 그렸다.

"그래 꼭 한잔만 줄게 먹구 가겠소?"

노파는 "네 참말로 한잔만 먹고 그만 둘 테냐?" 하는 눈초리로 춘삼을 보았다.

춘삼이는 빙긋 웃으면서 허구픈 소리로,

"가구 말구. 한잔만 주우!"

주인 노파는 한숨을 휴 쉬이고 웃간으로 가더니 공상(정지 윗목에 벽을 의지하여 3층으로 시렁을 매는데, 맨 밑층은 공상이라 하여 쌀독같이 크고 무거운 것을 놓고 가운데층은 조왕이라 하여 사발, 공기같이 가벼운 것을 얹고 마지막 층은 덕대라 하여 밥상을 얹는다)에 놓인 조그마한 단지(항아리)에서 술을 대접에 반만큼 떠다가 푸접 없이 쑥 내밀었다. 춘삼이는 받았다. 그는 흥글흥글 하고 술대접을 한창 보더니 "흐흐, 이 술을 주면서 속으로야 욕을 좀 하리?" 하고 목을 점점 뒤로 제키면서 소 물 켜듯 꿀꺽꿀꺽 마신다. 주인 노파는 점점 들리는 턱 아래 분주히 오르내리는 목뼈를 흘겨보면서 혀를 툭 찼다.

"으윽 왝!"

춘삼은 입에서 술대접을 떼듯 말듯 하며 어깨를 으슥하고 목을 절룩하면서 머리를 앞으로 숙였다. 코와 입으로 시티한 걸디건 물이 폭포같이 쏟아졌다.

"엑, 개자식아! 엑 추접아!"

주인 노파는 벌꺽 일어서면서 춘삼이를 흘겨보았다.

"무시기 어찌구 어째?"

춘삼이는 두루마기 소매로 입을 씻으면서 노파를 노려보았다. 담박서리 같은 호령이나 내릴 것 같다.

노파는 몸을 벌벌 떨면서,

"그러믄 개자식 아니고 무시기야?"

악스럽게 한마디 쏘았다.

"무어 개자식이라니? 이 쌍놈의 노친 같으니."

춘삼이는 앞에 놓은 술대접을 머리 위에 번쩍 집어 들었다. 노파는 윗간으로 피해 서면서,

"좋다! 그 새끼 미쳤는 게다! 술을 먹었지 똥물을 먹었는갭네!"

하는 소리가 떨어지자마자 하여,

"으응! 이놈의 년 같으니."

하는 춘삼의 우렁찬 소리와 같이 그 손에 잡혔던 대접은 쏜살같이 조왕에 던져졌다.

짝끈 째그르륵— 대접이 떨어지는 곳에 보기 좋게 쌓아놓았던 그릇들은 산산이 부서지고 들들 굴러 떨어졌다. 공상에 놓았던 독들도 떨어지는 그릇에 부딪쳐서 탁 깨졌다.

주인 노파는 몸을 부르르 떨고 이를 빡 갈았었다.

"이놈아! 기장은 왜 치니? 응 죽여라! 죽여라, 나까지 잡아먹어라!"

주인 노파는 악을 쓰고 덤벼들었다.

춘삼의 의복은 찢어졌다. 그의 뺨은 노파의 손톱에 긁혀서 피가 흘렀다.

"이 미친놈아! 늙은 년이 푼푼이 모아서 얻어놓은 그릇을 무슨 턱으로 부신단 말이냐? 내게 무슨 죄냐? 내 술값을 내라! 생원님, 생원님하니 침깨나 놓는 체한다구! 이놈아, 내 술값을 육십여 원이나 지구두…… 그래도 나는 흔연히 같이 지냈다. 이 가슴이 터지는 것두 꾹꾹 참아왔다."

노파는 죽을 둥 살 둥 모르고 덤빈다.

춘삼이는 노파의 머리채를 휘어잡았다.

"애고고! 이놈이 사람을 죽이는구나!"

춘삼의 억센 발은 노파의 허리에 닿았다.

바당문은 열었다. 정지문도 열었다. 사람들은 모여들었다.

"이제 어쩐 일이오?"

한 사람이 우우 달려들어서 춘삼의 손을 잡았다.

"이놈아 이것을 못 놓을 테냐?"

오구구 모여든 속에서 한 사람이 소리를 치면서 내달드니 춘삼의 귀벽을 철썩 갈겼다.

춘삼이는 쓰러졌다.

"야 이놈아, 이 호로새끼야! 네 에미 같은 사람의 머리를 끌어!"

노파는 앙드그륵 악물고 두 눈에 불이 횅해서 춘삼에게 달려들었다.

"어마니! 그만 참소!"

"아주머니, 그만두시우! 엑 미친놈!"

앞뒤에서는 일변 노파를 말리고 일변 춘삼을 차고 욕한다.

"에구! 가슴이 터져라!"

노파는 목이 메어 울지 못하고 가슴을 쾅쾅 치더니 차츰 울음소리가 커졌다.

"그 아니꼬운 꼴을 웃고 보면서…… 모아 놓은 것을…… 흑흑!…… 자식두 없는 것이 그것으로 낙을 삼든 것을! 어엉! 흑흑! 어엉!"

노파는 울음을 뚝 그치고 머리를 들어 엎더니,

"응 이놈 보자! 네놈의 집을 가서 기둥뿌리를 빼오겠다."

하고 문으로 내달았다.

그 두 눈에는 굳세인 광채가 서리었다.

낯빛은 검으락 푸르락 하였다.

문 앞에 모아섰던 군중은 뒷걸음을 쳤다.

2

으스스한 겨울날은 어느새 저녁때가 가까웠다.

새벽 나간 사내가 들어오지 않는 것이 퍽 마음이 켕겼다. 보통 때에도 나갔다 들어오면 트집을 툭툭 부리는 사람이 오늘은 새벽 트집을 쓰고 아침도 먹지 않고 나갔으니 반드시 어디 가서 술을 먹거나 그렇지 않으면 대문 어귀에서부터 부풀은 소리를 치고 들어올 것이다―이렇게 생각하는 학범의 어미의 가슴은 수술실로 들어가는 병자의 가슴처럼 두근두근하여 진정할 수 없다.

시집살이 이십여 년에 맑은 하늘이라고 보지 못하였다. 근본이 양반이요, 사람이 똑똑하고 돈냥도 넉넉하다 하여 아버지가 춘삼에게 허락한 것이다. 그리하여 학범 어미는 열다섯에 시집을 왔다.

어머니는,

"아직 나가(나이) 어린 것을 어디로 보내겠소!"

하고 어색해하는 것을 아버지가,

"나가 어리긴? 계집이 나가 열다섯이면 자식을 낳았겠는데!"

이렇게 우겼다.

그때 아버지는 딸 혼수전으로 오백 냥을 받았다. 그가 시집와서 사년 만에 시어머니가 돌아가시고 그해 가을에 친정아버지가 돌아가셨다. 그리고 시어머니 돌아가신 지 오 년 만에 시아버지가 돌아가셨다. 그때 학범의 나이 네 살이었다.

춘삼이는 아버지가 돌아가신 날부터 전방 문을 달아 채워버렸다. 그 뒤로 그의 업은 술, 계집, 골패, 투전, 싸움이었다. 나중은 술게걸이라는 별명까지 받았다. 밭고랑이나 있던 것은 어느 틈에 다 날아가 버리고 집 문건까지 남의 손에 가버렸다.

그리고는 학범 어미가 닭도 치고, 돼지도 기르고, 삯바느질도 하여 푼푼이 모은 것까지 술값, 투전채로 쭉쭉 훑었다. 그것도 부족하여 생트집을 툭툭 부리고 여편네를 때린다, 세간을 모은다 야단을 쳤다. 나종은 처갓집까지 팔아 없어서 친정어머니는 딸을 따라와서 같이 있으면서 사위의 갖은 학대와 괄시를 받다가 작년 겨울에 돌아가셨다.

그는 죽을 때에 학범이와 딸의 손목을 잡고 섧게 섧게 울다가 눈 못 감고 죽었다.

"학범 엄마! 사람의 한뉘라는 게 쓰리니라. 학범 아버지가 후회할 날이 있겠으니 너는 일절 골을 내지 말고 공대를 하고 순종해라. 마음을 잘 쓰면 다 그 값은 받더니라. 학범이 잘 자라도 그게 복 받는 게 아니냐?…… 휴우! 어쨌든 네 아비가 못된 것이니라. 에구 참, 불쌍도 하지, 우리 학범 어미는!"

하며 점점 틀려가는 눈에서 소리 없는 눈물이 방울방울 흘렀다.

때는 학범의 나이 여덟이었다.

어머니 돌아가신 뒤로 학범 어미는 더욱 고적하였다. 그는 사내의 횡포가 심하면 심할수록 순종하였다.

의복은 이틀 건너 사흘 건너 빨았고 밥상에는 반찬이 떨어지지 않도록 애썼다. 그는 한 줄의 희망을 학범에게 붙였다. 어떤 때는 슬그머니 죽어버리고도 싶었으나 이때까지 참아오면서 모시는 사내에게 더러운 허물이나 가지 않을까?

나날이 커가는 학범이가 의지가지없이 길거리에 헤맬 것을 생각하는 때면 삶의 줄이 죽음의 줄보다 더 굳세게 그를 끌었다. 그는 어떤 고생이든지 참아가면서라도 학범이를 공부시키고 장가들인 뒤에 죽기를 은근히 빌었다.

이날 아침에도 사내가 나간 뒤에 그는 울렁거리는 가슴을 진정해 가면서 앞뒤 뜰을 말끔 쓸어놓고 아침을 지어서 사내 상은 따로 채려놓고 어머니 영좌에 상식하고, 학범이도 먹여서 학교에 보내었다.

그리고 다듬이, 바느질로 진종일을 보내었다. 밖에서 발자취만 들려도 사내가 오는 듯해서 가슴이 두근두근하고 어디서 어린애 울음소리만 들려도 학범이가 울지 않는가 하여 뛰어나가 보았다.

저녁준비를 하려고 하던 일감을 주섬주섬 거두는데 와— 하는 소리와 같이 급한 자취 소리가 나더니 정지문이 펄적 열렸다.

학범 어미는 별안간 찬물을 등에 받은 사람같이 "흑! 엑" 일어섰다. 문으로 들이뛰는 것은 머리를 산산이 풀어헤친 늙은 노파였다. 이런 것을 한두 번 당하지 않는 학범 어미는 그 노파를 볼 때 가슴이 뜨끔하였다. 온 혈관에 얼음이 부적 차는 듯하였다. 두 뺨은 해쓱하고 뜨르륵한 큰 눈에 힘이 빠졌다.

"어마? 에! 어째 이러오? 우리 집(남편)에서 또 무슨 일을 저질러 논 게로구마!"

학범 어미는 노파의 팔목을 잡았다. 노파는 다짜고짜 조왕 쪽으로 몸을 주면서,

"이놈 같으니! 응 네놈의 집은 내가 그저 둘 줄 아니? 내 이놈의 집 가매 도랭이를 빼고야 말 테다. 이거 놔라! 이거 놔!"

소리를 고래고래 지른다. 학범 어미는 괴로운 웃음을 지르면서 노파의 허리를 안았다.

"어머니! 참으시우. 내 말을 들소! 네…… 우리 집에서 술을 잡숫고 어마니 괄세를 한 게로구마!"

"야! 이년아! 이거 놔라! 너— 서방이 우리 집 가정도립을 하였다. 내 너— 집 가매솥 도랭이를 뺏고야 말겠다."

가정도립! 세간을 모두 짓모았다는 말에 학범 어미 가슴은 쿵 하였다.

하나는 앞으로 하나는 뒤로—힘과 힘은 서로 얽히어서 학범 어미와 노파는 안고 굴렀다.

사람들은 모여들었다.

"이년 봐라!"

노파는 학범 어미의 머리채를 끌었다.

"어마에! 내 나를 보구 그만두오! 내 모두 풀어 놓소리!"

학범 어미의 소리는 위대한 권력 아래 꿇앉은 약한 무리의 부르짖음 같이 힘없고 구슬펐다.

사람들은 남녀를 물론하고 모여 들어서서 싸움을 말렸다.

"에구! 못된 놈이야! 스나(남편)를 못 만나서 부처님 같은 저 에미네 (여편네)까지 못살게 구는구나!"

"에미네(여편네)는 참말 학범 어미 같은 게 없어! 그놈이 저런 처를 박대를 하고서 무시게 잘되겠소?"

여러 사람들이 말리는 바람에 노파는 주저앉았다.

학범 어미는 땅을 꽝꽝 치고 통곡하는 노파의 앞에 앉아서,

"내 모두 갚아 놓소리! 돼지 하나 먹이는 게 있구 베 짠 삼도 있으니 그거 팔아서 갚을께 어마니 내 나를 보고 참소!"

노파는 갔다.

모였던 사람들도 갔다. 쭉쭉 울던 있는 학범이는 가마목(부뚜막)에 누워서 잔다.

집 안은 휑뎅그레한 것이 초상 난 집 같았다.

학범 어미는 무릎을 쫑그리고 앉아서 창문을 켕히 보았다. 모든 것이 한바탕 꿈속 같다. 그러나 그것은 꿈이 아니다. 서리를 맞아 꼬꾸라지는 꽃 같은 자기의 그림자가 눈앞에 떠올랐다. 그 신세가 한껏 외롭고 한껏 가엾이 생각되었다. 설움이 북받쳐 올랐다. 돌아가신 어머니 생각

이 간절하였다.

　그는 학범의 뺨에 뜨거운 눈물을 소리 없이 떨어뜨렸다.

　남편이 너무도 야속스럽고 원망스러웠다. 어머니 제사에 쓰려고 추위와 더위를 무릅쓰고 기르던 돼지까지도 팔아 없앨 생각을 하니 더욱 가슴이 미어지는 것 같다. 그러다가 그는 눈물을 씻고 모든 것을 생각지 않으려고 하였다. 남편을 원망하고 눈물을 쭉쭉 흘리는 것이 무슨 불길한 징조 같아서 그만 참았다.

　학범 어미는 저녁 상식 때에 또 울었다. 어머니 영좌 앞에 엎디어서 굽이굽이 맺힌 설움을 하소하듯 느껴 울었다. 줄줄이 흘러내리는 뜨거운 눈물은 자기 몸을 싸고 흐르는 검은 그림자를 속속이 씻어주는 듯하였다.

　어머니의 따뜻한 품이 안아주고 어머니의 부드러운 말씀이 들리는 듯이 마음이 든든하고 가슴이 울렸다.

　"제마(어머니) 어째 움네? 외큰아매(외할머니) 보구 싶어 우오! 응……"

　밥 먹던 학범이는 어머니 곁에 와서 섰다. 그는 얼른 눈물을 거두었다. 어린 학범에게 우는 나를 보이지 않으려고 함이다.

　"응…… 외큰아매 보구 싶어서 운다. 너는 외큰아매 보구 싶지 않느냐? 흥윽."

　"나두 외큰아매 보구 싶네! 하―"

　쳐다보고 내려다보고 두 모자의 눈에는 따뜻한 웃음이 피었다. 학범 어미는 자기로도 알 수 없는 충동에 학범이를 껴안았다. 뜨거운 모자의 뺨은 부비었다.

　저물어가는 황혼 빛은 방 안으로 기어든다.

　사방은 고요한 침묵에 차 있다.

밤은 이경이 넘었다.

춘삼이는 그저 돌아오지 않았다. 학범 어미는 학범이를 데리고 갔을
만한 집에는 다 찾아보았으나 없었다. 술이 취하여 길에나 눕지 않았나
해서 험한 골목, 조용한 골목은 다 찾아보았으나 역시 보이지 않았다.

하는 수 없이 돌아와서 학범이를 재워놓고 등불 앞에 앉아서 바느질
을 시작하였다.

밤은 점점 깊어간다. 사면은 고요하다. 싸— 하는 기름불은 이따금
불찌가 앉아서 뿌지직뿌지직 소리를 치면서 거불거불한다. 그때마다
학범 어미는 바느질손을 멈추고 쇠꼬챙이로 등찌를 껐다.

솔솔 사방으로 흘러드는 싸늘한 기운은 엷은 옷을 뚫고 살 속으로 스
며든다.

그는 곁에 누운 학범의 이불을 다시 눌러놓으면서 한숨을 길게 쉬었다.

스르륵 빠드득 빠드득 하는 소리에 그는 창문을 언뜻 치어다보면서
귀를 기울였다.

가슴이 쿵하고 후두둑 떨렸다.

스륵스륵 빠드득 빠드득—

그것은 뒷방에서 쥐들이 설레는 소리였다.

그는 비로소 안심한 듯이 일손에 눈을 주었다.

가슴은 그저 떨린다. 밖에서 바람소리만 들려도 신 끄는 소리 같아서
가슴이 두근거리고 마음이 죄었다. 저녁 편 난리판에 태아가 놀랐는지
배까지 쓸쓸 아파서 일이 손에 잡히지 않았다. 그는 배를 그러쥐고 등
불을 보았다. 등불은 점점 둘, 셋, 넷 되어 보이더니 나중은 수없는 불
방울이 사방으로 둥둥 흩어져서는 사라지고 사라지고는 흩어진다.

크고 작은 붉고 푸른 그 불 방울은 남편의 취한 눈알 같다. 그는 보지 않으려고 눈을 꼭 감았다. 등 뒤에는 커다란 그림자가 서서 자기의 목을 슬그머니 잡는다. 그는 눈을 번쩍 뜨고 머리를 돌렸다. 아무것도 없었다. 그는 몸살을 오싹 치면서 사방을 돌아보았다. 어둑한 구석구석에서는 무엇이 말똥말똥한 눈깔로 자기를 노려보는 것 같다. 그는 마음을 단단히 먹었다. 모든 것을 잊으려고 하였다.

다시 바느질을 시작하였다. 그러나 생각지 않으려고 하면 할수록 구석구석에 숨은 눈깔은 더욱 자기를 노리고 등 뒤에는 그 그림자가 섰는 듯해서 머리를 돌리지 않을 수 없었다. 그러나 머리를 바로 가지면 그것이 또 서 있는 듯해서 그저 있기도 어렵고 돌리기도 어려웠다.

그는 가운데 방문을 열어놓았다.

그 방에는 어머니 영좌가 있다. 그것을 열어놓으면 어머니가 지켜주는 듯해서 마음이 좀 훈훈하였다.

삐꺽— 사립문 소리가 들렸다.

뒤따라 오장이 미어지게 가래 춤 뱉는 소리, 어지러운 신 소리가 들렸다. 그는 가슴이 쿵 하고 두근두근하였다. 얼른 일어서서 밖에 나섰다.

싸늘한 공기는 그의 몸을 쌌다. 그는 오싹 몸서리가 쳤다. 파아란 하늘에는 별이 총총하다. 이웃집 지붕이며 울타리 밑에 쌓인 눈은 어둠 속에 빨래 더미 같다. 홍글멍글 정신없이 뜰에 나타난 것은 분명한 춘삼의 그림자다. 계집은 아무 소리 없이 축대 아래 내려섰다. 비틀비틀 들어오던 사내는 떡 서서 홍뗑홍뗑 계집을 본다.

"으흐! 그래 스나(사내)년석은 아침두 안 멕이구 그게 에미네(여편네)년덜만 먹구! 흐흐 집안이 어— 흐 엑튀!"

계집은 쓰러질 듯한 사내의 팔을 붙잡았다.

"날내(어서)들어가시오. 들어가서 좀 눕소!"

"뭐야 그래 밥은 안 줄 텐가? 에 튀! 저덜만 배뚱눈이 터지게 처먹구…… 으응…… 이렇게 늦어 들어와도 찾아도 안 댕겨? 어 참!"

사내는 계집이 잡은 팔을 뿌리쳤다. 계집은 뒤로 쓰러질듯이 비틀거리다가 겨우 바로 서서 사내를 마루로 끌어올렸다.

"에구 저거 보! 흐…… 아께 학범이 하구 둘이서 암만 찾아 댕겨도 없던데!"

나직한 소리는 부드러웠다.

"무시기 어째? 그래 계집년이 사내를 찾아 댕겠으문 좋겠다! 아무개네 계집은 사내를 찾아 댕긴다고 소문이 잘 나겠다! 흥!"

춘삼이는 정지 아랫목에 들앉았다. 계집은 신을 끄르고 두루마기를 벗겼다. 모자는 어디 두었는지 뿌연 맨머리 바람이다. 춘삼의 몸은 맹자 읽는 선비같이 흔들흔들 한다.

"그래 밥을 안 주어?"

"지금 채려요!"

부뚜막에 놓았던 밥그릇, 화로에 놓았던 찌개 — 이렇게 밥상을 차렸다.

춘삼이는 젓가락으로 밥을 쑥쑥 쑤시더니,

"이게 이제는 조밥을 멕이는가?"

하면서 계집을 노려보았다. 황공스럽게 상머리에 앉았던 계집은,

"에구! 이리 오. 우리 먹느라구 한쪽에 얹었든 좁쌀이 조금 섞였는게요!"

하는 말은 온순하였다. 그는 사내의 일동일정을 주의하였다.

"그런데 이것 왜 반찬은 이 모양인가!"

"오늘 돈이 없어서 고기를 못 샀소!"

"저 바깥에 걸어놓았든 명태는 어쨌누!"

사내는 눈을 부릅떴다.

계집은 한참 있다가,

"그거는 어머니 제사에 쓸게요!" 하는 그 소리! 겨우 입밖에 나왔다.

"무시기 어쩌구 어째? 제산지 난쟁인지 그늠으 거는 다 뭐야?"

계집은 코를 들이마셨다. 흑흑 느꼈다. 치맛자락으로 눈을 가렸다.

"이 쌍년아, 울기는 왜 떡하면 우니? 무슨 방정이냐?"

소리와 같이 왈칵— 밥상은 계집의 머리에 씌었다.

계집은 번쩍 일어섰다.

"그 쌍놈의 상문이지, 개다린지, 바사 버려야지!"

사내는 방으로 들이뛰드니 쾅쾅 영좌를 부신다.

아— 어머니는 돌아가서도 편안치 못하신가?

생각하니 계집의 가슴은 짤짤 녹아내리는 듯하였다. 그는 더 두려울 것이 없었다. 방으로 들어갔다.

학범이는 울면서 따라 들어갔다.

"죽이겠으면 나를 죽이오!"

계집은 사내 앞에 서서 손을 펼쳐 영좌를 막았다. 사내는 계집의 팔을 잡아채어서 방바닥에 뉘여 놓고 밟다가 불 밝은 정지로 끌고 나왔다. 학범이는 엉엉 울면서 발을 동동 구른다.

이웃집 사람들이 우우 몰려왔다.

"이 사람 또 술이 취했네!"

한 사람이 춘삼의 허리를 안았다. 또 한 사람은 춘삼의 손에서 계집의 머리채를 뽑으면서,

"이 사람 어서 노라니!"

큰 소리를 쳤다.

"가만 이년을 내가 죽일 테다!"

춘삼의 억세인 주먹은 말리는 사람들 사이로 계집의 가슴에 떨어졌다.

"에고고! 어엉 흑이!"

"이거 이 사람이 미쳤냐?"

"에구 끔찍두 해라!"

이웃집 여편네들은 몸을 떨었다.

여러 사람이 붙잡고 말리는 바람에 학범 어미는 겨우 몸을 뺐었다. 춘삼이는 주저앉아서 씨근씨근한다. 말리던 사람들은 잠잠히 서서 서로 치어다보고는 춘삼이와 학범 어미를 보았다. 학범이는 아버지 곁에 서서 그저 엉엉 운다.

"야 이놈아! 시끄럽다!"

홍두깨 같은 춘삼의 주먹에 쓰러지는 학범이는,

"애고곡 제―마―"

하고 숨이 끊어지게 부르짖었다.

몸을 빼려고 뒷문 앞까지 갔던 학범 어미는 홱 돌아서서 사내를 보면서,

"미쳤는 게다. 어린것이 무슨 죄요?"

톡 쏘았다. 두 눈에 핏줄이 발갛게 섰다.

"이년!"

춘삼이는 벽력같이 소리를 지르면서 벌떡 일어섰다. 두 손에는 그의 뒷구녁에 놓였던 방치돌이 들렸다.

"빠져라, 뒷문으로 빠지거라!"

"저 돌을 아삿빼라(빼앗어라)!"

여러 사람의 소리가 끝나기 전에 응! 하는 소리와 같이 방치돌은 뒷문을 향하여 날았다.

"애고…… 으응……"

쾅― 열리는 뒷문과 같이 학범 어미는 쓰러졌다.

모든 사람들은,

"아악!"

"에구!"

"에구 에저!"

하는 소리가 집을 부술 듯이 일어났다.

모두 몸을 부르르 떨었다.

춘삼이는 누구에게 맞았는지 코피를 흘리고 쓰러졌다. 모두 뒤로 몰렸다.

소길마에 뉘인 물먹은 주검같이 학범 어미의 허리는 문턱에 걸쳐 놓였다.

방치돌은 허리와 궁뎅이를 지둘렀다. 바지 가랭이에서는 불그레한 피가 줄줄 흐른다. 쓰러지는 때에 낙산까지 된 것이다.

여러 사람들은 학범 어미의 머리와 다리를 들었다. 허리가 부러져서 땅에 끌린다.

어떤 늙은 부인이 허리를 받들었다.

"학범아! 익잉 에구 학범 아버지! 꺽!……에!"

방에 누인 학범 어미는 간신히 입속말로 부르고 고요히 운명하였다.

"어엉 제마! 에구 내 제마! 어엉!"

학범이는 어미의 목을 그러안고 섧게 섧게 운다. 뼈를 에이고 가슴을 쪼기는 어린이의 울음에 모든 사람의 눈은 스르르 젖었다.

"아하…… 죽어서나 좋은 곳으로 가거라!"

어떤 부인인지 한숨 섞인 소리로 뇌었다.

"네…… 제발 한번만 보게……"

술이 깼었는지 춘삼의 소리는 똑똑하다.

그의 옷 앞은 코피가 흘러서 벌겋다.

"이놈의 웬 잔소리야. 어서 걸어!"

포승을 잡은 순사는 눈을 딱 부릅떴다.

"그저 제가 죽을 때라 그랬으니…… 나리! 한번만 학범 어미의, 나를 한번만 보게…… 으으윽."

그는 목 메인 소리를 하면서 모여선 사람을 밀치고 윗목으로 가려고 한다.

순사는 춘삼의 뺨을 불이 번쩍 나게 갈기면서,

"이 자식이 그래두 법 무서운 줄 모르나? 어서 걸어! 잔말 말고."

하고 밖으로 내끌었다.

"어엉 어엉 흑…… 죽여주드라도…… 에구…… 학범 어미를 한 번…… 한번만 보…… 보……"

그는 꺽꺽 목 메어운다.

엷은 애수와 공포에 싸인 군중은 물을 뿌려놓은 듯이 고요하다.

"하하! 잘됐구나! 이 몹쓸 춘삼아!"

하는 처량한 부르짖음과 같이 짝짝 손뼉소리가 뜰에서 나더니 바당문으로 툭 퉤 들어오는 것은 술집 노파다.

"하하, 네 이놈 춘삼아! 이 늙은 가슴에 못을 박고…… 성인 같은 네 계집을 잡아먹구두…… 네 무슨 잘되겠니?…… 벼락을 맞으리라! 벼락을……"

노파의 두 눈에는 불이 환하다.

"쉬 — 순검이 왔소!"

누군지 노파에게 주의를 시켰다.

"네…… 나리…… 에구."

춘삼이는 눈물을 방울방울 떨어뜨렸다.

"어서 걸어!"

"개자식!"

"에쿠!"

곁에 섰던 순사의 구둣발에 채여서 끌려 나가던 춘삼이는 축대 아래 찬 땅에 꺼꾸러졌다.

"어엉…… 흐흑…… 제…… 제 —마, 에이고, 내 제마! —으응!"

학범이는 그저 윗목에서 어미의 뺨에 낯을 부비면서 구슬피 통곡을 친다.

알 수 없는 두려움에 싸인 군중은 눈물을 씻었다.

담 요

담요

　나는 이 글을 쓰려고 종이를 펴놓고 붓을 들 때까지 '담요'란 생각은 털끝만큼도 하지 않았다. 꽃 이야기를 써볼까. 요새 이내 살림살이 꼴을 적어볼까. 이렇게 뒤숭숭한 생각을 거두지 못하다가 일전에 누가 보내준 어떤 여자의 일기에서 몇 절 뽑아 적으려고 하였다. 그래 그 일기를 찾아서 뒤적거려 보고 책상에 마주 앉아서 펜을 들었다.

　'××과 ××'라는 제목을 붙이며 몇 줄 내려 쓰노라니 땅땅한 장판에 복사뼈가 어떻게 배기는지 몸을 움직일 때마다 그놈이 따끔따끔해서 견딜 수 없고, 또 겨우 빨아 입은 흰옷이 꺼먼 장판에 뭉개지어서 걸레가 되는 것이 마음에 켕기었다.

　따스한 봄볕에 비치고 사지는 나른하여 졸음이 오는데 이런 생각 저런 생각 신경이 들먹거리고 게다가 복사뼈까지 따끔거리니 쓰려던 글도 씌어지지 않고 그대로 앉아 있을 수도 없었다. 그러나 기일이 급한 글을 맡아 놓고 그저 있을 수도 없는 일이다. 나는 한 계책을 생각하였다. 그것은 별 계책이 아니라 담요를 깔고 앉아서 쓰려고 한 것이다. 담요래야 그리 훌륭한 것도 아니요 깨끗한 것도 아니지만 그래도 그것이나마 깔고 앉으면 복사뼈도 따끔거리지 않을 것이요, 또 의복도 장판에서 덜 검을 것이라고 생각한 까닭이었다.

이불 위에 접어 놓은 담요를 내려서 네 번 접어서 깔고 보니 너무 넓고 엷어서 마음에 들잖았다. 다시 펴서 길이로 세 번 접고 옆으로 세 번 접었다. 이렇게 죽 펴서 여섯 번 접을 때 내 머리에 언뜻 떠오르는 생각과 같이 내 눈앞을 슬쩍 지나가는 그림자가 있다. 나는 담요 접던 손으로 찌르르한 가슴을 부둥켜안았다. 이렇게 멍하니 앉은 내 마음은 때라는 층계를 밟아 멀리멀리 옛적으로 달아났다. 나는 끝없이 끝없이 달아나는 이 마음을 그대로 살라버리기는 너무도 아쉬워서 그대로 여기에 쓴다. 이것은 지금 '담요' 라는 제목을 붙이게 된 동기다.

*

3년 전 내가 집 떠나던 해 겨울에 나는 어떤 깊숙한 큰 절에 있었다. 홑고의 적삼을 입고 이 절 큰 방구석에서 우두커니 쭝그리고 지낼 때에 고향계신 늙은 어머니가 보내주신 것이 지금 이 글 제목으로 붙인 '담요' 였다. 그 담요가 오늘날까지 나를 싸주고 덮어주고 받쳐주고 하여 한시도 내 몸을 떠나지 않고 있다. 나는 때때로 이 담요를 만질 때마다 느끼는 것이 있으니, 그것이 즉 이 글에 나타나는 감정이다.

집 떠나던 아내였다.

나는 국경 어떤 정거장에서 일하고 있었다. 그때는 그 일이 괴로웠지만 지금 생각하면 그것이 오히려 사람다운 일이었을는지 모른다. 어머니와 아내가 있었고 어린 딸년까지 있어서 헐으나 성하나 철 찾아 깨끗이 빨아주는 옷을 입었고 새벽부터 밤까지 일자리에서 껄떡거리다가는 내 집에서 지은 밥에 배를 불리고 편안히 쉬던 그때가 바람에 불리는 갈꽃 같은 오늘에 비기면 얼마나 행복일까 하고 생각해 보는 때도 많다. 더구나 어린 딸년이 아침저녁 일자리에 따라와서 방긋방긋 웃어주

182

던 기억은 지금도 새롭다.

그러나 그때에는 풍족한 생활은 못 되었다. 그날 벌어서 그날 먹는 생활이었고, 그리 되고 보니 하루만 병으로 쉬게 되면 그 하루 양식 값은 빚이 되었다. 따라서 잘 입지도 못하였다. 아내는 어디 나가려면 딸년 싸 업을 포대기조차 변변한 것이 없었다.

그때 우리와 같이 이웃에 셋집을 얻어가지고 있는 K란 사람이 있었다. 그 사람도 나와 같이 정거장에서 일하고 있었는데 그 부인은 우리 집에 늘 놀러 왔다. 놀러 오는 때마다 그때 세 살 나는 어린 아들을 붉은 담요에 싸 업고 왔다.

K의 부인이 오면 우리 집은 어린애 싸움과 울음이 진동하였다. 그것은 내 딸년과 K의 아들과 싸우고 우는 것이다. 그 싸움과 울음의 실머리는 K의 아들을 싸 업고 온 '붉은 담요'로부터 풀리게 되었다.

K의 부인이 와서 그 담요를 끄르고 어린것을 내려놓으면 내 딸년은 어미 무릎에서 젖을 먹다가 텀벅텀벅 달아가서 그 붉은 담요를 끄집어 오면서, "엄마 곱다! 곱다!" 하고 방긋방긋 웃었다. 그 웃음은 그 담요가 부럽다, 가지고 싶다, 나도 하나 사다오 하는 듯하였다. 그러면 K의 아들은, "이놈아 남의 것을 왜 가져가니?" 하는 듯이 내 딸에게 찡기고 달려들어서 빼앗았다. 그러나 내 딸년은 순순히 뺏기지 않고 이를 꼭 악물고 힘써서 잡아당긴다. 이렇게 서로 잡아당기고 밀치다가는 나중에 서로 때리고 싸우게 된다.

처음 어린것들이 밀고 당기게 되면 어른들은 서로 마주보고 웃게 된다.

그러나 어머니, 아내, 나— 이 세 사람의 웃음 속에는 알 수 없는 어색한 빛이 흘러서 극히 부자연스런 웃음이었다. K의 아내만이 상글상글 재미있게 웃었다.

담요를 서로 잡아당길 때에 내 딸년이 끌리게 되면 얼굴이 빨개서 어른들을 보면서 비죽비죽 울려 울려 하는 것은 후원을 청하는 것이었다. 이것은 K의 아들도 끌리게 되면 하는 표정이었다.

그러다가 서로 어우러져서 싸우게 되면 어른들 낯에 웃음이 스러진다.

"이 계집애, 남의 애를 왜 때리느냐."

K의 아내는 낯빛이 파래서 아들과 담요를 끄집어다가 싸 업는다. 그러면 내 아내도 낯빛이 푸르러서,

"울지 마라, 울지 마라. 이 담에 아버지가 담요를 사다주신다" 하고 내 딸년을 끄집어다가 젖을 물린다. 딸년의 울음은 좀처럼 그치지 않았다.

"아니, 응흥!" 하고 발버둥을 치면서 K의 아내가 어린것을 싸 업은 담요를 가리키면서 섧게 눈물을 흘린다. 이렇게 되면 나는 차마 그것을 볼 수 없었다. 같은 처지에 있건마는 K의 아내와 아들의 낯에는 우월감이 흐르는 것 같고 우리는 그 가운데 접질리는 것 같은 것도 불쾌하지만 어린것이 서너 살 나도록 포대기 하나 변변히 못 지어주는 것을 생각하면 너무도 못생긴 느낌도 없지 않았다. 그리고 그 어린 것이 말은 할 줄 모르고 그 담요를 손가락질하면서 우는 양은 차마 눈으로 볼 수 없었다.

*

그 며칠 뒤에 나는 일 삯전을 받아가지고 집으로 가니 아내가 수건으로 머리를 싼 딸년을 안고 앉아서 쪽쪽 울고 있다. 어머니는 그 옆에서 아무 말 없이 담배만 피우고……

나는 웬일이냐고 눈이 둥그레서 물었다.

"××(딸년 이름)가 머리가 터졌다."

어머니는 겨우 목구멍으로 우러나오는 소리로 말씀하시었다.

"네? 머리가 터지다니요?"

"K의 아들애가 담요를 만졌다고 인두로 때려……"

이번에는 아내가 울면서 말하였다.

"응! 인두로……" 나는 나로도 알 수 없는 힘에 문밖으로 나갔다. 어머니가 쫓아 나오시면서 "애, 철없는 어린것들 싸움인데 그것을 타가지고 어른싸움이 될라……" 하고 나를 붙잡았다. 나는 그만 오도 가도 못하고 가만히 서 있었다. 그때 나는 분한지 슬픈지 그저 멍한 것이 얼빠진 사람 같았다. 모든 감정이 점점 갈았고 비로소 내 의식에 돌아왔을제 내 눈물에 흐리고 가슴이 미어지는 것 같았다.

나는 그 길로 거리에 달려가서 붉은 줄, 누른 줄, 푸른 줄 간 담요를 사 원 오십 전이나 주고 샀다. 무슨 힘으로 그렇게 달려가 샀든지 사가지고 돌아설 때 양식 살 돈 없어진 것을 생각하고 이마를 찡기는 동시에 "흥" 하고 냉소도 하였다.

내가 지금 깔고 앉아서 이 글 쓰는 이 담요는 그래서 산 것이었다.

담요를 사들고 집에 들어서니 어미 무릎에 앉아서

"엄마, 아파! 여기 아파!" 하고 머리를 가리키면서 울던 딸년은 허둥지둥 와서 담요를 끌어안았다. "엄마, 해해! 엄마 곱다!" 하면서 뚝뚝 뛸 듯이 좋아라고 웃는다. 그것을 보고 웃는 우리 셋— 어머니, 아내, 나는 눈물을 씻으면서 서로 쳐다보고 고개를 돌렸다.

아! 그때 찢기던 그 가슴! 지금도 그렇게 찢겼다.

*

그 뒤에 얼마 안 되어 몹쓸 비바람이 우리 집을 치었다. 우리는 서로 동서에 갈리게 되었다. 어머니는 내 딸년을 데리고 고향으로 가시고, 아내는 평안도로 가고 나는 양주 어떤 절로 들어갔다. 내가 종적을 감추고 다니다가 절에 들어가서 어머니께 편지 하였더니,

"추운 겨울 어찌 지내느냐. 담요를 보내니 덮고 자거라. ××(딸년)가 담요를 밤낮 이쁘다고 남은 만지게도 못 하더니 '아버지께 보낸다' 고 하니 '할머니, 이거 아버지 덮니?' 하면서 소리 없이 내어놓는다. 어서 뜻을 이루어서 돌아오기를 바란다" 하는 편지와 같이 담요를 보내주시었다. 그것이 벌써 3년 전 일이다. 그새에 담요의 주인공인 내 딸년은 땅속에 묻힌 혼이 되고, 늙은 어머니는 의지가지없이 뒤쪽 나라 눈 속에서 헤매시고, 이 몸이 또한 푸른 생각을 안고 끝없이 흐르니, 언제나 어머니 슬하에 뵐까.

봄뜻이 깊은 이때에 유래가 깊은 담요를 손수 접어 깔고 앉으니 무량한 감개가 가슴에 북받치어서 풀 길이 망연하다.

금붕어

금붕어

오늘 아침에는 여느 때보다 한 시간쯤이나 늦게 붕어 물을 갈았다. 오늘은 일요일이라 여느 때보다 늦게 일어나 세수한 까닭이었다.

"아따, 그놈 잘은 뛴다."

서방님은 책상 앞에 앉으면서 수건으로 손을 닦았다.

"호호, 참 잘 노요!"

서방님 곁에 앉은 아씨도 서방님과 같이 어항 속 금붕어를 들여다보았다.

"저놈은 물만 갈아주면 저 모양이지?"

서방님은 아씨를 은근히 돌아다보았다.

"홍, 히."

아씨도 마주보고 상글 웃었다. 잠깐 침묵, 붕어는 굼실굼실 어항 속에서 놀았다.

그 붕어는 서방님과 아씨가 결혼하기 바로 이틀 앞서, 즉 지금부터 한 달 전에 어떤 실없는 친구가 서방님께 사보낸 것이었다.

여보게! 붕어 세 마리 사 보내네. 맏놈, 가운뎃놈, 작은놈, 이렇게 세 마릴세. 맏놈은 누른 바탕에 검은 점 박힌 놈이고, 그 다음 두 놈은 새빨간 금붕어일세. 여보게! 자네 자식은 셋을 낳되 맏으로는 아들, 맏붕어같이 억세인(검붉은) 놈을 낳고 그 다음에는 딸 둘을 낳되 이쁜 년을 낳게 응…… 이게 자네 혼인을 축복하는 표일세.

이런 글과 같이 붕어 받은 서방님은 결혼 후 그 말을 아씨에게 하고 둘이 웃었다.

처음에는 붕어 물을 서방님이 갈았다. 서방님은 이틀에 한 번 생각나면 물을 갈아주었다. 열흘이 못 되어서 검붉은 맏붕어가 죽었다.

"아이고! 어쩔 거나? 큰 붕어 죽었시야!"

물 위에 둥둥 힘없이 떠 늘어진 붕어를 본 아씨는 눈이 둥그레서 전라도 사투리로 외쳤다.

"응, 어느 놈이 죽었소?"

마루에서 세수하던 서방님은 양치질을 쭈르륵 뱉고 머리를 돌렸다. 그때는 벌써 아씨의 옴팍한 작은 손에 죽은 붕어가 놓여서 서방님 눈앞에 나타났다.

"응, 큰일났구료 응? 우리 맏아들 죽었구료? 허허."

"이잉 또 구성없네! 누가 아들이 호호."

아씨는 낯이 발개서 마루 안에서 숯불 피우는 할멈을 보고 다시 서방님을 힐끗 보더니 그만 상글상글 웃었다. 할멈도 웃었다.

그 뒤부터는 아씨가 붕어에게 물을 갈아주었다. 서방님이 게을리 갈아주어서 붕어가 죽었다고 아씨는 매일 갈아주었다. 오늘도 아씨가 물을 갈았다.

"여보! 저놈은 뭣을 먹고 사는고 잉?"

팔락팔락하는 붕어 입을 보던 아씨는 상글 웃고 서방님 어깨에 손을 얹었다.

"글쎄 뭘 먹는고?"

빙그레 웃는 서방님은 도리어 아씨에게 묻는 어조였다.

"우리 밥을 줘볼까? 잉…… 여보…… 잉."

아씨는 어서 대답하라는 듯이 서방님 어깨를 흔들면서 어리광 비슷하게 말했다.

"밥?"

"잉 밥!"

"당신이 밥 먹으니 그놈도 밥 먹는 줄 아우? 붕어는 양반이 돼서 밥 안 먹는다오!"

서방님은 시치미를 뚝 떼고 천연덕스럽게 말했다.

"이잉 구성없네! 잉…… 어디어디 당신은 밥 안 잡수? 히힝 잉."

아씨는 웃음 절반 트집 절반으로 서방님 넓적다리를 꼬집었다.

"아야! 익 이크 하하."

"호호호……"

서방님은 아씨 손을 쥐면서 꽁무니를 뺐다. 아씨는 더 다가앉았다.

"여보 여보 여보 여보! 저것 보! 저것 봐요!"

서방님은 갑자기 눈을 크게 떴다. 아씨는 꼬집던 손을 멈췄다. 그러나 놀라는 빛은 없었다. 그런 소리에는 속지 않는다는 수작이었다.

"이잉, 무엇을 보라고 또 구성없네."

"응, 저것 봐, 저거저거 저것 봐요!"

서방님은 책상 위 어항을 입으로 가리키면서 아씨 허리를 안았다.

"그게 뭣이라요?"

아씨도 머리를 돌렸다.

"참 잘 논다. 무어 기뻐서 저렇게 잘 노누?"

큰일이나 난 듯이 바쁜 소리를 치던 서방님은 신기한 것―붕어 놀이 —에 정신을 뽑힌 듯이 감탄하는 소리였다.

　두 손으로 서방님의 무릎을 짚고 서방님께 소곳이 안겨서 붕어를 보는 아씨의 눈에서는 소리 없는 웃음이 솔솔 흘렀다. 반 남아 열어 놓은 창으로 아침볕이 흘러들었다. 봄 아침 좀 서늘한 바람과 같이 흘러드는 맑은 볕은 다정스럽고 따뜻스럽게 어항을 비추고 두 남녀의 몸을 비추었다.

　만개된 장미같이 붉은 선에 주름 잡은 아가리 아래 동그스름한 어항에는 맑은 물이 느긋이 찼다. 하나는 치 남짓하고 하나는 그만 못한 금붕어 두 마리가 그 속에 잠겼다. 큰 놈은 연한 꼬리를 휘저었고 흰 배를 희뜩희뜩 보이면서 빙빙 돈다. 급히 돈다. 작은 놈은 가운데서 아주 태연하게 지느러미를 너붓너붓하면서 오르락내리락한다. 두 놈이 몸을 번지고 흔들 때마다 물속에 스며 흐르는 볕에 금빛이 유난스럽게 번득거렸다. 두 놈이 셋 넷도 돼 보이고 큰 잉어같이 뵈는 때도 있다. 밑에 가라앉았다가 위에 스스로 솟아올라 구슬 같은 물방울을 꼬록꼬록 토하면서 물과 공기를 아울러 마시는 소리는 시계가 치는 듯도 하고 고요한 밤 고요히 떨어지는 낙숫물 소리도 같다. 안고 안긴 두 부부는 고요히 그것을 보고 들었다.

　두 부부의 낯에는 같이 소리 없는 웃음이 흘렀다. 이 찰나 그네는 지난 엿새 동안 모든 괴로움을 다 잊었다. 앞으로 헤저어 나갈 길도 생각지 못하였다. 두 몸이라는 것까지 잊었다. 주위에 흐르는 햇빛까지 기쁨의 찬미를 드리는 것 같았다.

만두

만두

어떤 겨울날 나는 어떤 벌판 길을 걸었다. 어둠침침한 하늘에서 뿌리는 눈발은 세찬 바람에 이리 쓸리고 저리 쓸려서 하늘이 땅인지 땅이 하늘인지 뿌옇게 되어 지척을 분간할 수 없었다. 홑주의 적삼을 걸친 내 몸은 오싹오싹 죄어들었다. 손끝과 발끝은 벌써 남의 살이 되어버린 지 오래였다. 등에 붙은 배를 찬바람이 우우 들이치는 때면 창자가 빳빳이 얼어버리고 가슴에 방망이를 받은 듯하였다. 나는 여러 번 돌쳐서고 엎드리고 하여 나한테 뿌리는 눈을 피하여 가면서 뻐근뻐근한 다리를 놀리었다. 이렇게 악을 쓰고 한참 걸으면 숨이 차고 등에 찬 땀이 추근추근하며 발목에 맥이 풀려서 그냥 눈 위에 주저앉았다. 주저앉아서는 앞뒤로 쏘아드는 바람을 막으려고 나로도 알 수 없이 두 무릎을 껴안고 머리를 가슴에 박았다. 얼어드는 살 속을 돌고 있는 피는 그저 뜨거운지 그러안은 무릎에 전하는 심장의 약동은 너무도 신기하게 느껴졌다. 나는 또 일어나서 걸었다. 무엇보다도 ××가 어찌 시린지 뚝 떨어지는 듯하였다. 얼마나 걸었는지? 내 앞에는 청인淸人의 쾌관(음식점)이 보였다. 그것도 눈보라에 힘이 빠진 내 눈에는 집 더미같이 희미하게 보였다.

눈 뿌리고 바람 부는 거친 들에서 외로이 헤매다가 천행으로 사람의 집을 만났으니 얼마나 반가우리마는 이때 나의 신경은 반가운지 슬픈지—그러한 감각을 느끼지 못하였다. 그저 아무 생각 없이 그 쾌관 문고리를 잡았다. 밝은 데서 갑자기 들어서니 방 안이 캄캄하여 어디가 어딘지 분간할 수 없었다. 다만 사람의 지껄이는 소리가 들리고 아궁이에서 펄펄 타는 불만 꿈같이 보일 뿐이다. 나는 어둡고 훈훈한 속에 한참 서 있었다.

새어가는 새벽같이 사면이 점점 밝아지면서 모든 것이 그 형태를 드러냈다.

붉은 불이 펄펄 붙는 아궁이 위에 뚜껑을 덮어 놓은 가마에서는 김이 푸푸 오르고 그리로 잇닿은 구들에는 꺼먼 땟물 괸 의복을 입은 조선 사람 셋이 앉아 있다. 그 뒷벽에는 삼각수三角鬚를 거슬리고 눈을 치뜬 장수들이 청룡도며 팔모창을 들고 싸우는 그림을 붙였는데, 찢어지고 그을려서 그을음에 석탄 아궁이 같은 집 안의 기분과 잘 어울렸다. 구들에 앉았던 청인은 부엌에서 내려서서 저편 방으로 들어가는 문 어귀로 갔다. 거기에는 커다란 화로가 놓였다. 청인은 검고 푸르고 누릿한 구리 주전자에 물을 부어서 화로에 놓고 시렁에서 고려자기 빛 같은 접시를 집어 들고 내 곁으로 왔다.

손톱이 기름하고 때가 덕지덕지한 청인의 손을 따라서 가마에 덮인 뚜껑은 열렸다. 가마 속에 서리서리 서렸던 흰 김은 물씬 올랐다. 봉긋하고 푹신푹신한 흰 만두가 나타났다. 그것을 본 내 이삵에는 군침이 스르르 돌았다. 나는 입 안에 그득 찬 침을 꿀꺽 삼켰다. 배에서 꾸루룩 쫄 맞장구를 쳤다.

청인은 김 나는 만두를 접시에 수북이 쌓아 놓더니 뚜껑을 가마에 다시 덮었다. 나는 내 앞에서 그 떡 덩어리가 그림자를 감출 때 어떻게나 서운한지, 그리고 기운이 더욱 빠진 듯이 점점 등이 휘고 가슴과 배가 한데 붙어서 땅속에 자지러드는 듯하였다.

……김이 물신물신 오르는 구수한 만두가 내 입에 들어온다. 구수하고 푹신푹신한 만두! 나는 입을 닫았다. 목을 찔룩하면서 꿀꺽 삼켰다…… 꿀쭈루룩 소리에 나는 눈을 뜨면서 머리를 벌렁 들었다. 아! 내가 꿈을 꾸었나? 허깨비를 보았나? 그저 아궁이 앞에 지쳐 앉은 현실의 내 그림자를 볼 때 나는 무어라 말할 수 없었다.

내 곁에 섰던 청인은 저편 구들에 가서 앉자마자 내 바른손은 나로도 억제할 수 없는 힘에 지배되어 가마 뚜껑에 닿았고 시선은 여러 사람에게로 옮아갔다. 이때 뜨끔한 자극에 나는 머리를 숙이면서 팔을 움츠려 뜨렸다. 가마 뚜껑 밑으로 흘러나오는 뜨거운 김에 내 손목은 벌겋게 되었다. 나는 은근히 손목을 만졌다. 그러나 일순간이 못 되어서 내 손과 내 시선은 다시 청인과 가마로 갔다. 자발적으로 갔다는 것보다도 꾸루룩 하는 배의 성화에 가지 않고는 못 견디었다.

또 글렀다. 구들에 자빠졌던 청인은 벌떡 일어앉아서 가래침을 뱉었다. 나는 그놈이 내 뱃속을 들여다보고 하는 수작 같아서 차마 머리를 들지 못하고 부지깽이로 불을 뒤지는 척하였다. 내 눈앞에는 피발이 올올한 청인의 눈깔이 번뜩하였다. 나는 몸을 부르르 떨었다.

청인은 부엌에 척 내려서더니 번쩍하는 도끼를 들고 내 곁으로 왔다. 나는 가슴이 쿵 하고 정신이 아찔하였다. 이때였다. 나는 나도 모르게 이를 빡 갈면서 정신을 가다듬어 청인을 보았다. 청인은 장작개비를 쪼개어서 화로에 놓았다. 이때 청인이 내 곁으로 좀더 가까이 왔더라면 그는 장작을 쪼갤 목적으로 왔더라도 그것을 모르는 나는 반드시 청인의 코를 물고 자빠졌을 것이다.

"혀갸!"

저편 방에서 청인을 불렀다.

청인은 그리로 갔다. 내 두 손은 민첩하게 가마솥 뚜껑을 열고 만두 한 개를 집어냈다. 그때 내 손이 어찌도 민첩하던지 지금 생각하면 생각할수록 기적 같았다. 만두를 잡은 나는 기운이 났다. 커다란 널문을 박차다시피 밖으로 뛰어나왔다. 문을 막 나설 때였다.

"악!" 하는 소리와 같이 그 번쩍하는 도끼가 내 등골에 내려졌다. 나는 몸서리를 빠르르 치면서 머리를 홱 돌렸다. 그것은 문이 닫히는 소리였다. 모든 것은 나의 착각이었다. 나는 악을 쓰고 한참 뛰다가 비로소 큰 숨을 쉬면서 그 청인의 쾌관을 돌아다보았다. 이때 내 손에 쥐었던 만두는 벌써 절반이나 내 입에 들어갔다.

'오오 살았다!'

내 신경은 지긋지긋한 두려움에 떨면서도 알 수 없는 새 힘과 기꺼움에 가슴이 뛰고 기운이 들었다.

나는 씩씩하게, 눈아! 오너라! 바람아! 불어라, 아무 상관없다는 듯이 그 넓은 벌판을 뛰어 건넜다.

이 이야기는 여러 해 전에 내가 북간도에서 겪은 일이다.

그때 그 힘, 힘 빠진 나의 사지에 민첩한 동작을 주던 그 힘, 지금 생각해도 기적같이 느껴지는 만두를 집어내던 그 힘!

내게 만일 그 힘이 없었더면 이 심장이 오늘까지 뛰리라고, 이 눈깔이 그저 빛나는 태양을 보았으리라고 어느 누가 보증을 하랴? 오오! 그 힘!

팔 개월

팔 개월

1

내게는 심한 병이 있다. 그것은 위병인데 벌써 그럭저럭 십여 년이 된다.

철모를 때는 그것을 그리 대수롭게 여기지 않았고, 또 앓아누우면 과자며 과일 사다주는 재미에 앓고도 싶은 적이 있었으나 한번 고단한 신세가 되고 또 모든 것을 내 손으로 하지 않으면 안 되게 된 이때에 와서는 병이란 과연 무서운 것이라는 느낌이 더욱 커진다.

한번 병에 붙잡히면 만사가 그만이다. 음식을 먹을 수 없고 일을 할 수 없고 위가 찢어지게 아픈 때면 너무도 괴롭다.

"병의 쓰림을 모르면 건강의 행복도 모른다"고 어떤 벗이 나하고 한 이야기가 생각난다. 그것도 일리는 있는 말이다.

그러나 나는 병 없기만 소원이다. 더구나 내 처지로서는 병이 없어야 할 것이다. 할일은 많은데 병은 나고, 병은 났대도 고칠 수는 없으니 말이다.

나는 늘 위산을 먹는다. 이것도 먹기 시작한 지가 3년째다. 그전에는 그것도 못 먹었다.

친구들은 내가 위산을 먹는 것은 버릇된다고 나무란다. 의사에게 보이고 상당한 약을 쓰라고 권한다. 그러나 나는 들은 체 만 체하고 위산을 여전히 먹는다. 권하던 친구들은 혀를 차면서 인제 버릇됐다고 나무란다. 나는 구태여 거기 변명을 하지 않는다.

내 병에 '태전위산'이나 '호시위산'이 꼭 상당한 약이 아닌 것도 나는 잘 안다. 의사에게 진찰을 받고 약을 쓰면 내 위장에 잘 맞을 것을 나도 안다. 또 '태전위산'이나 '호시위산'이 때로는 내게 해로울 줄도 나는 안다. 그러나 나는 할 수 없이 먹는 것이다. 병은 심하게 괴롭기는 하고 그래도 살고는 싶고 어쩔 수 없이 먹는다. 병원에 가자면 적어도 이삼 원은 가져야 이삼 일 먹을 약을 가져올 것이고 위산은 이삼십 전이면 삼사 일 분을 살 수 있으니 나는 그것을 먹는다.

"위산 세 번이나 네 번 먹을 것으로 병원에 가보는 것이 더 나을 터이다" 하고 어떤 친구는 말한다. 내게도 그만한 예산이 없는 것은 아니다. 허나 그것도 한두 번이지 오래 계속할 수 없는 일이다. 또 이삼십 전은 쉽게 생겨도 이삼 원은 어렵다. 또 이삼 원이 생기면 집이 생각나고 쌀과 나무가 먼저 생각난다. 우리같이 궁한데 떨어지고 생활에 얽매이고 보면 그럭저럭하여 완전한 치료법을 못하고 만다.

어떤 때는 눈에 피대가 서고 이가 뿍뿍 갈리도록 괴로우면서도 그저 위산으로 다졌지 병원으로 못 간다.

어려서 가세가 밥이나 굶지 않고 또 어머니가 계셔서 모든 것을 살피실 때는 머리만 뜨뜻해도 의사를 부르고 약을 짓고 죽 쑨다, 미음을 달인다, 과자를 사온다 하였다. 더구나 내가 어머니의 외아들이요, 일찍 아버지를 여의어서 금지옥엽같이 길리웠다. 그렇게 호강스럽던 팔자가 하루아침 서리바람에 궁줄로 들게 되어 어머니까지 천 리나 멀리 갈리게 된 뒤로는 넓으나 넓은 천지에 한 몸도 용납하기 어렵게 되었다.

202

그런데 병까지 심하다. 어려운 사람에게는 병이나 없어야 할 터인데 병은 돈과 다툰다. 돈주머니가 무거우면 병주머니가 가벼워지고 병주머니가 무거우면 돈주머니가 가벼운 때다. 병은 가산과 삼생연분을 맺었는데 떨어지기를 싫어한다. 이리하여 나중은 툭툭 하는 이 심장의 고통—그것도 영양부족으로 미미한 것—을 끊어서 북망산의 한줌 흙을 만든다.

그러면 세상에는 돈주머니 큰 이만 남느냐 하면 그렇지도 않다.

그이들도 때로는 병에 거꾸러진다.

2

잡담은 그만두자. 하던 이야기나 어서 하자.

그래 위산을 먹는데 그것도 처음에는 듣는 듯하더니 요새에 와서는 귀가 떠졌다. 가슴이 뻑적지근하고 배가 뻑뻑하며 명치끝(위부)이 찢어지게 아픈 때에 '태전위산'을 두 숟가락이나 세 숟가락만 먹으면 배에서 우루루꿀, 쫄쫄 하면서 고통이 없어지던 것인데 요새는 세 숟가락은 커녕 열스무 숟가락을 먹어야 그 모양이다.

'참말 인이 배겼나? 버릇이 됐나? 그렇다면 여간 큰일이 아니다.'

"왜 당신이 요새는 진지 안 잡수?…… 응……몹시 아푸?……"

한 끼에 세 공기 네 공기 먹던 내가 한 공기도 못 먹고 배를 만지는 때마다 아내는 걱정을 한다. 밥 못 먹지, 고통이 심하지, 살아갈 걱정이 있지…… 요새 내 꼴은 피골이 상접이 되고 얼굴이 푸르고 핼끔한 것이 한심하게 되었다. 밤에도 곤히 자던 아내가 두세 번 일어나서 내 배를 만지고 등을 누른다.

그뿐만 아니라 사지가 저리고 없던 기침이 나며 정신까지 아뜩아뜩해졌다. 실없는 친구들은 날더러 아내와 너무 좋아해서 여윈다고 하나 나는 그런 소리를 들을 때마다 코웃음을 친다.

"여보, 왜 당신이 내 말은 안 듣소? 병원에 가보시우…… 글쎄 병원에 가봐요……"

내가 몹시 괴로워서 궁글 때마다 철없는 아내는 갑갑한 듯이 말한다. 나는 그럴 때마다 별 대답을 하지 않다가도 정 못 견디게 조르면,

"여보, 글쎄 낼 아침거리가 없어서 껄껄하면서 병원에 어찌 가오!" 하고 코웃음을 친다.

"굶어도 병 없어야 안하겠소!" 하고 아내는 눈물이 글썽글썽해진다. 병에 괴로운 나는 그것이 또한 괴롭다.

하루는 아침에 일찍 아내가 어디 갔다 돌아와서 밤새껏 병으로 신고辛苦하다가 흐뭇이 누운 나를 보면서,

"여보, 오늘은 꼭 병원에 가보시우 응" 하고 돈 오 원을 집어내놓는다.

"이 돈 어디서 났소?"

나는 눈이 둥그레서 물었다.

"글쎄 가지고 가보세요…… 뉘게서 돌렸어요."

하는 아내의 눈에는 그 돈 나온 곳을 묻지 말아달라는 빛이 흘렀다. 나는 문득 깨달았다.

"당신 그 반지는 어떡했소?"

나는 아내의 왼손을 보면서 물었다.

"……"

대답 없는 아내는 머리를 숙였다. 그 반지는 작년가을 우리가 결혼할 때 부산 있는 어떤 친구가 기념으로 지어준 결혼반지였다. 아내는 그것을 퍽 사랑해서 일후에 늙어 죽어도 끼고 간다고까지 말한 것이다. 그

는 자기가 출입할 때 신는 구두와 입는 의복과 드는 파라솔까지 전당포에 넣어놓고 문밖으로 못나가면서도 그 반지만은 만지고 만지면서 그저 끼고 있었다. 그러던 반지까지 잡혀서 내 병을 고치려고 하는 아내를 생각할 때 나는 너무도 감격하여 말이 나오지 않았다. 그러나 노릿한 손에 하얀 반지 자리가 뺑 돌려난 아내의 왼손 무명지를 볼 때 내 가슴은 찢겼다. 오장은 끊겼다. 눈물이란 정도가 있는 것이다. 이렇게 되면 입술만 타는 것이다.

"여보, 당신은 왜 시키지 않는 짓을 하오? 응, 누가 반지를 잡히랍디까? 어서 가서 찾아와요! 어서……"

감사를 드려야 마땅할 나도 도리어 아내를 나무랐다. 실낱같은 내 목숨을 걱정하는 그에게 노염을 보이고 강박을 했다. 소리 없이 앉았던 아내는 눈물방울을 치마에 똑 떨어뜨리면서 일어나 나갔다. 내 가슴은 찢겼다. 나는 후회했다. 나는 벌떡 일어나서 마루로 나갔다. 이때 아내가 내 앞에 있었다면 나는 그를 얼싸안고 울었으리라.

아! 내가 왜 그를 나무랐나?

그러나 그때는 벌써 아내가 문밖으로 나가고 없었다. 나는 마루에 쓰러져 혼자 울었다. 소리 없이 가슴을 치면서 울었다.

3

일주일 뒤였다.

우리는 운수가 텄다. 기다리고 기다리던 어떤 잡지사에서 원고료 삼십 원이 나왔다. 삼십 원! 목 굵고 배부른 분들이 들었으면 하루 동안 소풍하는 자동차비도 못 될 것이라고 코웃음할 것이다. 그러나 내게 있어서는 일개월간 생활보장이 되는 것이다. 고르지 못한 세상을 다시금 느끼게 된다. 아내는 돈을 보자마자, "여보! 이번에는 당신이 꼭 병원으로 가시우" 하고 여러 날 신음으로 쑥 들어간 내 눈을 보면서 웃었다. 싸전과 반찬가게에서도 인제는 외상을 주지 않아서 이틀이나 좁쌀죽을 먹었고 그것도 없어서 아침을 굶었던 판이라 병원보다 급한 것은 쌀과 나무다.

그러나 싸전과 반찬가게의 빚을 갚고 쌀과 나무를 좀 사더라도 담뱃값이 오히려 부족한데 어떻게 병원에 갈 수 있으랴?

"기왕 빚을 다 못 갚는 판인데 얼마쯤 갚을 셈 대고 꼭 병원에 가보세요.…… 응…… 여보 제일 몸이 튼튼해야지……"

하고 아내가 하도 권하는 바람에 나는 총독부병원으로 갔다. 안국동서 총독부병원까지 가려면 꽤 멀건마는 왕환 전차비를 생각하고 나는 술래골로 걸어갔다. 십 전이면 두부 한 모, 솔가지 한 뭇 값이다. 한 끼는 넉넉하다. 나는 이렇게 생각하고 걸어가다가 너무도 어이없는 생활을 웃어버렸다. 총독부병원 앞에 이르렀을 때 내 발은 무거워졌다. 바른손은 호주머니에 들어있는 오 원 지폐를 만적만적했다. 오 원이면 두 입이 열흘을 살 수 있다. 약을 먹어서는 일주일도 못 먹을 것이다. 일주일에 효과난다면 모르지만 그렇지 않으면 이것도 저것도 못 되는 것이다. 그 대신 일 원짜리 위산을 사면 보름을 먹을 것이고 남는 사 원은 나무…… 쌀…… 이렇게 생각하고 나는 그만 우뚝 섰다. 도로 돌아나왔다. 나오다가 또 들어갔다. 또 나왔다. 이렇게 몇 차례를 하다가 무료과로 들어갔다. 길가에 있는 나무와 돌까지도 나를 비웃는 것 같아서 얼른 뛰어들어갔다. 안에는 그보다 더한 것이 있었다. 내가 아는 의학생들이 저편에서 왔다갔다 한다. 그네들 눈에 띄면 나의 자존심이 꺾일 듯이 나는 불쾌하였다. 또 돈으로 인정을 사는 이 사회 속에서 무료로 병 보아준다는 것이 어쩐지 미덥지 않게 생각난다. 나는 그만 나왔다.

나올 때에는 들어갈 때보다 더 바삐 뛰었다.

병원문 밖에 나서서 술래골에 들어서는 때까지도 조롱과 모욕을 담은 눈깔이 뒤를 따르는 것 같아서 머리를 못 돌렸다.

"뭐래요? 약 가져오셨소?"

집에 이르니 아내는 반갑게 묻는다.

"응……"

나는 흐리마리 대답하였다. 아내는 곁에 와서 내 호주머니를 만지면서,

"응 어디…… 약 봅시다.……뭐라고 해요?"

나는 대답이 궁하였다. 더구나 약까지 검사를 하려는 판에야 어떻게 자백을 하지 않으랴?

"허허."

나는 크게 웃었다. 어째 그렇게 웃었는지 나로도 모른다. 무슨 일이 틀어지고 되지 않을 때 나는 그렇게 웃는다. 웃자고 해서 웃은 것이 아니라 그런 웃음이 한숨과 같이 저절로 나온다.

약을 집어낸다고 내 주머니에 넣었던 아내의 손에는 오 원 지폐가 집혀 나왔다. 그것을 물끄러미 들여다보던 아내의 낯빛은 변하였다.

그는 지폐를 방바닥에 던지면서 쓰러졌다. 낯을 가리고 쓰러진 그의 등은 고요히 자주 오르내렸다. 그는 우는가?

내 목숨 중한 줄 내 어찌 모를까? 아내의 걱정이 없어도 걱정되거든 하물며 아내의 걱정이 있음에랴? 좀 웬만하면 나 편하고 그가 기쁠 일을 못하랴? 나도 눈에 눈물이 돌았다. 세상이 원망스러웠다. 모두 부셔버리고 싶었다.

"아직도 시간이 있으니 가보시오. 글쎄…… 나는 아프다면 당신 두루마기를 잡혀서도 병원에 보내면서 당신 몸은 왜 생각지 않으시오……"

울던 아내는 문 앞에 시름 없이 던져졌던 지폐를 집어준다. 이번에는 가까운 ××병원으로 갔다. 낮이 가까워오는 여름 볕은 뜨거웁다. 고루거각이 늘어선 장안에는 여전히 사람의 떼가 오락가락한다. 무슨 일들이 있는가. 무엇이 그리 바쁜가? 내 눈에는 그 모든 것이 산 것같이 보이지 않았다.

4

병원이란 참말 한번 가볼 곳이다. 사람의 목숨을 판단하는 곳이니까.

만일 누구든지 자기의 목숨의 줄이 얼마나 길고 짧은 것을 궁금히 여기거든 점이나 사주를 보지 말고 곧 병원에 가는 것이 상책일 것이다.

"병 난 지 오랬어요?"

"네, 한 2년 가깝습니다."

"왜 고치지 않고 그냥 버려두셨어요? 대단 중한데요……"

"무슨 병인지요? 고칠 가망은 없습니까?"

"뭐 위뿐 아닙니다. 폐도 좋찮고 심장도 나쁜데 공기가 깨끗하고 고요한 데서 자양분 있는 것을 잡수시면서 한 일 년 치료하시면 효를 볼 것 같습니다만 그냥 이 모양으로 버려두면 팔 개월 넘기기 어려울 것 같습니다."

이것이 병원에서 의사와 문답한 말이다. 나는 너무도 어이없어서 픽 웃었다. 고쳐보아서 못 고치면 하는 수 없건만 고치면 고쳐질 병을 버려두게 되는 때 그 마음이 슬픈 것이 아니라 어떤 데 대한 악으로 변한다. 촌촌이 먹어들어서 실낱같이 남은 나의 목숨의 줄이 보이는 것도 같고 또 일변으로는 으레 그러하려니 미리 기다리던 소리를 들은 듯이 우습기도 하였다. 나는 약병을 들고 병원 문을 나서면서 의사의 말을 다시 생각하였다. 내가 만일 건강하였다면 그는, "밥을 잡수시면 살 수 있으나 굶으면 죽을 것이오" 하였을는지도 모르겠다. 공기가 좋은 데서 자양분을 먹으면서 적당한 운동을 하고 치료를 하면 건강을 회복하리라는 것은 의사가 아닌 나도 모르는 것이 아니다. 두부 한 모와 솔가지 한 뭇을 생각하고 전차를 못 타는 형세에 요양지를 찾아 멀리는 고사하고 '파고다' 공원에 가서 앉았재도 첫째 배가 고파서 못할 것이다. 그는 (의사) 으레 할 일이요, 으레 할 소리로 알고 사람의 목숨의 신축이 제 손에 있는 듯이 거침없게 말하지만 내게는 사형선고로 들렸다. 그러나 더 도리가 없는 나는 웃음밖에 나오지 않았다.

종각 모퉁이로 나오니 헌 갓에 대를 문 늙은이가 당화주역을 앞에 펴놓고 꼬박꼬박 존다. 거짓말을 하고 침통이나 들고 어데 가서 목숨의 신축이 한 손 안에 자재한 의사 노릇이나 하지…… 나는 이렇게 생각하고 혼자 픽 웃었다. 그리고서 종로 네거리 전차선로를 건너는데 전차가 땅땅 종을 울리면서 바로 곁으로 달려온다. 나는 눈이 둥그레서 뛰어나가다가 "팔 개월 후에 죽을 녀석이 무에 그리 무서운고?" 혼자 중얼거리고 또 픽 하고 하늘을 보면서 웃었다. 그러나 마음속에는 어둑한 무엇이 흘렀다. 의사의 사형선고가 우습고, 믿어지지 않고, 또 우리 처지에는 가당한 말이 아니라 하고 또 사람의 목숨이 그렇게 쉽게…… 픽픽 웃기는 하면서도 내 마음속에는 뺄래야 뺄 수 없고 속일래야 속일 수 없는 슬픔과 원망과 걱정과 어떤 희망이 흘렀다. 종로, 집, 사람, 하늘, 땅— 이 모든 것을 팔 개월밖에는 못 볼까? 일개년 치료비가 없어서 죽나 생각할 때 내 주먹은 쥐어졌다. 내게도 눈이 있고 코가 있고 입이 있고 팔다리가 있다. 나도 영감을 가진 사람이다. 그런데 어째 나는 남과 같이 피지 못하고 마르는가? 같은 사람이건마는 같은 사람에게 쪼들리고 쪼들려서 피가 마르고 살이 마르고 뼈가 말라서 화석 같은 내 그림자가 눈앞에 보일 때 부르쥔 내 주먹은 더 단단히 쥐어졌다. 사람이 자기 운명의 길고 짧은 것과 좋고 언짢은 것을 모르니 말이지 안다면, 확실히 안다면 그 속에는 무슨 변이 일어날는지 누가 보증을 하랴?

이렇게 혼자 분개하면서 집으로 가다가 나는 미친놈처럼 허허 웃었다. 모든 것이 우스웠다. 세상이 우스웠다. 그것은 어린애 장난 같았다. 내가 쓰는 시도, 의사가 가진 청진기도 모두 장난감 같다. 그것은 미구에 아침볕이 오르면 스러질 지새는 안개같이 생각나서 나는 또 웃었다.

대문 안에 들어설 때 나는 '이 마당도 팔 개월밖에 못 밟는가?' 생각하고 커다랗게 웃으면서 마루에 가서 앉았다.

"웨 웃소? 응, 또 무슨 일났소? 응."

아내가 약병을 받으면서 묻는다. 그때 내 머리에는,

"그래도 살겠다구 약을 가지고 와."

하는 생각이 떠올라서 또 웃었다.

"하하하."

저 류

저류

집 앞 강으로 불어오는 서늘한 바람은 이따금 들과 수수밭을 우수수 스쳐간다. 마당 가운데서 구름발같이 무럭무럭 오르는 모깃불 연기는 우수수 바람이 지날 때마다 이리저리 흩어져서 초열흘 푸른 달빛과 조화되는 것 같다.

벌써 여러 늙은이들은 모깃불가에 민상투 바람으로 모여앉아 담배를 피우면서 끝없는 이야기를 시작하였다. 주인 김 서방은 모깃불 곁에 신틀을 놓고 신을 삼는다. 김 서방의 아들 윤길이는 모깃불에 감자를 굽는다.

어른이나 어린이나 가물과 장마를 걱정하고 이른 새벽 풀끝 이슬에 베잠방이를 적시면서 밭에 나갔다가 어두워서 돌아와 조밥과 된장찌개에 배를 불리고 황혼 달 모깃불가에 앉아서 이야기하는 것이 그네에게는 한 쾌락이다.

"날이 별두 비 안 오겠는데……"

수염이 터부룩하고 이마가 훨렁 벗어진 늙은이가 하늘을 쳐다보면서 걱정하였다.

"글쎄 지녁 편에는 금시 비 올 것 같더니 또 벳기는데……"

서너 살 되었을 어린애를 안고 앉아서 김 서방의 신 삼는 것을 보던 등이 굽은 늙은이는 맞장구를 치면서 하늘을 보았다.

퍼렇게 갠 하늘에는 조각달이 걸리었고 군데군데 별이 가물거렸다.

"보리마당질 할 생각하면 비 안 오는 것두 좋지마는 조이와 쾽(콩)이 다 말라죽으니…… 참 한심해서."

하는 이마 벗어진 늙은이의 소리는 타들어가는 곡식이 안타까운지 풀기 없었다.

"오늘 쇠치네(작은 물고기) 잡으러 가니까 저 웃소에 물이 싹 말라서 괴기덜이 통 죽었습데……"

거멓게 탄 감자를 집어내놓고 손과 입에 거멍이 칠을 하면서 발라먹는 윤길이는 어른들 말에 한몫 끼었다.

"하여간 이게 싱구럽지(상서롭지) 못한 일이야…… 김 도감두 알지마는 (어린애 안은 늙은이를 보면서) 웃소 물이 좀 많은 물이오?"

머리 벗어진 영감은 큰 변이 났다는 듯 가래를 탁 뱉고 담배를 뻑뻑 빤다.

"하여튼 큰일 났군! 우리 아버지 때에두 그 물이 마르더니 흉년이 들어서 모두 자식을 다 잡아먹었다더니……"

하면서 무릎에서 꼬물거리는 어린애를 다시 추켜 안는다.

"그 물 때문에……"

신 삼던 김 서방은 첫머리를 내다가 뚝 끊었다. 그는 신날을 틀에 걸고 힘을 끙끙 쓰면서 조였다. 여러 늙은이들은, 그것을 보면서 김 서방이 말하기를 초조히 기다렸다.

"그 물 때문에 나래는(뒤에는) 왼 세상이 다 죽더라두 시장 저 박 관청너 논은 다 말랐는데두…… 흥!"

그는 너무도 어이없다는 듯이 저편에 말없이 앉아서 하늘만 보는 키 작은 늙은이를 보았다.

"아, 실루 올해 논을 풀었다더니 어찌 됐소?"

말 좋아하는 이마 벗어진 최 도감은 박 관청을 보았다. 박 관청은 기막힌 듯이 먹먹히 앉았다가,

"올해 이밥만 먹는다믄 볼일 다 보겠소!"

"하하하……"

박 관청이 빈정거리는 바람에 모두 웃는다.

"관청은 저래 쓸구는(빈정대는) 바람에 걱정이야…… 흐흐……"

김 서방은 혼잣말처럼 외우면서 신바닥을 신틀 귀에 놓고 방망이로 땅땅 두드렸다.

잠깐 침묵……

강물 소리가 철철 들린다. 어디선지 두견새 소리가 은은히 흘러왔다. 이슬이 내려서 축축한 밭에 달빛이 푸른 안개처럼 흘렀다.

우수수…… 소리가 나더니 바람이 몰아와서 무럭무럭 오르는 연기를 동쪽으로 몰아갔다.

"엑 애해 애햄."

바람에 날리는 연기가 코에 들어간 박 관청은 기침을 콕콕 하면서 서편 쪽으로 옮겨 앉았다. 이때껏 그저 말없이 앉았다가 기침을 콕콕 하면서 홀짝 뛰어가 앉는 것이 원숭이 같았다.

동네 어린애들은 박 관청을 잰내비(원숭이) 영감이라고 부른다.

"일은 거저 일이 아니야…… 이래서 달달 볶아 죽이자는 게지!"

김 서방은 침묵을 깨쳤다.

"세상이 이렇구서야 바루 되겠소. 두만강에 먹이 돋구 당목이 똥숫개(뒤지) 되문 세상이 망한다더니."

그 이마 벗어진 늙은이는 눈을 끔벅이면서 큰일이나 난 듯이 말하였다.

"망해두 어서 망하구, 흥해두 어서 흥해야지 이거 이러구서야 어디

견디겠소.…… 글쎄 술두 맘대루 못 해먹구 담배두 못 져먹는 세상에 살아서는 뭘 하겠소…… 참 우리야 쉬 죽겠으니 또 모르겠소마는 이것덜이 불쌍해서……"

김 도감이란 영감은 악 절반 한탄 절반으로 뇌면서 무릎에 안은 손자를 내려다본다. 꼼지락거리던 어린것은 푸른 달빛을 받고 고요히 잠들었다.

"허 저 간도루 멀쯕허니 ○○ 가는 게 해롭지 않지…… (한참 끊었다가) 어서 빨리 ○○이 뒤집히구 ○○이 나야 하지……"

김 서방은 신틀과 삼던 신을 밀어놓고 담뱃대를 털면서 모깃불 앞에 다가앉았다.

"괜히 시방 젊은 아이들은 철을 모르고 덤베지만 세상이 바루 돼두 때 있는 게지 어디 그렇게 됩메?"

박 관청은 혀를 툭 채었다.

"아 더 이를 말이요. 시방 우리 눔아두 공부를 합메 하구 성화를 대구 서울 가서 댕기더니 젠년에 만센지 떡센지 부르고 시방 징역을 하지만 어디 그렇게 되겠소! 다 운이 있는 겐데…… 아 홍길동이며 소대성이 같은 장쉬두 때를 기다렸는데……"

이마 벗어진 영감은 제 뜻은 이러한데 세상이 모른다는 듯이 푸닥거리를 놓았다.

이때 김 서방은 집 안으로 머리를 돌리고,

"야 체네…… 거기 보리감지(감주)를 좀 내오나라."

한다. 여러 늙은이들은 그 소리에 말을 잠깐 끊었다가 못 들은 체하고 그대로 이야기를 하였다.

"시방두 충청두 계룡산에는 피난 가는 사람이 많다는데…… 정 도령이가 언제 나오나……?"

김 도감은 한 손으로 어린애를 안고 한손으로 모깃불에 담뱃불을 붙인다.

그네들은 그네의 힘으로 저항치 못하는 자연의 위력을 생각하는 때마다 알 수 없는 공포를 느끼고, 그 공포를 느낄 때마다 분요하고 괴로운 세상을 한탄한다.

그 한탄 끝에는 무슨 힘 — 자기네를 안아줄 무슨 힘을 무의식적으로 바란다. 이것이 그네의 신앙이다. 이 신앙이 은연중 그네에게 용기를 준다.

"갑산서두 날개 돋은 장쉬 났다는데?"

이마 벗어진 영감은 신기한 것이나 말하는 듯이 눈을 크게 떴다.

이때 저편에서 득득 하더니 쿵쿵 하는 소리가 들렸다. 여러 사람은 그리로 눈을 주었다. 처마 그늘로 달빛이 반이나 밑둥에만 비치인 외양간에서 나오는 소리다. 그것은 말이 여물을 달라고 구르는 소리다.

"야 윤길아, 네 가서 쇠(소)를 깔(꼴)을 줘라."

김 서방은 감자를 구워먹다가 맨땅에 팔을 베고 누운 윤길이를 보았다.

윤길이는 윗방 앞 뒤주간 옆에 세워놓았던 꼴단을 집어 들고 어둑한 외양간으로 들어갔다.

윤길이가 들어간 부엌문(복도는 외양이 부엌과 서로 이어 있다. 소 여물을 주려면 부엌으로 들어가야 된다)으로 머리 터부룩한 큰 처녀가 조그마한 감주 항아리를 들고 맨발로 나왔다. 김 서방은 항아리 속에 띄워놓은 바가지로 감주를 떠서 여러 늙은이에게 권하였다. 늙은이들은 꿀꺽꿀꺽 마시고 수염을 씻으면서,

"엑 시원하구나!"

한다. 맨 나중 김 서방이 감주 바가지를 입에 대는데 어디서,

"에구."

하는 소리가 났다. 모두 그리로 눈을 주었다. 외양간에 들어갔던 윤
길이는 달아나오면서,

"에구 아배(아버지)! 쇠 눈깔에 퍼런 불이 있소!"

하고 무서운지 뒤를 슬금슬금 돌아본다.

"엑 시레소니(바보) 같은 눔아야, 나는 또 큰일이나 났다구…… 즘승
의 눈이 밤에 보믄 그렇지 어째 하하."

이마 벗어진 늙은이는 책망을 하다가 웃었다. 부른 배를 만지면서 달
을 쳐다보던 박 관청도 빙그레 하였다.

"글쎄 장쉬 나믄 어찌겠소?"

중간에 끊어졌던 말은 김 서방의 입으로 다시 이어지었다.

"어째?"

"아 그 왜놈들이 장쉬 나는 곳마다 쇠말뚝을 박아서 못 나오게 하는
데…… 저 설봉산에서두 땅속에서 장쉬 나너라구 밤마다 쿵쿵 소리 나
더라오. 그런 거 왜놈들이 말뚝을 박았다 빼니 피 묻었더라는데……"

말하는 김 서방은 모기가 등에 붙었는지 잔등을 툭툭 친다.

"흥 그런 게 무슨 일이 되겠소."

김 서방의 말이 끝나자 모든 늙은이들은 탄식하면서 달을 쳐다보았다.

난데없는 흰 구름조각이 서천에 기운 달을 가리었다. 환하던 강산은
어슥하여졌다. 빛나던 밭들은 수묵을 풀어친 것 같다.

흐린 달을 쳐다보는 여러 늙은이의 눈에는 근심이 그득한 것이 장차
올 세상을 보는 것도 같고 하늘에서 무엇이 내려와 안아주기를 기다리
는 것 같기도 하였다.

"시방두 어디 제갈량 같은 성인이 있기는 있으련마는 소식이 없
어……"

원숭이 같은 김 도감은 담배를 빨다가 말했다. 그 목소리는 어디든지

무엇이 있으리라고 믿는 어조였다.

"있다 뿐이요. 제갈량이며 쟁비며 이순신 같은 이가 다 있지만 그렇게 쉽사리 나서겠소?"

이마 벗어진 영감은 대를 옆에 놓고 무릎을 안았다.

"있구 말구…… 우리두 목도한 일인데……"

하고 김 서방은 벌겋게 타드는 모깃불을 편히 들여다보다가 다시 말을 이어서,

"우리 '선돌' 있을 때에 우리 이웃에 무산 간도서 나온 한 사십 되는 영감노친(노파)이 있었는데 그 영감의 성이 김가가 돼서 늘 김 영감 김 영감 하는데 자식이 없었단 말이요! 그래 늘 절에두 댕기고 뒤완(뒤울안)에 칠성단을 묻고 밤이면 정화수를 떠놓고 삼 년인지 사 년인지 자식을 빌었소. 에구……"

하고 김 서방은 애쓰던 것이 눈앞에 뵈는 듯이 이마를 찡그리며 툭 혀를 차고 다시,

"그때 그 영감노친이 자식 때문에 애도 쓰더니…… 그 덕인지 저 덕인지 노친(노파)이 잉태가 있겠지요! 그런데 폐롭은(이상한) 것은 열넉 달이 돼두 안 낳겠지……"

"그게 실루 장쉰 게지."

이마 벗어진 영감은 알아맞혔다는 듯이 소리쳤다. 김 서방은 잠깐 끊었던 말을 다시 이어,

"글쎄 들어보오. 그런데 며칠어간이나 영감노친이 꾹 배겨 있다가 나오는데 보니까 노친은 뚱뚱하던 배가 쑥 꺼졌겠지!"

하고 김 서방은 불 꺼진 담배에 다시 불을 붙여서 뻑뻑 빨았다.

"아─ 니 아이를 낳는 소리두 없이 배가 그렇게 꺼졌단 말이오?"

박 관청은 이상하다는 듯이 물었다.

"아 낳는 소리 있을게믄 폐롭다구 하겠소……"

'김 서방은 말을 이어서

"그래 우리가 모두 암만 물어봐야 그저 웃기만 하구 대답을 해야지! 그래 여편네들은 그 노친을 다 벳기고까지 보니 젖이 다 불구 뱃가죽이 다 텄더랍메!"

하고 눈을 번득하였다.

"그래서는 아이는 아니로구만."

어린애 안았던 김 도감이 말하는 바람에 김 서방은 말을 끊었다가 다시 이었다.

"그런데 그 노친은 동생이 있는데 그 안깐(여편네)의 말을 들으니……"

"그 안깐은 어떻게 알더란 말이요?"

이마 벗어진 영감은 신기한 듯이 물었다.

"낸재(어이구)! 영감두 가만 있소…… 어디 들어보게……"

김 서방의 말이 토막토막 그치는 것이 안타까운지 박 관청은 이마 벗어진 영감을 핀잔주었다. 그 바람에 모두 조용하였다. 김 서방은 담배를 뻑뻑 빨다가,

"그 동생 되는 안깐은 그날 밤에 거기서(그 영감노친의 집) 자다가 봤단 말이지. 밤중이 되니까 노친 자던 방에 푸른 안개가 자욱이 돌고 지붕에 흰 무지개가 서더라오. 그러더니 한쪽 볼에 별이 돋고 한쪽 볼에 달 돋는 선녀 둘이 소리 없이 방에 들어와서는 상(향)내가 코를 소르르 지르더라오."

김 서방은 바로 향내가 코에나 들어가는 듯이 어깨를 으쓱하고 코를 증긋하였다.

"그게 참 장쉬 나는 게로군!"

이마 벗어진 영감은 핀잔 받은 것을 그새 잊었는지 또 감탄하였다. 김 서방의 말이 이에 미치니 모두 취한 듯이 김 서방만 치어다본다. 땅에 자빠졌던 윤길이까지 일어나 앉아서 정신없이 듣고 있었다. 모든 사람의 눈은 무엇을 보는 듯하였다. 김 서방은 담배를 빨면서 무엇을 생각하는 듯하더니 비밀한 말이나 하듯이 어성을 나직나직이 하여 "그러더니만 선녀가 하나는 노친의 왼팔 아래 자댕이(겨드랑이)에 손을 대니까 왼자댕이가 툭 터지면서 애기가 스르르 나오더라지! (이때 모든 사람은 빙그레 재미있게 웃었다) 애기가 금방 나자 노친의 자댕이는 그만 터졌던 둥 말았던 둥 하게 아물고 애기는 이내(곧) 향탕에 목욕을 시키더라오. 애기는 말이 애기지 키가 여남은 살 먹은 아이만치 크고 눈은 찍 째진 것이 왕방울 같고 귀는 이렇게 크고 (손을 펴서 자기 귀에 대고 눈을 크게 떠서 그 흉내를 내면서) 팔, 다리, 손 할 것 없이 참 철골로 생겼는데 말을 다 하더라는데……"

참말 신기한 일이라는 듯이 눈을 끔벅하는 김 서방의 목소리는 더욱 힘 있었다. 그는 담뱃대를 땅에 놓고 기침을 하더니 말을 이었다.

"내려왔던 선녀는……"

하는데 곁에 앉았던 윤길이가 뛰어나가면서,

"개똥(반딧불)! 저 개똥불!"

한다. 모두 그쪽을 보았다. 김 서방도 말을 끊고 그리를 보았다. 뒤주 간 뒤 콩밭 위를 파란 반딧불이 가물가물 지나간다.

개똥! 개똥!
저 개똥불!
우리 애기
초롱(등롱) 삼자!

개똥! 개똥!

윤길이는 부르면서 콩밭으로 뛰어간다. 그것을 보던 김 서방은 어성을 높여서,

"그래……"

하는 바람에 늙은이들은 모두 머리를 돌렸다.

"그 내려왔던 두 선녀는 애기께 비단옷을 입히구 이내(곧) 무지개를 타고 하늘로 올라가더라오. 그리고 새벽이 되니까 애기가 벌떡 일어나서— 아버지 어머니 저는 떠납니다— 하더라오."

"어디루 갈까."

여러 늙은이는 약속이나 한 듯이 물었다. 그네들은 함께 김 서방의 이야기에 기뻐하였다, 걱정하였다 한다. 김 서방은 그 대답은 하지 않고 제 말만 하였다.

"그리고 부모에게 절 하더라오. 그러니 그 어머니가 울면서,

—에구 내 만득자야 네 어디루 가니? 나두 가자! 하고 일어나려니까 그 애기는 말하기를,

—나는 이제 선생을 따라 ○○산으로 갑니다. 이제 오래지 않아 세상에 ○○가 나서 백성이 ○○에 들겠으니 저는 ○○산에 가서 공부를 해 가지고 그때에 나와서 ○○를 평정케 하겠습니다. 그러나 몇 달 동안은 집으로 젖 먹으러 새벽마다 오겠으니 어머니, 우시지 마시오.

하고 두 팔을 쭉 펴니 커다란 날개가 쑥 벌어지더라오."

여기까지 말한 김 서방은 숨이 차는지 휘— 쉬었다. 여러 늙은이들은 김 서방의 한숨까지 재미있다는 듯이 모두 얼굴에 웃음을 띠고 소리 없이 김 서방의 입을 쳐다보았다.

밤은 깊었다. 마당에는 이슬이 추근히 내렸다. 밤이 깊을수록 달은

밝고 물소리는 컸다. 강으로 오르는 바람은 뜰 앞 밭을 스치면서 어둑한 집을 지나 뒷산으로 우수수 올리닫는다. 모깃불 놓은 겨는 다 타서 꺼먼 재가 남고 실 같은 연기가 솔솔 오른다.

"우리 클아배(할아버지) 때에두."

하고 이마 벗어진 영감이 말을 끄집어내려고 하니까 김 서방은 말하려고 쫑긋거리던 입을 닫고 박 관청은 혀를 찍 갈기면서,

"가만 있소. 날래(어서) 김 서방이 이야기를 끝내오."

하고 툭 쏘았다. 그러나 이마 벗어진 영감은,

"가만 가만 있소. 내가 먼저 얼른 할께……"

하고 말을 내려고 하였다.

"에구 영감도 주새두 없는게! 그래 얼른 짖소! 호호……"

"에 짖다니? 양반을 모르고, 하하하."

하고 이마 벗어진 영감이 웃는 바람에,

"하하하……"

모두 웃었다. 웃음이 끝나자 이마 벗어진 영감은 입을 열었다.

"우리 클아배 때두 날개 있는 장쉬가 나서 그 아버지가 윤디(인두)루다 지져놔서 그만 죽었다오! 그래 어서 하오. 내 말은 이뿐이오."

하고 김 서방을 보았다.

"에구 영감두 싱겁다. 그 소금을 가지고 댕기오."

하고 박 관청은 이마 벗어진 늙은이를 보고 다시 김 서방을 보면서,

"그래 그 뒤에두 오더라오?" 하고 물었다.

"그래……"

김 서방은 말을 시작하였다.

"그래 날개를 펴고 마당에 나서더니 온 데 간 데 없더라오! 그리구 이튿날부터 새벽마다 닭 울 때면 젖 먹으라 오더라오."

"얼마나 젖 먹으라 오래 댕기더랍데?"

김 도감은 물었다. 김 서방은 머리를 좌우로 흔들면서,

"아니…… 그런데 그런 장쉬가 났다는 말을 하지 말라구 골백번이나 당부한 것두 듣지 않구서리 그 장쉬를 낳을 때 본 안깐이 이야기를 해 놔서 그 골 원님이 그 말을 들었겠지……"

"저런 망할 년."

말질한 여편네가 곁에 있으면 단박 때려죽일 듯이 박 관청은 이를 악물었다.

"그래 휴—"

김 서방은 한숨을 태산같이 쉬고 나서,

"원님은 나라에 역적이 생긴다구 장쉬를 잡아쥑이라고 했단 말이요. 그래 사령에게 윤디를 주면서 장쉬 젖 먹을 때에 그 날개를 지지라구 했단 말이야……"

예까지 말한 김 서방은 입을 다물었다. 그 낯에는 천연한 빛이 돌았다.

"그래서 인재라는 인재는 다 죽이고…… 이눔의 나라이 안 망하구 어찌겠습메 글쎄!"

박 관청은 화나는지 가래침을 뱉었다. 말없이 하회를 기다리는 김 도감과 이마 벗어진 영감의 낯에는 긴장한 빛이 푸른 달빛에 어른거렸다.

"빨리빨리 하오!"

박관청도 궁금한지 김 서방을 재촉하였다.

"그래 그 사령이 윤디를 벌겋게 달과(달궈) 가지고 그 집 부숫개(부엌 아궁이)앞에서 기다리는데 새벽이 돼서 마당에서 쾅쾅하고 발 구르는 소리가 나더니— 어머니! 하고 부르는 소리가 난단 말이야!

그래 그 어머니는,

—오오 우리 장군님이 왔소!

하고 문을 열어보니까 그 장쉬는 마당에 섰는데 큰 칼을 짚고 투구갑
옷을 입었더라오.

—빨리 들어와서 젖을 먹어라.

하니까 장쉬는,

—어머니 저는 이제는 집으로 못 오겠습니다. 우리 집에는 저를 잡으
려고 사령놈이 윤디를 가지고 있어서 나는 집으로 못 오겠습니다.

하더라오. 그 소리에 사령놈은 똥물을 쏘구 자빠졌더라오."

"사령 온 줄은 어떻게 알가?"

"흥 그리게 장쉬라지!"

박 관청과 이마 벗어진 영감은 한마디씩 뇌였다.

"그리구 대문 밖으로 나가다가 들어와서,

—어머니 저는 이제 ○○산에 들어가 있다가 십 년 후에 나오겠으니
그때에 와서 어머니, 아버지를 뵙겠습니다.

하고는 그만 온 데 간 데 없더라오. 그런데 그 원님이란 작자는 가만
히 있었으면 일 없겠는거 그 이튿날 그 장쉬 아버지와 어머니를 붙들어
다가 때리구 옥에 가두었단 말이요. 그랬더니 그날 밤에 관계 마당에서
큰 소리가 나면서 원님은 피를 물고 죽고 옥문은 깨지고 그 장쉬 어미
아비는 간 곳이 없었는데 그 뒤에는 지금까지 소식이 없단 말이요."

이야기를 끝낸 김 서방은 담뱃대에 담배를 담았다. 달을 쳐다보고 빙
그레하던 김 도감은,

"그눔 그 원님눔 잘되었군! 그 치벌(앙화)을 맞은게지! 그 영감노친은
아들(장수)이 데려간게지?"

한다.

"그런 장쉬덜이 다 어디 가서 있을가? 그런 사람 낳는 사람은 전생에
좋은 일을 많이 한게야……"

박 관청은 말했다.

"여부 있소! 다 덕을 닦아야 그런 아들을 낳는게지…… 그리구 그런 장쉬덜이 백두산이나 계룡산 같은 데야 있겠지만 때가 안 되구사 나오겠소!"

김 서방은 모든 것을 자기혼자나 아는 듯이 말했다.

"나오기는 어느 때던지 나올걸……? 에구 어서 나와서……"

이마 벗어진 영감은 말끝을 뚝 끊어버린다.

"나오구 말구! 하지마는 다 때 있는 겐데…… 시방 시속사람들은 괜히 위야하고 우리네 ××이나 거저 감은 소용이 있어야지…… 다 때가 돼서 장쉬가 나야지!"

김 도감은 무릎에서 자는 어린것을 내려다보고 달을 쳐다보면서 시속을 한탄하고 새 ○○을 기다린다는 듯이 말하였다.

"이제 보오마는 때는 꼭 있을게요!"

미래를 보는 듯이 힘 있게 말하고 달을 쳐다보는 김 서방의 눈은 빛났다. 다른 늙은이들도 신비로운 꿈에 싸인 듯이 멀거니 앉아서 달을 쳐다보았다. 그 눈은 달빛 받은 그 늙은 눈은 다같이 달 속에서와 하늘 우에서 무엇을 찾고 그윽이 믿는 듯이 빛나고 위엄 있게 보였다.

흐르고 높고 넓은 하늘은 의연히 대지를 덮었다. 그 서쪽에 걸린 달도 의연히 신비롭게 비치였다. 뒷산과 앞벌에 살그니 흐르는 안개는 철철철 소리치는 강물 위로 몰렸다. 높은 하늘 푸른 달 아래 안개 속에는 무슨 큰 거령이 그윽이 숨은 듯이 보였다.

뜰 앞 밭을 우수수 스쳐오는 바람결에 산새 소리가 두어 마디 들렸다.

늙은이들은 여전히 돌아갈 것을 잊고 말없이 앉아서 강 안개와 푸른 달을 본다. 그 모양은 달과 하늘에 말없는 기도를 드리는 것같이 침묵한 속에 그윽한 위엄이 흘렀다.

무서운 인상

무서운 인상

1

나는 이렇게 벌이를 쫓아서 어제는 서쪽으로 불리고 오늘은 동쪽으로 흐르게 되는 신세가 되니 가지각색의 고생도 고생이려니와 별별 흉하고 무서운 일도 많이 보게 됩니다.

지금 여기 쓰는 것도 그렇게 돌아다니다가 목도한 사실인데 내가 본여러 가지 무서운 인상 가운데서 가장 무서운 인상이라고 생각합니다.

이것은 나만 그런 것이 아니라 나와 같이 그때 그 광경을 목도한 친구들은 대개 처음 보는 참혹한 일이요, 지금까지도 잊혀지지 않는다고 합니다. 참말이지 지금도 그 생각이 머리에 번쩍하면 그때 광경이 뚜렷이 눈앞에 떠올라서 소름이 쭉 끼치면서 눈이 저절로 감겨집니다. 그러나 그뿐입니까?

그 때문에 세상에 기계라는 기계와 쟁기라는 쟁기는 다 미워진 것도 그 때문입니다.

그것은 다른 일이 아니라 여러분도 아시는 일이라고 믿습니다. 작년이때 함경북도 남양역에서 콩을 쓸던 늙은 부인이 기차에 치어서 죽었다는 보도가 신문지상에 굉장히 났던 것은 여러분도 기억하실 것입니다. 여기 쓰는 것은 그것인데 그 광경을 나는 그때 남양역의 노동자로서 친히 목도하였습니다.

아이구 무섭기도 하더니……

2

작년 가을에 나는 남양역에서 수백 명 노동자들과 함께 정거장 노동을 하였습니다. 그래 매일 아침 일곱 시나 일곱 시 반에 정거장 넓으나 넓은 '홈'에 나가서는 기차에 짐을 싣기도 하고 기차에서 짐을 풀기도 하여 "치기영" 소리가 입에서 떠날 새 없이 부지런히 일하다가는 저녁에 해가 져서 하숙에 돌아갑니다. 이렇게 다니는 우리 노동자와 기타 정거장에 나다니는 일꾼이 있었습니다. 그것은 '콩쓸이'들이었습니다.

여러분도 아시는 바와 같이 남양역은 북조선 관문이 되어서 간도로부터 나오는 곡식이 전부 그리로 경유합니다.

그런 까닭에 가을, 겨울, 봄―한창 곡식이 나오는 때가 되면 간도서 마차에 실어내는 곡식이 남양 정거장에 산더미같이 쌓여서 발을 옮기어 디딜 수 없게 됩니다.

이렇게 되면 터지는 곡식 섬이 적지 않아서 조나 콩알들이 땅바닥에 수북이 흐릅니다. 그런 것을 보면 세상에는 밥 굶는 사람이 있다는 것이 거짓말같이 생각되지요. 어떤 때는 궂은비 찬눈을 맞아가면서 목구멍 때문에 껄떡거리는 우리네 짓이 우습기도 합니다.

그렇게 땅바닥에 흐르는 곡식을 쓸어 모으는 것이 '콩쓸이'의 직무입니다.

그것도 '콩쓸이'를 자유로 하는 것이 아니요, 감독의 명령 아래서 움직이게 됩니다. 내가 남양역에 있을 때에는 김 서방이란 자가 '콩쓸이' 감독으로 있었습니다. 그는 그때 삼십이 될락 말락 한 눈의 뚱그랗고 얼굴빛이 거뭇하며 입술이 갈잎 같은 사람인데 곡식 장사와 정거장에 알랑거리고 지금 만호장안을 들썽하는 부협의원 운동 이상의 운동으로 하여 '콩쓸이 감독'이라는 직함을 얻게 된 것입니다. '콩쓸이 감독'의 사무는 아침에 일찍 나와서 곡식 도적놈이 없는가 하고 정거장을 돌아 보고는 군졸 '콩쓸이'들이 콩 쓰는 것을 봅니다. 그리고 노동자들이 모이는 청방에 자빠져서 불도 쪼이고 담배도 피웁니다.

조나 팥도 쓸지만 콩을 많이 쓸게 되는 까닭에 '콩쓸이'라는 이름을 가진 군사들 가운데는 늙은이, 젊은이, 어른, 아이, 계집, 사내—이렇게 있는데 그네들은 헌 누데기를 등과 허리에 걸치고 시린 손을 훅훅 불면 서 곡식을 쓸어서는 감독과 절반씩 나눕니다.

이러한 콩쓸이 가운데 봉준 어머니라고 그때 칠십이 가까운 노파가 있었습니다. 나이 어려도 반질반질해서 미동이 될 만하고 젊어도 좀 태도가 있고 외모가 똑똑하고 감독의 말을 잘 복종하는 계집이라야 '콩쓸이' 군사로서의 자격을 얻는 것이고 그 밖에는 소개가 든든해야 늙은이가 들어가는 터이지요. 이 봉준 어머니는 여러 노동자의 힘으로 삼 년 동안이나 무사히 '콩쓸이' 군사로서 감독에게 쫓기지 않았습니다.

그는 퍽 침착하고 부지런하였습니다. 그때 그의 머리는 백발이 성성한데 머리는 늘 체머리—흔들흔들 떨었습니다. 그리고 주름이 가득한 낯에는 웃음이 흐른 때가 없었으며 눈이 어두워서 어떤 때는 돌을 콩이라고 주운 일이 있습니다. 몹시 추운 날에는 허리에 포대기를 두르고 손에 버선을 끼고 정거장으로 어청어청 나왔습니다. 말없이 빗자루와 자루를 들고 어청어청 다니는 날은 해가 어찌 가는 줄을 모르고 콩을 쓸지만 한번 퍼버리고 앉아서 먼 산을 뚫어지게 보면서 무엇을 생각한다든지 또는 우리가 쉬는 청집에 들어와서 난롯불을 쪼이면서 이야기를 시작하면 죽은 아들 이야기, 늙은 신세타령에 세월 가는 줄 몰랐습니다. 이 때문에 감독은 은근히 이마를 찌푸리고 중얼거리었지만 여러 노동자의 입이 무서워서 봉준 어머니를 괄세치 못하였습니다. 일기가 사나운 때면 노동자들은 "어머니, 청방에 들어가셔서 불이나 쪼이구 쓰시오" 하고 직접 봉준 어머니에게 권하기도 하고 또 입술이 좀 뻣뻣한 사람은 "여보게 감독나리, 저 노친(함경도서도 늙은이는 사내나 계집이나 간에 노친이라 함)을 좀 쉬도록 하게나" 하고 감독에게 톡 쏩니다. 그리고 점심을 먹을 때에 그 노파가 눈에 뜨이면 나누어 먹는 것이 인사였습니다.

그러면 노파는 황송무지라는 표정으로 불도 쪼이고 밥도 먹지만 어떤 때는 공연히 성이 잔뜩 나서 "싫어, 누가 밥먹자나!" 하고 저편으로 갑니다. 그러는 때마다 노동자들은 "또 정신 나갔군! 하하" 하고 웃어 버립니다.

"봉준이 있으면 얼마나 가슴이 아프리?"

"우리네들은 다 그런 신세지. 별수가 있는 줄 아나? 이사람."

이렇게 서로 기막힌 듯이 뇌는 노동자도 있었습니다.

나는 처음 가서는 그것이 무슨 의미의 소리인지 또는 봉준 어머니가 누구인지 몰랐던 까닭에 그런 꼴을 보거나 그런 소리를 듣더라도 별로 흥감이 없었습니다. 그리다가 차츰 한입 건너 두입 건너 전하는 말을 듣고 또 직접 봉준 어머니가 미친 이처럼 지껄이는 모양과 말에서 봉준 어머니의 생애를 알게 된 뒤로는 그를 보는 때나 그의 말을 듣는 때마다 나로도 알 수 없이 가슴이 쯔르르 하였습니다.

실상 내가 그의 말로를 끔찍하게 보게 된 것도 그의 생애를 안 까닭이겠지요. 그러지 않아도 비참하고 무서운 그의 말로는 그가 밟은 쓰라린 사실이 있는지라 더 힘 있게 나의 머리에 박이어서 좀처럼 잊어지지 않습니다.

그러므로 나는 이제 그의 말로를 쓰려는데 이르러서 그것을 더욱 힘 있고 인상이 깊게 하기 위하여 먼저 그의 지난 일부터 쓰려고 합니다.

3

"세상은 괴롭다. 사람은 무상한 것이다" 하는 것은 누구나 항례로 하는 말입니다. 우리는 보통 때에는 이 말을 그리 큰 느낌 없이 말하지만 한번 괴롭고 쓰린 환경에서 헤아릴 수 없이 변하는 물결에 쪼들리는 인간을 볼 때면 "세상은 괴롭다. 사람은 무상한 것이다" 하고 입으로만 부르짖는 것이 아니라 몸소 느끼게 되는 것입니다. 그것이 만일 우리와 처지를 같이 한 사람이면 그 느낌은 더 굳세어져서 바로 내가 당하는 듯이 되는 것입니다. 나는 봉준 어머니를 생각하는 때마다 그렇습니다.

봉준 어머니는 그때 남양역에 간 지가 열한 해나 되었습니다. 그는 본래 강원도 어떤 산골 사람이었습니다. 그가 삼십이 가까워서 봉준이라는 아들을 낳았습니다. 그 아들 봉준이가 여덟 살 났을 때에 그의 남편, 즉 봉준 아버지가 남양역에 가서 노동판에 있었습니다. 그러나 봉준 어머니는 어린 아들을 데리고 농사도 짓고 닭도 쳐서 겨우 살아가면서 한달에 한두 번씩 오는 남편의 편지를 무상의 기꺼움으로 받으면서 살았습니다.

…… 가을에는 간다, 봄에는 간다 하였더니 가을이 되고 봄이 되어도 바라는 돈은 손에 들어오지 않는구려. 그래도 그립지 않은 바는 아니나 봉준의 생각이 가슴에 맺히어서 참말 한시가 새롭소. 여름은 어떻게 지

냈으며 겨울은 어떻게 나는지 천리에서 돌아가는 구름에 죄일 뿐이요.

집을 나설 때는 한푼이라도 모아서 남의 빚을 갚고 그놈의 돈단련 없이 편안한 백성이 되렸더니 어이 그렇게 되어야지요. 아무쪼록 봉준이를 데리고 과히 걱정치 말으오……

봉준 어머니에게 가는 봉준 아버지의 편지는 대개 위와 같았습니다. 그리고 어떤 때는 돈 몇 원씩 보내었습니다.

돈이 오고 편지 올 때마다 봉준이는,

"엄마, 아버지 계신 데는 어디요?"

하고 물었습니다. 그러면 어머니는,

"저 남양역이란다" 하고 봉준이가 귀여워서 웃었습니다.

"남양역이 어딘가?"

"응, 저 백두산 있는데…… 아주 하늘 지경 밑이란다."

"나는 아버지를 찾아가겠어요."

말끝에 이러한 어린 봉준이의 말이 나오는 때마다 그 어머니는 한숨을 지었습니다. 그러니 그 어머니의 남편 그리는 마음은 얼마나 하였겠습니까. 눈이나 뿌리는 때면 남편이 춥게나 자지 않는지, 비 오는 때면 남편의 옷이 젖지나 않는가? 갈바람 낙엽 소리에도 남편이 오는가 잠을 깨고 달밤 기러기 소리에도 눈물로 밤을 새웠습니다.

이러는 사이에 흐르는 물같이 가고 올 줄 모르는 세월은 오 년이나 되어서 봉준이의 나이 열두 살이나 되었습니다. 이렇게 봉준이가 열둘 나던 해 봄이었습니다. 닥쳐오는 불행한 운수는 드디어 큰 자국을 내었습니다. 그것은 봉준 아버지가 관격이 되어서 죽었다는 부고였습니다. 모든 괴로움과 억울을 참으면서 오직 그 남편의 금의환향을 바라던 봉준 어머니의 가슴은 어떠하겠습니까? 두 모자는 소슬한 가을바람 속에서 쓸쓸히 부닥치는 낙엽같이 서로 잡고 울다가 빌어먹기로 결심하고 길을 떠나서 일삭 만에 남양역으로 갔습니다. 이렇게 작년으로부터 십일 년 전에 남양역에 갔습니다.

끓어 부푸는 물과 같이 열도가 극하면 전후를 헤아리지 않고 끓어오르다가도 한번 어떠한 정도에 이르러서 떨어지게 되면 그만 식어져서 전후를 돌보게 되는 것이 사람이 마음이라고 할는지요. 처음에는 그립고 아쉽고 원통한 마음에 설움이 극도로 북받치어서 죽기 살기를 잊어버리고 두 모자는 빌어먹으면서 남양역까지 갔으나 정작 다다라서 무덤을 보니 눈물밖에 별수가 없었습니다. 생활이라는 무서운 위협은 뒤를 이어서 두 모자의 머리를 굳세게 눌렀습니다.

물정에 서투른 봉준 어머니는 하는 수 없이 그 남편이 일하던 노동판을 찾아가서 여러 가지로 사정한 결과 봉준이를 노동판에 넣기로 하였습니다.

어린 봉준이는 처음에는 장정들의 심부름으로 지내다가 차츰 세월이 가서 열육칠 세가 되면서 장정들과 같이 곡식 섬을 메었습니다. 처음에는 퍽 괴로워하여서 하루 일하고는 하루씩 몸살을 하였으나 점점 단련이 되어서 일을 곧잘 하였습니다. 원래 위인이 순박하여서 퍽 부지런하고 영리하며 말을 잘 들었으며, 또 그 어머니도 여러 노동자들께 친절해서 봉준의 모자는 노동자의 후대를 입었습니다. 겨울에 날이나 추운 때면 봉준 어머니는 늘 토장국을 끓여다가 노동자들께 권하였습니다.

이렇게 지내다가 봉준이가 열아홉 살이 되어서 겨우 온전한 일꾼이 되고 또 그 어머니의 팔자도 폐일 만하게 되었을 때였습니다. 하루는 이른 봄 아직도 겨울 추위가 남았는데 노동자들은 영림창서편 두만강 가로 나무 실으러 갔습니다. 물론 봉준도 그 축에 끼었습니다. 여러 노동자들은 도로꼬를 밀어다놓고 산더미같이 쌓아논 '무투'를 목도에 떠서 도로꼬에 실었습니다.

"치기영, 치기영, 영치기" 하면서 여러 노동자들은 두서 발 되는 아름드리 나무를 목도에 떠메고 미끌미끌하고 휘청휘청하는 높다란 발판으로 올라가서 도로꼬에 길이로 탕탕 싣습니다.

이렇게 목도를 (커다란 나무 양옆에서) 멘 것을 보면 지네나 노래기의 발같이 사람이 조르르 선 것이 재미있다고 하는 이도 있지만 우리네처럼 직접 당하게 되면 여간 괴로운 것이 아닙니다. 더군다나 휘청거리는 발판으로 올라갈 때면 아주 다리가 떨려서 칠성판에 선 것 같습니다. 그저 돈이지요. 돈! 돈! 돈!…… 그놈의 것 때문에 죽을 줄 알면서도 동지섣달 찬바람에 얼어서 발붙일 수 없는 발판으로 크나큰 나무를 둘러메고 항항하면서 땀을 뻘뻘 흘리고 오릅니다.

우리의 주인공 봉준이도 이렇게 목구멍이 포도청으로 잔약한 어깨에 그것을 메고 올라갔습니다. 그때 봉준이와 같이 일하던 친구의 말을 들으면 그렇게 발판으로 오르는데 "으악" 하는 소리가 나자 치기영 소리가 뚝 끊기면서 어깨에 붙이던 목도채가 뒤통수를 자끈 후리는 바람에 그만 미끄러지고 쓰러져서 그 높은 발판에서 떨어졌습니다. 아마 누가 실수를 해서 한 사람이 쓰러지는 바람에 모두 쓰러졌는가 봅니다.

워낙 목도라는 것은 그렇게 위태한 것입니다. 한 사람만 발을 잘못 디디어도 모두 휘우뚱거리게 되고 한 사람만 실수해도 자빠지고 뿌리여서 상하게 됩니다. 그래서 서로 단속을 하고 서로 값없이 떠다니는 그 목숨이나마 주의를 합니다. 우리네가 치기영 부르는 것은 무슨 기꺼운 노래가 아니라 발맞추는 행진곡이며 서로 힘을 돋우는 구령입니다. 이렇게 목도군 놈의 노래도 알고 보면 의미가 심장하지요. 요릿집이나 강당에서 편안히 앉아서 부르는 노래보다도 살기 위하여 기를 쓰느라고 나오는 것이지요.

이렇게 여러 노동자가 발판에서 떨어지는 바람에 그 크나큰 나무도 꽝 하고 언 땅에 떨어졌습니다. 아아 나무가 떨어지는 곳에는 금방 발판으로 그 나무를 끄집어 올리던 노동자가 넷이나 치었습니다. 둘은 허리가 끊어지고 하나는 가슴이 부서지고 하나는 다리가 부러졌습니다. 다리가 부러진 사람은 곧 병원으로 보내었으나 그것도 돈 없는 탓으로 치료가 불완전해서 사흘 만에 죽고 가슴 부서진 사람과 허리가 끊어진 사람은 현장에서 즉사했습니다. 그 가운데 과부의 외아들인 봉준이도 끼었습니다. 그의 허리가 부러져서 죽었습니다.

이런 이야기를 다른 친구가 할 때면 괜찮지만 봉준 어머니—그 늙은 노파가 체머리를 흔들면서 눈물이 글썽글썽해서 목 메인 소리로 말할 때면 참말 들을 수 없습니다. 그는 그 아들이 죽던 전말을 이야기하고는,

"에구 하느님도 무정하시지. 글쎄 내 외아들을…… 제발 여보소…… 당신들은 이 일을 마시우! 휴…… 이게 아니면 굶어죽겠소? 제발 이 일을 마우…… 사람이 죽어도 좋은 죽음을 해야 하지. 그 몹쓸, 봉준이 죽은 것을 보던 일을 생각하면 (그는 눈앞에 그때가 보이는 듯이 몸서리를 치면서)…… 에구 끔찍두 해서…… 내가 평생 남에게 못할 짓을 안했는데 내 아들은 그렇게 죽었구려!" 하고 울었습니다. 그리고는,

"좋은 일을 하면 복을 받는다는 것도 거짓말이야…… 우리 남편이 객사를 하구, 내 아들이 그렇게…… 그저 돈이야 돈! 나두 돈만 있어서 전장이나 많이 가지구 편안히 있었으면 그런 일이 있을 리가 있소…… 휴…… 제발 당신네는 그저 처자와 부모를 생각하거든 이 일을 하지 마오……" 하고 우리더러 극히 권하였습니다. 나는 그때 그 노파의 소리를 들을 때마다 보지도 못한 봉준의 그림자—커다란 나무에 치어서 북극의 찬바람에 '세멘트' 같이 언 땅에 뜨겁고 붉은 피를 흘리고 허리 끊어져 죽은 봉준의 그림자가 보였습니다. 지금도 보이는 때가 있습니다.

그러다가도 그 그림자가—봉준이가 변하여 내가 그렇게 치인 듯이 보이는 수가 있었습니다.

그리고 그 노파같이 헌 누데기에 싸여서 울고 다니실 우리 어머니의 그림자가 눈앞에 떠오르는 때 나는 그만 소리를 치고 하루바삐 그 위태한 노동의 굴레를 벗어버리고 싶었습니다. 그러나 하는 수 있어야지요? 밥이라는 시퍼런 위험을 무슨 수로 면하겠습니까?

그렇게 그 노파의 내력을 안 뒤로는 나도 다른 친구들과 같이 그 노파를 무심히 보지 않았습니다. 그것은 내가 의식적으로 무심히 보지 않으리라 해서 무심히 보지 않은 것이 아니라 자연 그 노파를 대할 때면 나의 피줄같이 켕기었습니다. 이것이 처지를 같이 한 까닭이겠지요? 다시 신식말로 하면 무산자가 무산자에게 대한 자연적 의식에서 흘러나오는 정이겠습니다.

동시에 봉준의 그림자는 나의 그림자 같고 노파의 운명은 우리 어머니의 늘그막 운명을 가리키는 듯해서 무어라 형용할 수 없는 감정에 가슴이 식을 새가 없었습니다. 이것은 나뿐이 아니라 나와 같이 일하던 친구들은 늘 그러한 감상을 말했습니다.

4

그것이 음력으로 구월 스무날이라고 기억합니다.

새벽에는 잠잠하던 일기가 해돋이부터 바람이 나고 일기가 흐리기 시작하였습니다. 소대가리가 터진다는 남양역 바람은 간도를 거쳐서 나오는 바람이라 한번 일기 시작하면 우르릉우르릉 하는 것이 천지가 금방 무너지는 것 같습니다.

게다가 눈까지 뿌리게 되면 바람발에 날리는 눈발이 낯을 쳐서 눈코를 뜰 수 없이 됩니다. 가고 오는 마소까지 문득문득 서서는 뿌연 서리를 훅훅 뿜습니다. 그래도 말이나 소는 주인이 있어서 죽이라도 뜨뜻이 쑤어주고 등에 덤치라도 걸쳐주건만 우리네 노동자야 단박 눈바람에 거꾸러진대야 뜨뜻이 물 한술인들 그저 먹을 수 있어야지요. 눈이나 오고 바람이 불면 곡식이 젖어서 돈이 손해난다고 눈을 쓸리고 '가방'을 씌우고 하여 우리네는 더 일하게 됩니다. 돈만 아는 이들이야 우리네 목숨보다도 콩 한 섬을 더 중히 아는 터이니 물론 그렇겠지만, 사람이 쓰려고 사람이 지어 논 돈에 사람이 부리게 되는 것을 생각하면 우리네 입에서 저주가 안 나올 수 없습니다.

이렇게 그때에도 그 눈보라를 무릅쓰고 추근추근한 콩 섬을 메어서 한쪽에서는 '도로꼬'에 싣고 한쪽에서는 철도 창고에 들였습니다.

낯이 가까워서였습니다. 그 몹시 불던 바람은 즘즉하였으나 눈은 점점 더 퍼부어서 삽시간에 세상은 뿌연 안개 속에 잠기었습니다. 이렇게 되자 차츰 뼈까지 사무치던 찬 기운은 풀리고 날씨가 포근하였습니다.

점심 때에 청방에 들어가서 점심을 먹고 앉아서 담배를 피우면서 머리도 없고 끝도 없는 이야기를 여전히 중언부언하는데 어떤 친구가 큰일이나 난 듯이 뛰어 들어오면서,

"여보게, 사람 죽었다네!" 하였습니다. 그 바람에 수수하던 청방 안은 금시로 물이나 뿌린 듯이 고요해지면서 "어디서" 하고 뛰어 들어온 친구의 낯을 보았습니다. 그 묻는 사람들의 낯빛은 놀라웁다는 것보다도 호기심에 흐리었습니다.

나도 그 죽음이 예사의 죽음은 아니라고 직각은 하였지만 그렇게 놀라지는 않았습니다.

"응, 저기서 지금 기차에 치었다나?"

뛰어 들어온 친구는 찬바람에 언 뺨을 만지면서 무슨 자랑 비슷하게 말하면서 다시 밖으로 뛰어나갔습니다.

솜발 같은 눈은 점점 퍼부어서 그새 오륙 치나 쌓였습니다. 천지는 눈안개에 지척을 가릴 수 없다시피 되었습니다.

청방에서 나서면 바로 정거장 '홈' 이외다. 눈 때문에 고요하던 넓으나 넓은 마당에는 어느새 사람들이 모여들어서 버글버글 저편에 있는 창고 앞으로 몰키어 갑니다. 그 앞은 바로 철길입니다. 그것을 본 나는 여러 사람과 같이 뛰어갔습니다. 창고 앞으로 몰키어 갑니다. 창고 앞에 거의 다다르니 어느새 모자에 금줄 두른 역장이며 전철수며 종차수며 순사가 쭉 모여 섰습니다. 그것을 볼 때 내 가슴은 무슨 불안이나 닥치어 오려는 때와 같이 두근두근하고 다리가 뻣뻣해지면서 걸음이 띠지었습니다. 그러면서도 돌아가기는 싫었습니다. 그래 천척절벽 끝에나 나서는 듯이 엉금엉금 나서는데 귀결에 "쓰레기 노친!" 하는 소리가 들리자 내 가슴은 쿵 하면서 두근두근하였습니다. 무엇에 쫓긴 듯도 하고 무서운 동굴에나 이른 듯도 하면서도 호기심이 바싹 났습니다. 그런데 이상한 것은 "쓰레기 노친" 할 때 봉준 어머니의 그림자가 눈앞에 언뜻 하던 것입니다.

나는 창고 앞 여러 사람들 틈에 끼어 섰습니다. 지금도 그때 광경이 눈앞에 선합니다. 머리로부터 어슥히 왼가슴까지 차바퀴에 치였습니다. 그 전에는 차에 치면 도끼나 작도로 뭉턱 찍어논 듯이 된다는 말을 들었으나 그때 그 시체는 그렇지 않았습니다. 절구통에 집어넣고 짓찧어 놓은 듯하였습니다. 머리는 부서져서 두부를 짓기인 듯한 얼굴이 흩어진 데 끊어진 목과 가슴으로 꽐꽐 흐르는 검붉은 피는 수북이 내려쌓이는 눈을 물들이고 녹이었습니다. 그렇게 흐르는 피는 벌써 걸어서 '들쭉' 처럼 되었습니다.

죽은 사람은 누구인가? 쌓이고 쌓인 원한을 가슴에 품고 한 알 두 알의 콩을 쓸어서 남은 삶을 이어가던 '봉준 어머니'였습니다. 찬 바람을 막노라고 허리에 두른 누데기와 찢기고 때 오른 의복에는 붉은 피가 점점이 묻었는데, 사정없이 내리는 눈발은 그 위에 쌀쌀히 뿌리었습니다. 그리고 그가 생전에 한시도 놓지 않던 빗자루와 쓰레받기는 선로 저편에 뿌리여서 눈에 반이나 묻히고 선로에 가로놓인 콩자루는 찢기어서 누런 콩알이 비죽이 흘렀습니다. 시체의 차디찬 손은 그 찢어진 자루의 한끝을 꼭 쥐었습니다. 그것을 볼 때―그 자루 쥐인 손을 볼 때 먹음이란 그렇게도 굳세인 것인가 하는 생각이 새삼스럽게 떠올랐습니다.

곁에 선 순사며 역장은 이마를 찡기고 서서 무어라 중얼중얼합니다.

나는 모든 표적이 드러났건마는 그것이 믿어지지 않았습니다. 다시 말하면 그것이 봉준 어머니인 것은 더 말할 것 없으나 아까 금방 그 노파를 보고 이제 그런 일을 볼 때 어쩐지 그와 같이 믿어지지 않았습니다. 그러나 그것이 속일 수 없는 봉준 어머니라고 믿을 때 내 손은 나도 모르게 내 가슴의 심장을 만지려고 하였습니다.

들으니 그는 기차에서 흐른 콩알이 선로에 있는 것을 보고 내려가서 쓸다가 입환하는 때에 치웠다 합니다.

넓으나 넓은 세상에는 그를 위해서 그의 시체에 손대주는 이가 없었습니다. 모든 사람은 고요히 그것을 보면서 눈을 막고 있었습니다. 순사와 역장들도 시체 치워낼 일꾼을 불러놓고 기다리고 있었습니다.

모여 섰던 우리 노동자들은 그의 끝을 보지 못하고 "어서 짐들 실어. 무얼 봐?" 하는 감독의 모진 소리에 다시 '홈'에 돌아와서 짐을 메기 시작하였습니다.

5

그 이튿날 들으니 봉준 어머니의 시체는 철도국에서 묻었습니다. 그리고는 별일이 없었습니다.

"유가족이 있으면 위자료 삼백 원은 줄 터이나 없으니 그 대신 우리가 장례를 훌륭하게 지낸다."

하고 역장인지 조역인지가 의기양양하게 말하더랍니다. 삼백 원! 사람의 목숨이란 참 싼 것입니다.

그 뒤로부터 나는 이상스러운 병이 생기었습니다. 공연히 기차가 무섭고 싫었습니다. 그놈이 푸푸 뚤뚤 굴러가고 오는 것을 보기만 하면 진저리가 납니다. 그 바퀴에 내 머리와 가슴이 버석버석 짓이겨지는 듯한 동시에 봉준 어머니 같은 그림자가 알 수 없이 눈앞에 선히 떠오릅니다. 어떤 때는 그 그림자가 나 같기도 합니다.

그래 일하러 나간 때마다 기차를 보게 되는 것이 싫어서 그 다음부터는 정거장 일을 버리고 이렇게 치도판으로 돌아다닙니다.

그러나 치도판에 와도 나의 마음은 조금도 변치 않습니다. 거기도 역시 기차와 같은 것이 있어서 못 견디겠습니다. 그것은 길바닥을 다지는 '로라'인데 그 커다란 바퀴가 굴러오는 것을 보면 역시 나의 뼈와 고기가 거기에 바짝바짝 갈리는 것 같습니다. 그뿐만 아니라 점점 다른 기계까지 미워지고 무서워서 삽이나 곡괭이를 보아도 그놈이 모가지나 허리를 찍는 듯이 아심아심합니다. 심지어 면도칼까지도 쓰다가 서랍 속에 깊이깊이 감추어두지 않으면 반짝하는 빛이 이상하게도 눈앞에 떠올라서 잠을 못잡니다.

이렇게 모든 것이 처음에는 무서워지더니 나중은 그만 부서버리고 싶습니다.

그래서 지금은 '로라'나 기차는 더 말할 것 없고 조그마한 기계를 보아도 그만 부셔버리고 싶어서 이가 갈리고 주먹이 쥐어집니다.

그럴 때마다 내 눈앞에는 내 앞길이 보입니다. 노동자로서의 내 앞길이 활동사진같이 살아 뜁니다.

오오, 붉은 나의 피여!

아내의 자는 얼굴

아내의 자는 얼굴

1

"날씨가 갑자기 추워졌다."

"가을이 가고 겨울이 왔으니 추워질 일이다. 더울 때가 되면 덥고 추울 때가 되면 추워지는 것은 자연의 힘이다. 자연의 힘을 누가 막으며 무어라 칭원하랴? 하지만 자연의 그 힘에 대항할 만한 무기가 없는 사람들의 입에서 칭원이 안 나올 수 없는 일이다."

"추워지니 그것을 대항하려면 불이 필요하다. 나무바리나 단단히 장만해야 될 것이다. 그것은 방을 데우는 데 필요하지만 찬 눈과 쓰린 바람을 무릅쓰고 거리에 나다니려면 의복도 빠지지 못할 요구조건의 하나이다. 재킷이나 외투 같은 것은 너무도 고상한 것이니 바라볼 생념도 없지만 튼튼한 무명옷에 솜이나 툭툭히 놓아 입어야 얼어 죽은 귀신을 면할 일이다. 나무바리, 의복은 바깥장치지만 속장치도 그만큼은 필요하고 토장국 조밥이라도 뜨듯이 불쑥이 먹어야 이 추운 겨울에 어린 아내와 같이 이놈의 펄떡거리는 심장의 뜀을 보존할 것이다."

"무엇보다도 이 삼대 요건─나무바리, 의복, 쌀─인데 어찌해야 이것을 얻나. 못 얻으면 아까운 대로 북망산천의 한줌 흙이 될 것이고, 요

행으로 얻으면 하루라도 무너져가는 세상 꼬락서니를 더 볼 것이다. 그
것도 세상이 다 같이 그렇다면 문제가 없다. 다 같이 그 무서운 자연의
위력아래서 삼대요건이 구비치 못하여 쓰러지거나 그렇지 않으면 삼대
요건이 딱 들어맞아서 다 같이 버쩍 일어서거나 한다면 그렇게 괴로울
것도 없는 일이요, 슬플 것도 없는 일이다. 그러나 세상은 그렇지 않다.
그렇지 않으니 괴로운 일이요, 슬픈 일이다."

　"어떤 사람은 삼대 요건이 그 도수에 넘어서 걱정인데 어떤 사람……
나 같은 놈은 도수에 못 차기는 고사하고 아주 텅 빈 판이며 마르크스
의 자본론을 읽지 않아도 마르크스의 머리를 가지게 된다. 프롤레타리
아 운동자와 접촉을 못해도 자연 그렇게 된다. 이래서 이 세상은—소위
자본문명 중심의 이 제도는 제 이세 제 삼세—백세 천세의 많은 마르
크스를 만드는 것이다. 하여튼 제도는 묘하다. 쾌고솝하게 되었다. 염
통에 고름 든 줄은 몰라도 손톱눈에 가시 든 줄은 안다고 자본문명은
속 썩는 줄은 모르고 겉치장 자랑에 비린 냄새 나는 웃음을 금치 못한
다. 참 묘한데, 쾌고솝한데 흥—"

　끝없는 생각이 기선의 머리 속에 스며들어서 우로 아래로 오르내리
다가 "묘하다. 쾌고솝하다"는 결론에 이르는 때면 그로도 알 수 없이
그는 흥 하였다. 그 코웃음! 그것은 묘하고 쾌고솝한 세상의 미래에 닥
칠 어떠한 현상을 눈앞에 그려보고 치는 코웃음만이 아니라 자기의 조
그마한 힘을 조롱하는 뜻도 없지 않다.

　않으나 서나 어느 때나 그의 머리는 그러한 생각에 쉴 새가 없었다.
봄이나 여름에는 그 생각 가운데서도 나무바리와 솜 의복이 빠지니 좀
늦춰진다고도 하겠지만 늦은 가을로부터 점점 이렇게 겨울이 되는 때
그의 생각은 한층 복잡하여지고 한층 무거워진다.

　"한 몸이면 또 몰라."

기선이는 아내를 생각하면 더욱 견딜 수 없었다. 그리고 약한 아내가 차디찬 구들에서 자기의 손만 치어다보는 양이 눈앞에서 떠오르는 때면 꽤 낙천적인 그의 가슴에도 버석거리는 얼음덩어리가 꾸욱 들어박힌다. 이러는 때마다 그의 머리에는 번쩍번쩍하는 불길이 번개같이 지나갔다. 일어났다 꺼지고 꺼졌다가 일어나는 그 불길―처음에는 퍽 느리더니 이제는 도수가 너무도 잦아서 일어났다 꺼지는 남은 빛이 마저 사라지기 전에 뒤미처 번쩍하여 좀만 더 지나면 ×과 ×× 이어져서 한 커다란 ×××이 될 터이니 그렇게 되면 ××× 어찌 그 뇌 속에만 돌리라고 보증을 하랴? 기선이 자신도 그것을 느낀다. 그럴 때마다 그는 ××× 생각한다. ×××-×× ×××-몇 만 몇 천의 ××× ×××××―

"광희문이오!―"

뒤숭숭한 생각에 어디가 어딘지도 의식지 못한 기선이는 전차 차장의 소리에 놀라서 뛰어내렸다.

계모의 낯바다기같이 찡그린 하늘 아래 으릉으릉 전선을 울리면서 스쳐가는 바람은 아직도 겹옷 입은 그의 몸에 스며들어서 뼛속까지 사무친다. 그는 몸을 송그리면서 장춘단 쪽으로 향하였다. 금년 가을에 필운동 막바지에서 집세 때문에 물러난 뒤에 이리로 왔다. 중앙지대는 세가 너무도 비싸서 그에게는 인연이 없었다.

2

저녁밥을 먹은 뒤에 그는 책상을 마주 앉아서 책을 읽었다.

구들이 어떻게 찬지 얼음판에 앉은 거같이 궁둥이가 저려 올랐다. 곁에 앉아서 바느질을 하는 아내도 추운지 몸을 옹송그리고 앉아서 바느질을 하는 그 낯빛은 검푸르다. 그것을 볼 때 기선의 가슴은 그저 스르르 하였다. 그는 읽던 책을 턱 덮으면서,

"여보, 추운데 낼 하고 어서 자우―" 하고 담배를 피웠다.

"솜을 어서 사야 할 텐데 어쩌면 좋겠소?"

아내는 남편을 보았다.

"솜? 사지 흥."

남편은 코웃음을 쳤다.

"낼은 사다주어. 응!"

아내는 인정 있게 말했다.

"그래, 내일은 꼭 사다주지."

남편은 쾌활스럽게 말하면서 아내를 보고 빙긋하였다.

"응, 또 거짓말―어제는 꼭 오늘은 꼭 하고도―낼은 쌀도 팔아야―"

아내는 바느질을 하면서 뒷말을 혼잣말처럼 뇌었다.

"그대 다 해주지―그것만 해, 돈만 있으면 삼층 양옥에 피아노 놓고― 하하하."

"저것 봐. 딴소리만 툭툭 하시면서―"

아내는 할끔 눈을 주면서 방긋 웃었다.

"하 글쎄 내가 두고 안 해주오? 없으니 그렇지―"

그는 갑갑한 듯이 아내를 보았다.

"그런데 집세 때문에 오늘도 왔던데―"

아내의 낯에는 어둑한 기운이 스스로 덮이었다.

"뭐랍디까?"

"뭐라니 창피막심해서― 사람이― 나가라는 둥 별별 소리가 ―"

아내의 말은 흐리마리하였다.

"이 댐에는 오거든 좀 굴어놓구려."

남편의 소리는 짜증이 절반이다.

"아이구 저리니 내가 어떻게—"

아내는 바느질감을 밀어놓았다.

"그만 것도 못 굴어놓는담—"

"글쎄 내가 뭐라고 하겠소?"

아내는 청원이나 하는 듯하다.

"그만 뱃심도 없이 어떻게 살겠소! 없는 놈이 뱃심이나 부리지!"

"아따 당신은 뱃심 잘 부립디다. 빚쟁이가 오면 말도 못하면서 흥! 호호."

"하하하."

아내의 웃는 바람에 그도 웃었다. 딴은 그렇다. 빚쟁이가 오면 자기역시 한풀 죽어진다. 자기가 그렇거든 아내는 더할 일이다. 그도 그런것 저런 것 다 알면서도 제 짜증에 공연히 푸닥거리를 논 것이었다. 더구나 그 몰염치한 가주의 우악한 소리에 가냘픈 아내의 목청을 비교하여 보고 그들이 서로 만나 가거라 말아라 하고 집세 때문에 다투는 광경이 눈앞에 선연히 떠오르는 것 같아서 불쾌하였다. 동시에 아내가 불쌍하기 그지없었다. 그는 다시 책을 들었다. 모든 화를 잊어버리려고 하였다. 주관이 힘세게 움직일 때 객관의 용납을 허락지 않는 것이다. 입으로는 줄줄 읽었으나, 눈으로는 보았으나 그것이 무슨 소린지 알 수 없었다. 머리 속에는 이 생각 저 생각이 용솟음을 쳤다.

3

이러한 생활도 하루나 이틀이면 모르지만 벌써 얼마냐? 삼십 년 가까이 어느 날 별이라고 볼 때가 없으니 고생도 할 대로 다하였다.

"내일이나 명년이나."

이렇게 희망을 붙여왔으나 그날이 그 턱이다. 겨우 일자리라고 얻어 놓으면 월급이 나오지 않고 그렇다고 뛰어나오면 역시 일자리가 얻기 어렵고 이제는 막다른 골목이다. 그것도 혼자 있는 때 같으면 배고프나 헐벗으나 괜찮겠지만 여편네까지 데리게 되니 짐은 몇 곱절이나 더 무거워졌다.

"공연한 짓!"

그는 너무도 괴로운 때면 이렇게 아니하였다는 것을 후회하였다. 어느 때든지 생활 곤란을 면하고야 장가든다고 성명한 자기가 아니었나 하는 것을 생각하면 자기라는 인격의 의지가 너무도 약하게 보였다. 그러나 한 걸음 더 들어가는 때에는 그의 생각은 뒤집혔다.

"나는 사람이다. 청춘이다. 사람은 빵에 주리나 성에 주리나 주린 의미에 있어서는 한 가지다. 생활 곤란— 그것이 내게는 점점 더 닥치면 닥쳤지 늦추어질 날은 없을 것이다."

"응— 어떤 놈은 계집을 서넛씩 가지고 어떤 놈은 하나인 것도 못 먹여서—"

이렇게 생각하면 가슴이 좀 풀리고 나아갈 앞길의 무슨 빛이 뵈는 것 같으나 이론은 어디까지 이론이요, 실제는 어디까지 사실이다. 자기의 현상을 돌아볼 때 또 가슴은 뿌듯하였다. 그는 펴놓았던 책을 덮으면서 아내를 돌아보았다.

아내는 아랫목에 펴 놓은 이불 위에 입은 채 옹송그리고 누워서 삭삭 잔다.

창백한 아내의 얼굴—자기와 처음 만날 때에는 포동포동한 두 뺨이 발그레하고 빨간 입술에 윤기가 흐르더니 불과 일 년이 못 되어서 뺨이 드러나고 입술이 검푸르렀다. 아, 주림의 상징이여! 굶은 귀신이여! 그 것을 본 그의 머리에는 지나간 기억이 또다시 번쩍거렸다. 밥이 적으면 자기는 배가 아프다고 핑계를 하고 적게 먹었고, 구들이 차면 자기의 체온을 아내에게 전하려고 애를 썼다. 그 아내도 어떤 때는 꾀배를 앓고 드러누워서 밥을 한술이라도 더 자기 입에 넣으려고 애쓰는 것을 보았다. 그의 눈은 흐리었다. 가슴은 찢겼다.

그런 것 저런 것 생각하면서 지난해의 양자가 다스려진 아내의 자는 낯을 볼 때 그는 그로도 모르게,

"오오, 주린 귀신이여!"

하였다. 그의 눈에는 피대가 섰다. 그 모든 것이 보기가 싫었다. 주위는 검은 연기가 들어찬 것 같았다. 그만 칼이나 도끼로 아내를 푹 찍어서 그 꼴을 보지 말고 자기도 죽어버리고 싶었다. 그러나 초초분분이 흘러서 끓던 생각이 주저앉을 때 그의 가슴에는 말할 수 없는 정회情懷가 치밀었다. 아내에게 대한 그 몹쓸 생각을 뉘우쳤다. 뉘우치는 정이 치밀어오를 때 그는 그로도 모를 힘에 아내의 목을 꼭 껴안았다.

기선의 두 눈에서 흘러내리는 뜨거운 눈물은 방울방울이 아내의 낯에 떨어졌다. 그 바람에 잠을 깬 아내도 기선의 목을 꼭 껴안았다.

뜨거운 두 청춘의 가슴에 끓어 넘치는 순진한 정이 서로 엉키는 때에 사람은 새로운 힘을 얻는다.

전아사 餞迓辭

전아사餞迓辭

1

형님,

일부러 먼먼 길에 찾아오셨던 것도 황송하온데 또 이처럼 정다운 글까지 주시니 어떻게 감격하온지 무어라 여쭐 수 없습니다.

형님은 그저 내가 형님의 말씀을 귀 밖으로 듣는 듯이 섭섭하게 여기시지만 나는 참말이지 귀 밖으로 듣지는 않았습니다. 지금도 내 눈앞에는 초연히 앉으셔서 수연한 빛을 띠시던 형님의 모양이 아른아른 보이고, 순순히 타이르고 민민히 책망하시던 것이 그저 귓속에 쟁쟁거립니다.

"형님, 왜 올라오셨어요?"

지난여름, 형님께서 서울 오셨을 제 나는 형님을 모시고 성균관 앞 잔솔밭에 나가서 이렇게 여쭈었습니다.

"그건 왜 새삼스럽게 묻니? 너 데리러 왔다. 너 데리러……"

형님의 말씀은 떨리었습니다.

"저를 데려다가는 뭘 하셔요?"

나는 이렇게 대답하면서 흐리어가는 형님의 낯을 뵈옵던 기억이 지금도 새롭습니다.

"뭘 하다니? 애, 네가 실신을 했나 보다? 그래 내가 온 것이 글렀단 말이냐?"

형님은 너무도 안타까운 듯이 가슴을 치셨습니다.

"형님, 왜 그렇게 상심하셔요? 버려두셔요. 제 하는 일을 버려두셔요."

무어라 여쭈면 좋을는지 서두를 못 차린 나는 이렇게 대답하였습니다.

"글쎄 그게 무슨 일이냐? 응…… 내가 네 하는 일을 간섭할 권리가 무어냐마는 네가 이런 일을 하는데 내가 어떻게 눈을 뜨고 보겠니? 집 떠난 일을 생각해야지? 집 떠난 일을…… 왜 내 말은 안 듣니? 네 친형이 아니라구 그러니?"

"아이구 형님두."

나는 형님의 말씀이 그치기 전에 형님 앞에 쓰러져 울었습니다.

"네 친형이 아니라구……"

이 말을 들을 때에 나는 어떻게 형님이 야속스러운지 알 수 없는 설움을 이기지 못하여 엉엉 울었습니다.

"그러지 말고 가자! 가서 죽식간에 먹으면서 좋은 때를 기다려서 다시 오려무나!"

"내가 말랐거든 네가 풍성풍성하거나 네가 없거든 내가 있거나…… 나는 무식한 놈이니 아무런들 상관 있니마는……"

"나두 그놈의 여편네와 애들만 아니면 너를 쫓아 댕기면서 어깨가 부서지더라도 네 학비는 댈 터인데."

형님은 서울에 닷새 동안이나 계시는 때에 이러한 탄식을 하시면서 나를 달래고 꾸짖고 권하시다가 끝내 나를 못 데리고 내려가셨습니다.

"어서 내려가거라, 더 할 말 없구나."

형님은 떠나실 제 차에 올라간 나에게 이렇게 말씀하시고 한숨을 쉬셨습니다. 아무 말 없이 있다가,

"형님, 안녕히⋯⋯"

하고 눈물이 핑그르르 돌아서 내려왔습니다. 그 뒤로 이날 이때까지 형님을 잊은 때가 없었습니다. 그런데 또 이렇게 글월을 주시고 노비까지 부치었으니 무어라 여쭐 바를 알 수 없습니다.

아우야, 날씨가 추워지니 네 생각이 더욱 간절쿠나! 삼각산 찬바람에 네 낯이 얼마나 텄니? 네 형수는 늘 네 이야기요, 어린 용손(형님의 아들)이는 아재씨가 언제 오느냐고 매일 묻는다.

이 글을 내가 부르고 용손이가 쓴다. 그놈이 금년에 사학년인데 국문은 곧잘 쓴다.

어서 오너라. 노비 이십 원을 부치니 곧 오너라. 밥값 진 것이 있으면 내려와서 부치도록 하여라. 한꺼번에 부쳤으면 얼마나 좋겠니마는 그날그날 빌어먹는 형세라 어디 그렇게 돼야지! 이것도 용손의 저금을 찾았다. 그놈이 저금을 찾는다면 엉엉 울던 것이 네게 보낸다고 하니 제가 달아가서 찾아가지고 오는구나!

용손이 정을 생각하여 너는 오너라. 아재씨⋯⋯ 서울 아재씨를 기다리는 용손이는 잠을 못 잔다. 매일 부두로 마중 간다고 야단이다.

형님,

나는 울었습니다.

"구두 곤칩시오(고치시오)."

"구두 약칠하시오."

하고 이 골목 저 골목으로 온종일 돌아다니다가 들어온 나는 형님의

글월과 우환 이십 원을 받고 울었습니다. 더구나 순진한 가슴으로 우러나오는 용손의 따뜻한 인간성에 어찌 눈물이 없겠습니까?

그러나 고집불통한 나는 그 따뜻한 정을 못 받습니다.

형님께서 노여워하실 것보다도 아주머님께서 섭섭해하실 것보다도 용손의 낙망을 생각하면 가슴이 쓰린 것이 아니라 뿍뿍 찢깁니다. 하지만 내 길을 걸어야 할 나는 또 형님의 뜻을 거역합니다.

나는 이때까지 이러한 길을 밟게 된 동기를 형님께 말씀치 않았사오나 이번에는 말씀하겠습니다. 서울 오셨을 때에 여쭈려고 하다가 여쭙는대도 별수가 없겠기에 그만 아무 말도 없이 있었고, 이번에도 여러 번 주저거리다가 드디어 이런 생활을 하게 된 동기를 여쭙기로 작정하였습니다.

2

형님,

내가 서울 온 지도 벌써 오 년이나 됩니다. 형님도 늘 말씀하시지만 집 떠나던 때의 기억은 지금도 머리 속에 있습니다. 진절머리가 나던 면소 서기를 집어치우고 나설 때에 내 맘은 여간 괴롭지 않았습니다. 그때에도 형님께서는 지금 모양으로 벌이를 쫓아서 일로 절로 다니시느라고 직접 보시지 못하였으니 모르시지만 늙은 어머니를 버리고 떠난다는 것이 내게는 여간 고통이 아니었습니다.

어머니께서 나를 어떻게 기르셨습니까? 내 아버지가 돌아가신 뒤에 나 때문에 개가를 못 하시고 젊으나 젊으신 청춘을 속절없이 늙히면서 당신의 모든 정력과 성의를 내 한몸에 부으셨습니다. 내가 훈채를 못 갚아서 글방에서 쫓기어났을 때 어머니께서는 당신 머리의 다리를 팔아주시었고 명절은 되고 옷감이 없어서 쩔쩔 헤매시다가는 당신 젊어서 지어두셨던 비단옷을 뜯어서 내 몸을 가리어주던 기억이 지금도 떠오릅니다. 그때에는 형님께서도 고향서 농사를 지으실 때라 그런 것 저런 것 다 보실 뿐만 아니라 겨울이 되면 목도리와 장갑을 사다 주시고 여름이 되면 아주머니 낳으신 베를 갖다가 내 옷을 지어주던 것까지 생각납니다.

"우리 어머니의 아들이 저것뿐인데."

하고 형님은 어머니를 꼭 어머니라고 부르셨습니다. 우리 어머니는 형님의 아버지의 누이니 형님께는 고모가 되시는데 형님은 '고모'라 하지 않고 꼭 '어머니'라고 부르셨습니다.

"저 인갑(형님 함자)이는 내 오라비의 아들이나 내 아들같이 길렀다. 너는 꼭 친형같이 모셔라. 오라비(형님 아버지)와 올케(형님 어머니)가 죽은 뒤에 우리 오라비의 댓수를 이을 것은 저 인갑이 하나뿐이요, 네 아버지의 향화를 끊지 않을 것은 네 하나뿐이니 너희 둘이 친형제같이 지내어서 내가 죽은 뒤라도 의를 상치 말아라."

어머니께서도 늘 형님과 저를 불러 놓으시고 이런 훈계를 하셨습니다. 그렇듯한 어머니의 감화 속에서 자라난 나는 형님을 잊지 못할 뿐만 아니라 친형이니 친형이 아니니 하는 생각도 못 하여보았습니다. 그리고 형님의 감화도 컸습니다. 아마 우리 어머니 다음으로 나를 사랑하신 이는 형님일 것입니다. 그러다가 내가 열일곱 살에, 즉 면소 서기로 들어가던 해에 형님은 얼마 되지 않는 밭을 수재에 잃어버리고 아주머니와 용손이와 세 식구가 고향을 떠나셨습니다. 한번 생활의 안정을 잃은 형님은 정거장과 항구 바닥과 치도판을 쫓아다니시게 되고 나는 어머니를 모시고 고향에서 십여 원 남짓한 월급과 어머니의 바느질삯으로 근근이 지내었습니다. 이렇게 지내는 사이에 내 고통과 번민은 커졌습니다. 그리고 차츰 셈이 들면서부터 앞길이 자꾸 내다보였습니다.

늙어가시는 어머니의 흐리어가시는 눈과 떨리는 손은 드디어 바느질삯전을 못 얻게 하셨습니다. 어머니께서 아무 수입도 못 하게 된 뒤로 우리 생활은 십팔 원이 되는 내 월급에 달리게 되었습니다. 이때부터 우리는 배고픈 설움을 받게 되었습니다.

"너를 장가두 못 보내구 내가 죽겠구나!"

이것이 이때 어머니의 큰 걱정이었으나 나는 그와 반대로 늙은 어머니에게 조밥이나마 배불리 대접지 못하는 것과 남들과 같이 서울로 공부 못 가는 것이 큰 고통이었습니다. 나는 그때부터 문예를 즐기어서 그 변에 뜻을 두고 공부하였습니다. 이것은 나에게 옛적 이야기를 많이 들리어주신 어머니의 감화라고 믿습니다.

함께 소학교와 글방에 다니던 친구들은 어느새 서울 어느 학교를 졸업하였다는 둥 동경 어느 대학에 입학하였다는 둥 하는 소리를 들을 때마다 내 혈관의 피는 진정되지 않았습니다. 그것보다도 괴로운 것은 한때는 같은 글방에서 네냐 내냐 하던 친구들이 고향의 학교와 군청에 혹은 교사로 혹은 군 주사나리로 부임하여 면소에 출장을 나오면 옛정은 잊어버리고 배 내미는 꼴을 차마 참을 수 없었습니다. 그래도 목구멍이 포도청으로 그놈의 것을 꿀꺽꿀꺽 참고 나면 십년감수는 되는 것 같았습니다. 밖으로는 이러한 자극을 받고 안으로는 생활에 쪼들릴 제 어찌 젊으나 젊은 내 가슴에 감정이 없겠습니까? 내게 신경쇠약이라는 소위 문명병이 있다 하면 그 원인은 이때로부터 생기었을 것입니다.

내가 기미운동 때에 만세를 부르지 않았다고 지금도 친구들께 미움을 받는 바요, 형님께서도, "왜 그런 때에 가만히 있었느냐?"고 어느 때 말씀하셨지마는 나는 그때에도 어머니를 생각하여서 그리한 것입니다. 그

때 어린 내 가슴에는 나라보다도 어머니가 컸습니다. 지금 생각하면 그 때에 나도 서울에나 뛰어 올라왔더라면 지금보다는 나았을는지? 그저 어머니를 생각하는 애틋한 정과 또 어머니가 말리는 정만 생각하고 그 날이 그날로 별수 없는 생활을 한 것이었습니다. 그러나 사람의 맘은 고 정적이 아닙디다. 유동적으로 환경을 따라서 늘 변합디다. 어머니의 망 령 아래서 어머니만 생각하던 나의 맘은 점점 드티기 시작하였습니다.

그것이 번쩍 드틴 것은 기미운동이 일어난 뒤 삼 년 만이니 내 나이 가 스물한 살 되었을 때였습니다. 그해는 육갑으로 신유년인데, 신유년 유월 스무이튿날은 어머니의 환갑이라 이것은 형님께서도 아시는 바입 니다. 그 스무이튿날은 지금도 잊히지 않습니다. 아마 그날은 어머니가 돌아가신 날과 내가 집 떠나던 날과 같이 내 눈 구석에 흙이 들기 전에 는 잊히지 않을 것입니다. 죽어 가서 내 혼령이 있다 하면 그 혼령에까 지 그 기억은 따를 것입니다.

환갑날이 가까워올수록 내 맘은 뿌듯하여 어깨에 무거운 짐을 지는 것 같았습니다. 벌써 눈치를 알아차리신 어머니께서는,

"애, 내 환갑 걱정은 말아라. 금년에 못 쇠면 명년에 지내지…… 그까 짓 게 걱정될 것 있니? 앞이 급한데."

나를 타이르시나 내게는 그 말씀이 젊은 옛날의 영화를 돌아보시고 늘그막 신세를 탄식하시는 통곡같이 들리었습니다.

"어머니 회갑이 눈앞에 이르니 네 걱정이 클 것이다. 허나 없으면 없 는 대로 지내고 정 못 하게 되더라도 상심치 말아라."

고량진미를 못 드릴망정 어머니 슬하에 모여 앉아서 따뜻한 진지나 지어드리려고 하였더니 노비도 없거니와 일전에 다리를 상하여 가지 못했습니다. 형님께서도 그때에 이러한 편지와 같이 돈 삼 원을 부치셨 지만 나도 없으면 좋은 말씀으로 위로를 하리라 하면서도 음식을 많이

장만하고 어머니의 친구를 많이 청하여 어머니와 함께 유쾌하게 하루 동안을 지내시도록 하고 싶은 생각이 불같이 붙었습니다.

"아무개네 늙은이는 회갑도 못 쉰데! 그 아들은 뭘 하는 게야?"

이렇게 남들은 비웃는다는 말까지 들은 뒤로 나의 어깨는 더 처지었습니다. 나는 이 친구 저 친구 찾아가서 다만 얼마라도 취할까 하다가 뜻을 이루지 못하고 다시 내키지 않는 발길을 김 초시 댁으로 옮기었습니다. 김 초시는 혈혈단신으로 의지 없는 것을 우리 아버지가 보아주셔서 부자가 된, 얼마쯤은 돌려줄 터이지 하는 생각으로 간 것이었습니다.

"허, 그것 안됐네마는 나도 요새 어떻게 군졸한지 한 푼 드릴 수 없네! 그것 참 안됐는데! 우리 집에 닭이 있으니 그거나 한 마리 갖다가 고아 대접하게."

이것이 김 초시의 대답이었습니다. 큰 모욕을 받는 듯이 흥분되었습니다. 나는 뻣뻣이 앉아서 게트림을 하면서 부른 배를 슬슬 만지는 김 초시를 발길로 차놓고 싶었으나 억지로 그 충동을 참고 밖에 나서니 천지가 누런 것이 정신을 차릴 수 없었습니다. 어머니가 아시면 걱정을 하실까 봐서 나는 태연한 빛으로 집에 돌아가서 그 밤을 새우고 이튿날, 즉 스무이튿날 아침에 형님께서 보내신 삼 원으로 고기와 쌀을 사서 밥을 짓고 국을 끓이고 이웃집 늙은 부인 오륙 명을 청하였습니다. 며느리 없는 어머니는 당신 손으로 짓고 끓인 밥과 국을 늙은 친구들과 같이 대하실 때에 눈물을 씻었습니다. 어머니 상머리에 앉은 나는 어머니의 눈물을 볼 때 그만 낯을 가리었습니다. 숙종대왕 시절에 어떤 효자는 아내의 머리를 깎아 팔아서 어머니의 회갑상을 차리어 놓고 어머니가 슬피 우는 것을 위로하기 위하여 그 아내를 시키어 춤을 추고 자기는 노래를 부르는데 숙종대왕이 미행을 하시다가 그 연유를 물으시고 인하여, '상가승무노인곡喪歌僧舞老人哭(상주는 노래하고 중은 춤추고 늙은이는 통곡한다)' 이라는 과제를 내어서 그 효자를 등용하셨다는 말이 지금도 전하지만 나는 그 효자만한 정성이 없어서 그런지 나오는 설움을 참을 수 없었습니다. 아무쪼록 어머니의 맘을 편케 하리라, 슬픈 빛을 띠지 말리라 하였으나 쏟아져 나오는 눈물과 우러나오는 울음소리는 참을 수 없었습니다. 어머니께서도 억지로 설움을 참으려고 하시면서, "우지 마라. 울긴 왜?" 하고는 눈물을 씻었습니다.

　이 뒤로부터 나는 나의 존재와 사회적 관계를 더욱 생각하였습니다. 적자생존適者生存과 자연도태설自然淘汰說을 그제야 절실히 느끼었습니다. 그것을 어떤 잡지에서 읽고 어떤 친구에게서 처음 들을 때는 이론상으로 그렇거니 하였다가, 공부한 친구들은 점점 올라가고 나는 점점 들어가는 그때에 절실히 느끼었습니다. 그리고 또 한 가지 생각이 일어나는 것은 불공평한 사회라는 것이었습니다.

　'나도 남과 같이 적자適者가 되자. 자연도태를 받지 말자. 시대적 인물이 되자' 하다가는 그렇게 될 조짐이 없다는 것— 적자가 될 만한 공부할 여유가 없어서 하면 될 만한 소질을 가지고도 할 수 없는 내 처지를 돌아볼 때 나는 이 불공평한 제도를 그저 볼 수 없었습니다.

　형님,

　나에게 사회주의적 사상이 만일 있다고 하면 이것은 벌써 그때부터 희미하게 움이 돋혔던 것입니다. 그러나 그때에는 그것이 사회주의 사상인지 무언지 모르고 다만 내 환경이 내게 가르친 생각이었습니다. 이렇게 일어나는 여러 가지 생각은 어떠한 계통을 찾아서 과학적으로 되지는 못하고 다만 이러한 결론을 나에게 주었습니다.

　'소용없다. 이깐놈의 면 서기로는 점점 타락이다. 점점 공부하여 나은 놈들이 생길 터이니 나중은 면 하인 자리도 없을 것이다. 그렇게 되

면 내 생활은 지금보다 더할 것이다. 뛰어가? 엑 서울 뛰어가서 고학이
라도 하지? 그러나 어머니는 어쩌나? 형님이나 고향에 계셨으면……
그렇다고 어머니를 붙들고 있으면 더할 일이요…… 엑 떠나지? 삼사
년이면 나도 무슨 수가 있을 것이요, 그새에 어머니가 돌아가시지는 않
을 터이니 늘그막에 고이 모시도록 지금 자리를 닦아야 할 것이다. 그
새에 굶어 돌아가시면? 그래도 하는 수 없다. 그것은 내 정성이 부족한
것이 아니라 사회가 나에게 그처럼 강박한 것이다.'

　이러한 생각을 하다가는 모순이 되면 풀고 풀었다가는 다시 생각하
여서 될 수 있는 대로는 집을 떠나는 데 유리하도록 생각하던 끝에 드
디어 떠나기로 결심하였습니다. 그렇게 결심하고도 어머니가 거리껴서
얼른 거사를 못 하였습니다.

　'어머니는 나의 큰 은인인 동시에 큰 적이다.'

　어떤 때는 이러한 생각까지 하였습니다.

　이러다가 신유년 가을 어떤 달밤이었습니다. 나는 집을 떠났습니다.
밤 열두 시 연락선으로 떠날 결심을 한 나는 맘이 뒤숭숭해서 저녁도
바로 먹지 못하였습니다.

　"왜 밥을 그렇게 먹니?"

　아무 영문도 모르는 어머니는 내가 밥 적게 먹는 것을 걱정하셨습니
다. 나는 밥 먹은 뒤에 황혼빛이 컴컴하게 흐르던 방에 들어가서 쓸 만
한 책을 모아 쌌습니다. 이렇게 책을 거둬 싸니 맘은 더욱 뒤숭숭하였
습니다. 마치 다시 돌아오지 못할 전쟁 길에 오르는 군인의 맘같이 모
든 것이 볼수록 아쉽고 그리워졌습니다. 나는 공연히 책상 서랍도 열어
보고 쓸데없는 휴지도 부스럭거리어 보니 나중은 뒤 울안까지 가보았
습니다. 이렇게 하는 때에 조금도 쉴 사이 없이 눈앞에 언뜻언뜻 나
타나는 것은 어머니였습니다. 평시에도 어머니를 생각하면 어머니의

친안이 보이지 않고 처참한 환상으로 보이던 터인데, 이날에는 더욱 그러해서 차마 무어라 말씀할 수 없이 가련하고도 기구한 환상으로 나타 났습니다. 나중은 어느 때 형님과 이야기를 하던 그 거지 노파의 꼴로 도 되어 보입디다.

"여보, 밥 한술만 주셔요. 나는 달아난 아들을 찾아가는 길이오."

다 해어진 누더기 치마저고리를 걸친 늙으나 늙은 노파가 이 집 저 집으로 다니면서 걸식하는 것을 볼 때 나는 그 늙은 어머니를 버리고 간 자식을 괘씸히 여겼습니다.

"아아, 나도 그 자식의 본을 따누나?"

그때 나는 나도 모르게 부르짖었습니다. 뒤따라 어머니의 그림자가 그 노파의 그림자와 같이 떠오를 때 나는 그만 눈을 감고 몸을 부르르 떨면서, "아아, 어머니!" 하면서 어머니 계신 부엌방으로 갔습니다. 나는 인륜의 큰길을 어긴 듯이 두렵고도 가슴이 찌르르하여 심장이 찢기는 것 같았습니다. 그러나 부엌문 밖에 이르렀을 때에 나는 그만 발길을 멈추었습니다. 어쩐지 끓어오르던 정은 식으면서 누가 다시 뒤를 끄는 것 같았습니다. 나는 내 방에 들어가서 책보를 들고 나오면서, "오늘 밤에는 좀 늦어서 들어올 것 같습니다." 하고 어머니를 보면서 마당에 내려섰습니다. 아까보다도 가슴이 더욱 울렁거리고 앞에는 별별 환상이 다 떠올라서 나는 어둑한 마당을 돌아볼 때 은근히 한숨을 쉬었습니다.

이것이 내가 내 집과 마지막 하직이던 줄이야 언제 꿈인들 꾸었겠습 니까? 나는 바로 부두로 향하지 않고 공동묘지를 지나서 바닷가 세모 래판으로 나갔습니다. 어느새 초열흘 달은 높이 솟았으나 퍼런 안개가 자욱이 하늘을 덮어서 봄의 우수 달밤같이 설움에 겨운 가슴을 더욱 간 질였습니다. 나는 세모래판에 앉았다 일어섰다 하면서 우숙그러한 달빛 아래서 고요히 소리치는 물결을 바라보았습니다. 찬바람을 맞고 달빛에 싸여서 그 물결을 볼 때 모든 감각은 스러져버리고 나의 온몸이 바다 속에 몰리어드는 것 같았습니다. 이러구러 밤이 깊어서 바닷가로 부두를 향하고 내려갔습니다. 때는 열한 시, 나는 십 원짜리를 내어주고 표를 살 때 등 뒤에서, "이놈" 하는 듯하였습니다. 마치 도적질한 돈을 남몰래 쓰는 것 같았습니다. 그 돈은 그날 면소에서 월급 받은 돈인데 모두 십팔 원이었습니다. 있는 놈의 하룻밤 술값도 못 될 것이지만 그때 우리 집에는 큰 돈이라 어머니는 월급날을 손꼽아 기다리셨습니다. 그러는 어머니를 속이고 내가 노자로 쓰는 것을 생각하는 때에 어찌 맘이 편하였겠습니까?

"아이구 애야! 네가 왜 그러니? 응, 흑…… 나를 버리구 가면 나는 어쩌라니? 차라리 나를 이 바다에 차넣고 가거라!"

나는 배에 오르는 때에 어머니가 이렇게 통곡을 하시면서 쫓아오시는 것 같았습니다. 이렇게 괴로운 중에도 서울을 인제 구경하나 보다 하니 뛸 듯이 기뻤습니다. 이까짓 서울이 왜 그리도 그립던지? 어째서 서울로 오고 싶던지? 오늘날 생각하면 그것도 소위 도회 중심의 문명사상에 유인된 것이나 아니었던가 싶습니다. 내남 할 것 없이 이리하여 도회에 모여드나 봅니다. 왜 나는 농촌에서 나서 아무것도 배우지 말고 농사만 배우지 못하였던고 하는 생각도 없지 않으나 형님을 생각하면 그것도 얼없는 생각으로 믿어집니다.

형님,

형님은 농사를 질 줄 모르셔서 도회로 돌아다니게 되었습니까? 또는 도회가 그리워서 도회처를 찾아다니십니까? 형님같이 농촌을 사랑하고 형님같이 농사를 잘하시는 이는 드물 것입니다마는 땅이 없으니 노동을 따르는 것이요, 노동은 도회에 있는 것이니 하는 수 없이 도회에 모이어들게 되는 것입니다. 그런대로 도회가 잘 받아주었으면 좋으련만 직업난과 생활난은 그네들을 도로 쫓아내게 됩니다.

그러나 더 갈 데 없는 그네들은 어찌하오리까. 여기서 차마 인간성으로는 하지 못할 가지각색의 현상이 폭발되는 것입니다. 그러나 이 폭발은 인간으로 인간의 참다운 생활을 찾으려는 현상인 것은 부인할 수 없는 것입니다.

3

형님,

떠나던 날 밤에 배 속에서 어머니에게 글월을 드리고 그 이튿날 원산 내려서 기차로 서울에 왔습니다. 배 속과 기차 속에서 새로운 산천을 볼 때 기쁜 듯도 하고 슬픈 듯도 하여 뒤숭숭한 맘을 금할 수 없었습니다. 더구나 언뜻언뜻 어머니의 울음소리가 귓가에 도는 것 같아서 남모르게 가슴을 쓸었습니다. 그러다가 남대문역에 내려서 전차에 오르니 모든 것이 어리둥절하였습니다. 같이 오는 친구는,

"저것이 남대문, 저것이 남산, 저리로 가면 본정— 진고개, 예가 조선은행."

하고 가르쳐주는 때에 나는 호기심이 나서 슬금슬금 보면서도 곁의 사람의 눈치를 보지 않을 수 없었습니다.

"아 여보, 여태껏 서울을 못 보았소?"

하고 핀잔을 주는 듯해서 일종의 모욕을 느끼었습니다. 그러나 애써 가르쳐주는 친구를 나무란다는 것은 천부당만부당한 일이라 그저 꿀꺽

참고 있었습니다.

서울 들어서던 날 나는 하숙을 계동 막바지 어떤 학생 하숙에 정하였습니다. 구린내 나던 그 하숙 장맛은 지금도 혀끝에 남아 있습니다.

하루가 지나고 이틀이 지나서 차츰 서울의 내막을 보는 때에 나는 비로소 내 상상과는 아주 딴판인 것을 발견하였습니다. 제일 눈에 서투른 것은 '할멈' 과 '거지' 였습니다.

형님,

우리 함경도에야 어디 거지가 있습니까? 또 할멈도 없는 것입니다. 그런데 서울에는 골목골목이 거지여서 나같이 헐벗은 사람은 괜찮지만 양복 조각이나 입은 신사는 그 거지 성화에 길을 갈 수 없습니다. 그리고 할멈이라는 것은 계집 하인인데 늙은것은 '할멈' 이요, 젊은것은 '어멈' 이라 하여 꼭 하대를 합니다. 소위 자유와 평등을 주장한다는 이들도 이렇게 하인을 두고 애, 재 하대를 합니다. 나는 그것을 볼 때면 어머니 생각이 불현듯 났습니다. 우리 어머니도 할 수 할 수 없으면 그 모양이 될 것입니다. 그런 것 저런 것 생각하는 때에 어머니가 어떻게 생각나고, 또 그 할멈이 어떻게 가긍한지 나는 할멈이 내 방에 불 때러 오는 때마다 내가 대신 때어주고 또 할멈에게 절대 반말을 쓰지 않았습니다. 이렇게 며칠을 하였더니 하숙 주인이 나를 가리키면서,

"저게 함경도 상놈의 자식이야! 하는 수 없어, 제 버릇 개를 주겠나?"
하고 은근히 욕을 하더라고 같이 있는 학생이 이야기를 하였습니다.

그리고 할멈도, "서방님, 저 부엌 불도 좀 때주구려" 하고 반말하는 것이 어떻게 골나던지 그날로 주인과 할멈을 불러 놓고 한바탕 굴어 놓았습니다. 나는 지금 와서는 그것을 후회합니다. 그때 진정으로 그네를 불쌍히 여기는 생각이 내 가슴에 있었다면 나는 가만히 그 모든 모욕을

받아야 옳을 것입니다. 이렇게 해놓았더니 주인은 내게 빌려주었던 담요를 뺏어갈 뿐 아니라 밥값 독촉이 어떻게 심하여지는지 나중엔 내 편에서 화를 내고 야단을 친 일까지 있었습니다.

그때에 형님께도 편지로 여쭈었지만 올라오던 해 겨울은 한 절반 죽어서 지내었습니다. 가을에 입고 온 겹옷으로 이불 없이 지내는데 밤이면 자지 못하고 마당에 나가서 뛰어다닌 일까지 있었습니다. 몹시 추워서 몸이 조여들다가도 한바탕 뛰고 나면 후끈후끈하여졌습니다. 그것을 그때 하숙에 같이 있는 속 모르는 친구들은 위생을 한다고 비웃었습니다.

형님,

이렇게 괴로운 가운데서도, '이미 집을 떠났으니 몸 성히 잘 있거라' 하는 어머니의 편지와, '어머니는 내가 모시고 있으니 너는 걱정 말고 맘대로 하여라' 하는 형님의 글을 받으면 모든 괴로움이 스러지고 용기가 한층 났습니다. 그러나 밥값 얻을 구멍은 없고 배는 고프고 등은 시리고— 이렇게 되니 어느 겨를에 공부를 하겠습니까? 이때 내 가슴에는 집에 있을 때보다 더 큰 고민이 일어났습니다. 고민에 고민을 쌓다가도 밖에 나서면 하늘과 땅은 진흙물을 풀어 놓은 듯이 누렇게 보이었습니다.

옛적에 어떤 분이 반딧불에 공부를 하고 어떤 분은 공부에 취하여 배고픈 것을 잊었다 하지만, 나는 춥고 배고픈 때면 책을 들 수 없었습니다. 그런 때마다, '이것은 내 정성의 부족이다' 하는 생각으로 다시 책을 들고 붓을 잡았으나 창틈으로 들어오는 바람은 뼛속에 사무치고 오장은 빼인 듯이 가슴과 뱃속이 휑하여 기운이 나지 않았습니다.

이렇게 그해 겨울을 보내고 이듬해 봄에 이르러서 어떤 잡지사에 들어가서 원고도 모으고 교정도 보게 된 뒤로는 생활이 좀 편하였으나, 그때는 또 일에 몰리어서 공부할 여가가 없었습니다. 집에서 떠날 때에는 아무쪼록 학교에 입학하여 체계 있게 공부를 하려고 하였으나, 그것은 유한계급에 처한 이로서 할 일이요, 우리 같은 사람으로는 할 일이 아니라는 느낌을 받았습니다. 이렇게 생각한 뒤로부터 나는 여가 있는 대로 책이 손에 닥치는 대로 가리지 않고 읽었습니다마는 그것조차도 자유롭지는 못하였습니다.

이리하는 새에 문인들과 사귀게 되고 소설을 써서 잡지에 실리게 되었습니다. 처음 문인을 사귀게 되고, 다음 소설을 쓰게 되고, 다음 그 쓴 것이 잡지에 실리게 된 때는 참으로 기뻤습니다. 지금은 그것이 우습고 그러한 생활에 애착을 잃었지만, 그 당시에는 어떻게 기쁜지 바로 대가大家나 되는 것 같았습니다. 그뿐만 아니라 차츰 글을 많이 쓰게 되고 문단에 출입이 잦게 되면서 여러 문인들과 같이 어떤 신문사 어떤 잡지사의 초대를 받아서 영도사나 명월관이나 식도원 같은 데 가서 평생 못 먹던 음식상도 대하여 보고 차마 쳐다도 못 보던 기생의 웃음도 받게 되니 그만 어깨가 와짝 올라가는 것 같았습니다. 그러나 좋은 음식을 대하는 때마다 어머니 생각에 목이 메었습니다.

형님,

사람은 이리하여 허영에 뜨는 것이라고 믿습니다. 이렇게 되면서부터 나는 은근히 몸치장을 시작하였습니다. 머리도 자주 깎고 싶고, 손길도 주물러 보고, 옷도 깨끗하게 입으려고 하였습니다. 그러나 그 모든 요구를 채울 만한 요소인 돈이 어디서 나겠습니까. 이것도 한 번민거리가 되었으나 간간이 눈앞에 떠오르는 어머니의 낯은 그 모든 유혹을 물리치게 하였습니다.

'응, 내가 허영에 빠지나. 나는 안일을 구할 때가 아니다. 오직 목적을 향하고 모든 것을 돌보지 말아야.'

이렇게 생각하면 모든 공상이 스르르 사라지는 것 같으면서도 길에 나서면 먼저 옷에 맘이 가고 누구를 대하면 나는 글 쓰는 사람이다 하는 맘이 일어났습니다. 모든 유혹은 좀처럼 물러가지 않았습니다. 이리하여 유혹을 배척하는 맘과 그 맘을 먹으려는 유혹은 서로 가슴속에서 괴롭게 싸웠습니다. 여쭙기 황송한 말씀이오나 이때에 나는 비로소 연애의 맛도 보았습니다. 그것은 나와 친한 김군의 고향에서 온 여자인데, 그때 열아홉이었습니다. 그리 미인은 아니나 동그스름한 얼굴 윤곽과 어글어글한 눈길은 맘에 들었습니다.

"이이는 소설 쓰시는 변기운 씨(내 이름)."

"이이는 ××유치원에 계신 정인숙 씨."

하는 김군의 소개로 인숙이를 본 뒤로 나는 은근히 맘이 끌리었습니다. 그 뒤에 나는 김군을 만나서,

"여보게, 그 인숙 씨가 그저 서울 있나?"

하였더니,

"왜 자네 생각 있나? 둘이 단란한 가정을 이루도록 내가 중매함세" 하고 김군은 웃었습니다. 행이든지 불행이든지 이것이 참말이 되어 인숙이와 나 사이에는 소위 연애가 성립되었습니다. 연애란 참말 신비스러운 것이라고 믿습니다. 아무리 생각해 보아야 어떻게 해서 만났던지 그 만나던 장면은 아주 꿈같아서 무어라 말할 수 없습니다. 형님께서는 잘 모르시겠지마는 지금 청춘남녀로서는 아마 거지반 연애의 맛을 보았을 것입니다. 그런데 물어보면 다 신비한 꿈같아서 무어라 말할 수 없다고 합니다. 그리고 지금 생각하면 쓰디쓴 그 연애가 그때에는 어찌도 달던지, 나는 그 단맛에 취하여 어쩔 줄을 몰랐습니다. 연애에 익숙

지 못한 나는 그때 거기 빠져서 헤엄칠 줄 모르는 까닭에 욕을 단단히 보았습니다.

'늙은 어머니를 버리고 나선 내게 연애가 무슨 상관이냐? 내게는 할 일이 많은데……' 이렇게 하루도 몇 십 번씩 생각하고 끊으려 하면서도 인숙의 웃음에 끌리었습니다. 이렇게 되면서부터 나는 모양을 더 내고 싶었습니다. 땟국이 흐르는 두루마기를 입고 어떤 '세비로' 신사와 가지런히 섰다가 인숙의 눈에 뜨이게 되면 내 눈은 신사의 세비로와 내 의복에 가서 두 어깨가 축 처지고, 온몸이 땅에 잦아드는 것 같은 동시에, "아 당신 같은 이쁜 이가 이런 거지와 사랑을……" 하고 신사가 모욕이나 주는 것 같아서 더욱 불쾌하였습니다. 이러한 생각이 드는 때마다 인숙이 보기가 어떻게 열없고 부끄러운지 알 수 없었습니다. 그래서 어떤 때에는 인숙에게 그런 하정을 하였습니다.

"그까짓 돈이 다 뭐요. 정으로 살지."

내가 하정을 아뢰는 때마다 인숙이는 이렇게 말하였습니다. 이러한 대답을 듣는 때마다 나는 행복을 느끼었고 동시에 더욱 죄송하였습니다. 그러나 인숙이가 피아노를 사들이고 비단으로 몸을 휘휘 감아서 극도의 사치를 하는 것이 내 맘에는 들지 않았습니다. 나와는 영영 타협이 될 것 같지 않았습니다. 그때는 잡지사가 쓰러져서 나의 행색은 더욱 초초한 때이라 그런 생각이 더욱 났습니다.

참말로 내 상상은 틀리지 않았습니다. 내가 잡지사에서 나와서 두 달 되던 때— 즉 계해년 봄이었습니다. 하루는 인숙이를 찾아가니, "그저께 주인을 옮기었는데 알 수 없어요" 하고 주인이 말하기에 의심을 품고 돌아와서 뒤숭숭한 맘을 금치 못하였습니다. 그때는 한창 밥값에 쪼들리어서 원고를 팔려고 애쓴 때이라 그 때문에 어물어물 사흘이나 보내고 나흘 되던 날 어떤 친구에게서 들으니 인숙이는 나를 소개하던 김군과 어쩌구저쩌구 해서 벌써 임신한 지 삼사 개월이나 되었다고 하였습니다. 나는 자리에서 그 연놈을 찾아 칼로 찔러 놓고 싶었으나, '일없는 생각이다. 그와 나와 영원히 타협도 되지 않으려니와 버리는 자를 쫓아가면 뭘 하며 죽일 권리가 어디 있나?' 하며 나의 가난한 처지를 나무라고 단념하는 동시에 비로소 여자의 심리도 보았습니다. 그리고 소위 친하던 사람의 뱃속도 알게 되었습니다.

'내게는 큰 목적이 있다. 연애에 상심할 때가 아니다.'

그래도 애틋한 생각이 있는 나는 이렇게 스스로 억지의 위로를 하였습니다. 조금도 속임 없이 말씀한다면 그때에 내가 그만하고 만 것은 배가 너무도 고픈 때문이었겠습니다. 밥값 변통에 눈코를 못 뜨게 된 나는 연애 지상주의자에게는 미안한 말씀이오나 거기만 모든 힘을 바치게 못 되었습니다. 그 다음부터는 원고 쓰기에 눈코를 못 떴습니다. 얼마 되지 않는 원고료나마 그때 내 생활에는 없지 못할 것이요, 또 잘잘못 간에 배운 재주가 그것뿐이니 그것밖에 무엇을 하겠습니까.

나는 원고를 썼습니다. 써서는 잡지사와 신문사에 보내었습니다. 보낸 뒤에 창피한 꼴이야 어찌 일일이 말씀하오리까? 처음 써달라는 때에는 별별 아첨을 다하여 가져가고는 배를 툭툭 튀기면서 똥값만도 못한 원고료나마 질질 끌다가 그것도 바로 주지 않습니다. 그것을 가지고 싸울 수도 없어서 혼자 애를 태우고 혼자 분개합니다. 다소간 잘 주는 데가 없지는 않았으나 그런 데는 번번이 보내기도 미안한 일이었습니다. 그것도 나 혼자면 모르지만 거개가 그 원고료를 바라는 친구들이라 잡지사에선 어찌 일일이 수응하겠습니까? 그때도 이때와 같이 잡지 경영 곤란은 막심한 때였습니다. 이렇게 순전히 어떠한 예술적 충동은 돌볼 사이가 없이 영리 본위로 쓰게 되니 돈을 생각하는 때마다 원고를 생각하였습니다. 그래서 나오지도 않는 정을 억지로 빡빡 긁어서 질질 썼습니다. 이 고통은 여간 크지 않았습니다. 내 눈에는 번연히 못 쓰겠다고 보이는 것을 질질 쓰다가도 차마 양심에 그럴 수가 없어서,

"엑 그만둬라" 하면서 붓을 던지고 원고를 찢어버린 적도 한두 번이 아닙니다. 그러다가도 '내달 밥값'을 생각하는 때면 울면서 겨자 먹기로 붓을 잡게 되었습니다. 쓰기는 써야 하겠고 나오지는 않고 화는 나고 하여 어떤 때는 공연히 내 머리를 잡아 뜯는 때도 많았습니다.

또 그때는 글의 잘되고 못된 것으로 고료를 정치 않고 페이지 수로 따지는 때라 산만하여 줄이고 싶은 것도 그놈의 고료가 줄까 봐서 그대로 보내었습니다. 이리하여 점점 타락하였고 또 아무 공부도 없이 쓰니 무슨 신통한 소리가 나오겠습니까. 그러나 그렇게 지내니 공부할 맘은 태산 같으면서도 못 하였습니다. 나중에 소위 절개까지 변하게 되었습니다. 나와 주의주장이 틀린 어떤 단체나 개인의 기관지에 절대 쓰지 않는다던 맹세도 변하여, "쓴다. 어디든지 쓴다. 돈만 주면 쓴다" 하게 되었습니다. 이렇게 되니 친구들께서 욕먹게 되는 것도 물론이거니와 그래도 남아 있는 양심의 고통은 나날이 컸습니다. 어떤 잡지나 어떤 신문의 태도가 미워도 원고 팔기 위하여 꿀꺽 참았습니다. 그 참는 고통은 참으로 큰 것이었습니다. 나는 이때에 맘에 없는 글을 쓴 것은 물론이요, 맘에 없는 웃음도 웃어보았습니다. 나의 작품이 상품으로 변하는 것은 벌써부터 느낀 바이지만, 차츰 나의 태도를 반성할 때 신마치新町의 매춘부를 생각 아니치 못하였습니다. 누가 매춘부 되기를 소원하겠습니까마는 생활의 위협은 그녀로 하여금 그러한 구멍으로 들어가게 만듭니다. 그와 같이 나도—나의 예술도 매춘부가 된다는 생각을 하게 되었습니다. 생각이 이에까지만 이르고 말았으면 문제가 없겠는데, 그렇지 않고 한걸음 더 나아가서, '그러나 그녀— 매춘부들은 이런 것 저런 것 의식지 못하고 그렇게 되니 용서할 점이 있다만 너(나)는 그런 것

저런 것 다 의식하면서 차마 그 일을 하느냐?' 하는 생각이 머리를 쳐서 더욱 괴로웠습니다. 이렇게 곰곰이 생각하던 끝에 나는 ××주의의 행동에 크게 공명이 되었습니다. 내게 ××주의적 사상이 완연히 머리를 든 것은 이때요, 내 발길이 ××주의 단체에 드나들게 된 것도 이때입니다. 나는 처음에 이삼 일 안으로 이상적 사회나 건설할 듯이 만장 기염을 토하고 다니었으나, 그것도 하루나 이틀에 될 일이 아니라는 것을 생각하는 때에 내 기염은 차차 머리를 숙였습니다. 머리 숙였다는 것은 절망이라는 것이 아니라 먼저 모든 방법을 세워야 할 것이요, 방법을 세우는 동안의 밥은 먹어야 하리라는 생각이 머리를 친 까닭이었습니다.

형님,

이리하여 나는 다시 그전부터 구하던 직업을 또 하나 구하였습니다. 여기 가 비위를 쓰고 저기 가서 비위를 부리면서 소개도 얻고 직접 말도 하여 어느 신문 기자나 한 자리 하여볼까 했습니다. 그러나 어디 졸업이라는 간판과 튼튼한 배경이 없는 나는 실패에 돌아가지 않을 수 없었습니다. 그때에도 지금과 같이 신문 기자 후보자가 여간 많지 않아서 어떤 이는 어떤 신문사와 잡지사 사장과 편집국장에게 뇌물을 산더미같이 들이는 것을 본 일이 있었습니다.

그러한 판인데 뇌물 없는 내가 어떻게 발을 붙이겠습니까? 더구나 그때나 이때나 뇌물 들일 만한 여력이 있으면 내가 먹고 있겠습니다. 나는 이러한 꼴—소위 민중의 공기요 대변자라는 한 신문사의 내막에 잠긴 추태를 볼 때 이 세상이 싫어지고 미워지고 부숴버리고 싶었습니다. 나중은 혼자 화에 신문사 잡지사의 추태를 욕하다가도, "모두 내 잘못이다. 내게 과연 뛰어난 학식이 있다 하면 내가 애쓰기 전에 그네가 찾을 것이다. 나부터 닦자" 하고 모든 것을 나의 학식 없는 탓으로 돌리었고, 따라서 학식을 닦으려고 하였습니다. 그러나 또 문제는 학식 닦는 것입니다. 무슨 여유로 학식을 닦습니까? 이렇게 민민히 지내던 끝에 나는 모든 것을 버리고 농촌으로 돌아가려고 하였습니다. 그러나 농촌에 간대야 땅 한 평도 없고 농사 지을 줄도 모르는 내 힘을 생각하면 그 것도 공상이었습니다.

'엑 아무 데서나 똥통이라도 메지!'

이렇게까지 생각하면서도 그저 맘 한귀퉁이에 남은 허영과 체면은 얼른 그것을 허락지 않고 행여나 하는 희망으로 다시 어느 신문사 기자로 운동하리라 하였습니다. 이렇게 어물어물하고 일년이나 지내던 판에 어머니의 흉음凶音을 받았습니다.

4

형님,

지금도 그때가 잊혀지지 않습니다. 그것이 작년 이월 초사흗날 아침이었습니다. 그때에도 직업 운동을 나가던 판인데,

'모주 작고母主 作故'라는 형님의 전보를 받았습니다. 날이 가고 가서 이렇게 되면서는 설움이 점점 커지는데, 그때에는 슬픈지 원통한지 그저 어리벙벙해서 어쩔 줄을 몰랐습니다. 멀거니 꿈꾸듯 섰다가 무심한 태도로 하숙을 나섰습니다. 지금 생각하면 그때 너무도 놀라서 온 신경이 마비가 되었던 것이라고 생각합니다. 나는 그렇게 하숙을 나서서 종로로 나가다가 차츰 정신이 들고 설움이 북받치어 하숙에 돌아가 울었습니다. 전보 받은 이튿날 형님의 친필을 받고서는 어쩔 줄을 몰랐습니다.

278

전보를 받고 얼마나 우니?

어머니는 가셨다. 어머니는 영영 가셨다. 어머니는 가시는 때에 너를 수십 번 부르셨다. 어머니가 그렇게 쉽게 가실 줄 몰랐다. 사흘 동안이나 머리가 아프시고 가슴이 울렁거리신다고 하시면서 음식도 잡숫지 않고 누워 계시다가 나흘 되던 날 아침에 갑자기 피를 토하시고 가슴을 치시면서 너를 자꾸 부르시다가 돌아가셨다.

이렇게 급히 가시게 되어서 네게 편지도 못 하였다. 그럴 줄 알았더라면 네게 미리 통지나 하여 임종에 뵙게 할 것을 미련한 형은 천고의 스러지지 못할 한을 어머니와 네 가슴에 박았구나.

나는 이러한 형님의 편지를 읽고 나서 천지가 아찔하였습니다. 온몸의 피가 모두 심장에 엉켜들어서 심장이 터지고 목구멍이 메는 듯하고 어떻게 죄송한지 어머니의 무덤에라도 달려가서, "어머니, 어머니, 이 불효자식을 죽여줍시오" 하고 싶었으나 그것도 못 하였습니다.

어머니께서는 나 때문에 돌아가셨습니다. 이 불효자식이 여북 보고 싶었으면 임종까지 부르셨겠습니까? 나는 차마 입이 떨어지지 않아서 이런 말씀 저런 설움을 여쭐 수 없습니다. 형님이 깊이 통촉하실 줄 믿습니다. 그 뒤로부터 세상에 대한 나의 원망은 더 커졌습니다. 내게 어찌 원망이 없겠습니까? 죽고 사는 것은 자연이라 누가 막으리요마는 그래도 이러한 변태적 사회에 나지 않았다면 왜 어머니가 그렇게 돌아가셨으며 내가 이렇게 못 할 짓을 하였겠습니까?

나는 차마 하늘이 보기 무서워서 몇 번이나 죽으려고 한강까지 갔다 오고 칼을 빼어 들었다가도 이 세상이 어찌 되는 것을 보려고 단념했습니다. 내가 죽으면 소용 있습니까? 내가 죽어도 이 세상은 세상대로 있을 것이요, 나의 지내온 사실은 사실대로 남아 있을 것입니다. 또 내 한 몸이 없어졌다고 누가 코나 찡그리겠습니까.

'세상에는 나밖에 믿을 놈이 없다.' 이때부터 나는 이러한 느낌을 절실히 받았습니다. 모두 그러한 꼴인데 언제 나의 일을 생각하겠습니까. 세상은 비웃을 줄은 알아도 건져주고 도와줄 줄은 모릅니다. 어제는 영화를 누리다가 오늘날 똥통을 멘다고 비웃기는 하지만 도울 줄은 모릅니다. 또한 똥통을 멘다고 그 인격에 손상이 생길 리도 없는 것입니다. 모두 탈을 못 벗은 까닭에 이리저리 끌리는 것입니다.

나는 이에 비로소 꽉 결심하고 이 구둣짐을 졌습니다. 갓바치 노릇을 하였습니다. 그렇게 결심하였건마는 처음 구둣짐을 지고 거리에 나서니 길가의 흙까지 비웃는 듯하였습니다. 친구들의 낯이 먼 데 보이면 슬그머니 피하여졌습니다. 참 습관이란 그처럼 벗기가 어려운 것이었습니다.

'흥, 그네가 나를 비웃으면 나를 먹이어 줄 테냐? 또 내가 이것을 졌다고 내 인격에 흠이 생기나?' 이렇게 스스로 가다듬으면서 오늘날까지 내려왔습니다. 예전날 생활과 오늘날 생활을 비교하는 때마다 나는 벌써 왜 이런 일을 못 하였던고 하는 후회가 납니다. 참 편합니다.

신사니, 양복이니, 구두니, 안경이니, 명예니 하는 것이 참으로 사람을 죽인다는 것을 절실히 느낍니다.

형님,

그러나 나의 노래를. "구두 곤칩시오! 구두 약칠합시오" 하는 이 갓바치의 노래를 참으로 편한 신세를 읊조리는 소리로는 듣지 마시기를 바랍니다. 동시에 내가 이러한 생활을 한다고 타락이라고도 생각지 마소서.

"언제나 너도 남과 같이 군수나 교사나……" 하시던 형님의 맘에는 퍽 못마땅하게 생각되시겠지만, 나는 그런 허위의 생활과 취한 생활은 하고 싶지 않습니다.

세상은 그것을 편하다 하지만 내게는 그것이 편한 것이 아니요, 그네들도 그것을 최대 이상으로 여기지만 그것은 아직도 배고픈 설움을 몰라서 하는 수작이라고 믿습니다.

또 나는 안일을 구할 만한 권리도 없습니다. 어머니는 그렇게 돌아가셨는데 내가 어찌 안일을 구하겠습니까. 하루라도 살아서 하늘 보는 것까지 황송합니다마는 나는 하루라도 살기는 더 살려고 합니다.

내가 갖바치 된 것도 그 때문이니 하루라도 이 목숨을 더 늘리려고 하는 까닭입니다. 이 목숨이 하루라도 더 붙어 있으면 그만큼 이 두 눈은 이 세상이 되어가는 꼴을 똑똑히 볼 것이요. 이 팔과 다리는 하루라도 더 싸워줄 것입니다.

형님,

이제 어머니의 원혼을 위로하고 내 원한을 풀 길은 이밖에 없습니다. 이러므로 형님의 따뜻한 맘과 아주머니의 두터운 정과 용손의 순진한 뜻을 못 받는 것입니다. 그것을 못 받는 내 가슴은 더욱 찢깁니다. 형님은 진정으로 나를 위하시는 형님이요, 내게는 오직 형님 한 분이시라 어찌 형님의 말씀을 귀 밖으로 듣겠습니까. 형님께서는―이제 이 옛날의 생활을 전멸하고 새 생활을 맞는 나의 전아사餞迓辭를 보시고 모든 의심을 푸실 줄 믿습니다.

갈등

갈등
—모 지식계급의 수기

봄날같이 따스하고 털자리같이 푸근한 기분을 주던 이른 겨울 어떤 날 오후였다. 일주일 전에 우리 집에서 떠나간 어멈의 엽서를 받았다.

이날 오후에 사에서 나오니 문간에 배달부가 금방 뿌리고 간 듯한 편지 석 장이 놓였는데 두 장은 봉서封書였고 한 장은 엽서였다. 봉서 중 한 장은 동경 있는 어떤 친구의 글씨였고, 한 장은 내 손을 거쳐서 어떤 친구에게 전하라는 가서였다. 나머지 엽서 한 장은 내 눈에 대단히 서투른 글씨였다. 수신인란에 '경성 화동 백 번지 박춘식 씨京城花洞百番地朴春植氏'라고 내 이름과 주소 쓴 것을 보아서는 내게 온 것이 분명한데 끝이 무딘 모필에 잘 갈지도 않은 수묵을 찍어서 겨우 성자成字한 글씨는 보두룩새 서툴렀다.

나는 이 순간 묵은 기억을 밟다가 문득 머리를 지나는 어떤 생각에 나로도 알 수 없는 냉소와 같이 엷은 불쾌한 감정을 느끼면서 발신인란을 다시 자세히 보았다.

그것은 벌써 일 년이나 끌어오면서 한 달에 한두 장씩 받는 어떤 빚쟁이의 독촉 엽서 글씨가 지금 이 엽서 글씨와 같이 서투른 솜씨인 까닭이었다.

—함북 ××읍내 김씨방 홍성녀咸北××邑內金氏方洪姓女—

이것이 발신인의 주소와 성명이었다. 이것을 본 나는 직각적으로 그 누구에게서 온 편지인 것을 느끼는 동시에, 이 편지와는 사촌 격도 안 되는 편지를 생각하고 불쾌를 느끼면서 혼자 말초신경 쓰던 것을 내 스스로 입술을 살그니 물면서 찬 웃음을 치지 않을 수 없었다.

"여보, 시골 간 어멈이 편지했구려!"

나는 좀 반가운 음성으로 곁에선 아내를 보면서 뇌고 다시 엽서에 눈을 주었다.

내손에 쥔 엽서는 어느새 뒤집혔다.

"응, 어멈이 편지했소!"

아내의 목소리는 의외의 사람에게서 의외의 반가운 소식이나 받은 듯이 기쁘게 가늘게 떨렸다. 나는 그 말대답은 하지 않고 편지 사연을 읽었다. 아내도 부드러운 시선을 고요히 편지에 던졌다. 이래서 두 사람의 네 눈은 소리 없이 편지를 읽었다. 사연은 극히 간단하였다.

　　서방님, 기체 안녕하십니까. 아씨도 안녕하신지요. 어린 애기는 소녀
　가 떠날 때에 몹시 앓더니 지금은 다 나았는지 알고자 합니다. 소녀는
　서방님이 지도하신 덕택으로 무사히 와서 잘 있습니다. 이곳 댁도 다
　안녕합니다. 소녀의 손으로 쓰지 못하는 글이 되와 이렇게 문안이 늦었
　사오니 용서하옵시고 내내 서방님 내외분 기체 안강하옵소서. 끝으로
　대단 황송하오나 어린 애기의 병이 어떤지 알게 하여주옵소서.

이것이 그 사연의 전부였다. 역시 무딘 붓에 수묵을 찍어 쓴 서투른 글씨였다. 그것도 잘게 쓰느라고 어떤 자는 획과 획이 어우러져서 '사' 자인지 '자' 자인지 알기 어려운 자도 있었다. 토는 물론 틀린 것이 많았다. 이것을 읽은 내 가슴에는 엷은 애수의 안개 같은 구름이 가볍게 돌

왔다. 거친 겨울이건만 이날은 아침부터 봄같이 따스해서 설면자 같은 기분이 사람의 혈관을 찌르는 탓도 없지 않아 있겠지만, 그 엽서 한 장이 내게 던지는 기분은 부드럽고 가볍고 불쾌가 없는 엷은 동정의 애수였다.

그는 나와 무슨 인연이 있었던가? 그는 '어멈', 나는 '상전'으로 이생에서 다만 며칠이나마 부리고 부리지 않으면 안 될 무슨 업원이 전생에 얽히었던가? 사람들은 모든 것을 자기 손으로 지어놓고 그에 대한 찬사랄까 그에 대한 허물이랄까를 업원이니 인연이니 하여 전생후생으로 돌리려고 하는 것이다.

나는 그를 보낸 뒤에 나뿐만 아니라 우리 식구들은 전부가 어멈의 이야기를 두어 번 하였으나 그것은 한 지나치는 심심풀이에 지나지 않았었다. 그에게서 편지가 오리라고는 물론 꿈도 꾸지 않았던 바이었다. 그렇던 '어멈'에게서 편지가 왔다. 그와 나와 아주 관계를 끊어버린 오늘까지도 그는 역시 내게 보내는 글을 '상전'에게 올리는 글이나 마찬가지로 황송스럽게 공손히 썼다. 더구나 어린것의 병을 끝까지 물은 것을 읽는 때, 또 읽고 나서 다시 생각하는 때, 내 가슴에 피어오르던 엷은 안개는 맑은 물에 떨어진 쌀뜨물같이 점점 무게를 더하여 피부에 스며들었다. 나는 새삼스럽게 '어멈'에게 대해서 일종의 동정적 측은한 정을 느꼈다. 호랑이도 제 새끼를 귀엽다면 물지 않는다는 말과 같이 나도 내 아들을 귀여워하고 내 몸을 상전같이 받들어주는 까닭에 밉던 '어멈'이 불시로 고와지고 측은히 여겨졌는가?

그런 것은 아니다. 물론 이때의 내 심리를, 중산계급에서 방황하는 내 심리를 예리한 해부도로 쪼갠다면 그 속에는 자기 찬사에 대한 기쁨, 또는 그 기쁨으로 말미암아 나오는 찬사 드린 이에게 보내어지는 동정이 다소 있을 것은 사실일 것이다. 그러나 그것보다도 지금의 내 맘을 지배하는바 그 동정, 그 측은은 그의 질소한 성격, 순박한 마음에 대한 그것이요, 그 마음 그 성격이 그 마음 그 성격과는 아주 반대되는 환경의 거친 물결에 찢기고 찢겨서 아름답고 부드러운 그 성격의 올올은 나날이 거칠어가건만 그것을 의식지 못하고 오히려 모든 것을 믿고 받드는 어린 양 같은 철없는 '어멈'에 대해서 사람으로서 누구나 가지게 되는 동정이요, 측은지심일 것이다. 만일 그와 처지를 같이한 이가 이 모든 것을 보았다면 그에게는 동정과 측은 외에 다른 계급적 의분까지 끓었을 것이다.

"서방님, 안녕히 계십시오!"

그에게 자리를 잡아주고 차에서 뛰어내리는 내 등 뒤에서 마지막 지르는 그의 떨리던 가는 목소리가 다시금 들리는 것 같다. 그 서투른 글씨조차 순박한 그가 조심조심 쓴 것 같이 느껴져서 깨끗한 시골 처녀의 글씨에서 받는 듯한 따분하고 부드럽고 경건한 감촉이 내 손가락 끝을 통해서 내 온몸에 미약한 전력같이 퍼지었다.

나는 저녁연기가 마루에 어리는 것도 깨닫지 못하고 황혼 빛이 내리 덮이는 마루에 걸터앉은 채 머리 속에 떠오르는 지나간 날의 기억을 한 가지 두 가지 고요한 속에서 뒤졌다.

*

그 어멈이 우리 집에서 떠나간 것은 바로 전주일 금요일이었다.

우리 집에서 '어멈'을 부리기 시작한 것은 금년 늦은 가을부터였다. 처음 혼인하고 두 양주만 살 때에는 '어멈'이라는 것은 꿈에도 생각지 않았었다. 생각한대야 그때는 처음보다 수입이 적은 때라 소용도 없는 일이지만 예산이 넉넉하다 하더라도 '어멈'이란 듣도 보도 못하던 곳에서 잔뼈가 굵은 나로서는 '어멈' 부리기가 거북스러웠다. 내게 아무러한 의식이 없더라도 20여 년이나 물젖은 인습과 관념을 벗으려면 힘이 들 터인데 나는 행이든지 불행이든지 자연주의 개인사상에 감염이 되어서 내 팔과 내 다리의 힘이 미칠 수 있는 것은 남의 힘을 빌지 않으려고 노력한 것도 어느새 나의 한 철학이 되어서 내 생활을 지배하게 되었다. 드러내놓고 말이지 나는 오늘까지도 제가 씻은 세숫물까지 남의 손을 빌려서 하수구 구멍에 버리려는 귀족적 자제들에게 호감을 가지지 못하였다. 그렇다고 내 자신은 절대 그렇지 않으냐 하면 그런 것도 아니다. 나는 하루도 몇 번씩 내 자신의 행동과 언어에서 그러한 귀족적 냄새를 맡는다. 그것은 내가 맡는다는 것보다도 맡아진다. 이 냄새가 내 코에 맡아지는 그 순간 나는 내 자신까지 얄밉게 생각된다. 이렇게 나는 모든 것을 객관적으로는 여지없이 보면서도 주관적으로는 나도 모르게 삼십 년 가까이 물젖어오는 내 계급의 인습과 관념에 끌린다. 내가 처음 '어멈'을 부리지 않은 것은 이러한 내 생활의 모순과 갈등도 그 한 원인이 되었을 것이다. 그것이 철저치는 못하나마……

또 어떤 때에는 '어멈'을 부려볼까 하는 생각이 나다가도 주인집의 궂은 소리 좋은 소리를 함부로 밖에 내는 그네의 입이 나의 생활의 저해물같이 느껴져서 그만 주춤해 버리고 만적도 많다. 제 허물을 모르는 세상 사람들은 내외간 살림에 무슨 비밀이 있으랴 생각하겠지만 밥은 굶어도 양복은 입어야 하고 의복을 전당에 넣어서라도 극장의 윗층을 잡고 앉아야 궁둥이가 편하듯이 (실상은 편한 것도 아니지만) 거드름 피우는 빤질빤질한 우리네 생활 속에 어찌 추태가 없기를 보증하랴. 이런 일 저런 일에 거리끼어서 어멈을 부리지 않고 지내는 동안에 우리 내외는 때로는 어멈아범이 되어서 아범이 불을 땔 때면 어멈이 밥을 안치었고 때로는 상전이 되어 유난히 빛나는 전깃불 아래 밥상을 가운데 놓고 마주앉아 젓가락질을 하였다. 이렇게 일 년 동안이나 끌어오는 때 도리어 그 속에서 일종 쾌락을 느꼈다.

"여보, 인제 겨울도 되고 김장도 해야 할 텐데 우리도 '어멈' 하나 부려볼까?"

이것은 작년 늦은 가을 어떤 날 내가 아내를 보고 한 말이었다. 그때부터 나는 여름보다 바빠서 조금도 거들어주지 못하고 빨래, 밥, 바느질, 다듬이, 심지어 쌀 사들이는 것까지 아내가 도맡아하게 되니 약한 몸에 병이나 나지 않을까 하는 걱정으로 아내의 동의만 있으면 어멈 하나 둘 생각도 없지 않아 있었고, 설령 못 두게 된대도 '아씨'에게 대한 '서방님'의 위로도 그저 있을 수 없어서 한 말이었다.

"별 말씀 다 하시우. 그럭저럭 지내지! 그런 돈 있으면 나 주시오. 따로 쓰게! 지금 바쁘지도 않은데……"

아내의 대답은 아주 그럴 듯하였다. 나는 정색으로 하는 이 대답을 믿었다. 어느 때나 변치 않으리라고……

그러나 모든 결심과 믿음은 머리를 숙이고야 말았다. 믿기도 어렵고 안 믿기도 어려운 것이 사람의 마음이다. 몽글린다면 강철 덩어리보다 더 굳세게 몽글리지만, 한번 풀리기 시작하면 계집애의 정조와 같은 것이다. 계집애의 정조란 처음 헐리기 어려운 것이지 한번 헐리면 뒤가 물러지는 것이다. 더구나 모든 생활조건이 결국은 사람의 마음을 정복하고야 마는 데야 어쩌랴. 처음은 '어멈'이라면 누대업원을 등에 짊어진 요마나 같이 싫어하던 우리의 마음은 어떤 아른한, 확실히 무어라고 집어서 말 못 할 기분과 또 바쁜 주위에 정복되고 말았다. 작년 겨울부터 금년 봄까지 우리 집에는 식구가 셋이나 더 불었다. 한 분은 팔을 못 쓰는 늙은이요, 하나는 중학교 다니는 계집애요, 또 하나는 남산같이 불러 올랐던 아내의 배가 김빠진 풋볼같이 스러지는 때에 빽빽 울고 나타난 '발가숭이'였다. 이렇게 되니 식소사번으로 손이 그립게 되었다. 그런 대로 지긋지긋 참다가 금년 가을부터 어멈을 두자는 어머니의 동의와 아내의 재청에 나도 이의가 없었다.

*

결의가 끝난 이튿날부터 아내는 그물을 늘이고 '어멈'을 골랐다.

—너무 젊으면 까불고 얄밉고, 너무 늙으면 몸을 아끼고 부리기가 괴란하니 젊지도 늙지도 않은 중늙은이가 좋을 것이다—

이것이 이웃집 여편네들 이야기인 동시에 아내의 어멈 고르는 표준이었다.

"우리 일갓집에 사람 하나 있는데 음식질도 얌전하고 사람도 무던하죠. 한번 불러다 보시죠" 하는 이웃집 아씨 혹은 침모, 혹은 어멈의 구두공천이 있는 때마다 보기를 원하면 그날 저녁 때나 그 이튿날 아침 때쯤 해서 '어멈' 당선에 응모자들은 소개인에게 끌려서 그 초췌한 모양을 우리 집 문간에 나타난다. 모두 뿌연 머리에 땟국이 흐르는 치마저고리다. 거개 법정에 선 죄수나 시험장에 들어온 어린 학생과 같이 장차 내릴 심판을 아심아심 죄여 기다리는 듯이 불안한…… 그리고 죄송스러우면서도 자기를 '써줍시사' 하는 듯한 으슥한 구름이 그 낯에 흐르는 것을 숨길 수 없었다. 그중에서도 가시 같은 상전의 눈앞에서 닳을 대로 닳은 것은 문간에 발을 들여 놓으면서부터 부엌 안방을 슬금슬금 디밀어보며 콧잔등에 파리나 기어오르는 듯이 듣기에도 어지러울 만큼 주인아씨 칭찬, 애기 칭찬에다 자화자찬까지 늘어놓으면서 천덕스러운 웃음을 아첨 비슷이 벙긋벙긋한다. 좀 수줍은 편은 명령 내리기만 기다리고 부끄러운지 몸을 가누지 못해 애쓰는 것이 역력히 보인다.

또 어떤 이는 주인아씨나 서방님이 뜰로 내려가면 마루 아래 섰다가도 가장 영리한 체 발을 돌려놓기도 하고 가까이 끄집어오기도 한다.

나는 이 모든 것을 보는 때마다 이마를 찌푸리지 아니치 못하였다. 어느 것 하나 내 마음을 흔들지 않는 것이 없었다. 나는 저리다고 할까 아프다고 할까 무어라고 꼭 집어 형용할 수 없는 쓰라림이 폐부에 스며드는 것을 느끼지 않을 수 없었다. 그 몰인격적이요, 굴종적이요, 아유적인 그네의 행동, 언어 표정, 웃음은 그네 외의 다른 사람으로서는 누가 보든지 상스럽고 얄밉게 보일 것이다. 하나 그네의 자신은 그것을 느끼지 못할 뿐만 아니라 그것이 도리어 그네의 실낱같은 목숨의 줄을 이어가는 유일한 무기가 될는지도 모른다. 우리가 그네의 무기를 상스럽게 보는 것은 우리의 윗 계급의 사람들이 우리의 무기를 비열히 보는 것이나 마찬가질 것이다. 나는 때때로 이 구구한 목숨을 보전하려고 돼지 목덜미같이 피둥피둥한 목덜미 앞에 쪼그리고 앉아서 마음에 없는 웃음을 웃고 마음에 없는 붓을 휘두르는 우리들의 그림자를 늘 본다. 그 속에는 내 자신의 그림자도 보이거니와 나는 그런 것을 느끼는 때마다 스스로 부끄럼과 분노에 끓어오르는 피를 억제치 못한다.

그러면서도 그 분노와 치욕을 씻지 못하는 우리들의 '삶' 까지 얄밉고 더럽다. 또 그러면서도 지긋지긋 의연히 그러한 무기를 부려 마지않듯이 그네들도 그 행동, 언어, 표정이 그네의 '삶' 을 옹호하는 무기일 것이다. 그 무기는 그네가 의식적으로 금시에 배운 것이 아니라 그 계급의 환경이 자연 그네를 그렇게 지배하였을 것이다. 그밖에 다른 도리는 그네의 환경이 허락지 않았으니까……

우리가 우리의 윗 계급의 눈 밖에 나듯이 그네는 우리의 눈 밖에 났다. 그것은 우리가 그네나 다같이 비열한 놈들이라는 조건하에서……

생각하면 같은 처지이건만 어찌하여 그네와 우리 사이에는 금이 그

어졌는가…… 우리는 어찌하여 그네를 괄시하는가. 오히려 우리네는 지식 계급이라는 간판 아래에서 갖은 화장과 장식으로써 세상을 속이지만 그네들은 표리를 꼭 같이 가지고 있지 않는가. 그것이 우리보다도 귀할는지 모른다. 나는 이러한 미적지근한 검은 구름에 머리를 쓰고 가슴을 만지면서도 모여들고 나가는 그 꼴을 그대로 보았다.

보지 않으면 금시로 어찌하랴? 이 금시로 어찌하랴 하는 것도 우리네의 일종 변명이거니 느끼면서도 나는 어쩔 수 없었다. 그렇게 된 지 사흘 뒤였다.

"오늘도 셋이나 왔겠지!"

요 이삼 일 간은 저녁상을 받는 때나 잠자리에 든 때에나 으레 어멈 용모의 경과 보고가 아내의 입을 거쳐서 내 귀에 들어온다. 이날도 사에서 늦게 나와 저녁상을 받는데 아내가 입을 열었다.

"여보, 그 어디 귀찮아 견디겠습디까?"

나는 밥을 씹으면서 괴로운 웃음을 지었다.

"그러게 낼부터는 오지 말라고 했어요. 오면 그저 나가오? 밥까지 먹고 가려고 드니……"

아내는 종알거렸다.

"그게사 배고프면 체면이 있니? 자식도 팔아먹는데…… 그런데 어멈 노릇을 하자는 게 어쩐게 그리도 많으냐?"

경험 없는 며느리의 철모르는 말을 나무람 비슷이 사투리 섞인 말로 뇌던 어머니의 말은 끝에 가서 모여드는 사람의 수효가 뜻밖이라는 탄식으로 마치었다.

'어멈'이란 어떤 것인지 듣도 보도 못하고 사람을 부리자면 구하고, 구해야 며칠에 겨우 구하나 마나하고, 부리면 적어도 한 달에 입 먹이고 옷 입히고 돈 십 원 주어야 하는 시골서 육십 평생을 보낸 어머니가 입이나 겨우 풀칠을 시키고 한 달에 삼 원이나 사 원 준다는데 하루도 서너 명은 들락날락하는 것을 보고 놀라는 것도 실직이란 게을러서 되는 줄로만 아는 그(어머니)에게 있어서는 당연한 일일 것이다.

"어머니는 그런 변을 처음 보시니 그러세요……"

"흥!"

아내의 말에 나도 코웃음을 쳤다.

"야 불쌍하더라. 행여나 해서 왔다가도 이 담에 쓰게 되면 알릴 테니 가 있으라고 하면 서글퍼하구 나가는 것이 세연한데……"

어머니는 물었던 장죽을 입술에 대고 낮의 광경이 보인다는 듯이 말하였다. 내 눈앞에는 그 스러지지 않는 그림자들이 또 떠올랐다. 이제나 저제나 죄이고 죄이는 가슴을 남몰래 마음의 손으로 내리쓸면서 아내의 입술을 바라보다가도, "가서 있수! 쓰게 되면 일후에 알릴께" 하는 아내의 소리를 어떻게 들었을까? 물론 아내는 부드럽게 말하였으리라. 그 말이 떨어지자 흙빛이 되어 머리를 떨어뜨리고 들어온 대문을 다시 향하는 그 그림자에게는 떨어지는 그 말의 구구절절이 천근철퇴같이 들렸을 것이다. 어느 때나 한때는, 꼭 한때는 그 철퇴에 대항할 힘이 그네의 혈관에 흐르련만 지금의 그네들은 어찌하는 수 없다. 나는 그런 말을 감히 한 아내가 미웠다. 아내의 그 입술을, 내가 사랑하여 키스를 주던 그 입술을 이 순간의 나의 감정은 찢고 싶었다. 그 입술은 내 눈앞에 험상한 탄환을 뿜는 총 아가리처럼 떠오른 까닭이었다. 나는 나로도 모를 기분에 싸여 급한 호흡에 온몸을 떨면서 그 환상을 노렸다.

"여보, 무엇을 그렇게 보우? 응!"

아내의 목소리에 나는 환상의 꿈을 번쩍 깨였다.

"응! 아무것도 아니야. 으흥."

나는 끝을 웃음으로 막으면서 다시 젓가락질을 하였다. 얼없는 내 상상이 나로도 우스웠다.

"왜 그러시우, 응?"

아내의 목소리는 응석이랄까 원망이랄까 그 비슷하게 떨렸다. 그의 낯에는 무슨 불안을 예감한 사람에게서 볼 수 있는 표정이 흘렀다.

"왜 누가 뭐랬소? 허허."

나는 역시 밥을 먹으면서 웃었다. 어린애같이 철없는 아내의 입술을 그렇게 상상한 것이 아내에게 대해서 미안하였다.

"왜 눈을 크게 뜨고 숨을 그렇게 쉬시우? 오늘은 약주도 안 잡수셨는데 왜 그러시우, 응?"

아내는 지난 봄 일을 연상하였나보다. 나는 지난 봄 어떤 연회에 갔다가 술을 양에 넘도록 마시고 집에 돌아온 일이 있었다. 그때 머리가 휑하고 가슴이 울렁거려서 인력거꾼에게 부축되어 방에 들어와 앉은 채 두 눈을 성난 놈처럼 치떠서 아내를 뚫어지게 보면서 씨근덕씨근덕 숨을 괴롭게 쉬었더니 어린 아내는 놀라서 겁나서, "여보, 왜 이러시우, 응? 여보, 글쎄 왜 이러시우?" 하고 울듯이 날뛰었다. 지금 아내는 그 생각을 하였는가? 나도 그 일이 생각나서 북받치는 웃음을 금치 못하였다.

"왜 또 봄 모양을 할까봐 겁나요? 하하하."

나는 밥상을 물려고 나앉아 담배를 붙여 연기를 뿜으면서 커다랗게 웃었다.

"호호호─"

아내도 웃었다.

잠깐 사이 웃음이 지나간 방 안은 고요하였다.

깊어가는 겨울밤 북악산을 스쳐 내리는 찬바람은 북창을 처량히 치고 지나갔다.

사흘 뒤였다.

나는 아침을 집에서 먹고 사에 갔다가 돌아오는 길에 어떤 친구들께 붙잡혀서 어떤 요릿집으로 갔다. 휘황한 전등불 아래 분내 나는 기생의 웃음 속에서 술이 얼근한 나는 요릿집 문을 나서면서 새벽 세 시 치는 소리를 들었다. 쌀쌀한 하늘 서편에 기울어진 그믐달은 차고 푸른빛을 새벽 꿈에 묻힌 쓸쓸한 만호장안에 던지었다. 나는 호화스러운 꿈 뒤에 밀려드는 엷은 환멸을 느끼면서 안동 네거리를 향하여 취한 다리를 옮겨놓았다. 술김에도 으리으리하여 무심히 보이지 않는 식산은행 사택 골목을 헤저어 화동골에 들어섰다. 집에 이른 나는 대문을 두드리면서 아내를 불렀더니 아내의 대답과 같이 미닫이 소리가 들리면서 신소리가 난다. 나를 예와 같이 대답하고 나오는 아내가 대문을 열면 술이 몹시 취한 척할 양으로 나오는 웃음을 참고 대문에 기대어 서 있었다. 나오던 아내는 문간에 와서 걸음을 멈추는 자취가 들리자 어쩐 일인지 오늘은 아무 소리도 없이 빗장을 덜컥 뽑으면서 대문을 삐―걱 열었다. 나는 열리는 대문을 따라 어지러운 걸음으로 일부러 쓰러질 듯이 어둑한 문간에 쏠려들면서

"엑 퉤…… 휴…… 에치 취해…… 오우…… 으우…… 우우리 마누라가 오늘은 얌전한데 잔소리도 없이…… 엑퉤…… 취취……"

나는 이렇게 몸을 가누지 못하고 눈을 거불거리면서 강주정을 펴다가 눈결에 히슥한 그림자가 이상스러워서 다시 힐끗 쳐다보았다. 대문 빗장을 잡고선 사람은 여자는 여자이나 옷 모양이라거나 체격이 아내는 아니었다. 나는 어둠에 흐린 그 낯을 보려다가 아침에 아내에게서 들은 '어멈!' 하는 생각에 깜짝 놀라서 주정은 쑥 들어가고 두 발은 어

느새 문간을 지나 마당에 나섰다. 나서자마자 "지금 오시오?" 하고 앞에 다가서는 것은 아내였다. 이건 확실히 아내였다.

"응." 나는 모르는 사람을 아는 친구로 믿고 쫓아가다가 그의 낯을 보는 때처럼 무안스럽고 어이없어 더 주정 부릴 용기조차 없이 내 방으로 뛰어 들어갔다. 뛰어 들어간 나는 어린것의 고요히 든 잠을 깨울까 봐 배를 틀어잡고 허리가 끊어지게 들이웃었다. 따라 들어온 아내는 눈이 둥그레서 영문을 물었다.

"저…… 하학…… 흐흐…… 저…… 저게 허허허……"

나는 입만 벌리면 웃음이 홍수처럼 터져 나올 판이라 입을 벌리다가는 말고 벌리다가는 말고 하다가 겨우 웃음을 진정하고 문간에 선 것이 누구냐고 물어보았다.

"어멈이야요!"

"어멈! 하하하."

나는 어멈이라는 소리에 눈을 크게 뜨다가 다시 웃었다. 아내는 내가 웃는 것도 불계하고 장사동 어떤 친구가 소개해서 데려왔는데 나이도 알맞고 퍽 지긋해 보인다고 설명을 하고 나서 왜 웃느냐고 또 졸랐다. 나는 자초지종을 이야기를 하였다. 이야기가 끝나기 전부터 킥킥하던 아내와 나는 이야기를 채 마치지 못하고 어린애야 깨거나 울거나 홍수 같이 터져 나오는 웃음을 좁은 방 안에 흩어놓았다.

이튿날 아침이었다.

나는 좀 늦게 일어나서 마루로 나갔다.

"할멈, 세수 놓우!"

부엌 앞에 섰던 아내가 부엌으로 머리를 돌리면서 소리를 질렀다. 나는 새벽 일이 생각나서 벙긋했더니 그것을 본 아내는 엊저녁 같이 깔깔대었다. 세숫물을 떠 들고 나온 '어멈'은 인젠 '할멈' 소리를 들을 나이였다. 말없이 웃는 우리 내외를 어색하고도 아첨하는 듯한 웃음을 벙긋하면서 쳐다보는 낯에 굵게 잡힌 주름이라거나 머리가 희뜩희뜩한 것은 누구든지 사십 넘게 볼 것이다. 쑥 내민 광대뼈, 하늘을 쳐다보게 된 콧구멍, 경련적으로 움직이는 두툼한 입술, 크고 거칠은 손은 어디로 보든지 호강스럽게 늙은이는 아니었다. 더구나 몸에 잘 어울리지 않는 의복은 퍽 서툴러 보이는데 배까지 부른 것은 가관이었다. 그 몸집, 그 배, 그 둥글둥글한 머리가 호강스러운 환경에서 그 항아리를 지고 소 타는 것 같은 목소리로 간간히 호령깨나 뽑으면서 늙었더면 거들이 있고 위엄이 있어 보였을는지 모르지만 그것이 '할멈'이 되고 보니 도리어 비둔하고 둔팍해서 상스럽게 보였다.

그러나 저러나 사십 넘은 사람이 아들딸 같은 젊은이들에게 갖은 괄시를 받으면서도 그 입을 속일 수 없어서 머리 숙이는 것을 보니 가긍스럽기도 하고 부리기도 미안하였다. 나는 우리 어머니도 의지가지없으면 저 모양이 되려니 하는 생각에 잠깐 사이 가슴이 스르르 하였다.

"야, 그 어멈이 음식질을 얌전히 하더라. 모양과는 다르던데…… 저 육회두 칼질하는 것부터 제법이더라."

아침밥 먹던 때에 어머니는 '어멈' 칭찬을 하였다.

"모양과는 딴판으로 퍽 깨끗이 합디다."

아내도 거기 맞장구를 쳤다. 두 고부의 낯에는 만족한 미소가 사르르 스치었다.

이날부터 아내의 손이 돌게 되어 어린애의 울음소리도 덜나게 되고, 그 덕에 나도 신문장이나 편하게 보았다. 나는 이때 사람을 부림으로 말미암아 얻게 된 편한 쾌락을 다소간 느꼈다. 내가 이럴 제는 아내야 더 일러 무엇 하랴? 어린것 때문에 밤잠을 바로 못 자고 새벽에 일어나서 찬물에 손 넣던 고역이 없어졌으니 그의 편한 쾌감은 나의 갑절이 넘었을 것이다. 그러나 그것이 점점 버릇이 되고, 그 버릇이 게으름이 되는 것을 뒤에 느끼지 않은 것도 아니나 그때에는 그런 것을 생각할 여지가 없었다.

할멈이 들어온 사흘 뒤였다. 사에서 편집에 분주히 지내는데, "할멈이 나가니 돈 오십 전만 보내줘요" 하는 아내의 전화가 왔다. 나는 무슨 변이나 났나 해서 그 이유를 물었더니 "'할멈'의 고모가 병나서 어떤 온천으로 가는데 집을 보아 달란다나요. 사흘이나 와 있었으니 한 오십 전 줘야지요" 하는 것이 아내의 이유 설명이었다.

나는 사의 급사에게 돈 오십 전을 주어 보내었다.

"참 겨우 하나 얻었더니 그 모양이구려. 돈 오십 전 줬더니 백배 사례를 하겠지……" 아내는 많은 돈이나 준 듯이 다소 자랑 비슷이 말하였다. 이 순간 나도 일종의 쾌감을 받았다. 거지에게 한 푼이나 두 푼 주고 느끼는 것 같은 쾌감을…… 하다가 사흘에 오십 전 하고 다시 생각하는 때 내 가슴은 공연히 무거웠다.

*

"사람 없을 때에는 모르겠더니 있다나가니 못 견디겠는데…… 아앗 추워…… 호호."

추운 날 아침 솥에 불을 지피고 방에 들어온 아내는 내 자리 속에 젖은 손을 넣으면서 말하였다.

"'뼈종' 먹다 '마꼬' 먹기 괴롭다는 셈이구려! 흥."

나는 일전 사에서 '사람의 입이란 버릇하게 가는 게야!' 하고 어떤 친구가 하던 이야기를 생각하였다. 아내는,

"호호— 어서 하나 또 얻어 와야 할 텐데……"

하고 혼잣말처럼 뇌었다.

그 이튿날 식전이었다. 나는 동창에 비치인 아침햇발을 보면서 그저 자리에 누웠는데,

"날래(어서) 들오!"

사투리 쓰는 어머니의 목소리가 마당에서 들렸다.

"오늘부터 오겠소?"

그것도 어머니의 목소리.

"오죠! 어서 댕겨와야 하겠으니 있다 저녁 때에 오죠."

서울 여편네의 바라진 목소리.

"칩은데 방으로 들오! 들어와 담배를 자시오."

어머니의 목소리.

"괜찮아요. 이제 갈걸, 여기 앉죠."

하고 그는 마루에 앉는 듯하더니,

"댁에는 식구가 적으니까 두루 오죠. 한달에 사 원 오 원 준다는 데도 있긴 있지만요. ……적게 받고 몸 편한 데가 제일이지요"하는 말에 나는 그것이 '어멈' 후보자인 줄 알았다. 말소리는 상스럽지 않으나 사 원 오 원하고 자기는 이렇게 값있다는 듯이 은연중 드러내는 자랑이 얄밉게 생각났다. 눈을 감고 듣던 나는 혼자 흥하고 코웃음을 치면서 햇빛에 붉은 들창을 보았다.

"들오! 들어왔다가 아침을 자시구 가우."

어머니의 말이 끝나자 마루를 밟는 자취 소리와 같이 안방 미닫이가 열렸다 닫혔다.

그날부터 그는 우리 집 부엌에서 드나들게 되였다. 삼십이 훨씬 넘었으나 아직 삼십 전후로밖에 뵈지 않고 갸름한 몸에 태있게 입은 옷은 비록 검기는 할망정 서투르지는 않았다. 이 이죽애죽 하는 말솜씨라든

300

지 빤질빤질한 이마는 어찌 보면 계집 하인이나 부리던 사람 같고, 어찌 보면 '밀가룻집'에서 닳은 사람 같기도 한데 이웃집 어멈이 오면 꼭 '하게!'를 하면서 자기는 우리 집주인 비슷한 태도와 표정을 짓는 것이 처음부터 얄궂었다.

"여보, 어멈인지 무엔지 공연히 빼기만 하고 트집만 써서 큰일인데……"

그 후 일주일이 되나마나 해서 아내는 뇌면서 전등을 쳐다보았다.

"왜?"

"몰라, 왜 그러는지 가게에 가서 뭘 가져오라니까 창피스러워서 누가 들고 댕기느냐고 하겠지! 위하니까 제야 제로라고(제가 제일이라고)…… 흥."

아내는 분개하였다. 하긴 우리 집에서는 어멈을 어멈같이 취급지 않고 한집 식구같이 음식도 같이 먹고 잠도 어머니와 같이 자고 반말도 하지 않았지만 그렇다고 그렇게야 뺄 수야 있을라구? 하다가 어멈을 추어주니 도리어 상놈의 자식으로 믿고 반말을 하던 실례가 생각나서 혼자 머리를 끄덕거렸다.

"그런대루 더 두어봅시다. 그런데 어멈이 양반인가? 흥……"

하고 나는 조롱 비슷한 미소를 띠었다.

"양반이라오! 양반인데 저 꼴이라나? 어젯밤에도 '옛날 잘살 때에는 집만 해도 백 평이 넘었죠. 옷두 벌벌이 해두고 자개장롱 화류장롱에…… 언제 그런 세상이 또 올는지?' 하면서 참 희고 싱거워서……"

아내는 어멈의 말을 옮길 때 어멈 비슷한 표정에 목소리까지 그렇게 지었다. 나는 코웃음을 흥 쳤다. 알 수 없는 증오의 염이 스르르 떠올랐다.

그 뒤로 '어멈'의 평판은 사방에서 들렸다. 더구나 이웃집 어멈들께 어떻게 교만을 부렸는지 "누가 아나. 시골상놈으로 서울 와서 머리 깎고 있으니 서방님이지 그 따위가 무슨 서방님이야? 아씨두 그렇지" 하고 우리를 욕하더라는 말까지 이웃집 어멈의 입을 거쳐서 들려왔다. 그런 말이 들리는 때마다, "여보 그걸 내쫓읍시다. 그걸 그저 둬요" 하고 뛰었다. 옳다. 그를 들이는 것도 우리의 자유인 것인 만큼 그를 내쫓는 것도 우리의 자유이다. 하나 나는 그를 얼른 쫓고는 싶지 않았다. 물론 나를 욕하는 것이 싫기는 하지만…… 이렇게 내 가슴에는 막연한 생각이 솟았다. 들어앉아서 사내의 손만 바라는 행세하는 집 여자들께서 사내라는 생활보장의 큰 조건을 없애보라! 그가 취할 길은 매음녀? 뚜쟁이? 공장 직공? 어멈?…… 그네들께 어찌 잘살던 때의 회상이 없으랴? 하지만 자기가 되는 꼴은 생각지 않고 같은 처지에 있는 이웃집 어멈을 천대하고 혼자 내로라하니 그런 심보가 잘산다면 누가 그 앞에서 얼씬이나 하랴? 이렇게 생각하면 가긍하던 어멈이 몰락하는 중산계급의 최후까지 부리는 얄미운 근성의 표본같이 느껴졌다. 나는 이런 느낌을 받으면 그 계급의 몰락이 그리 불쾌하지 않았다. 체험이라도 한번 그렇게 시키고 싶었다.

"그래서 쓰나? 더 두어보지."

나는 속으로 미우면서도 가장 점잖은 체 아내를 타일렀다. 그러다가 내 눈에도 아니꼬운 어멈의 행동과 말대답이 여러 번 뜨인 뒤로는 내보낸다는 아내의 말에 찬성까지는 하지 않아도 "생각대로 하구려"의 묵인은 하였다. 했더니 한 달이 못돼서 아내는 시계를 잡혀 월급 삼 원을 주어서 어멈을 내보냈다. 나는 이 말을 듣고 시계를 잡혀서 월급을 주면서도 어멈을 부리려는 내 생활에 코웃음을 던지지 않을 수 없었다.

그가 나간 이튿날 아침 우리 집에서는 아내와 어머니가 실색을 하였다. 그것은 어제까지 있던 어머니의 '가락지'와 아내의 '귀이개'가 없어진 까닭이었다.

"어멈이 가져간 게지? 내가 그년을 찾아가 볼 테야!" 아내의 목소리는 분노와 절망에 떨렸다.

"이게 무슨 소리야? 보지도 못하고 남을 의심해서 쓰나?" 나는 아내를 꾸짖었다. 내 마음에도 그 어멈이 의심스럽기는 하였지만 나는 애써 그의 의심을 풀려고 하였다. 그를 따라갔다가 나지지 않으면 우리만 고얀 놈이 될 것이요, 또 그것이 나온다 하더라도 그때의 그 어멈의 낯빛이 어찌 될까? 또 그것에 우리의 생명이 달린 것도 아닌데 그렇게까지할 것은 없었다.

그러는 것이 내 마음에도 좀 유쾌하였다.

"여보, 인젠 그놈의 어멈 그만둡시다." 나는 명령이나 하는 듯이 아내에게 말하면서도 '그(어멈)도 환경이 만들어낸 병신이로구나' 하고 생각하다가

'무릇 사람의 의사는 생활조건의 지배를 받는다' 하던 어떤 학자의 말을 나로도 모르게 뇌었다.

*

그 후로는 일주일이 넘도록 어멈을 두지 않았다. 그럭저럭 가을도 지나고 초겨울도 지났다. 아침저녁 쌀쌀한 바람에 창을 치던 이웃집 뜰 포플러나무 잎은 다 떨어지고 빈 가지만 하늘을 향하고 있게 되었다.

금년 겨울은 일기가 퍽 더워서 어디서는 배꽃이 피었고 어디서는 개나리가 피었다고 신문에 보도까지 있도록 더우면서도 추운 날은 추웠다. 가을에 밀린 빨래도 해둬야 할 것이요, 김장도 흉내는 내야 할 판이다. 어멈 문제는 또 일어났다.

어떤 날 나는 내가 위원으로 있는 '프롤레타리아문화협회'의 월례회에 갔다가 좀 늦어서 돌아오니, "여보, 어멈 하나 말했는데 낼부터 오기로 했소!" 하고 아내는 내 눈치만 본다는 듯이 말하였다. 나는 늘 느끼는 바이거니와 밖에 나와서 사회적으로 어떠니 어떠니 하는 때면 바로 이십 세기의 사람이나 집으로 돌아가면 십칠팔 세기 사람의 기분과 감정의 지배를 받는다.

"그것도 또 그 모양이면 어떡하오?"

"아녜요. 이번 것은 삼청동 있는 숙경이 어머니의 주선으로 된 것인데 나이가 좀 젊어서 그렇지 퍽 수줍어 보이던데……"

아내는 아무쪼록 나의 동의를 얻으려는 수작이었다.

"나이 젊으면 왜 안됐어? 누가 뭐라나?"

나는 의미 있는 듯이 물으면서 벙긋 웃었다.

"응 실없는 소리!"

아내는 눈을 흘기고 그러나 웃으면서 나를 보았다. 나는 앞집의 젊은 어멈이 밤중마다 출입이 잦다는 것을 생각하고 웃었더니 아내는 딴 생각을 하였는가?

"실없긴! 여보 그래 이쁩디까? 당신보담 어때? 허허."

나는 아내를 놀리면서 웃다가 누가 찾는 바람에 문간으로 나가버렸다.

이튿날부터 그 어멈은 왔다.

그것이 지금 편지 보낸 홍성녀였다. 이름은 무언지 성은 홍가인데 금년에 스물셋이었다. 그는 처음부터 어멈 계급은 아니었다. 구차한 집안에 나서 열넷인가 열셋에 역시 넉넉지 못한 가정으로 시집을 갔다가 열아홉에 과부가 되고 스물한 살에 홀로 계시던 시어머니마저 죽은 뒤로 남의 집 살이를 하게 되었다.

여자 키로는 중키가 되나마나한 키에 좀 뚱뚱한 몸집은 어울렸다. 살

결이 부드럽게 보이고 흰 것이라거나 앉음앉이, 걸음걸이의 고요한 것
은 간고한 가정에서 길리기는 하였으나 교훈 있게 길린 사람으로 보였
다. 어떤 때면 응석 비슷한 목소리 하며 아직도 솜털이 남은 이마 하며
귀밑에는 어린애다운 수줍음이 흘렀다. 퍽 숫스럽게 귀여운 맛이 났다.
그리 크지 않은 좀 둥근 눈과 조금 앞이 들려서 웃을 때면 윗잇몸이 보
이는 입술 가장자리며 병적으로 흰 콧잔등과 뺨 새에는 고적한 침묵이
사르르 흐르는 것만은 보는 사람에게 고적한 느낌을 주었다.

"이번 어멈은 어때?"

나는 아내에게 물었다.

"좋아요. 무슨 일이든지 시키지 않아두 저절루 할줄 알고…… 그리고
사람도 퍽 재밌어요. 말도 잘 듣고."

아내는 입에 침 없이 칭찬한다. 사람이란 남보담도 내게 잘하면 좋다
고 하니까…… 그 어멈은 아내의 말동무도 되었다. 아내는 저녁이면 그
와 같이 다듬이 바느질을 하면서 재미있게 속삭이고는 웃었다. 어머니
는 어디 나갔던 딸이나 돌아온 듯이 그것을 기쁘게 보았다.

그 어멈이 들어온 지도 보름이 넘어서 어떤 추운 날 밤이었다. 나는
신문을 보는데 곁에서 어린애를 재우던 아내는,

"여보, 어멈이 앨 뱄대! 호호."

하고 무슨 허물된 일이나 본 듯이 나직이 웃었다.

"응. 앨 뱄다니?"

나도 미상불 호기심이 났다. 열아홉에 과부가 돼서 홀로 있다는 어멈
이 애 뱄다는 말을 듣는 내 머리에는 이상한 그림자가 언뜻 하였다.

"지금 다섯 달 머리를 잡는다나? 그래서 낯빛이 그렇던 게야! 밥도
잘 먹지 않고……"

아내는 모든 의심을 이제야 풀었다는 어조였다. 아내의 말을 들으면

그가 금년 봄 어성정 어떤 여관집 어멈으로 있을 때 그 여관에서 심부름하던 사십 가까운 사내가 있었다. 그(사내)는 어멈이 들어가던 날부터 어멈에게 퍽 고맙게 하였다. 그(어멈)는 옛날에 돌아간 아버지 생각까지 났었다. 그러다가 한 달 뒤에 주인마님이 들여다보게도 못하던 자기 방으로 부르더니 김 서방(사십 가까운 심부름꾼) 하고 같이 지내라고 하기에 어멈은 대답도 못하고 낯이 발개서 군성대는 가슴으로 나와버렸다. 그 뒤부터 김 서방은 마나님과 같이 못 견디게 졸랐다.

그것이 처음에는 부끄럽더니 나중은 그리 부끄러운 줄도 모르겠고 또 김 서방이 고맙게 구는 것을 생각한다거나 주인마나님이,

"네가 그렇게만 되면 너는 편하다. 김 서방은 저금한 돈도 몇 백 원 있는 사람이니 어서 내 말을 들어라" 하는 바람에 쏠리다가도 옛날 서방님 생각을 하면 그만 슬프기만 해서 주저거렸다. 며칠 뒤 어떤 날 밤 어멈은 바윗돌에나 눌리는 듯한 감각에 곤한 잠을 깨어보니 그것은 김 서방이었다. 그 뒤로는 한 방에서 잠자게 되었다. 이렇게 된 뒤로는 김 서방의 태도가 일변하였다. 이전은 어멈이 부엌에서 무거운 일을 하면 김 서방이 쫓아와서 도와주었는데 부부가 된 뒤부터 저(김 서방)는 상전이나 된 듯이 제 할 일까지 여편네(어멈)를 시켰다. 여편네가 뭐라고 하면 때리기 일쑤였고. 여편네가 한 달에 삼 원 받는 월급까지 뺏어서 술을 먹고 곤드레만드레 하더니 늦은 여름 어떤 날 그 여관 손님의 돈 사십 원인가를 훔쳐가지고 도망질했다. 그리하여 애꿎은 여편네까지 주인마나님에게 공모자로 걸려들어 경찰서까지 구경하고 여관에서 쫓겨나서 다른 집에 있다가 우리 집으로 왔는데, 김 서방과 같이 있는 동안에 그의 핏덩어리가 뱃속에서 자리를 잡게 되었다. 예까지 설명한 아내는, "그런 이야기를 하면서 '옛날 서방님이 살아 계셨다면' 하면서 울겠지. 참 가엾어서……" 하고 한숨짓는 아내의 낯은 흐렸다. 듣고 보니

어멈의 신상은 내 일같이 가엾었다. 이 순간 나는 여관 마나님과 김 서방이 미웠다. 내 가슴에서는 일종의 의분이 끓었다. 노력을 빼앗다가 피까지 빨려는 계급, 정조까지 유린을 하고도 부족이 되어서 매까지 대는 그러한 계급에 대한 반항적 의분에 내 가슴은 찌르르 전기를 받은 듯하였다.

"그래두 김 서방을 생각하던데…… 그 못된 놈을……"

아내는 혼잣말처럼 뇌었다.

"뭐라구? 보고 싶다구?"

떨려 나오는 내 말 속에는 '그깟 놈이 뭘 보구파' 하는 뜻이 품어 있었다.

"아니 보구는 안 싶대! 생각하면 분해 죽겠대요…… 그러면서도 그가 어디 가 붙잡혀서 악형이나 받지 않나 하는 생각이 저두 모르게 가끔 나서 가슴이 뜨끔뜨끔하대요. 인정이란……"

아내의 목소리는 잠겼다.

돈은 그 아름다운 인정까지 빼앗는다. 돈? 돈! 돈! 천하를 움직일 만한 돈으로도 못 살, 사서는 안 될 인정이건만 오늘날은 돈에 빼앗기고 만다. 이렇게 생각하니 어멈이 더욱 가긍스러웠다. 나는 어멈이라는 경계선을 뛰어서 내 아내나 내 누이처럼 나와 가장 가까운 사람처럼 느껴졌다. 이렇게 되면 남의 일이 아니라 내 일이다. 나는 내 앞에 어멈이 있으면 그를 껴안아 대고 위로해 줄 만큼 흥분이 되었다.

끓어올랐던 흥분이 고요히 갈앉은 뒤 비판에 눈뜨는 내 이성은 지식계급인 체하고 가만히 앉아서 그 모든 것을 정관하는 내 태도가 얄미운 동시에 그렇게 생각하면서도 그런 사람(어멈)을 부리는 것이 죄송스러웠다. 나는 어찌하여 이런 것 저런 것 다 집어치우고 그런 무리에 뛰어들어가서 그네들과 함께 울고 웃지 못하는가? 나는 이 갈등에 마음이 괴로웠다.

아내의 말을 들은 뒤로부터 매일 눈앞에 얼씬거리는 어멈이 무심하게 보이지 않았다. 핼쑥한 그 낯에 그윽이 어린 고독한 침묵은 속절없이 보낸 청춘을 물끄러미 돌아다보는 듯도 하고 아직도 먼 앞길을 두려워하는 듯도 하였다.

알고 보니 뚱뚱해서 그런 듯이 느껴지는 그 뱃속에서 나날이 팔딱거리는 생명! 그 새로운 생명은 장차 어떠한 운명을 짊어지고 파란 많은 이 세상으로 뛰어나오려나?

*

며칠 뒤였다.

도서관으로 돌아 나온 나는 식구들과 함께 저녁상을 대하였다.

"장조림은 고양이〔猫〕가 먹은 줄 알았더니 어멈이 집어서 먹었어……."

아내는 장조림을 집어 입에 넣으면서 말하였다.

"입버릇은 덜 좋더라."

어머니도 어멈의 무슨 허물을 보았던가?

"왜? 입버릇이 어때?"

나는 아내를 보았다.

"맛있는 것은 제가 먼저 맛을 보니까 말이지요! 허는 수 없어…… 오늘 아침에 조리던 장조림 한 개가 없기에 물어보았더니 머뭇거리겠지…… 그래 '자네 그게 무슨 짓인가? 나으리도 아직 잡숫지 않은 것을' 하고 말했더니 낯이 빨개서……."

아내의 말이 끝나기도 전에 어머니는,

"그뿐 아니라 맛난 것은 그리 먹지두 않으면서 다 맛보더라. 못된 버르장머리지."

하면서 불쾌한 듯이 낯빛을 흐리었다.

"사람 허물없는 사람이 있나? 다 한 가지 허물은 가지고 있지."

나는 그런 것은 문제도 안 된다는 어조로 말하였다. 어쩐지 그 '어멈'에게 허물 있다는 것이 듣기에 그리 좋지 않았다.

"그야 그렇지만 음식에 그러니까 그러지!"

아내의 어조는 아무리해도 수긍할 수 없다는 듯이 울린다.

"먹구프니까 그렇지 여보! 당신 생각을 해보구려! 지금 애 배서 다섯 달 머리니까 먹구픈 것이 퍽 많을 거요. 게다가 철까지 없으니 당신 같으면 지금 살구가 먹구 싶네 뭘 귤이 먹구 싶네 하구 야단일 텐데……하하하."

"먹구 싶구 말구…… 지금 한창 그런 때다."

어머니도 내 말에 공명이었다.

"누가 그러찮다나? 도적질해 먹으니 그렇지!"

아내는 그저 흰 깃발을 들 수 없다는 어조였다.

나는 이 순간 이 말하는 아내가 얄미웠다.

"그래두 저만 옳다지! 흥 사람이란 제 생각을 하고 남의 생각을 해야 하는 거야!"

"그래 그것(도적하는 것)이 옳단 말이오?"

아내의 말은 좀 격하였다.

"물론 몰래 먹은 것은 잘못이지만 그렇다고 그것 하나를 가지고 못된 것이니 고약한 것이니 해서 쓰나?"

내 말이 가장家長적인 훈계같이 나왔다.

"그래 누가 뭐랬소? 내가 어멈을 욕했소? 흥 욕 했드면 큰일날 뻔했

네! 별꼴 다 보겠다."

아내의 말에 나는 아내를 다시 쳐다보았다. 아내의 붉은 뺨은 흥분에 더욱 붉었다.

"뭐 어쩌고 어째? 별꼴? 왜 사람이 점점 버르쟁이가 저 모양이야? 그 꼴 보기 싫으면 갈 일이지……"

"가라면 가지 흥 시……"

아내의 가는 눈에 스르르 돌던 이슬은 드디어 눈물이 되어 한 방울 두 방울, 그 무릎에서 엄마의 젖을 만지던 어린것도 입을 벌룩벌룩, 나는 밥 먹던 숟갈을 홱 던지고 마루로 뛰어나왔다. 황혼 빛이 흐르는 마루로 뛰어나온 나는 마루기둥에 기대어 서서 별들이 하나둘 눈뜨는 차디찬 하늘을 쳐다보았다. 일없는 일에 감정을 일으켜서 이러니저러니 한 것을 생각하면 나로도 우스웠고 여자 해방론자로는 남에게 빠지지 않는 것만큼 떠드는 나로서 때로는 가장적 관념에 지배되어 아내에게 몰인격적 언사 쓰는 것을 생각하면 일종 환멸 비슷한 공허와 같이 치미는 부끄러움을 억제치 못하였다.

언제나 이 갈등에서 완전히 풀리나?

이렇게 내외간을 가리었던 검은 구름은 그 밤이 깊기 전에 어린것의 웃음에 밀려버리고 내외는 다시 웃는 낯으로 대하였다.

"여보, 참말 '어멈' 보고 잘못하는 일이 있더라도 타이르고 몹시 말 마우 응."

강화조약이 체결되자마자 그 자리에서 나는 인정 있게 말했다.

"그럼요! 우리끼리 이 얘기지 어멈 보고야 뭐라오!"

아내도 좋게 대답하였다.

"사람의 마음이란 이상해요. 누가 말리면 더 하구 싶은 것인데…… 어멈만 하더라도 그게 배고파서 장조림을 먹었겠소? 그게 우리가 먹으니까 별것같이 보여서 더 먹구 싶었을 거요. 맛없는 것이라도 먹지 마라 먹지 마라 하고 주지 않으면 먹는 사람은 늘 먹으니 평범하지만 못 먹는 사람은 더구나 그것이 신비롭고 맛있게 보이는 걸 어떡하오……허허."

나는 설교나 하는 듯이 늘어놓았다.

"그러나 저러나 큰일이다. 저울(겨울)은 되고 몸은 점점 무거울 텐데 몹시 부릴 수도 없고……"

어머니는 곁에서 우리의 이야기를 듣다가 혼자 걱정처럼 말하였다.

"글쎄요, 그것도 걱정인데…… 저게 집에서 애까지 낳게 되면 큰일 아니오?"

아내도 따라 걱정이다.

"내 생각 같애서는 또 내보내는 게 상책이겠다."

어머니의 의견이다. 의견은 옳은 의견이다. 약한 몸에 배만 불러도 걱정이겠는데 게다가 날은 점점 추워오지 일은 심하지 그리다가 병이 나 나면 우리가 부리기는커녕 도리어 우리가 부리게 될 것이요, 그렇다 고 우리가 뜨뜻한 구들에 앉아서 추운 겨울에 그것을 내쫓을 수도 없는 일이라 나는 이 순간 산전산후의 아내의 그림자가 언뜻 생각났었다.

"그렇지만 내보내면 어디로 가나? 이 추운 겨울에 뉘 집에서 그런 몸 을 받을 리가 있나?"

이렇게 말한 나는 '내 아내도 내가 없고 보면 저 지경이 되지 않을 까?' 하는 생각에 가슴이 뻐근해서 아내를 다시 쳐다보았다.

"글쎄요. 딱한데…… 그런 줄(애 밴 줄) 알면서는 나가랄 수도 없고……"

아내도 난처한 모양이었다.

"암, 몸 비지 않은 것을 어떻게 쫓나! 어디 그대로 둬봅시다. 차츰 어떡하든지……"

천연스럽게 하는 내 말은 귀찮게 더 생각지 말자는 말이었다. 아주 두자는 동의는 아니었다. 사실 문제가 안 되는 것은 아니었다.

*

그 뒤로 내 가슴에는 어멈 처치의 문제가 간간이 떠올랐으나 그 때문에 어멈에게 대한 호감은 스러지지 않았다. 어느 점으로 보아 몸 용납할 곳이 없는 그가 측은하였다. 제 몸 위에 어떤 구름이 흐르는지도 모르고 의연히 부엌에서 들락날락하는 그의 운명이 때로는 한심하게 느껴졌다.

이러구러 지내는데 십이 월 중순이 되였다. 고향 있는 이모에게서 어머니에게 편지가 왔는데 사연인즉, '가을부터 여관을 하는데 부릴 만한 사람이 마땅치 않아서 걱정이 되는 중 들은즉 서울은 남의 집 사는 사람이 많다하니 착실한 여자 하나를 얻어 보내라' 하는 것이었다.

"낮에 편지 읽는 것을 어멈이 듣더니 제가 가겠다구 하는구나!"

어머니는 내 동의를 얻으려는 듯이 나를 보았다.

"그 몸을 가지고 거기 가서 어떻게 할라구?"

내가 이렇게 말하니까 곁에 있던 아내가,

"응, 제가 벌써 그 말까지 하던데…… 거기 (시골)는 물가두 싸구 집세두 싸다니 애를 낳게 되면 제게 있는 돈으로 집을 얻어가지고 낳겠노라구…… 여보, 보냅시다" 하고 말하였다.

"어멈이 웬 돈 있나?"

"모아둔 것이 한 십여 원 된다나! 남 꾸어준 것까지 받으면 십오 원은 넘는대요, 흥…… 그거면 시골서 한 달은 더 살 텐데……"

312

나는 푼푼이 얻은 돈을 그렇게 모은 어멈이 착실하게도 생각되고, 우리네에게는 한때 술값도 못 되는 것을 그렇게 하늘같이 믿는 그네가 불쌍도 하고 방종한 우리네 생활이 죄송스럽기도 하였다.

"여보, 보냅시다. 거기 가면 먹기도 잘하고 다달이 돈 십 원씩은 받을 텐데……"

"그래 볼까?"

나는 아내의 말에 칠분은 승낙했다. 이러는 것이 일거양득이다. 어멈으로 보아서도 여기 있는 것보다 나을 것이고, 나도 순후한 이모 댁으로 보내는 것이 짐을 벗는 듯도 하였다. 그러나 모두 북관이라면 알지도 못하고 험악한 산골인가 해서 아범들도 질겁을 텅텅 하는 곳으로 대담히 가겠다는 어멈의 심경이 가긍하기도 하였다.

"그러나 거기(시골)선들 애 밴 줄 알면 걱정하기 쉽지?"

나는 남에게까지 짐 지우기가 미안하였다.

"글쎄! 그러면 편지나 해볼까?"

일주일이 못돼서 시골 이모께서 편지가 왔는데 애를 뱄어도 상관없으니 오겠다고만 하면 곧 노자를 보낸다는 뜻이었다. 이 편지를 본 어머니는,

"그년(시골 이모) 제가 늘그막에 자식이 없어서 하나 얻어 키웠으면 하더니 어멈 애가 욕심나는 게지!"

하고 웃었다. 상반의 관념이 별로 없는 시골서는 그것이 허물될 것은 없었다.

"그래 가실 테요?"

나는 어멈에게 억지로 존경어를 쓰는 것이 아니라 누구를 해라 하고 부려보지 못하고 자라나서 자연 그렇게 말이 나왔다. 내 아내는 앞[南道]사람인 것만큼 때로는 어멈에게 반말을 하는데 그것도 악의가 아니

요, 머슴 부리던 습관으로서였다.

"보내주시면 가겠어요."

어멈은 어려웁게 공손히 대답하면서 고요히 웃었다.

"그러면 가세요. 노자 보내라구 편지할 테니…… 거기 가시면 예보다는 낫죠."

나는 곧 노자 보내라는 편지를 썼다. 웬만하면 내가 노자를 줘 보내야 이모에게도 대접이요, 어멈에게도 생색이겠는데 하는 미안한 걱정을 하면서……

*

'어멈' 떠날 날은 다다랐다. 그것은 뜨뜻하던 전주일 어떤 날이었다.

나는 그날 어멈의 짐을 동여주기 위해서 사에서 좀 일찍이 나왔다. 꾸어주었다는 돈 받으러 돌아다니던 어멈은 겨우 이십 전인가를 받아 가지고 늦게야 돌아와서,

"사 원 돈이나 못 받게 돼요. 없다고 안 주니 어쩝니까."

하고 울듯이 어머니에게 하소하였다.

그 돈도 떼는 사람이 있나? 모두 그 꼴이다 하면서 나는 혼자 웃었다. 아내는 과자와 과일을 사다가 어멈의 짐에 넣어주었다.

"아이구……"

어멈은 너무도 반갑고 죄송스럽다는 표정으로 한마디 가늘게 뇌더니 힘없는 두 눈에 눈물이 핑그르르 돌았다. 그 눈물은 무엇을 말하는가?

"자 인제 갑시다."

밤 아홉 시가 지나서 큰 짐은 어멈이 이고 작은 짐은 내가 들고 우리 집을 나섰다.

314

"마님, 안녕히 계셔요."

어멈의 목소리는 떨렸다.

"응 잘 가거라. 가서 몸 성히 잘 있거라."

"아씨, 안녕히 계셔요. 애기 병 낫거든 곧 편지해 주세요."

어두워 보이지는 않으나 어멈의 뺨에 눈물이 스치는가? 그 목소리는 확실히 눈물에 젖었다.

컴컴한 화동 골목을 헤저어 전등이 환한 안동 네거리에 나서자마자 내 두 어깨는 나도 모르게 처지는 것 같았다. 지금 막 와서 추로리를 돌려놓은 전차 운전대에 올라서는 때 내 눈은 내가 든 헌 보따리를 꺼럽게 보았다. 옥양목 치마저고리의 어멈! 허출한 두루막에 고무신 신은 나! 젠둥이 센둥이 껄렁껄렁하게 꾸린 보따리를 이고 끼고 한 이 두 사람은 남의 집 살이를 하다가 쫓겨 가는 내외간 같다. 나는 제삼자로서 이런 그림자를 보는 때는 그것이 불쌍하더니 내가 그 모양으로 남의 눈에 띄고 보니 모든 사람의 시선이 아니꼽고 내 자신이 창피나 보는 듯이 불쾌하였다.

'뭐 별소리 다하지. 그렇게 보이면 어떤가? 내가 못할 일인가?'

나는 혼자 속으로 이렇게 버티면서도 저편에서 나를 흘끔흘끔 쳐다보는 사람들의 시선을 바로 볼 수 없었다.

어멈과 나는 종로 일정목에서 용산행을 갈아타게 되었다. 전등은 한층 더 빛나고 사람의 눈이 많은데 나오니 어멈과 나 사이에 가린 장벽은 내 의식 위에 더욱 뚜렷이 나타났다. 나는 애써 이 감정을 제어하려 하였으나 뱃속에서부터 쓰고나온 관념의 힘은 참으로 컸다.

신용산행 전차는 찬거리에 처량한 음향을 일으키면서 슥—와 닿았다. 전등이 휘황한 차 속에는 숄로 트레머리를 가린 여성들이 칠팔 명이나 탔다. 사이사이 낀 깔끔한 신사들도 이 밤 내 눈에는 무심히 보이지 않았다. 나는 전 같으면 의주통을 탈 것도 용산행의 그 차를 탔을 것이다. 얼음 위에서도 봄날같이 보이는 것은 젊은 계집의 떼다. 전차 속에서도 그네가 많으면 전차까지 부들부들히 보여서 폭신한 털자먹(자리) 위에 봄날이 비치는 듯 무조건하고 좋은 것이다. 내 이성은 이것을 비웃지만 내 감정은 이것을 승인한다. 내 가슴은 군성군성하다가 '어멈' 하는 생각이 떠오를 때 내 발은 떨어지지 않았다. 비 오고 난 뒤라 벗어놓았던 검은 두루막에 고무신을 신고 어멈과 같이 오르면 누구든지 나를 어멈의 서방같이 보지나 않을까? 양복에 구두를 신었다면 하는 후회도 이 순간 없지 않았다.

전차는 어느새 걸음을 내었다. 달아나는 전차 뒤를 물끄러미 보던 나는 스스로 나오는 찬웃음을 금치 못하였다. 다음 와 닿는 것은 의주통행이다. 꼭 탔다던 결심도 또 흔들렸다. 차 속은 또 색시 판이다. 이날 밤은 색시가 별로 눈에 띄었다. 전차까지 빈정거리는 것 같아서 견딜 수 없었다.

이 바람에 또 전차를 놓쳤다.

"안 타세요?"

전차가 걸음을 내는 때 어멈은 지리한 듯이 물었다. 모든 환멸이 지나가는 때 고막을 울리는 어멈의 소리는 무슨 항의같이 들렸다.

"댐 차를 탑시다. 누구를 기다리는데……"

이렇게 거짓말을 할 때 나는 콧잔등이 간질거렸다. 종로 경찰서 시계대의 시침은 급하여 오는 차 시간을 가리켰다. 나는 이러다가 기차를 놓치면 어쩌나 하는 걱정까지 안 할 수 없었다.

용산행은 와 닿았다. 다행히 여자의 그림자가 보이지 않았다. 사내들만 탔으니 전 같으면 쌀쌀한 수라장같이 보였을 전차이건만 이때 내게는 은신처같이 좋았다.

"탑시다."

나는 뛰어올랐다. 옆에 낀 보따리를 운전대에 놓고 다시 어멈의 짐을 받아 놓은 후 어멈 앞서서 차실로 들어갔다. 칠분이나 개었던 내 기분은 다시 흐리었다.

"어디 가나?" 하고 내 손을 잡는 것은 어떤 신문사에 있는 김군이었다. 바로 그 옆에는 모던 걸 두 분이 앉았다.

"응 자네 오래간만일세! 집에 있던 어멈이 떠나는데 전송일세……"

어멈에게 힐끗 준 눈을 다시 모던 걸에게 힐끗 스치면서 나는 끝소리를 여럿이 들으라는 듯이 높였다.

"어멈 배행일세 그려!"

김군은 웃었다.

"그렇다네! 흥."

뇌고 보니 내 소리는 처음부터 나로도 모르게 일종의 변명이었다. 또 자랑이었다. 빈정대는 듯이 크게 지른 내 소리 속에는 "나는 이렇게 관후하노라" "나는 상전이요, 저는 어멈이니 오해를 말라" 하는 변명의 냄새가 물씬 하는 것을 느꼈다. 나는 어째 그렇게 대답하였을까. 어멈이 어멈이 아니요, 탁 자른 머리에 모자를 눌러쓰고 우뚝한 구두에 양장을 지르르한 미인이었다면 내 태도는 어떠하였을까? 오오 나는 또 망령을 부렸구나? 어멈과 같이 탄 것이 무슨 치명상이 되는가? 방약무인의 태도로 버티고 앉은 저 양장 미인이며 모든 사람의 눈을 어려운 듯이 피하여 한귀퉁이에 황송스럽게 선 어멈과 사람으로서야 다 마찬가지가 아닌가? 그가 교육을 받았다면 그런 교육은 무엇에 쓰는 것인가? 활동사진과 소설에서 배운 가지각색의 웃음과 몸짓으로 정조를 팔아 한 세상의 영화를 누리려는 부르주아의 지식계급의 여성보다 제 힘을 끝까지 쟁기 삼는 어멈이 오히려 사람의 사람이 아닌가? 또 내 자신은 그보다 나은 것이 무엇인가? 뜨뜻한 방에서 배불리 먹으면서 어멈 제도 철폐를 부르면서도 어멈을 부리지 않는가? 허위다. 가면이다. 내가 그를 동정하고 그를 측은히 보고 그의 짐을 들고 그를 전송한다는 것은 모두 허위요, 탈이 아니었던가? 만일 그것이 허위가 아니요, 탈이 아니라 하더라도 그 동정, 그 측은은 내가 그와 같은 처지에서 제일 같이 받은 것이 아니요, 인력거 위에서 요리에 부른 배를 만지면서 전차에 치인 거지를 보는 때 일으키는 것 같은 동정이요, 측은이 아니었던가? 꼭 그렇지는 않았다 하더라도 그에게 대한 동정이니 측은이니 한 것은 미적지근하였던 것일 것이 분명하지 않은가?

"그러면 너는 저런 어멈이라도 아내 삼기를 사양치 않을 테냐?"

나는 다시 속으로 나에게 물었다. 나는 또 대답에 궁하였다. 궁하였다는 것보다 얄밉게도 그 질문을 벗을 만한 변명을 생각하였다.

나는 전차가 정거장 정류장에 닿을 때까지 내 가슴속에 새로 움트는 새 사상과 아직도 봉건적 관념의 지배를 받는 감정과의 갈등을 풀려면서도 못 풀었다.

정거장으로 들어갔다.

삼등 대합실 벤치 한 머리에 어멈을 앉혀놓고 나는 차표도 사고 짐을 부친 후 이리저리 거닐면서 군성대는 군중을 보았다. 온 세계의 축도를 보는 것 같다. 잘 입은 이, 못 입은 이, 우는 이, 웃는 이, 흰 사람, 붉은 사람, 각인각양의 모양은 한입으로 다 말할 수 없으리만큼 복잡하였다.

한귀퉁이 벤치에 거춰 없이 앉은 '어멈' 은 어깨를 툭 떨어뜨리고 힘없는 눈으로 이 모든 인생극을 고요히 보고 있다. 찬란한 전깃불 아래 헬쑥한 그 낯에는 슬픈 빛도 보이지 않고 기쁜 빛도 어리지 않았다. 무어라 형용할 수 없는 빛—마치 자기의 운명을 이미 달관한 후에 공허를 느끼는 사람의 낯에서 볼 수 있는 것 같은 구름이 엷게 건너갔다. 축 처진 어깨, 힘없는 두 눈, 무릎에 던진 손, 소곳한 머리는 어디로 보든 지 활기가 없었다.

그의 머리 속에는 어떠한 생각의 거미줄이 얽히었는가? 알지도 못하는 사람의 편지 한 장에 몸을 맡기려는 한낱 젊은 여자! 그의 눈앞에는 그가 밟을 산 설고 물 설은 곳이 어떤 그림자로 떠올랐는가? 그가 평생 잊지 못할 남편, 열네 살부터 열아홉까지 하늘인가, 땅인가 믿고 그 품에 안겨서 온갖 괴로움을 하소연하던 그 남편, 고생이 닥치면 닥칠수록 생각나는 남편의 무덤을 뒤두고 가는 가슴이 어찌 고요한 물결 같으랴? 끓고 끓어서 인제는 모두 감정이 마비되었는가? 남의 눈이 어두워서 몸부림을 못하는가? 서리 아래 꽃 같은 그의 앞길을 생각하니 컴컴한 청루 홍등의 푸른 입술이 떠오르고 장마 때 본 한강의 시체도 떠오른다. 이 순간 그를 보내는 것이 꺼림하였다. 나는 내 이익만을 위해서 그를 보내는 것이 꺼림하였다. 그렇다고 그를 둘 수도 없는 사정이다. 오오, 세상은 어째 이러한가? 남을 살리려면 내가 희생해야 하고 내 살려면 남을 희생해야 하는 것이 사람이 밟은 바른 길인가? 시간이 되자 나는 입장권을 사가지고 개찰구를 벗어나서 어멈을 차에 태웠다.

"서방님, 안녕히 계십시오."

내가 차에서 뛰어 내릴 때 어멈은 차창으로 내다보면서 떨리는 소리로 공손히 말하였다.

"네. 원산에 내려서 아침 먹구 배를 타시우."

나는 다시금 당부를 하면서 그를 보다가 그가 치맛자락으로 눈 가리는 것을 보니 가슴이 스르르 풀려서 더 돌아다보지 않고 나와버렸다.

그 뒤로 일주일이 지났다.

며칠 뒤에 또 다른 어멈을 얻어왔다. 다른 어멈을 얻기 전에는 떠나간 어멈의 이야기가 종종 있었다. 아내가 손수 부엌일을 하는 때에는 반드시 떠나간 어멈의 이야기가 나왔다. 그러다가 다른 어멈이 들어온 뒤로는 떠나간 어멈의 이야기가 없다시피 되었다. 지금 생각하니 그것도 은연중 우리의 이익으로 생각한 것이었다. 아내가 손수 부엌일 할 때에만 떠나간 어멈을 생각하였으니 말이다.

그런 판에 이 엽서를 받았다.

소리 없이 스며드는 황혼 빛은 모든 것을 흐리는데 나는 전등 스위치를 생각도 하지 않고 지나간 모든 생각의 층계를 한 층계 두 층계 밟아 올랐다. 밟으면 밟을수록 그 어멈의 신상이 가긍하였고 내 태도가 너무나 몰인정한 것 같이 느껴졌다. 더구나 오늘까지도 그에게 상전의 대접을 받는다는 것이 퍽 불안하였다. 나로서는 분에 넘치는 일 같았다.

그렇게 모든 기억을 밟아 오르다가 막다른 페이지—그 어멈을 차에 앉히고 내가 뛰어내리던 막다른 기억에 이르러서는 내 감정은 더욱 흔들렸다.

"차가 떠나가는 때 어멈은 울던데……"

나는 혼잣말처럼 뇌었다. 이때 옥양목 치맛자락으로 눈을 가리던 그 그림자—혈혈단신 여자의 몸으로 머나먼 길을 가엾이 밟는 어멈의 그림자가 내 눈앞에 떠올랐다.

"예서도 울던데……"

곁에서 내 낯을 보던 아내는 말하였다.

"예서도 울었나?"

"그럼요! '아씨 안녕히 계셔요' 하면서 내 손을 꼭 잡는 때 목이 메어서 다시 말을 못 하였던데……"

아내도 그때의 기억이 떠오르나 보다. 그의 목소리는 떠오르는 꿈을 꾸면서 뇌는 잠꼬대같이 고요히 갈앉았다.

나는 아내를 다시 쳐다보았다. 아내의 운명! 내 운명! 아니 모든 우리의 운명도 그 어멈의 운명과 같은 길을 밟을 것 같이 느껴졌다. 그와 같은 운명의 길을 밟는 때 지금의 나와 같은 중간계급, 이상 계급의 발길에 짓밟히는 나를 그려본다는 것보다는 그려 보여졌다. 나는 은연중 주먹이 쥐어졌다.

'오오 그네(어멈)의 세상이 되여야 일만 사람의 고통이 한사람의 영화와 바뀔 것이다'

하고 나는 혼자 분개했다. 동시에 나는 그런 것을 느끼면서도 그 이상을 실행하도록 힘을 쓰는 척하면서도 머리 속에 주판을 가지고 있는 우리의 계급의 말로가— 그 자개장롱, 화류장롱의 살림을 하다가 어멈 되었다던 그 어멈의 말로같이 느껴져서 얄밉고 또 어서 그렇게 되어서 오늘의 '어멈 계급' 과 바뀌게 되어 갖은 설움을 맛보게 될 것이 유쾌하게도 생각했다.

"진지 잡수셔요!"

어멈의 소리에 나는 일어서면서, "진지 잡수셔요" 하는 어멈을 다시 보았다.

'오오 그대들이여! 그대들은 세상을 낙관하라! 삶을 사랑하라! 겨울은 지나간다. 봄빛이 이제 찾으리니, 한강의 얼음과 북한산의 눈이 녹는 것을 반드시 볼 것이다.'

어멈을 보는 내 가슴에는 이러한 생각이 돌았다. 동시에 나는 나도 모를 굳센 힘을 느꼈다.

먼동이 틀 때

먼동이 틀 때

1

짧으나 짧은 여름밤을 빈대, 모기, 벼룩에게 쪼들려서 받아주는 사람도 없는 화증과 비탄으로 앉아 새다시피 한 허준이는 가까스로 들었던 아침잠조차 앵앵거리고 모여드는 파리 떼로 흔들리고 말았다. 그렇지 않아도 남의 집에서 자는 잠이니까 늦잠을 잘 수는 없는 일이지만 화나는 양으로 말하면 그놈의 파리를 모조리 잡아서 모가지를 가위로 싹둑 싹둑 잘라버리고 싶었다. 그러나 그것도 생각하면 소용없는 짓이려니와 되지도 않을 일이니까 그는 하는 수 없이 지긋지긋한 몸을 뒤틀면서 일어나 앉았다. 벌겋게 충혈된 눈을 비비면서 창문 밖을 내다보니 아침 햇볕은 벌써 마당에 쫙 퍼졌다. 그는 뒤가 다 나간 양말을 집어신고 일어서서 허리끈을 바로 맸다. 고의적삼에서 흐르는 땀 냄새도 양말의 고린내에 못지않았다.

'이렇게 괴로운 줄 알았으면 회관에서 잘 것을……'

그는 잠 못 잔 것을 은근히 분개하면서 수세미가 다 된 두루마기를 떼어 입고 밖에 나섰다.

"와 세수도 하지 않고 어디 가노?"

저편에서 세수하던 뚱뚱한 사람이 비누를 허옇게 바른 얼굴을 이편으로 돌렸다. 그는 밀양 사람인데 작년 겨울부터 이 집에 주인을 잡고 있다. 첫 두 달 밥값밖에는 갚지 못해서 주인에게 축출을 당했으면서도 여태 버티고 붙어 있는 사람이다.

"가봐야지…… 자네 회관에 올 테지?"

허준이는 걸음을 멈추었다.

"와 그렇게 가노? 아침 묵고 가자구…… 들까……"

그 사람은 얼굴의 비누를 씻으면서 말하였다.

"참 뱃속 편한 사람일세!…… 자네나 쫓기지 말고 얻어먹게…… 허허."

"누가 떼먹나…… 돈 생기면 다 갚을걸…… 흐흐."

"허허."

이렇게 서로 어이없는 웃음을 웃다가 허준이는 대문 밖에 나섰다.

밤비가 지난 뒤의 아침볕은 맑고 서늘하였다. 맞받아 보이는 집 뜰에 하늘을 찌를 듯이 솟아 있는 포플러 잎새는 아침볕에 유들유들 기름기가 흐른다. 어디선지 지절대는 참새의 소리가 상쾌하게 들렸다.

그는 엉터리로 유명한 밀양 친구를 다시 생각하고 혼자 벙긋하면서 밤비에 질척한 계산학교 뒤 언덕에 올라섰다. 그의 눈 아래에는 서울의 전경이 벌어졌다. 서울에 흐르는 아침 빛은 연기에 흐려서 빛을 잃었다.

그는 어린 학생들이 뛰고 지껄이는 계산 학교 마당가로 지나 계동 골목으로 떨어졌다.

재동 네거리를 지나다가 이발소 시계를 들여다보니 벌써 아홉시 오 분 전이다.

"남과 약속해 놓고……"

그는 이렇게 혼자 뇌고 거기 다녀갈까 하고 망설이다가 회관에 가서 세수나 하고 가리라고 걸음을 분주히 걸었다.

안동 네거리를 지나 중동학교 앞으로 빠져서 청진동에 있는 회관 앞에 이르렀다. 대문 안에 발을 들여 놓으려는데 밖으로 나오는 사람이 있다. 그는 발을 멈칫하면서 그 사람을 쳐다보았다. 아사쓰미에리에 캡을 쓰고 윗수염을 싹 자른 그 사람의 빨리 돌아가는 시선이 그의 온몸을 배암처럼 스치자 그의 가슴은 뭉클하였다. 그의 바로 뒤에는 허준이와 같은 회 회원인 최라는 얽은 친구가 따라오고 최의 뒤에는 또 형사가 하나 따라섰다. 그의 가슴은 뭉클한 정도를 지나서 떨렸다. 그런 것은 매일 보다시피 하는 것이지만 어쩐지 볼 때마다 불유쾌하고 기연가미연가 하는 생각에 가슴이 조였다.

골목으로 나가면서 두어 번이나 흘끗흘끗 돌아다보는 그 날카로운 시선은 무슨 위험하고도 크나큰 수수께끼를 던져주는 것 같았다.

그는 그래도 태연한 낯빛을 지으면서 천천히 대문 안에 들어섰다.

2

큰 대문 안에 들어선 허준이는 어중이떠중이 삭일세로 들어서 오글오글 끓던 사랑채 앞을 지나 중문 안에 들어섰다. 벌써부터 더위를 몰아치는 볕발은 백여 평이나 되는 넓은 마당을 끼고 네 겹 축대 위에 높이 앉은 회관 지붕 위에 이글이글 흐른다.

이 집은 서울서도 이름이 있는 팔대가八大家인가 사대가四大家에 끼는 집이다. 지금으로부터 백여 년 전에 어떤 대감댁으로 지은 집인데 흐르는 세월과 같이 이 집의 주인도 여러 번 변하였다. 한때는 서슬이 시퍼런 지벌의 주인이 오락가락하였고 한때는 광채가 찬란한 황금의 주인이 들락날락하였다.

이렇던 이 집에 상부회相扶會의 간판이 붙게 되고 십삼 도의 젊은이들이 드나들게 된 것은 사 년 전 가을부터이다. 그 뒤로 이 집은 일반의 공유가 되다시피 일반의 출입이 자유로웠다.

중문 안에 들어선 허준이는 마루로 올라가면서, "최가 어떻게 된 일이어?" 하고 마루 아래서 세수하는 이마 넓적한 사람더러 물어보았다. 그 사람은 코를 킹킹 푸느라고 미처 대답을 못 하는데 대청마루 의자에 앉은 가냘픈 사람이, "몰라 지금 들어오더니 좀 가자고 하는데 별일 없을 거야" 하면서 허준이를 본다.

"별일은 무슨 별일. 나도 일전에 영문도 모르고 이틀이나 눈이 멀게 갇혔다 나왔지…… 하하……"

늦잠으로 유명한 뚱뚱보는, 오늘 아침은 웬일인지 벌써 일어나 와서 떠들고 앉았다. 아직 잠이 부족한지 두 눈은 흐릿하다.

"인제 아침 먹어야지…… 자네 돈 없나?"

세수하던 친구가 수건으로 손을 닦으면서 허준이를 바라본다.

"돈? 가만있게. 벌어옴세……"

허준이는 외면서 호주머니 속에 칠 전 든 것을 생각하였다. 모든 기분은 평상시나 다름없었다. 떨리던 허준의 가슴도 평범한 기분에 싸이지 않을 수 없었다.

"다들 어디 갔나?"

그는 누구에게라고 지목 없이 물으면서 두루마기를 벗고 세수를 하였다.

"가긴 어디를 가? 아직도 오지들 않았어……"

허준이가 낯에 물을 끼었는데 어떤 친구인지 왼다.

이 집 방에는 어울리지 않을 만큼 너무 작은 팔각종은 열 점을 땅땅 친 지 이슥하였다.

대청마루에 기어든 볕발은 눈이 부실 지경이다. 모두 볕을 피하여 그늘로 들어앉았다. 어떤 이는 벌써부터 땀을 흘리고 있다.

회원들 그림자는 차츰 많아졌다. 회관은 끓기 시작하였다. 한쪽에서는 이론 투쟁이 벌어지고 한쪽에서는 성강연性講演이 벌어졌다. 양키라는 별명을 듣는 키 크고 눈알이 노란 사람은 마룻바닥을 텅텅 울리면서 댄스를 하고 있고 배지라고 온 몸뚱이에 배만 보이다시피 된 사람과 늦잠쟁이는 볕발이 쨍쨍한 마당에서 볼을 던지고 있다. 이렇게 각인각양으로 떠들면서도 거개 아침 먹을 걱정을 한마디씩은 하고 있다.

약속한 사람을 찾아가려고 대청마루 한귀퉁이에서 구겨진 두루마기를 입는 허준이도 아침 걱정을 안 할 수 없었다. 가슴과 배가 수축이 되고 등이 휘는 듯하였다. 호주머니 속에 든 돈(칠 전)이 있으니 호떡 하나는 염려 없지만 호떡도 한 끼나 두 끼지 벌써 사흘이나 쌀 구경을 못 하니까 창자가 뽑히고 사지가 제각각 노는 듯이 허천거려서 견딜 수 없었다. 그는 그 생활을 새삼스럽게 탄식하지 않을 수 없었다. 그는 갑자기 침울하여졌다. 두 어깨가 처지는 것 같으면서 가슴에 검은 연기가 스스로 돌기 시작하였다.

3

사람은 어디서든지 자기를 잊어버리지 않는다. 그것은 자기로서도 똑똑히 의식하지 못하는 의식이다. 자기가 슬프면 모든 것이 슬퍼 보이는 것이요, 자기가 기쁘면은 세상이 기쁜 것이다. 허준이도 이러한 감정에서 벗어날 수 없었다.

그의 눈에 비치는 모든 것은 그의 뱃속같이 허전허전하고 그의 가슴속같이 갑갑하였다. 육간대청은 갑갑한 지하실이나 아닌가. 눈부시던 볕발도 흐릿한 석양빛 같다. 거기서 떠들고 뛰는 사람들까지 활기를 잃어 보인다. 모두 삼십 미만의 청춘들이면서 필 대로 못 피고 혈색 없는 낯반대기를 보이고 있다. 허준 자신도 그 무리의 한 사람이다. 그는 거울을 대한 듯이 자기 그림자를 보았다. 두 뺨이 빠지고 광대뼈가 좀 드러나서 우뚝하고 두툼한 입술이 유난스럽게도 드러나고 개기름이 번지르르한 이마 아래 쑥 들어간 두 눈의 힘없는 동작이 너무나 똑똑히 떠올랐다. 그는 입술을 깨물고 옆에 놓인 책상에 기댔던 팔에 힘을 주면서 궁상에 싸인 그 그림자를 노렸다. 그의 얼굴의 근육은 긴장된 경련을 일으킨다.

"엑 버러지만 못한 목숨이 흠—"

그는 의자에 다시 주저앉으면서 비탄에 가까운 말로써 뇌었다. 무엇이나 손에 잡히는 대로 잡아서 눈에 보이는 대로 깡그리 부수고 싶었다.

"허 여기서도 비통철학悲痛哲學이 발작하는데, 웬일까? 이 사람! 갑자기…… 허허허."

옆에서 신문을 보던 친구가 허준이를 보고 커다란 입을 벌렸다.

"자식 또 떠벌린다…… 담배나 있으면 하나 주게."

허준이도 웃으면서 그 사람 앞에 손을 내밀었다.

"담배는 주리마는 너무 그러지 말게……"

하고 그 사람은 호주머니에 손을 넣으면서,

"으흠…… 네가 그렇게 걱정하는 때마다 이 아비의 마음은 봄눈 슬듯하는구나…… 하하하."

하고 커다란 입이 더욱 크게 벌어졌다.

"이놈 버릇없이…… 흐흥."

허준이도 담배를 받으면서 점잔을 빼다 말고 웃었다. 좀 경쾌한 기분

에 뜬 그는 담배를 붙여 물고 마당에 내려서니까 쏜살같이 오는 볼을 받던 늦잠쟁이가,

"자네 어디 가나? 밥 먹을 데 있으면 나두 가세."

하고 허준이를 쳐다본다.

"밥?…… 흥…… 참 밥 같은 소리 말게……"

그는 코웃음을 치면서 중문 밖으로 나왔다. 그러나 정색으로 따라 서려는 그 친구의 얼굴이 눈앞에서 얼른 스러지지 않아서 가슴이 스르르하였다. 정작 대문 밖에 나서니 발끝이 무거워지는 것 같았다. 그는 그 자리에 서서 '호떡집에 다녀서 가?' 하고 망설이다가 그냥 발을 떼 놓으면서 '일요일이니까 늦어도 괜찮겠지만 그래도 약속한 시간이 있으니……' 하고 청진동 큰길로 올라왔다. 등골을 지지는 햇발은 그의 기운을 더욱 흐뭇이 하였다.

왼편 길가에 있는 설렁탕집에서 흘러나오는 누릿한 곰국 냄새가 그의 비위를 몹시 흔들었다. 그는 입 안에 서리는 군침을 다시금 삼키면서 안동 네거리로 나와서 회동 골목으로 접어들었다. 걸음걸음이 그의 기분은 더욱 무거워졌다.

"그만두어……"

그는 입속으로 이렇게 여러 번 외면서도 터벅터벅 걸어 올라갔다. 이런 것 저런 것을 생각하면 그만 뿌리쳐버리는 것이 자기 자존심을 위해서도 유쾌한 편이나, 밥이라는 문제를 생각하면 꿀리지 않을 수 없었다. 그리고 그 친구의 호의를 저버린다는 것도 어쩐지 마음에 꺼림칙하였다.

"별걱정을 다 하오! 남의 걱정까지 언제 하고 있을 새가 있소…… 내가 굶고야 남 죽는 것을 생각할 여지가 있어야지……"

하던 어제 저녁 그 친구의 말이 다시 생각났다.

"남은 죽거나 살거나 나만 편할 도리를 차려야 할까?"

그는 가슴속에서 몇 천 번이나 되풀이한 의문을 또 번복하여 보았다. 그러나 여전히 그 해답은 나서지 않고 그의 걱정을 비웃는 듯이 건너다 보던 그 사람의 좀 경망스럽게 보이는 가느다란 눈이 머리 속에 때룩때룩 떠올랐다. 그는 몹시 불유쾌하였다.

4

그는 그 사람의 가느다란 눈이며 점잔 빼는 태도가 항상 불유쾌하였다. 어떤 때는 자기의 존재가 무시나 되는 듯한 모욕까지 느끼지 않을 수 없었다. 그의 조촐한 꼴이 그 사람의 부인의 눈에 띄는 것은 더욱 불쾌하였다. 그는 그 사람을 찾아보고 나오는 때마다, '다시는 오지 말아야― 그것 아니면 산 입에 거미줄 슬라구' 하고 몇 번 맹서하면서도 이렇게 찾아가게 된다. 그의 절박한 생활과 그리고 어디라 없이 흐르는 그 사람의 친절한 맛이 그의 발을 무겁게나마 끌고야 말았다.

그 사람이라는 것은 물산 회사의 주임으로 있는 김관호인데 허준이와 같은 고향 사람이다. 그 두 사람은 어려서 소학교를 같이 다녔고 같은 장난 친구로 정답게 지냈다. 김은 고향서 착실하다고 귀염받던 사람이다. 그가 소학교를 마치고 서울 와서 선린善隣상업에 입학하였던 것까지는 허준의 기억에 있으나 그 뒤 팔 년 간의 소식은 알지 못하였다. 그동안에 허준이는 이리저리 떠돌아다니느라고 그가 몸을 던진 그 일 이외의 친구 소식은 들을 길도 별로 없었거니와 들으려고도 하지 않았고, 또 자기 소식을 전하려고도 하지 않았다. 이렇게 지내는 동안에 옛날 친구들의 기억은 점점 스러져서 어떤 이는 이름조차 잊어버렸다. 어쩌다 한번씩 옛날 친구들의 그림자가 눈앞에 언뜻거리지 않는 바는 아니었으나 그것은 순간순간으로 그의 마음을 조이도록까지 계속은 되지 않았다.

그러다가 지난봄에 경성역에서 김을 만났다.

부슬부슬 비가 내리던 비가 겨우 갠 봄바람이었다. 허준이는 동경서 떠나오는 어떤 동무를 맞으려고 여러 동무와 같이 경성역으로 나갔다. 유난히 빛나는 전깃불 아래서 들레는 사람들 틈을 이리저리 저어 나가는데 눈에 힐끗 뜨이는 얼굴이 있었다. 얄팡얄팡한 뺨과 잔털이 나불거리던 이마만은 옛날의 면목이 스러졌으나 우선우선하는 가느다란 눈이며 날씬한 입술이며 갸냘픈 몸은 의심 없는 김관호였다.

허준이는 입술을 움직이려다 나오는 소리를 침으로 막아 삼키면서 그대로 지나가려고 하였다. 반가운 품으로 말하면 "이게 웬일요?" 하면서 그 사람의 손을 잡고 싶었으나 말쑥한 양복에 중절모자를 신사답게 사뿐히 쓴 그 사람에게 몸에 어울리지도 않는—그거나마 어깨가 찢어지고 궁둥이가 드러나게 된 양복에 싸인 자기 그림자를 보인다는 것은 도리어 웃음만 살 것 같았다.

그는 자기의 약점이 폭로나 되는 듯이 은연중 몸을 송그리면서 돌아서 나가려는데 "이게 누구요!" 하는 익은 목소리가 분명히 고막을 울리자마자 그 신사의 부드러운 손은 허준의 팔에 와 닿았다. 반가움에 흔들리는 소리와 같이 정다운 손이 와 닿을 때 허준의 가슴은 감격에 떨렸다.

"아, 관호 씨!" 하고 서로 잡은 두 사람의 손은 한참이나 풀리지 않았다. 허준이는 반가우면서도 그 사람의 눈이 조촐한 자기 몸을 슬쩍 훑는 것이 그리 유쾌한 일은 아니었다. 두 사람은 잠깐 이야기를 하다가 오늘은 피차에 볼일이 있으니 일후에 만나자는 약속을 하고 갈라섰다.

그 사람은 돌아서다가 다시 돌아보면서,

"밤에는 언제든지 집에 있으니 꼭 오셔요. 회사에 전화를 걸고 오시는 것도 좋으니 꼭 오시오." 하고 회사의 전화번호가 적힌 명함까지 끄집어내주면서 신신부탁을 하였다. 허준이는 그 사람의 고정이 반가우면서도 그 사람의 눈에서 벗어나는 것이 어쩐지 자유로운 듯하였다.

5

허준이는 그 뒤에 김관호를 찾지 않았다. 처음 만나던 그때의 생각에는 그 이튿날 전화라도 걸까 하였으나 하룻밤을 자고 나니 그 생각은 엷어져버렸다. 땟국이 꾀죄죄 흐르는 의관에 궁상이 그득한 낯반대기를 빛나는 그 사람의 차림차림과 비기는 것이 어쩐지 재미가 없었다. 더구나 돈냥이나 만지고 밥술이나 편히 먹는 사람들 속의 한 사람일 김이 자기를 마음으로 대하여 줄 리는 없을 것이다. 명함을 주고 두세 번 오라고 하는 것은 사교에 익은 사람들의 행투일 것이다. 만일 자기의 정체를 알고 보면 김은 더욱 싫어할 것이다. 이렇게 생각하니 김과 자기와는 천 길 장벽을 가운데 놓은 듯이 느껴졌다. 그러다가도 간혹 '그럴 리야 있을라구…… 그 사람의 태도와 표정이 진심 같은데……' 하고 한번 찾아볼까 하는 생각도 없지 않았으나 기분은 그렇게 돌아서지 않고 멀어만 지는 것 같았다.

'김을 찾아서 군졸한 것이나 면하도록 해볼까.'

어떤 때에는 이런 생각까지 떠올랐으나 그는 곧 자기의 어이없고 더러운 생각을 혼자 웃으면서 꾸짖어버렸다. 그렇게 그렁저렁 한 달은 지나갔다.

어떤 흐릿한 날이었다. 그날 허준이는 후줄근한 옥양목 두루마기를 입고 종로를 향하고 수표교 다리를 건너는데 저편으로 오는 가냘픈 신사가 있었다. 그는 그가 김인 것을 알았다. 그의 기분은 빚쟁이와 마주치는 듯이 흔들렸으나 어느새 맞다들게 되어서 피할 수도 없고 외면도 못 하게 되었다.

'나도 못생긴 놈이야! 만나면 어때…… 이 꼴이 뭐 어때…….'

그는 속으로 혼자 푸닥거리를 놓으면서 용기를 냈으나 역시 기분은 돌아서지 않았다.

"오래간만이올시다. 어디로 가시오."

그는 조금도 어색한 태도를 보이지 않으려고 모자를 먼저 벗으면서 빙긋이 웃었으나 그것이 도리어 어색함을 느끼지 않을 수 없었다.

"참 오래간만인데요. 그런데 왜 한 번도 오시지 않아요? 퍽 기다렸는데…… 주소가 어데지"

하다가 그 사람은 다시 낯빛을 고치면서,

"그 뒤 주인은 어디로 정하셨어요? 나는 주인을 알아야 찾아나 가지요."

그 사람은 대단 갑갑했다는 어조였다. 그러나 그 어조는 퍽 다정스러웠다. 허준이는 대답에 궁하였다. 찾아 안 간 핑계는 무어라고 하며 주인은 어디라고 해야 좋을는지 망설이다가.

"그새 시골 갔다가 그저께 왔어요…… 주인은…… 저…… 하숙집은 아니고 어떤 친구 집에 있는데 낮에는 늘 청진동 상조회에 있습니다."

6

하고 어물어물하면서도 확실한 하숙도 없이 다니는 것을 남에게 알리는 것이 퍽 부끄러웠다.

"네…… 오…… 저…… 이윤 변호사 옆집 말이지요."

상조회라는 말에 그 친구는 벌써 모든 것을 알아차리는 듯이 대답하더니, "그래 지금 어디 가시우. 별일 없으시우?" 하고 허준이를 들여다본다.

"황금정에 댕겨가는 길입니다. 별일이 무슨 별일이 있겠어요."

허준이는 심기가 좀 펴진 웃음을 지었다.

"바쁘시지 않으시면 우리 한잔 합시다. 오래간만이니 그 어간 이야기도 듣고 싶고……"

그 사람은 '어서 승낙하고 나를 따라오시오' 하는 눈으로 허준이를 보면서 도로 돌쳐서려고 한다.

"바쁘기야…… 바쁘진 않습니다마는……"

허준이는 뒤끝을 흐리마리하여 버렸다. 그의 발은 무거우면서도 떨어졌다. 자기를 불쌍하게 보는 듯한 것이 고마운 듯하면서도 불유쾌하고 그렇게 따라가 먹는다는 것이 쑥스럽기도 하였다. 그러나 그처럼 하는데 거절하기도 안 되었고 먹는다는 힘에 끌리지 않을 수도 없었다. 온종일 점심은 둘째로 아침도 변변히 못 먹은 창자에서는 쪼르륵 꼴꼴 소리가 그치지 않았다.

"자 어서 갑시다. 볼일이 별로 없으신 담에야…… 오래간만에 이야기나 좀 합시다."

그 사람은 허준의 주저거리는 뜻을 벌써 알아차린 듯이 더욱 친절하게 끌었다.

두 사람은 종로로 나왔다. 흐릿한 일기는 석양이 되면서 더욱 흐릿하여서 모든 것은 어둑한 황혼 속에 잠긴 것 같았다.

철수로는 늦은 봄이나 아직도 일기는 산산한데 날이 흐리고 석양 바람이 일어나니 이른 봄처럼 쌀쌀하였다.

두 사람은 불어오는 바람에 몰려오는 먼지를 피하여 머리를 놀리면서 종로 큰길을 건너섰다.

큰길을 건너서서 몇 집 지나다가 어느 조그마한 중국 요리점으로 들어갔다.

검은 문장을 늘인 저편으로 흘러나오는 기름 냄새와 무엇을 지지는지 찌르륵찌르륵 하는 소리는 허준의 비위를 슬근이 건드렸다.

두 사람은 깊숙하고 조용한 온돌방으로 인도되었다.

"우리가 못 만난 지 퍽 오래지요?"

식탁을 가운데 놓고 마주 앉아서 담배를 피우는 두 사람 사이에는 이야기가 벌어졌다.

"퍽 되지요……"

하고 허준이는 손가락을 꼽더니,

"팔 년인데…… 관호 씨가 선린에 입학하신 뒤부터이니까……"

하고 담배를 빨았다. 그의 어조라거나 태도는 김처럼 마음을 턱 놓은 듯 같지 못하고 조심조심히 저편의 눈치만 살피는 듯이―어찌 보면 저편의 기분에 압박을 느끼는 듯이 어색한 것이 많이 보이는 것을 그 스스로도 느끼고야 말았다. 그것을 느끼고 몸가짐을 평범히 하려고 할수록 더욱 부자연하여 가는 것 같았다.

"참 그렇군…… 그때만 해도 지금보다는 철없는 때외다."

하고 빙그레 웃으며 담배 끝에서 솟는 파란 연기를 보는 관호의 가느다란 눈은 옛날의 그림자를 보는 듯하였다.

"그런데 그새 어디 계셨소? 그해 하기 방학에 내려가니까 그때 댁에서들은 어디인지 이사를 하셨더군요!"

그는 다시 허준에게 시선을 주었다.

7

허준의 아버지는 고향에서 객주를 하다가 남의 돈냥이나 지게 되고 견딜 수 없이 되었다. 그때 어떤 항구에서 물상객주를 크게 하는 사람이 있었는데 그는 허준의 아버지와 일찍부터 거래 관계로 정분이 두터웠다. 허준의 아버지는 그 사람의 도움으로 그해 (김관호가 선린 상업학교에 입학하던 해) 늦은 봄에 그 항구로 식솔을 데리고 가서 어떤 해산업자 海産業者의 일을 보아주고 허준이는 물상객주에서 상심부름을 하였다.

그렇게 이사한 이듬해에 그의 어머니가 세상을 떠나게 되어서 가정을 헤치고 말았다. 그러자 이어 해산업 하던 사람이 어찌어찌 파산의 비문에 빠지게 되니까 그의 아버지까지 그 물상객주에 목을 매게 되었다. 부자가 다 같이 한 사람의 심부름을 하게 되니까 서로 보기가 안 된 일이 한두 가지가 아니었다. 아버지를 생각하는 자식의 정이나 자식을 생각하는 아버지의 정이나 틀릴 것이 없었다. 서로 쳐다보고 내려다보면서 시선과 시선으로 괴로운 처지를 위로도 하고 호소도 한 적이 한두 번이 아니었다.

그렇게 지내다가 이사한 지 삼 년 되던 해 허준이는 일본으로 건너갔다.

"네 생각대로 해라마는 부디 몸조심해라."

하고 그 아버지는 목멘 소리로 자식에게 부탁하면서 자식의 뜻을 꺾지 않았다. 그는 일본으로 건너가자마자 마침 어떤 탄광으로 가게 되었다.

"그 뒤로는 이렇게 정처 없이 떠돌아다녔어요…… 그러다가 작년 여름에 서울로 왔어요."

하고 간단히 설명하면서도 사상 단체에 들어서 사상 운동을 하는 이야기는 하지 않았다. 그것은 그 사람과 이야기하는 것은 부질없는 일같이 생각될 뿐더러 무슨 자랑이나 하는 것 같기도 하여서 그 이야기만은 피한 것이다.

"그러면 춘부 어른께서는 지금도 그 객주에 계시겠지요?"

김은 초장을 접시에 따르면서 말하였다.

"네, 지금도 거기 계셔요."

"인제는 퍽 늙으셨겠네……"

하얀 손에 잡았던 장그릇을 놓고 허준이를 건너다보다가 다시 창문을 내다보는 김의 눈은 백발이 성성한 어떤 늙은이의 그림자를 연상하는 듯하였다.

"늙으시구 말구…… 지금 육십이 가까우신데 고생까지 닥치니……"

하고 담배를 빨아 연기를 내뿜는 허준의 눈앞에는 아버지의 그림자가 스르르 지나갔다.

이 술과 안주가 들어왔다. 허준의 비위를 흔드는 중국 요리의 걸쭉한 냄새와 억센 술 향내는 방 안에 쓰르르 퍼졌다.

하얀 술이 찰찰 넘는 술잔은 저 손에서 이 손으로, 이 손에서 저 손으로 건너게 되고 따라서 안주 접시도 젓가락의 침입을 받게 되었다.

따끈한 술이 두 사람의 창자를 축이면서부터 두 사람 사이에 흐르는 좀 서먹서먹한 기분은 스러지기 시작하였다. 서로 옛날이 그리워지고 옛날의 정분으로 돌아가지는 것 같았다. 서로 지금의 지나가는 형편 이야기도 하고, 또 어려서 소학교 다닐 때 서로 싸우고 벌 받는 그날 오후에 낚시질을 같이 갔던 이야기까지 하였다.

"그러나 생활이 그렇게 곤궁하시구서야……"

하고 좀 머뭇거리던 김은,

"무슨 일이 되시겠소…… 하시는 운동이야 누가 비난을 하겠습니까…… 마땅한 일이지요마는 의식 문제에 쪼들리게 되면 언제 다른 생각을 할 여유가 있어야지요."

하면서 술잔을 들었다. 허준이도 따라서 술잔을 들면서,

"참말 그래요…… 하지만 무어 어떡하는 수가 있습니까? 그래도 목숨이 붙어 있는 날까지 애쓰고 애쓰노라면……, 허허허……"

허준이는 자기의 정색한 어조가 흐느러진 주석의 기분에 어울리지 않는 것을 느꼈던지 웃어버렸다.

"어떻게 의식, 넉넉지는 못하더라도 다소 의식 걱정은 없으셔야 하실 텐데……"

하고 김은 매우 걱정되는 듯한 표정을 지었다. 허준에게는 그것이 쓸데없는 걱정 같았다. 이날 이때까지 의식 문제의 해결을 연구하고 연구한 결과 지금의 환경 속에서는 도저히 될 수 없다는 것을 느낀 허준의 생각에는 김의 걱정이 헛된 걱정으로 느껴지지 않을 수 없었다.

"그게 어디 그렇게 쉽게 됩니까."

하고 허준이는 지나가는 말처럼 뇌어버렸다.

"어디나 취직하실…… 물론 허준 씨의 운동에 거리낌 없을 만한 직업이 있으면 혹 붙잡을 의향이 없으신지?"

김은 취중에도 저편의 의사를 상치나 않을까 하는 조심스런 어조로 물으면서 술에 흐린 눈으로 허준의 안색을 살폈다.

"글쎄요 어디 그런 자리가 있어야지……"

허준이는 혈관에 흐르는 술기운을 겨우 지탱하면서 흐리마리하게 대답하였다.

"가만 계셔요…… 어디 봅시다."

하면서 김은 보이를 불러서 요릿값을 치러주었다. 조그마한 돈지갑에서 십 환짜리가 나오는 것이 허준의 마음을 흔들었다. 그 한 장이면

자기네는 한 달이나 살아갈 것이다. 배곯던 동무들을 뒤두고 혼자 잘 먹은 것이 미안도 하고 술을 주지 말고 돈으로 주었으면 얼마나 좋으랴 하는 생각도 일어났다.

8

이때 반짝하고 전등이 켜졌다.

허준이는 옆에 놓았던 모자를 집어쓰고 일어나려는데, "여보 형! 이렇게 드리는 것은 실례지마는……" 하면서 김은 십 환 지폐 한 장을 허준에게 건넨다.

"천만에…… 이건 너무나 미안합니다."

허준이는 그것 받기를 주저하였다. 욕심대로 말하면 더도 말할 것도 없지만 그 돈 십 환이 자기를 구속하고 자기를 불쌍히 보는 듯이 불쾌하기도 하였다.

"약소합니다마는 구급이나 하십시오. 차차 피도록 되시겠지요. 조금도 상심치 마세요."

하는 김의 취한 어조는 정답게 떨렸다.

"너무나 미안합니다. 참 잘 쓰겠습니다."

허준이는 여러 번 사양하다가 받았다. 그의 가슴은 김의 우정에 대한 감격과 자기의 처지에 대한 설움에 울렁거렸다. 돈의 구속을 모르는 듯이 느껴지는 김이 어쩐지 자기보다 빛나 보이는 듯하였다. 자기의 존재는 너무도 미천한 것 같았다. 고르지 못한 모든 것이 새삼스럽게 원망스러웠다. 그는 이양의 흥분을 느끼면서 일어났다.

"내일은 내가 인천 다녀와야 하겠습니다. 모레 오후에 만납시다. 이

번은 꼭 오셔요. 저녁이나 같이 잡수면서 직업 이야기도 하고……"

안동 네거리에서 갈릴 때 김은 말하였다. 허준이는 "네, 가요……
자 또 뵈옵겠습니다" 하고 청진동 편으로 취한 다리를 옮겨놓았다.

그의 취한 생각은 오락가락하였다. 스스로 우러나오는 계급 감정으
로 김의 생활에 일종의 반감도 일어나거니와 부러운 생각도 스르르 머
리를 들었다. 소학교 시절의 성적은 김보다 자기가 나았던 것이다. 자
기도 파산의 비운에만 빠지지 않고 김처럼 전문학교까지 마쳤다면 지
금은 상당한 자리에서 상당한 생활을 하였을 것이다. 이런 생각이 그
의 머리를 흔드는 때 그의 눈앞에는 어떤 중류 가정의 생활이 희미하
게 떠올랐다.

'허허 미친놈이로군' 하고 그는 그 얼없는 생각을 웃어버리려고 하였
다. 그런 생각이나마 하는 것은 여러 동무를 배반하는 것같이 부끄러웠
다. 자기 홀로 편안한 생활을 하려는 것은 무슨 죄악같이 느껴졌다. 친
하던 모든 친구들을 차버리고 홀로 배나 부르면 무슨 소용이 있으랴?
자기 손에 돈만 들어온다면 처지를 같이한 천하 사람들과 나누고 싶었
다. 여러 가지 생각에 골몰한 그의 발은 기계적으로 회관 문 앞까지 이
르렀다. 그는 대문 안에 발을 들여놓으려다가 호주머니 속에 있는 십
환짜리를 다시 만져보았다. 그것은 여러 사람에게 들키는 날이면 그 자
리에서 없어질 것이다. 그는 아까운 생각이 스르르 들었다.

'어떤 밥집에 맡겨 두고 혼자 다녀……' 하고 다시 돌아서려 하였으
나 발이 떨어지지 않았다. 어깨가 축 처지고 낯빛이 해쓱한 동무들이
눈앞에서 알찐거렸다.

'내 손에 돈만 들어와 봐라. 구차한 사람을 다 주지' 하고 아까까지도
뇌던 자기의 생각이 다시 떠올랐다. 그는 스스로 부끄러움을 금할 수
없었다. 여러 해 쪼들린 생활에 인색하여지는 자기의 마음이 밉고도 슬

342

폈다.

"여러분 우리가 한 끼 굶더라도 이 돈은 박군의 여비로 씁시다. 박군을 어서 돌려보내야 하겠으니 말이에요."

허준이가 집어내놓은 십 환짜리를 여러 동무가 서로 빼앗아가면서 좋아라고 뛰는 때에 간부의 한 사람인 키가 자그마하고 얼굴이 비쩍 마른 사람이 썩 나서면서 말하였다. 그 말 한마디에 방 안은 물을 끼얹은 듯이 조용하였다. 빛나던 얼굴들은 모두 스르르 흐리는 듯하면서 일종의 긴장한 빛을 띠었다.

"그럽시다" 하는 듯이 아무도 이의가 없었다. 일을 위하여 주림을 참는 그 모양들을 보는 허준이는 자기의 인색한 생각을 다시금 후회하였다.

9

이틀 뒤였다.

허준이는 오후 다섯시에 김관호를 찾았다. 김의 집은 허준의 상상에 떠오르던 그러한 기와집은 아니었다. 땅에 꼭 들어붙은 듯한 초가집이었다.

허준이는 친히 나와 맞아주는 주인의 인도로 건넌방으로 들어갔다. 마당 바른편 장독대에서는 무엇을 하고 있는 주인아씨의 눈에 조촐한 꼴을 보이는 것은 기운이 한풀 죽는 것 같았다. 주인아씨는 신여성인 듯싶었다. 트레머리 한 것이라거나 짧은 치마라거나 섬돌에 놓인 여자 구두를 보면 신여성임이 분명했다. 그가 신여성이거니 생각하매 그의 눈이 더욱 시렸다.

저녁상에는 반주가 있었다. 몇 잔 술에 얼근한 두 사람은 상을 물린 뒤에 밤 열시까지 이야기를 주고받았다. 처음에는 이런 이야기 저런 이야기로 시간을 보내다가 나중에는 허준의 취직할 이야기로 들어갔다.

"만일 의향이 계셔서 우리 회사로 오신다면 한 달에 육십 원—지금 있는 이는 오십 원이지만—은 드리도록 주선하겠습니다" 하고 김은 책상에 비스듬히 기대어서 허준의 의사를 다시 살핀다. 김의 말눈치를 보면 벌써 자기네끼리 이야기가 있은 모양 같다. 허준이는 겉으로는 반승낙이나 하여 놓고도 속으로는 이러기도 어렵고 저러기도 어려웠다. 몸이 어디 가 매이는 날이면 자기는 운동의 소임을 다할 수 없는 날이다. 그러나 굶고 앉아서 무엇을 할 수도 없는 일이다.

"우리는 직업을 붙잡을 수 있거든 붙잡읍시다. 그리고도 힘만 모으면 일을 할 수 있습니다" 하고 서로 말한 바도 없는 것은 아니나 직업을 붙잡는 날이면 어쩐지 그 기반을 벗어날 수 없는 것 같았다. 그러나 월수입 육십 원이면 세 사람은 살 수 있는 것이다. 세 사람의 목숨을 지탱한다는 것은—세 사람의 힘을 우리 운동선에 보탠다는 것은 여간한 도움이 아니다. 그리고 그처럼 친절히 주선해 주는 김의 우정을 물리치는 것도 그로서는 괴로운 일이었다.

"그 일은 내 힘으로 할 수 있을까요?"

허준이는 광대뼈가 드러난 얼굴을 들었다. 우뚝한 콧날은 전등불에 빛났다.

"그걸 못 하셔요…… 넉넉하외다. 우리 회사 소유의 집이 많은데 모두 사글세로 주었지요. 그 세전을 받아들이는 것이니까."

김은 그만한 일은 손쉬운 것이라는 듯이 말하였다.

"이때까지 그걸 받는 사람이 없었어요?"

"왜…… 있었지요. 한데 그 사람이 잘 받지 못해요…… 그러구 궐자는 어떤 것은 받고도 못 받았노라고 하고…… 그런 무정한 일이 있으니까 쫓아내야지요."

하고 담배 연기를 내뿜으면서 전등을 쳐다보는 김의 가느다란 눈은 교활하게―허준에게는 그렇게 보였다― 빛났다.

"그러면 그 사람 대신 제가 들어가는 셈이외다 그려, 허허."

하고 허준이는 어색한 웃음으로 좀 떨리는 목소리를 감추려고 하였다.

"말하자면 그런 셈이지요."

"그러나 내가 살려고 남을 어떻게 쫓습니……"

허준이는 말끝을 흐리마리하였다. 그의 가슴은 묵직하여졌다.

10

"별걱정을 다 하시오…… 남의 걱정을 하시다가는 제가 죽는 것을 어떻게 합니까?"

"그렇지만 그건 좀 문제인데요."

"아무 상관없어요. 그 사람은 아무래도 나갈 사람이고 그 대신 허준 씨가 아니면 다른 이라도 쓰게 된 형편인데 무슨 거리낄 것이 있겠어요…… 아무 걱정도 마시오. 언제 남의 걱정을 다 하십니까?"

하고 허준이를 건너다보는 김의 눈은 경망스럽고도 교활하게 돌아갔다.

그 뒤에도 세 번이나 만났으나 문제는 낙착을 짓지 못하고 있다가 오는 일요일에는 가부간 확답을 하기로 하고 갈렸다.

허준이는 지금 그 약속대로 김을 찾아가는 것이다.

*

일은 다 된 일이다. 허준이가 오늘 가서 김에게 명확한 대답 한마디
만 하면 일은 다 된 일이다. 그러나 뒤가 몹시 켕긴다. 그도 없는 사람
이네 없는 사람에게 가서 집세를 조른다는 것은 그로서 차마 할 수가
있을까. 그의 눈앞에는 그의 동무되는 김이 집세에 쪼들리던 꼴이 떠올
랐다.

'못할 일이로군.'

그는 생각하면서 머리를 흔들었다. 그나 그것뿐인가. 아직도 두 눈이
띠룩거리는 사람을 쫓아내고 그 사람의 자리를 차지한다는 것은 더구
나 못할 일이었다. 김의 말도 일리가 없는 것은 아니다.

그 사람은 허준이가 들어가려고 아무 허물도 없는 것을 쫓는 것은 아
니다. 허준이가 들어가든 말든 어차피 쫓겨나는 사람이다. 그러나 그
사람이 어떤 사람인지는 모르나 속도 모르고 자기를 원망하기도 쉬운
일이다. 모든 조선의, 운동선상에 나선 사람으로서는 생각이 못 되는
것이라는 생각이 그의 머리를 무겁게 하였다.

"그 사람도 곤궁하니까 그랬을 테지……"

그나 그 사람의 처지를 동정은 하여보았다. 사람들은 도적을 만들어
놓고 그 도적을 잡으려고 한다. 그 사람도 형편이 형편인가 보다. 작년
겨울에 어떤 동무가 감옥에 있는 동무의 밥값을 맡았다가 그 아내가 냉
방에서 해산하게 되는 바람에 그만 집어쓰고 얼른 갚지 못한 까닭에 몇
동무의 비난과 모욕까지 받고 나중에는 그런 성의 없는 사람은 운동선
에서 쫓아내라는 말까지 들은 것이 생각났다. 그때 그 동무의 핏기 없
는 얼굴이 보이는 듯하다. 이 사람(물산회사에서 집세 받는 사람)도 그렇게
절박한 사정이나 있었던 것이 아닌가……

"엑 그만두어라."

그는 결심하였다. 김을 만나는 즉석에서 그만 단념한다고 대답하려고 하였다. 그러나 김의 친절을 등지는 것은 어쩐지 괴로웠다. 그리고 육십 원—매삭 육십 원이라는 그 관념도 그의 마음의 한 귀를 잡고 놓지 않았다. 그는 어쩌면 좋을지 판단이 얼른 나서지 않았다.

어느새 김의 집 대문 밖에 이르렀다. 그의 가슴은 더욱 묵직하였다. 아까 이발소 유리창에 비치던 자기의 그림자가, 땟국이 흐르는 두루마기에 어깨가 축 처져 보이던 그 그림자가 눈앞을 지나갔다. 그런 꼴을 주인 부인에게 뜨이는 것은 이 집을 찾는 때마다 고통이었다. 깔보는 것 같고 뒷공론을 하는 것같이 생각되어서 견딜 수 없었다. 자기의 존재는 큰 모욕을 받는 듯하였다. 그는 스스로 용기를 애써 내면서,

"이리 오너라."

하고 불렀다.

"누구시오? 허준 씨요? 들오시지요……"

하는 것은 김의 부드러운 목소리였다. 그는 심기가 좀 펴서 마당에 들어섰다.

허준이가 방으로 들어가는데 그 방에 앉았다가 가는 사람이 있었다. 후줄근한 옥양목 두루마기에 캡 쓴 사람이다. 검데데한 얼굴은 무슨 근심이 씌운 듯이 흐릿한데 정력 없이 보이는 눈은 모든 사람의 시선을 꺼리는 듯 무슨 죄를 짓고 사과 온 사람 같았다. 그것이 회사에서 쫓겨나는 그 김이란 사람이나 아닌가 하고 생각하니 허준의 가슴은 그도 알 수 없는 압박을 느꼈다.

11

"손님이 오셨는데 미안합니다."

허준이는 마루에 나갔다 들어오는 김을 보면서 자리를 드디어 앉았다.

"괜찮아요…… 엑 귀찮어서……"

김은 이마를 찡기면서 책상 앞에 앉았다.

"왜요? 누구예요?"

"그게 그 사람인데…… 세상이 그런 게야…… 제 허물은 모르고……"

김은 혼잣말같이 뇌어버린다.

"뭐라고 해요……?"

허준에게는 김의 태도가 어쩐지 불쾌하게 느껴졌다.

"뭐…… 죽을죄를 지었느니 마니하고 그저 두어달라고 벌써 몇 차례
나 와서 조르는데 견딜 수가 있어야지……"

하고 김은 귀찮은 듯이 이마를 찡그리다가 다시 웃음을 지으면서,

"그래 결정하셨소? 뭐 결정이고 말고 있소…… 내일부터 출근하시
지요."

하고 허준이를 건너다보았다.

"그러지요."

하고 허준이는 대답하였다. 그는 그렇게 대답한 것을 곧 후회하였다.
그는 어째서 그런 대답을 하였는가? 공연히 끌리는 인정에 눌려서 그
렇게 대답은 자기도 모르게 하였으나 가슴이 묵직한 것이 유음이 그득
찬 것 같았다. 그렇다고 그 자리에서 그 대답을 취소할 용기도 나지 않
았다.

"제일 의복을 바꾸셔야 할 터인데…… 이따…… 지금 내가 어디 다녀
와야겠으니…… 이따 저녁 때……"

하고 김은 무엇을 생각하다가, "내 의복을 며칠 입으시오…… 그리고 차차 지어 입도록 하시지요."

하고 김은 그 아내를 불러서 자기의 의복을 내왔다. 그것을 받는 때 허준의 마음은 기쁘면서도 부끄러웠다. 그는 의복을 들고 마루 아래 내려설 때 뒤에서 누가 손가락질을 하면서 비웃는 것 같아서 줄달음을 치다시피 뛰어나왔다.

"그러면 내일 아침에 일찍 오시오. 아침은 집에 와서 잡수시게……"

김은 그에게 부탁하였다. 대문 밖에 나선 허준이는 지옥이나 벗어난 것 같았다. 그러나 몇 걸음 걸으려니까 창자가 텅 비고 다리가 허청거리기 시작하였다.

해는 낮이 좀 지났다.

그는 길가 호떡집으로 들어가서 호떡 한 개를 사먹고 나서 회관으로 가다가 무슨 생각을 하였는지 안국동 어떤 친구의 집으로 가려고 발을 돌리다가 보니까 물산회사에서 쫓겨난 사람(아침에 김의 집에서 만난 사람)이 저편에 서서 허준이를 보다가 허준이와 시선이 마주치니까 외면을 한다. 허준이는 다시 그 사람을 볼 용기가 나지 않았다. 무슨 크나큰 죄를 지은 사람이 형사에게나 들킨 듯싶었다. 그는 그만 재동 넘어가는 골목에 들어서서 소안동으로 내려왔다.

"여보셔요."

안동 예배당 앞에 왔을 때 누군지 뒤에서 허준이를 불렀다. 그는 걸음을 멈추고 뒤를 돌아보았다. 허준이는 가슴이 뭉클하면서 두근거리기 시작하였다.

"미안합니다마는 잠깐만 여쭐 말씀이 있어서……"

그 사람은 기운 없는 목소리로 죄송스럽게 뇌면서 허준의 얼굴을 쳐다보다가 머리를 숙인다.

"무슨 말씀?"

허준이는 의아한 눈으로 그 사람을 보았다.

"조용히 좀 여쭐 말씀이 있는데……"

하고 그 사람은 지나가는 사람들의 눈을 퍽 꺼리는 듯이 말하였다.

12

그 사람의 태도는 허준에게 풀기 어려운 수수께끼 같은 느낌을 주었다. 그 사람은 가슴에 무슨 생각을 품었는가? 어찌하여 그는 남의 눈을 기어가면서 말하려 하는가? 그의 자리를 빼앗았다고 그 분풀이를 왔는가? 그 힘없는 눈하며 몸을 가누지 못해 애쓰는 듯한 태도는 분풀이는 고사하고 누구에게 큰소리 한마디 할 용기도 못 가진 듯하다. 그러면 그는 무슨 말을 하려는가? 무슨 소원이 있는가? 자기가 그의 대신 들어가지 말아달라는 애원인가? 허준의 마음은 어쩐지 죄송스러웠다. 사람으로서는 차마 못할 일을 한 것 같았다.

'그러나 내가 쫓은 것은 아니다.'

이렇게 한번 속으로 변명도 하여보았으나 그렇다고 묵직한 가슴은 풀리지 않았다. 한 개의 호떡이 그의 주리고 주린 창자를 충분히 녹이지 못한 탓도 되겠지만 어쩐지 온몸의 기운은 그 자리에서 아주 빠져버리는 듯도 하였다.

"무슨 말씀인지 여기서 하시지요."

그는 떨리는 목소리로 외면서 바른편에 끼었던 옷 보퉁이를 왼편에 끼었다.

"어디 조용한 데서 뵈올 수 없을까요……"

그 사람의 목소리는 아까보다 용기를 다소 얻었다.

"글쎄요. 어디 조용한 데가 있어야죠…… 저, 걸어가면서…… 이야기 합시다……"

허준이는 발을 옮겼다. 그 사람도 따라 발을 옮겨놓으면서,

"그러면…… 대단 미안합니다마는 저와 같이……"

하고 같이 어디로 가자는 뜻을 보인다. 허준이는 "어디 조용한 데 있으면 갑시다" 하고 선선히 대답하였다. 대답을 하면서도 아무도 모를 조용한 데서 무슨 변이나 안 생길라나 하는 걱정도 슬며시 치밀었다.

두 사람은 별궁담을 끼고 큰길로 나왔다. 그 사람은 허준의 앞에 서서 재동 쪽으로 몇 걸음 나가다가 왼편 길가에 있는 중국요릿집으로 들어가려고 하였다. 허준이는 발을 멈추면서 "여보셔요…… 다른 데로 갑시다" 하고 주위를 둘러보았다. 그 사람을 따라 그리로 들어가는 것은 어쩐지 불유쾌하였다. 모든 눈이 잘 보는 듯싶었다. 그 사람은 저어한 낯빛으로 허준이를 보면서 "하 괜찮습니다…… 들어가시지요…… 잠깐만……" 죄송하다는 어조로 말한다.

"그럴 것 없이 다른 데로 갑시다……"

하고 허준이는 머리를 기웃하다가, "우리 취운정으로 갑시다. 물도 먹고……" 하면서 재동 쪽으로 향하려 하였다.

"어째 그러십니까?…… 이리로 들어가시지요……"

그 사람의 어조는 절망에 가까운 듯이 울렸다.

내리쪼이는 볕발은 온 누리를 녹일 것 같았다. 빗발이 듣지 않아서 자국자국이 일어나는 먼지는 더위에 지친 사람을 더욱 괴롭게 굴었다. 수레를 끄는 말까지 온몸의 털이 땀에 젖어서 머리를 떨어뜨리고 기운을 못 쓰고 지나간다. 집집의 지붕에서는 금방 보이지 않는 불이 날 것만 같다. 허준이는 옷 보퉁이를 연해 이 손 저 손에 바꾸어 들면서 그

사람과 같이 취운정으로 들어갔다. 취운정도 역시 시원치 못하였다. 바람 한 점 없는 볕발에 사람들은 기운을 잃어버리고 발밑에 밟히는 푸른 풀은 시들고 눈을 가리도록 무성한 나무는 먼지투성이가 되어서 보기에 갑갑하였다. 비! 여기에 비가 한바탕 지나갔으면 얼마나 시원하랴. 얼마나 맑으랴? 하고 허준이는 생각하면서 아래위를 돌아보았다.

약수터에는 매일과 같이 사람이 끓는다. 저편 나무 그늘에서는 어떤 학생인지 책을 낯에 가리고 잠이 들었다.

13

두 사람은 약물터에 가서 오그그 끓던 사람들 사이를 비비고 들어갔다.

날이 더운 관계인지 사람들은 여느 때보다 사오 갑절이나 모여 들었다. 어떤 이는 점잔을 부리느라고 자리 나기만 기다리고 어떤 이는 염치를 불구하고 밀고 당기고 하여 싸움까지 일으킨다. 부인들과 어린애들은 남이야 죽거나 살거나 물터를 둘러싸고 앉아서 흘러내리는 샘을 쪽박으로 퍼서는 병과 주전자와 물통에 붓는다.

"남은 먹지도 못하는데 가지고 간담."

이런 불평은 연방 일어난다.

허준이는 겨우 물 한 바가지를 얻어먹고 그 사람과 같이 물터 뒤로 올라갔다.

소나무 잎 사이로 흘러내리는 볕발은 푸른 물 위에 아롱아롱한 무늬를 놓았다. 사람들은 없는 데 없이 흩어져서 담배도 피우고 부채질도 하고 어떤 이들은 장기까지 두고 있다. 저편 사정에서는 오늘도 활을 쏘는 한가한 사람들이 떠들고 있다.

두 사람은 사람의 그림자가 잘 보이지 않는 나무 그늘에 가서 자리를 잡았다. 허준이는 온몸의 기운이 다 빠진 듯하여 아무런 생각도 나지 않았다. 억지로 지탱하여 오던 다리를 잔디 위에 펴고 몸을 소나무에 턱 기대고 앉으니 온몸은 땅속으로 자지러져 들어가는 듯하면서도 그 윽한 품에 안긴 듯이 흐뭇한 유쾌를 느꼈다. 그는 힘없는 눈으로 앞을 내다보았다.

쩽쩽한 볕발이 흐르는 서울의 지붕을 스쳐 아른거리는 남산 저편 먼 하늘을 바라보고 앉았으니 뭉치고 쪼들리던 마음은 그도 모르게 풀렸다. 그도 모든 것을 잊었다. 자기가 지금 어디 있는지 자기 앞에 누가 있는지를 그는 깨닫지 못하였다.

"담배나 피시지요."

곁에 앉아서 허준의 동정만 흘금흘금 살피던 그 사람은 허준의 앞에 담배를 디밀었다. 허준이는 그리 반갑지 않다는 어조로,

"네…… 별로 생각 없는데."

하고 받으면서 몸을 앞으로 굽히는 듯하였다. 그 사람은 성냥을 그어 댔다. 이리하여 두 사람은 한참 동안이나 침묵 속에서 담배만 피웠다.

"무슨 말씀인지 하시지요."

허준이는 그 사람을 슬쩍 보고 다시 먼 하늘을 바라보았다.

"다른 말씀이 아니라."

하고 그 사람은 머리를 숙이면서 몸을 좀 움직이더니,

"그런데 참 누구십니까?"

"저는 김순구올시다."

하고 어려운 말을 내는 듯이 말하였다.

이렇게 서로 성명을 통하고 나서 그 사람은,

"김관호 씨와 친하시지요."

하면서 허준이의 얼굴을 슬쩍 치어다본다.

"네."

그의 대답은 간단하였다.

"참 이렇게……"

하고 그 사람은 또 몸짓을 하더니,

"미안합니다마는…… 아무쪼록 허물치 마시고 들어주시기를……"

하고 뒷말을 흐리마리하게 끊었다.

"천만의 말씀…… 무슨 말씀이든지 괜찮으니 하시지요."

허준이는 이렇게 말하면서도 그 사람의 뭉싯거리는 태도가 갑갑하고 불쾌하였다.

"다른 말씀이 아니라 형에게 수고를 끼치려고……"

"네…… 어서 하시지요."

"제 고향은 강원도올시다. 서울 온 지가 금년까지 꼭 칠 년이 되지요."

그의 말은 실마리가 풀어졌다. 처음에는 죄송스러운 듯이 기운을 못 펴던 그의 말은 점점 분명하게 기운 있게 울렸다. 따라서 그의 태도도 아까와는 딴판으로 파겁을 하고 침착하여졌다.

허준의 마음은 한 걸음 한 걸음 그의 이야기에 끌렸다.

14

김순구는 강원도 춘천읍에서 생장한 사람이었다. 그가 다섯 살 때에 그의 아버지가 함경도로 벌이를 가느라고 떠난 뒤로 지금까지 소식이 묘연하였다. 그의 어머니는 술장수와 밥장수로 그를 소학교 졸업까지 시켰으나 그 밖에는 힘이 자라지 못하므로 그를 공부시키지 못하고 말았다.

그 때문에 그 번민도 컸던 것이다. 그가 소학교를 마친 것은 열다섯 때였다. 그는 열다섯 살 때에 어떤 일본 사람의 상점에서 심부름을 하고 한 달에 십삼 원이란 돈을 받게 되었다.

십삼 원은 그네들 생활에 있어 크나큰 재산이 되었다. 그것은 그네들의 한 달 목숨을 보장하는 큰 조건이 되는 까닭이었다.

이렇게 지내는 때에 어려서 소학교를 같이 졸업한 친구들은 서울이니 일본이니 유학을 가서 중학교를 다니게 되었다. 그네들이 하기 방학이나 동기 방학에 돌아와서 동경 이야기와 서울 이야기를 하는 때마다 김순구의 어린 가슴은 찢어지는 것 같았다. 서울이 그립고 동경이 가고 싶었다. 자기도 하면 할 수 있는 사람으로서 돈 때문에 썩는구나 하는 것을 생각하고 분개한 적이 한두 번이 아니었다. 그의 어머니도 그 고통을 알았던 것이다. 그러나 점점 늙어가는 그의 어머니는 어찌하는 도리가 없었다.

이렇게 지내다가 그가 스물셋 되는 해에 그가 있는 상점 주인의 소개로 서울 어떤 미곡상 하는 사람의 집으로 오게 되었다.

그는 한 달에 사십 원 받는 월급에서 어머니에게 이십 원을 부치고 이십 원으로 생활을 하게 되었다. 그러다가 그 미곡상 하던 사람이 일본으로 가게 되니까 지금까지 있던 물산 회사에 있게 된 것이었……

그는 이렇게 이야기를 하더니,

"그 물산 회사에 가게 된 것은 그때 그 회사의 전무 취체역으로 있던 현이란 사람하고 제가 있던 미곡상 주인하고 퍽 친한 관계로 그리로 소개해 주신 것입니다. 그때에도 저 김관호 씨가 있었지요. 그리로 가 현 전무 취체가 갈리고 지금 있는바 씨가 대신 들오게 되었습니다. 그때부

터 제게 대하는 여러 사람들의 태도는 달라집디다…… 그것은 제가 그
렇게 생각하니 그런지는 모르지만 어쩐지 이전 같지는 않아요…… 딴
은…… 제가 죽을죄를 지었지만……"

하고 그는 말을 어물어물하여 뒤를 끈다.

"그건 무슨 일인데요?"

허준이는 그 사람을 쳐다보았다. 그는 무슨 깊은 생각에 잠긴 사람처
럼 먼 하늘을 바라보더니,

"그것도 너무도 뭣하니까…… 그리자 어머니가 올라오시고 또 제가
여기서 취처했지요…… 거기에 어린것까지 생기게 되고 하니 오십 원
이란 돈으로는—여편네가 늘 병으로 드러눕게 되고…… 어떻게 살아갈
수가 없습니다. 너무도 졸리다 못해서 집세 받은 돈을 일 원 이 원 집어
쓴 것이 지금은 백여 원이나 됩니다마는……" 하고 한숨을 길게 쉬더
니, "그것도 그달 월급이 나면 꼭 갚는다고 혼자 맹서맹서하면서도 그
렇게 못 되었다가 일전에 영수증을 검열하는 바람에 그만 탄로가 되었
지요…… 그것도 탄로되기 전에 관호 씨에게 말하려다가 못하고 주저
거리는데 하루는 영수증을 검열하게 되니까 어쩔 수 없이 그리 되었습
니다."

하는 그 사람의 나중 어조는 퍽 애처롭게 들렸다.

15

"그래서 어찌 되었어요?"

허준이는 먼 하늘에 주었던 눈을 그 사람에게로 돌렸다. 여윈 그 얼
굴에는 검은 구름이 스르르 가린 것 같다.

"그것이 쫓겨난 원인이 되었습니다. 백배사죄를 하고 다달이 월급에서 갚기로 하였으나 그 말은 아무 소용도 없이 되었습니다."

하고 그는 힘없는 눈으로 허준이를 슬쩍 쳐다보면서 자리를 고쳐 앉는다.

"그러면 그 돈은 갚으란 말 안 해요?"

"법대로 하면 상당한 처치를 하겠지만 전정이 있는 사람이니 용서하는 것이라 하고 전달 월급과 이달 월급은 주지 않고 나오는 때에 삼십원만 집어줍디다" 하고 그는 말을 끊었다가, "그러니 그렇다고 저야 무어라고 합니까…… 그래 마땅한 일이지만 이제부터 어떻게 살아갑니까? 혼자 몸과도 달라서……" 하고 한숨을 길게 쉰다.

허준의 가슴은 그도 알 수 없이 묵직하였다. 그의 눈앞에는 보지도 못한 그 사람의 가족들의 그림자가—그가 항상 보는 그의 동무들의 가족들과 같이 영양 부족으로 제 빛을 잃어버리고 밖에 나갔다 들어오는 주인의 손만 쳐다보는 듯한 그러한 그림자가 떠올랐다.

회사의 태도는 심하게 생각났다. 회사로서 본다면 으레 그럴 일이다. 그 사람의 개인으로 본다 하더라도 또한 부득이한 일이다. 그것은 악의에서 나온 행동이 아니요, 목전에 닥쳐오는 부득이한 사정—월급은 적고 식구는 많고—을 누가 알아주랴?

그는 김관호까지 슬그머니 미웠다. 그렇다고 그 사람들이야 저 사람을 좀 보아주지 못할 것이 무엇이랴? 그 돈은 받을 대로 받으면서도 한 개의 생명을 생명같이 보지 않는 것을 생각하면 온몸의 피가 끓어오르지 않을 수 없었다. 허준이는 자기도 모를 흥분에 주먹이 쥐어졌다.

"그러니 참 여쭙기 미안합니다마는 선생께서 김관호 씨하고 친하신 듯하시니까 어떻게 말씀을 좀 해주십사고……"

하고 그는 어색한 웃음을 지었다.

"글쎄 말하기야 어려울 것 뭣 있겠습니까마는 그놈들이 들어주겠습니까."

"그래도 좀 말씀해 주셔요…… 행여나."

"다 같은 놈들인데……"

허준의 눈앞에는 아침에,

"엑 귀찮아서" 하고 이마를 찌푸리던 김관호의 그림자가 떠올랐다. '그 사람이 아침에 김을 찾은 것도 회사에 다시 다니게 하여달라는 청이었구나? 대문 밖에서도 나가기 전에 이마를 찡기고 돌아서도 김에게 청하러 갔던 것이로구나…… 그것도 여의치 못하니까 나에게까지 청하는 것이다……' 생각하는 허준이는 그 사람의 태도가 밉기도 하였다. 끈끈하게 축축스럽게 그놈들에게 미움을 받아가면서 빌붙는 그 태도가 더러웠다. '그까짓 놈들을 주먹으로 해 내고 말 일이지 빌붙어서는 뭣하나? 사내자식이 무슨 일이 없어서 그래……' 하고 분개하던 허준의 가슴은 다시 스르르 풀리지 않을 수 없었다. 다른 데로 가면 어디로 가나? 골목골목이 직업을 눈이 붓도록 찾아다니는 이 세상에서 누가 그를 위해서 기다려 주랴? 거기에 혼자 몸도 아니다. 그의 손을 바라는 입들이 한둘만이 아니다. 이렇게 생각하니 그 사람에게 친분이 가지는 듯하고 그런 사람의 자리를 자기가 차지하려고 한 것이 죄송스럽고 부끄러웠다. 그 사람은 그런 줄 모르고 자기에게 그 자리 보증을 힘써 달라는 청을 했다. 그것은 허준에게 "이놈" 하는 위협보다도 더 괴로웠다.

허준이는 자기의 모든 사정을 그 사람에게 이야기하려고 하였다. 그러는 것이 무슨 무거운 짐을 벗는 것 같기도 하였다. 그러나 뜻과 같이 입이 떨어지지 않았다. 그의 이야기에 그 사람의 절망도 절망이려니와 허준 자신의 처지도 곤란하였다. 곤란하다기보다 부끄러웠다.

'그만 모든 것을 딱 거절하고 그만두어.'

그는 이렇게도 생각하여 보았다. 그러는 것이 자기로서도 어쩐지 무슨 빚을 갚는 것같이 생각났다. 자기의 처지로서 지금 이 노릇도 가당치 못한 일이거니와 그 사람의 자리에 그 사람의 애원이 있는 것도 모르는 척하고—실상은 허준의 허물은 아니지만— 들앉는 것도 허준으로서는 할 수 없는 일이다.

그는 그 사람을 위하여 힘써주기를 속으로 작정하였다. 그는 그 길로 김관호를 찾아서 모든 이야기를 하고 그 사람을 도로 써주도록 힘쓰고 자기는 그만 손을 씻고 나앉으려고 하였다.

그러나 그 즉에서 그 말을 할 용기도 나지 않았고 김에게로 달려갈 기운도 없었다. 김을 만나서 그런 이야기가 입으로 흘러나올까. 그 사람의 인정을 배반하기는 괴로운 일이었다. 의복을 받고 돈을 얻어 쓰고 밥을 얻어먹고 또 승낙까지 한 그 모든 것이 어떻든지 자기 몸을 친친 얽어서 한번 하여 놓은 그 약속을 그만 흐트러버리기가 대단 어렵게 생각되었다.

"그러나 그런 데 거리낄 때가 아니다."

하고 그는 혼자 여러 번 결심하였다. 그는 그 사람을 건너다보면서 "우리 내일 만납시다. 내가 오늘 밤에 관호 씨를 찾아보지요" 하고 일어섰다.

"미안합니다. 아무쪼록 말씀해 주셔요."

그 사람도 따라 일어섰다.

해는 낮이 훨씬 기울었다. 볕발은 점점 소나무 사이에 벗겨 흐리기 시작하였다. 두 사람은 물터를 지나서 말없이 앞서거니 뒤서거니 내려왔다.

16

안동 네거리에서 김씨와 갈린 허준이는 옷 보퉁이를 들고 청진동 회관으로 향하였다.

진종일 밖에 나와 돌다가 석양에 회관으로 들어가면 굶으나 먹으나 어쩐지 마음이 든든하고 여러 동지를 대하면 기쁘던 것이 이날은 그렇지 않았다. 솟을대문 앞에 다다르니 그 대문은 그를 비웃는 듯하였다. 그는 아까까지 가졌던 모든 권리와 의무는 다 잃어버린 듯하였다. 그는 옷 보퉁이를 물끄러미 보면서 무엇인지 한참 생각하는데,

"얘, 왜 얼빠진 놈처럼 이렇게 서 있니?"

하면서 어깨를 툭 치는 사람이 있다. 허준이는 깜짝 놀라서 돌아다보니 그는 항상 벙글벙글하는 박이었다.

"아냐! 무엇 좀."

하고 허준이는 말을 내다가 자기도 자기 말의 서두가 싱거운 것을 열적게 여기지 않을 수 없었다.

"아니는 무에 아니야…… 들어가세."

그 친구는 벙글거리면서 대문 안에 들어섰다. 허준이도 기계적으로 문 안에 들어섰다. 그는 무거운 발길을 옮겨놓으면서 흐트러진 생각을 수습하려고 하였으나 뜻대로 되지 않았다.

중문 안에 들어서니 회관은 조용하였다. 그는 조용한 것이 도리어 다행한 듯이 생각되었다. 마루에 올라서서 대청마루 의자에 걸터앉았다. 묵직한 머리는 더욱 묵직하여지고 사지의 기운은 한껏 빠지는 것 같았다. 창자 속도 허천거리다 못하여 감각을 잃은 듯하였다. 그러나 그는 그런 고통보다도 다른 큰 고통이 있다. 그것은 아까 김씨에게서 받은 부탁이다. 자기는 그 부탁을 이행해야만 할 책임이 있는 듯이 느껴졌

다. 그러나 그렇게 하려면 김관호의 비위를 건드려야 될 일이다. 그것도 괴로운 일이다. 괴로운 대로 일이 순조로 진행되어서 그 사람이 다시 그 자리를 차지하게 된다면 한번 적극적으로 나서 보겠지만 아까까지 이마를 찌푸리고 김씨를 못마땅히 여기던 김관호가 그 사람을 다시 써달라는 부탁을 들어줄 리가 만무하다.

이렇게 생각하니 김관호가 미웠다. 그놈도 그런 놈들이나 다를 것 없구나. 그놈이 내게 친절 부리는 것도 제 욕심이로구나 하는 생각까지 일어났다. 그는 그 자리에서 김관호를 찾아보고 한바탕 욕이나 톡톡히 하고 그만 모든 것을 사절해 버리고 싶었으나 다시 생각하니 용기가 나지 않았다. 돈푼이나 얻어 썼다는 것보다도 그 사람의 친절이 허준이 스스로도 알 수 없이 허준의 몸을 얽어서 웬만한 괴로움이 닥치더라도 차마 관호의 호의를 등질 수는 없는 듯하였다. 자기가 이제 집금원 노릇을 그만두겠소 하는 것은 관호와의 사이에 이때까지 쌓아오던 친분을 산산이 밟아버린 것이나 다름없는 것같이 느꼈다. 그것이 괴로움이었다.

그러나 처지를 같이한 아까 그 김씨와의 약속이 있지 않은가? 그 사람에게 자기의 사정을 이야기한 것은 아니지만 그 사람을 위해서 모든 노력을 아끼지 않기로 약속하지 않았는가. 자기 본의는 아니라 하더라도 힘써준다고 약속한 자기가 그 사람의 자리에 들앉게 되고 그 사람은 여전히 실직대로 있다면 그 사람이 자기를 어떻게 알까? 자기의 신용은 자기 즉 해준 한 사람의 신용 문제가 아니다. 또 그 사람의 부탁이 없더라도 자기는 그런 자리에 발을 넣지 않는 것이 옳은 것이 아닌가. 하루에 한 끼나 두 끼를 더 먹으려고 창해 같은 전정을 막는 동시에 운동선에 좋지 못한 영향을 줄 것이다. 그렇다. 정실에 끌릴 때가 아니다. 공사를 가릴 때이다.

17

허준이는 저녁 뒤에 김관호를 찾았다. 그는 김관호에게서 받은 옷 보퉁이를 들고 화동 골목을 헤쳐 올라오면서 별별 생각을 다하였다. 그 김씨를 위하여는 이리이리 말할 것이요, 나는 이리이리 사정을 이야기하고 용감하게 끊어버리리라 하고 혼자 결심도 하고 만일 관호가 노엽게 생각한다거나 불쾌한 말을 하면 나는 당당한 톤조로써 면박을 할 것이다. 이렇게 생각하니 그는 유쾌하였다. 모든 문제는 간단히 낙찰될 것 같았다.

그러나 다시 관호의 그림자가 눈앞에 떠오르고 그와 마주 앉을 것을 생각하니 자기의 입에서 과연 생각하는 바와 같은 그런 말이 쉽게 흐르겠느냐 하는 것이 의문이었다.

김관호의 집 대문 밖에 다다른 그는 다시 모든 기분이 밤비같이 흐리고 무거웠다. 차마 대문 안에 들어설 수가 없었다. 자기는 김관호와 이때까지 좋던 정분을 끊으려고 온 못된 사람같이 생각되었다. 실상은 그 일을 하고 안 하는 데 친분이 오고 갈 이유는 조금도 없을 것이다. 자기가 만일 김관호와 처지가 바뀌었으면,

"생각대로 하시지요."

할 것이요. 조금도 불쾌할 것이 없을 것이다. 또 그만한 일로 그 김씨를 내쫓지도 않았을 것이다. 그러나 저편이 자기가 생각하듯이 생각해 줄 리가 없다. 저편은 자기에게 대해서 악감을 가질 것이다. 사실에 있어서 자기의 태도를 거듭 비판한다면 알랑알랑 알랑거리면서 일은 하기 싫고 돈원이나 의복 벌이나 주는 것을 바라고 찾아다닌 듯하게 되었다. 그것을 생각하니 더욱 불쾌하였다.

지금 자기 수중에 그만한 돈이 있다면 들고 온 의복과 같이 턱 내놓으면서,

"자 그간 돌려주어서 고맙소이다."

하였으면 자기의 면목은 보라는 듯이 설 것 같았다. 그러나 그것은 공상이었다. 이삼십 원 돈에 끌리는 자기 신세도 가엾었다.

"엑 편지로 하리라."

그는 모든 것을 편지로 써 보내리라 결심하고 돌아섰다. 면대해 말하는 것보다 편지로 써 보내는 것이 하고 싶은 말도 더욱 자유로울 것 같았다.

'그러나 김씨의 부탁은 들어야 할 것이다. 되나 안 되나 내가 맡은 책임상 말이나 해보아야 할 것이다.'

그는 이렇게 생각하고 다시 돌쳐섰다. 그는 몇 번 주춤거리다가 대문 안에 들어서면서,

"이리 오너라."

하고 불렀다.

"누구세요."

안으로 울려나오는 소리는 부드러운 여성이었다.

"김관호 씨 계시오?"

허준의 소리와 같이 안방 미닫이 열리는 소리가 나면서,

"허 선생님이세요?"

하는 다정한 소리가 수줍게 들린다.

"네."

허준이는 컴컴한 마당에 들어서면서 머리를 숙였다.

"건넌방에 들오셔서 잠깐만 기다리라고 말씀하십니다. 지금 손님이 오셔서 함께 출입하셨는데요. 곧 오실 것입니다."

허준이는 그 부인의 어조가 퍽은 분명하다 생각하면서 건넌방으로 들어갔다.

18

허준이는 열한시가 거의 되어서 그 집 대문 밖에 나섰다. 대문 밖에 나선 그는 무슨 함정이나 벗어난 듯이 시원스럽고도 할 일을 한 듯이 기뻤다. 그의 머리 속에는 조금 전의 그림자가 알찐알찐 돌고 있었다.

허준이가 건넌방에 들어앉아서 담배 한 대를 겨우 피웠을 때 김관호가 돌아왔다.

"오셨어요! 미안하게 되었습니다."

김관호는 다정한 눈웃음을 치면서 말하였다. 그 모양을 보는 허준의 마음은 더욱 울렁거렸다.

"일은 조금도 바쁠 것이 없습니다. 매일 다니는 것이 아니요, 공휴일에는 놀고 그저 정직히만…… 물론 허준 씨는 잘 보아주시겠으니 더 말씀할 것도 없습니다마는……"

김관호는 허준이가 바로 그 자리에 입사된 듯이 장래 방침이며 문부 처리는 어떻게 해야 한다는 이야기까지 하였다. 허준이는 괴로웠다. 그는 무어라 대답하면 좋을는지 갈피를 잡을 수 없었다. 그의 결심은 괴롭게 괴롭게 스러져버린다. 그는 그저 어색한 웃음을 지으면서,

"네! 그래요? 글쎄요."

하고 흐리마리 대답하면서 아까 하였던 그 결심을 단단히 뭉굴리려고 애썼으나 되지 않았다. 이제나저제나 하고 관호의 말이 끝나기를 기다리다가도 정작 관호의 말이 잠깐 중단이 되면 크나큰 힘이 입을 막는 것 같아서 입이 열리지를 못하였다. 입이 열리지 않을수록 가슴에 유음이 들어차는 것같이 불쾌하였다. 그럭저럭 하는 사이에 아홉시가 넘었다.

'엑 어서 말해 버려야.'

허준이는 속으로 이렇게 다시 결심하면서 말을 내려다 말고 기침을

칵 깃고 말았다. 이러다가 그는,

"그런데 미안하게 된 일이 있습니다."

하고 겨우 말을 끄집어냈다.

"무슨 일?"

관호는 의심스러운 눈으로 허준이를 바라보았다. 허준이는 그의 시선을 피하면서 자기는 그 일을 거절한다는 뜻을 말하였다. 한번 입이 떨어지니 그 스스로도 놀랄 만치 대담하게 침착하게 이야기가 흘렀다. 그리고 그는,

"참 주제넘은 말씀 같습니다마는 그 김씨를 다시 쓰시는 것이 어떻습니까."

하고 김관호의 안색을 다시 힐끔 살폈다.

김관호는 전등을 한참 쳐다보더니 어색한 어조로,

"그거야 하는 수 없지요, 싫으시면 하는 수 없지만 나는 그렇게 허준 씨가 좀 편할까고…… 하고 김씨는 이제 다시는 쓰지 않을 것입니다."

19

김관호의 태도는 예상 밖으로 침착하였다.

두 사람 사이에는 어색한 침묵이 한동안 흘렀다.

허준이는 여러 번 망설이다가 일어서 나왔다.

"저 의복은 드린 것이니 가지고 가시지요!"

하고 김관호가 여러 번 권하는 것도 듣지 않고 그는 대문 밖으로 뛰어나왔다. 그는 크나큰 짐을 벗은 듯이 시원하였다. 그러면서도 섭섭하였다.

한편으로 생각하면 섭섭하기도 하였다. 눈앞에 닥쳐오려는 복을 밀어버린 듯도 하였다.

'참말 더러운 놈이다.'

그는 자기의 비열한 생각을 다시 뉘우쳤다. 그렇게 한편으로는 섭섭한 듯하면서도 말할 수 없이 상쾌하였다. 그는 컴컴한 골목을 헤저어서 안동 네거리로 나왔다. 아까와는 딴판으로 기운이 나는 듯하였다.

그는 약속한 때에 그 김씨를 만나면 자기의 모든 것을 고백하고 그도 자기의 동무를 삼으려고 하였다. 그는 알 수 없는 기쁨에 떠서 회관으로 달려갔다.

*

그 뒤로부터 상조회에는 회원 하나가 더 늘었다. 그것은 더 말할 것도 없이 허준이의 소개로 들어온 김씨였다.

수 난

수난

"여보!"

하는 아주머니의 팽팽한 소리가 부엌으로부터 총알같이 굴러나오자,

"왜 그러오?"

하고 마루에서 대답하는 것은 아저씨의 굵은 목소리였다.

"당신은 남의 괴로움은 조곰치도 생각하지 않는구려…… 그애는 어디 갔소? 저 장작이나 좀 패라고 이르구려…… 할멈이 바쁜데 언제 그것까지 할 새가 있어야지……"

아주머니의 목소리는 순탄치 않았다.

그 꼬집어 뜯는 듯한 목소리는 종하의 마음을 따끔따끔 찔렀다.

학기 시험 준비에 골독하였던 그는 입맛을 쩍 다시고 들었던 영화사전을 책상 위에 심술궂게 던지면서 일어섰다.

"애 종하야!"

종하가 마루방문을 열고 건넌방에서 나오려는데 마루에서 무엇인지 하고 있던 아저씨는 종하를 보더니 부르다 말고,

"너 뭘 하니?" 하고 쳐다본다. 종하는 시험준비하는 줄을 번연히 아는 아저씨가 "너 뭘 하니?" 하고 묻는 것이 야속도 하고 밉기도 하였다.

그는 쳐다보는 아저씨의 흐뭇한 시선을 피하면서,

"뭘, 안 해요" 하고 풀기 없이 말하였다.

"뭘 안 하면서 왜 들앉아 있니? 저 장작 좀 쪼개라…… 학교에 갔다 오면 집 일도 좀 해야지."

종하는 아무 대답도 없이 마루 밑에서 도끼를 꺼내들었다.

처음에는 쓰기가 거북하던 도끼도 여러 번 익으니까 겨누는 대로 들어가 맞는다. 그는 도끼날이 장작개비에 내려지자마자 굵은 장작개비가 떵떵 빠그러지는 것이 상쾌하였다. 질이 뒤틀려서 못생긴 나무를 만나면 그야말로 어려운 산술 문제 풀기보다 땀나는 일이지만 질이나 바르고 잘 마른 나무는 도끼가 내려지기 무섭게 갈라진다. 그는 그렇게 아저씨와 아주머니의 머리를 갈랐으면 더욱 시원할 것 같았다.

처음 서울 와서 중등학교에 입학할 때에 종하의 가슴에 흐른 것은 기쁨뿐이었다. 시골구석에서 농사나 그것도 아버지와 같이 남의 땅을 갈아주고 한평생 입이나 속이지 말면 다행이거니 믿었던 것이다. 그런 것이 무슨 바람이 불었는지 아저씨가 시골에 다니러 왔다가 "너 공부할 생각이 있거든 서울로 가자. 우리 집에 가 먹으면서 공부하지……" 하고 종하의 마음을 흔들었다. 그 말을 듣고 기뻐한 것은 종하뿐이 아니었다. 종하의 집 식구들은 다 기뻐하였다. 면소서기만 보아도,

"우리 종하는 언제나 저런 벼슬을 하누?"

하고 부러워하는 그 아버지의 기쁨은 컸다. 아들이 서울 가서 공부만 하고 오면 큰 벼슬을 꼭 하여가지고 돌아올 줄로 믿었다.

"이번에 종하를 데리고 왔소! 집에서 손심부름이나 시키면서 공부나 시킵시다."

아저씨는 서울 와서 아주머니에게 이런 말로 종하를 소개하였다.

그는 일주일이 못 되어서 어떤 고등보통학교에 입학하였다. 그것도 아저씨의 주선으로 시험도 형식상으로 치는 둥 마는 둥 하고 입학이 되

었다.

종하는 기뻤다. 으리으리하는 서울의 천지는 그를 위해서 생긴 것 같았다. 그는 아저씨의 은혜가 크다고 생각하였다. 그 아저씨를 위하여서는 목숨이라도 바치리라고 혼자 감격하였다. 그러던 아저씨의 머리를 지금은 눈앞에 놓인 장작개비처럼 도끼로 갈라놓았으면 위 속에 괴는 유음이 내릴 것 같다. 참말 시원할 것만 같았다.

처음에는 손심부름, 손심부름 하더니 무슨 놈의 손심부름이 그 모양인지 어떻게 고된지 견딜 수 없다. 그것도 일학기 때에는 덜하더니 여름방학 때부터 심하였다.

"방학에 집에는 가서 뭘 하게…… 집에서 심부름이나 하면서 영어나 산술 강습이나 하지."

종하는 여름방학에 고향으로 가지 못하였다.

고향 가서 서울 이야기도 하고 동무들에게 자기의 모양을 보이고 싶었으나 아저씨의 명령을 거역할 수 없었다. 그러나 여름 동안 한 것은 일밖에 없었다. 아저씨는 매일 회사에 출근하니까 낮에는 집에 없었다. 아저씨의 그림자가 집 안에서 스러지면 아주머니의 푸닥거리는 더욱 심하게 종하의 마음을 흔들었다. 그는 할멈과 같이 빨래까지 하였다.

"여보 정신 있소…… 사내자식이 빨래가 무슨 빨래란 말이오…… 애 그만두어라……"

처음에는 아저씨의 반대가 상당하였으나 아저씨는 끝끝내 반대를 못하고 말았다.

"저이는 늘 저래. 누가 그애가 미워서 그러는 줄 아오? 집에 손이 없으니까 그러지……별꼴 다 보겠네…… 할멈이 저 많은 빨래를 혼자 빨자구 해보구려. 오늘저녁은 누가 짓고…… 여편네들 일에 사내가 무슨 간섭이오, 글쎄……"

아주머니의 말에 아저씨의 모가지는 움칠하여졌다. 종하는 아저씨가 불쌍도 하고 바보 같기도 하고 이제는 미웠다.

사내자식이 할말도 못하고 여편네에게 쥐여서 사는 것이 미웠다. 따라서 아주머니도 그의 호감을 살 수 없었다. 그가 만일 그런 아내를 얻는다면 홍두깨나 방망이로 꿍꿍 울리든지 그렇지 않으면 쫓아내든지 양단간에 요정을 지은 지 오래일 것이라고 여러 번 생각하였다. 아저씨 내외가 그 모양이니까 금년에 여섯 살 되는 순이(아저씨의 딸)와 할멈까지도 그를 멸시하였다.

그는 늘 바늘방석에 앉은 듯하였다. 그는 그만 뿌리치고 이 집을 나서려고 여러 번 혼자 맹서맹서하면서도 못 나갔다.

나가는 날이면 공부는 다한 날이다. 공부를 버리고 집에 가서 땅이나 파다가 한세상을 보내기는 너무도 서러운 일이다.

"저 애는 야학이나 다니도록 하고 낮에는 집에서 일이나 보라고 합시다" 하고 어젯밤에 안방에서 아주머니가 아저씨를 보고 하던 말이 오늘 종일 가슴에 걸려서 그것이 알 수 없는 울분과 원한으로 변하였다.

세상은 너무도 야속하였다.

차라리 남의 집—아무 걸릴 데도 없는 남남 사이면 덜 분하기나 할 것이다. 그런 분을 참으면서 끈적끈적 붙어있는 자기가 더럽기도 하였다. 그리고 공부는 해서 무엇에 쓰나 하는 생각까지 치밀었다.

"애 그만허구 물이나 좀 길어오너라."

그는 아주머니의 소리는 듣는 둥 마는 둥 그저 도끼질을 하였다.

"애 귀가 먹었니? 입에 붙었니?"

아주머니는 꽥 쏘았다.

종하의 가슴에서 커다란 불덩어리가 뭉클하고 돌았다. 모든 것을 부셔버리고 이 집 문밖으로 뛰어나가고 싶었다.

그는 부르르 떨리는 몸을 진정하면서 들었던 도끼를 마루 밑에다가 들이 팽개쳤다.

그것을 본 아주머니는

"왜 골을 내니?" 하고 못마땅하다는 듯이 이마를 찌푸렸다.

무명초

무명초

세상에 나왔다가 겨우 세 살을 먹고 쓰러져버린 《반도공론》이란 잡지 본사가 종로 네거리 종각 옆에 버티고 서서 이천만 민중의 큰 기대를 받고 있을 때였다.

《반도공론》의 수명은 길지 못하였으나 창간해서 일 년 동안은 전 조선의 인기를 차지한 듯이 활기를 띠었다. 《반도공론》이 그렇게 활기를 띠게 된 것은 여러 가지 이유가 있으나 무엇보다도 가장 큰 이유는 그 때 그 잡지의 사장에 주필까지 겸한 이필현 씨가 사상가요 문학자로 당대에 명망이 높았던 것이요, 또 하나는 《반도공론》은 여러 잡지와 색채가 달라서 조선 민중의 기대에 등지지 않았다는 것이다.

그러나 돈의 앞에는 아름다운 이상도 물거품이 되고 마는 것이다. 자본주들의 알력으로 한 번 경영 곤란에 빠진 뒤로는 삼 기 넘은 폐병 환자처럼 실낱같은 목숨을 겨우겨우 이어가다가 창간한 지 삼 년 만에 쓰러지고 말았다.

《반도공론》의 운명은 그 잡지 사원 전체의 운명이었다. 그들도 처음에는 어깨가 으쓱하였으나 나중에는 잡지의 비운과 같이 올라갔던 어깨가 한 치 두 치 떨어져서 얼굴에까지 노랑꽃이 돋게 되었다.

그러한 사원 중에 박춘수라는 서른한 살 된 사나이가 있었다. 그는 학예부 기자로 상당한 수완을 가진 사람이다. 본래 경상도 김천 사람으로 키는 중키에서 벗어지는 키나 몸집이 뚱뚱해서 그저 중키로 보이는 골격이 건장한 사람이다. 얼굴 윤곽이 왼편으로 좀 비뚤어진데 뺨이 빠지고 얽어서 얼른 보면 험상궂게 생겼으나 커다란 눈을 오그리고 두툼한 입술을 벙긋하면서 하하 하고 웃으면 보는 사람에게 쾌활하고도 관후한 인상을 주는 사람이다.

그는 부지런한 사람으로 잡지사가 한창 경영 곤란에 빠져서 월급 지불까지 못하게 된 때에도 불평은 불평대로 쏟아놓으면서 할일은 꼭꼭 하였다.

이날도 그는 여느 때와 같이 아침 여덟시 반에 집을 나섰다. 콧구멍만한 방 한 칸에 육칠 식구가 들어박히니 너무도 비좁아서 이웃 친구집 대청마루에서 여러 날 잠잔 탓인지 아침에 일어나면 사지가 찌부퉁하고 뱃속이 트릿하였다. 오늘 아침에는 뱃속이 여느 때보다도 더욱 트릿해서 아침밥을 먹는 둥 마는 둥 하고 집을 나섰다. 파리 소리와 어린애 울음에 교향악을 이룬 콧구멍 같은 방에서 뛰어나오니 기분이 좀 가벼워지는 듯하나 대문간에 따라 나와서 남이 들을세라 은근히,

"여보! 저녁거리가 없으니 어떡하오! 오늘은 일찍 나오시오"

하고 쳐다보던 아내의 흐린 낯이 눈앞에 떠올라서 머리 속이 다시 무거워졌다. 게다가 오랜 가뭄 뒤의 불 같은 볕발까지 눈에 부시게 내리쪼이니 가슴속에 뜨거운 김이 서리는 것 같다.

"엑 더워…… 소나기 한번 안 지나가나."

그는 혼자 뇌면서 하늘을 쳐다보았다. 벌겋게 달은 볕발에 물든 하늘은 좀처럼 비를 줄 것 같지 않다. 그는 소나기 지난 뒤의 어린애 눈동자 같이 하득하득 빛나는 나뭇잎을 머리 속에 그리면서 먼지가 풀풀 이는 창신동 좁은 골목을 헤저어 동대문 턱으로 나왔다. 뼛속까지 녹아내리

378

는 듯한 땀에 벌써 의복은 휘질근하였다. 가슴이 구르고 호흡은 불 같은데 두 다리의 기운은 풀려서 중병을 앓고 난 사람 같다.

그는 삼복폭양에 백여 리의 길을 걷고도 땀도 별로 흘리지 않고 기운이 성성하던 옛날을 생각하는 때마다 지금의 건강이 너무도 상한 것을 새삼스럽게 느끼게 된다. 중병은 앓은 일도 없이 다른 무슨 이렇다 할 만도 까닭도 없이 나날이 상하여 가는 건강을 생각하면 무어라 꼭 잡아 말할 수 없는 크고 흉악한 그림자가 자기 몸을 자기도 모르게 한 치 두 치 먹어드는 듯해서 견딜 수가 없었다.

"소리도 못치고 죽는 죽음이다. 흥."

그는 어이없는 코웃음을 치고 종로를 스쳐오는 바람을 동대문 파출소 그늘에 서서 쏘이면서 동대문 문루를 쳐다보았다.

온몸에 먼지를 뿌옇게 입은 문루는 내리쪼이는 볕에 육중한 몸을 주체치 못해서 소리 없는 한숨을 쉬는 것 같다. 그것을 보고 섰으려니까 춘수 자신까지 그 기분에 눌려서 숨이 막히는 것 같다. 그는 몸을 돌려서 전찻길을 건너섰다.

그의 아내는 아직도 시간의 여유가 있는 저녁거리를 걱정하였으나, 그는 눈앞에 닥친 전차비 오 전이 호주머니에 없는 것을 혼자 분개하면서 동편 쪽 집 그늘로 종로 네거리를 향하여 걸었다.

*

사에 찾아드니 아래층 영업부에는 사람의 그림자가 어른거리나 윗층 편집실에는 아무도 오지 않았다.

"망했어! 망해, 열시가 다 되도록 아무도 안 왔으니 일 잘되겠다……"

그는 혼자 분개하면서 저고리를 벗어 걸고 넥타이를 끌렀다. 먼지가 뿌연 책상을 원고지로 슥슥 문대고 의자에 앉았으려니까 저편 방에서 급사가 눈을 비비면서 나왔다.

"너 지금 일어났니?"

그는 담배를 피우면서 급사를 보았다. 급사는 아무 말도 없이 머리를 숙였다 들면서 벙긋 웃고 아래층으로 내려가더니 물과 빗자루를 가지고와서 그때에야 소제를 시작하였다. 급사가 방바닥에 물을 뿌리고 쓸려는데 김과 최가 들어왔다.

"이게…… 이런……"

말썽 많기로 이름 있는 김은 방 안을 돌아보더니 가느다란 눈을 똑바로 떠서 급사를 보면서,

"이게 뭐냐? 글쎄 해가 낮이 되도록 무얼 했니? 무얼 했어?"

하고 야단을 치기 시작하였다.

"우두머리 놈들이 그 꼴이 되니 무언들 바루 되겠나!"

최가 비꼬아 말하였다.

"에 속상해서…… 글쎄 어쩌자구 우리가 이 노릇을 한담?……엑."

김은 혼자 골이 나서 한참 푸닥거리를 놓았다. 그들은 일할 생각은 하지 않고 한군데 모여앉아서 이야기를 주거니 받거니 하였다.

열어놓은 유리창으로 흘러드는 바람은 여러 사람의 상기된 얼굴을 시원스럽게 스치었다.

"그래 이달에는 월급을 안 줄 작정인가?"

김은 그저 성이 가신 듯이 가느단 눈을 깜빡하면서 볼멘소리를 쳤다.

"이달도 샀이 글렀나 보이, 네기 월급은 고사하고 단돈 몇 푼이라도 주었으면…… 참말 생각하면 우리가 더러워……"

의자를 가로타고 앉은 최는 창밖으로 내다보면서 남의 말처럼 뇌었다.

"이거 사람이 살 수 있나. 그래 그놈들은 어떻게 할 작정이야. 이사인지 깨묵떡인지 그 자식들은 매일 호기만 빼면서 책은 맨들라고 독촉하면서도 돈은 안주고, 먹어야 일도 하지. 엑."

춘수는 얽은 얼굴에 근육을 실룩거리면서 커다란 목소리로 물 퍼붓듯 주위대다가 벌떡 일어나서 유리창 앞으로 간다.

그저 의자에 앉은 두 사람은 입맛만 쩝쩝 다시고 앉아서 춘수의 뒷그림자를 물끄러미 보고 있다.

실내에는 갑자기 무거운 침묵이 흘렀다.

이때에 따르륵따르륵 하고 탁상 전화종이 요란스럽게 울렸다. 세 사람은 그저 앉았고 선 대로 전화 종소리는 못 들은 것처럼 가만히 있다.

"네― 여보세요."

소제를 마치고 책상을 닦던 급사가 전화를 받더니,

"저 인쇄소에서 전화가 왔는뎁쇼. 교정을 어서 보아줍시사고 합니다."

그는 어느 사람이란 지목이 없이 수화기를 손에 든 채 이편을 보면서 말하였다. 그러나 아무도 그 말대답을 하려고 하지 않았다.

"어떡하랍시오?"

급사는 열적은 듯이 혼자 머리를 굽실하면서 또다시 물었다.

"간다고 그래라. 이제 곧 간다고!"

창 앞에 섰던 춘수는 급사를 돌아보았다.

"가긴 어디루 가! 그깐 놈의 잡지는 만들어서 뭘 해, 그대로 쓰레기통에 집어넣으라고 해라."

김은 분개한 목소리로 뇌면서 급사를 돌아다보았다. 급사는 전화통에 입을 대다 말고 어쩔 줄을 몰라서 혼자 망설이자,

"엑 실없는 사람, 더운데 누가 게까지 가겠냐? 이리로 좀 보내라고 해라."

옆에 앉았던 최가 웃으면서 김을 건너다보고 다시 급사를 보았다.

급사는 최의 말대로 대답하였다.

"글쎄 이 노릇을 어째야 좋담— 저녁거리가 없지…… 어린애는 월사금을 못 내서 학교에서 쫓겼지! 이거 사람이 제명에 못 죽고 이렇게 말라서 죽겠으니!"

김은 호소할 곳 없는 가슴을 혼자 탄식하듯이 거의 절망에 가까운 소리로 뇌었다.

김의 탄식에 춘수의 가슴도 울리었다. 그의 귀에는 아내의 말이 다시금 들리는 것 같다. 이제나저제나 하고 자기가 들어가기만 기다리는 식구들의 모양이 눈앞에 떠올랐다. 오늘 아침에도 네 살 된 딸년은 곁집 아이가 먹는 참외를 보고 사달라고 트집을 쓰다가 제 어미한테 얻어맞고 울던 것이 그저 머리 속에서 때룩거렸다. 그는 연기가 펑펑 서리는 가슴을 드는 칼로 빡 긁고 싶었다. 어른들의 고생은 둘째로 아무 철없는 어린것들까지 나날이 닥쳐오는 생활난에 어깨가 벌어지지 못하고 활기 없이 크는 것을 보면 붉은 피가 머리끝까지 끓어오른다.

"돈! 돈"

그의 머리 속에는 또 공상의 푸른 구름이 오락가락하였다.

"백 원만 있으면—"

"에라, 백 원을 가지고 무엇을 한담……"

이렇게 차차 불어가는 돈 액수는 천 원, 만 원을 지나 엄청난 숫자에까지 이른다. 그렇게 머리 속에 돈 그림자가 어른거리면 그는 돈이 바로 눈앞에 있는 듯이 집을 짓고 사업을 하고……별별 꿈을 다 꾸게 된다. 지금도 그의 눈은 쨍쨍한 볕발에 삶는 듯 한 종로로 주었으나 보는 것은 그의 머리 속에 그리는 딴 세상이었다.

"이 사람아 무엇을 생각하나? 준이나 보세."

하는 최의 소리에 춘수는 비로소 제 정신이 들어서 머리를 돌렸다. 어느새 준장이 책상 위에 놓였다. 그는 얼없는 공상을 한 것이 남에게 들킨 듯이 무슨 죄나 지은 듯한 열적은 생각에 혼자 웃다가 "에익" 하고 한마디 뇌면서 일어서서 그의 책상 앞으로 갔다.

"여보게들, 그래 모다 이럴 작정이야?"

담배를 피우던 김은 그저 신기가 펴이지 않았다.

"그럼 어떡하나? 하늘에 올라가 금시 별 따는 수가 나나! 붙어 있는 우리만 곯지."

그는 그저 뱃심 좋게 뇌면서 커다란 봉투에 들어 있는 준장을 끄집어 내었다.

"이놈아, 이건 걷어치우고……"

김은 최가 잡은 준장을 빼앗아 방바닥에 버리면서,

"어떻게든지 결말을 내세. 오늘은……"

하고 정색으로 말하였다.

"이놈이 미쳤나. 어른을 모르고…… 허허…… 그래 어떻게 할 작정인가."

최는 다시 준장은 집으려고도 하지 않고 김을 건너다본다.

"오늘 이 편집장인지 주간인지가 들어오면 대진정을 하고 다소라도 변통하여 달라고 해보세…… 그래 안 되면 그만두지, 이러나저러나 곯기는 마찬가지가 아닌가?"

김은 무슨 결심이나 한 듯이 긴장한 빛으로 말하였다.

"글쎄 말은 해보세마는 돈 안준다고 우리가 가보세…… 드러내놓고 말이지 자네나 나나 어디로 갈 데가 있나? 누가 좋아서 이 노릇을 하겠나!"

최는 자탄 비슷이 나중 말을 맺었다.

"그래 딱한 일이야! 주간이나 사장인들 어쩌겠나? 돈 낸다는 작자가 말만 낸다 낸다 하고 주지는 않지…… 그런데 조선서 잡지 사업이란 생돈 쓸어 넣는 사업인 것은 뻔한 노릇이지…… 생각하면 우리가 이것을 하고 앉았는 것이 바보야 바보!"

춘수는 몇 마디 뇌고는 준장을 집어 들고 주필질을 시작하였다.

*

춘수의 기분은 점점 흐리었다. 사지가 몹시 찌부퉁하고 뱃속이 버글버글 끓는 것이 선잠을 깬 것 같기도 하고 못 먹을 것을 먹은 듯도 하였다. 그런대로 몸을 비비 틀면서 주필질을 하였다.

오정이 지나고 오후 한시가 되면서부터는 등골에 찬물을 끼얹는 듯이 전신이 오싹오싹 죄여들면서 아슬아슬 추운 것이 앉아서 견딜 수가 없었다. 그런대로 이를 악물고 견디려고 하였으나 나중은 얼음 구멍에서 뽑아놓은 사람처럼 이가 덜덜 쫓기고 머리끝까지 오싹오싹 죄어들어서 안절부절 몸둘 바를 몰랐다. 그는 참다못해 숙직실로 뛰어 들어갔다.

숙직실로 뛰어간 그는 급사의 이불을 뒤집어쓰고 드러누워서 덜덜 떨었다. 온몸의 근육이 냉기에 죄어들고 이가 쫓기는 것을 억지로 참아가면서 한 시간 동안이나 애를 썼더니 그 떨리는 증세가 없어지는 듯하며 다시 온몸에 열이 오르기 시작하는데 고기가 익는 것 같았다. 머리가 쩔쩔 끓고 눈이 뿌연 것이 금방 무슨 변이 생길 것만 같았다.

"웬일이여? 응……어디가 아픈가?"

춘수는 최의 목소리에 눈을 겨우 떴다.

"응, 저게 웬일인가? 눈에 피가 몹시 졌네!"

최는 방문을 열고 들이밀어 보면서 눈을 크게 떴다.

"몰라, 덜덜 떨리더니 인제는 열이 나네."

춘수는 한마디 겨우 뇌고 눈을 다시 감았다.

"학질인가보이…… 큰일났네. 나도 일전에 며칠을 죽다 살아났네! 약 먹어야지……"

최는 혼자 중얼거리다가 문을 도로 닫고 나가버렸다.

"학질!"

춘수는 혼자 뇌었다. 학질이 그리 무서울 것은 없으나 몸이 이렇게 괴로워서는 촌보를 옮길 수 없는 일이다. 몸이 돌지 못하면 큰일이다. 사의 일은 둘째로 이제는 해가 벌써 낮이 기울었는데 이때까지 아무런 변통도 못하였으니 집에서는 그래도 기다릴 터인데…… 이렇게 생각하니 의지가지없는 외로운 자기 신세가 새삼스럽게 슬펐다. 그 자리에서 그대로 쓰러져 죽는대도 누가 들여다도 볼 것 같지 않은 신세가 어쩐지 슬프고 원통하였다.

"그래도 죽는 날까지는……"

그는 몸을 겨우 일어나 앉혔다. 뱃속은 그저 버글버글 끓고 머리가 휑한 것이 중병을 앓고 난 사람 같다. 그는 겨우 몸을 일으켜서 편집실로 나오려니까 다리가 허전허전한 것이 몇 걸음 못 걸어서 쓰러질 것 같다. 그런대로 악을 쓰고 편집실로 나오니 목덜미에 살이 피둥피둥한 편집부장이 의자에 앉아서 남산 같은 배를 내밀고 부채질을 하다가,

"박군은 벌써부터 낮잠이오?"

하고 벙긋하면서 빈정거린다.

"남의 속을 저렇게도 모른담……"

춘수는 가슴에서 북받쳐 오르는 분에 한마디 내쏘려다가 꾹 참고 어색한 웃음을 지으면서,

"낮잠이나 자지 할일 있어요."

하고 빈정거리는 음조로 맞장구를 쳤다.

"어때? 좀 괜찮은가?"

편집부장과 무슨 이야기를 하던 최는 춘수를 보면서 말을 건네었다.

"그저 그래⋯⋯"

춘수는 자기 자리에 힘없이 앉으면서 이마를 찌푸렸다.

"왜 어디가 편찮소?"

편집부장은 그저 부채질을 설레설레 하면서 춘수를 건너다보았다.

"글쎄 학질 같은데⋯⋯"

"학질? 요새 낮잠 자면 학질 들리지⋯⋯ 학질이거든 뛰어다니시오. 내가 연전에 학질이 들려서 고생하다가 한강에 나가서 헤엄질 쳤더니 달아나버리더군⋯⋯ 허허"

하고 싱거운 말에 웃음으로 맛이나 돋치려는 듯이 웃었다.

춘수는 아무 말도 없이 홍 하고 웃었다. 그 당장에 뛰어가서 멱살을 틀어잡고,

"이 소도적놈 같은 소리 하지 마라."

하고 흘근대고 싶으나 차마 그럴 수도 없는 일이고 하여 꾹 참았다.

참으려니까 가슴에 서리는 분을 목구멍까지 치밀어서 혼자 가슴을 쥐어뜯고 싶었다.

"오늘은 어떻게 다소간 변통이 있어야겠습니다. 글쎄 이 노릇을 어떡합니까. 여편네란 며칠 전부터 드러누워 매일 앓고⋯⋯"

최는 구걸이나 하는 듯한 울음 울 듯한 음성으로 편집부장을 졸랐다.

"모다 어떻게든지 해주셔야지. 참말 이제는 못 견디겠습니다."

김도 주필을 끼적거리다가 말고 편집부장을 바라보고 다시 춘수를 본다.

"오늘도 글렀는걸! 지금 회계에 말해 보았는데 지금 발송할 우표가

없어서 쩔쩔매는 판에……"

편집부장은 남의 사정은 조금도 모른다는 어조로 말하였다.

"그러면 어떻게 하랍니까?"

최는 발을 동동 구르다시피 말하였다.

"글쎄……"

부장은 그저 글쎄만 부른다.

"저도 좀 주셔야겠습니다. 제길 약값 몇 푼이라도 얻어가지고 나가야지 이렇게 아파서야 견디겠습니까."

춘수는 안 떨어지는 입을 겨우 떼었다.

"뭘 박군은 한강에 나가서 헤엄을 치시오. 흐흐…… 그러면 그까진 학질은 단방문이지…… 내가 보증하리다."

편집부장은 악의 없이 웃음의 말로 하는 말이나 춘수에게는 기막히는 말이다.

"흥, 죽을 일이로군."

그는 혼자 뇌고 준장을 집어 김을 주면서,

"나는 나가 드러누워야겠네…… 자네 좀 보게……"

하고 모자를 떼 들고 나와버렸다. 분김에 뛰어나오기는 나왔으나 갈데가 없었다.

빈손으로 집으로 나갈 수도 없는 일이요, 그렇다고 어디가 드러누울 데도 없었다.

한낮이 기운 뜨거운 볕은 사정없이 내려쬐여서 다니기도 어려운 노릇이다. 그는 한참 서서 망설이다가 기운 없는 다리를 겨우 끌고 ××신문사로 찾아갔다. ××신문사 학예부에 있는 김을 찾아서 원고를 써주기로 하고 돈 교섭을 할 작정이다. 그것도 조르기는 괴로운 일이나 어떻게 하는 도리가 없으니 염치를 등 뒤에 물리치고라도 교섭하는 수

밖에 없었다.

"글쎄 미리는 지출치 않아…… 얼마간 써서 실은 뒤가 아니면 어려운 데…… 이삼 일 안으로 좀 써보지……"

김도 춘수의 형편이 딱한 듯이 말하였다. 춘수는 하는 수 없이 이삼 일 안으로 무엇이나 쓰기로 하고 거리로 나왔다. 그는 이 생각 저 생각 하면서 거리로 내려오다가 다시 청진동 골목에 들어서서 중학동 어떤 친구를 찾아갔다.

몸에 열은 그저 내리지 않아서 걸을수록 더욱 괴로웠다. 그는 한참 만에 중학동 천변에 있는 어떤 집 앞에 이르렀다. 정작 대문 앞까지 이르니 발이 무거워서 들어갈 수가 없었다. 괴로워하는 남을 조르기도 어려운 일이요, 갖은 궁한 소리를 다하면서 구걸하기도 자기의 존재가 아주 짓밟히는 것 같았다. 그는 한참 서서 망설이었다. 그러나 목전의 현실은 그의 발을 문 안으로 끌어들였다. 그 친구는 있으나 다른 사람이 있어서 그는 할 말을 못하고 한편에 앉아서 신문을 보면서 그 사람 가기만 기다렸다. 그러나 그 사람은 얼른 가지 않고 신문도 눈에 들어오지 않았다. 나중에는 그 사람이 미운 생각까지 났다.

*

춘수는 두 시간 뒤에 그 집을 나섰다. 등 뒤에서 손가락질을 하고 알지 못할 그림자가 두 어깨를 꽉 누르는 것 같아서 발이 땅에 닿지 않다시피 뛰어나왔다.

"또 만납시다."

하는 주인의 소리는,

'다시는 오지 말아주오, 제발.'

하는 소리 같아서 마음이 근질근질하였다.

대문 밖에 뛰어나와서 호주머니에 돈 일 원 지폐를 다시 만져보니 큰 성공이나 한 듯이 시원하였으나 몇 걸음 못나가서 다시 이마를 찌푸리지 않을 수 없었다.

"어린것이 몹시 앓는데 자네 돈을 변통해 주게…… 곧 갚으리."

하고 죄 없는 어린애를 빙자하여 말한 것도 마음이 괴롭거니와 그 사람과 같은 제배건만 죄송스러운 목소리로 종이 상전의 앞에나 선 듯이 구걸하던 자기의 그림자가 눈에 떠오를 때 그는 자기의 얼굴에 가래침을 뱉고 싶었다.

이렇게 살아서 뭘 하나? 그것도 한두 번이지 누가 항상 줄 리도 없거니와, 준다 한들 오죽하게 주랴. 그는 그 자리에서 소리를 지르고 발버둥을 쳤으면 갑갑한 가슴이 풀릴 것도 같았다. 그러나 그것도 결국은 아무 소용도 없는 일이다.

그는 청진동 골목으로 내려오면서 학질 약을 사가지고 갈까 말까 하다가 한푼이 새로운데 약까지 사게 되면 또 몇 식구의 한 끼 값은 없어지는 판이다. 그대로 걸어서 창신동 막바지로 들어갔다.

집이라고 찾아들었으나 편히 앉았을 자리도 없다. 수구문 안에서 쫓겨난 뒤로 이 집으로 온 지 두 달이나 되는데 한 집안에 세 살림이 살고 있다. 행랑에 한 살림, 안방에 한 살림, 건넌방에 한 살림, 이렇게 세 살림인데 춘수는 건넌방을 차지하였다. 일곱 식구가 콧구멍 같은 방 안에서 들꾀게 되니 어떻게 협착한지 그의 어머니는 마루에서 자고 그는 이웃 친구집 마루에서 자게 되었다. 마침 여름이니 그렇지 겨울이나 된다면 더욱 큰 고난을 받았을 것이다.

집에 들어서니 어린 딸년은,

"아버지, 아버지! 나도 바나나…… 응 바나나 사줘 응."

하면서 뛰어나온다.

"저년 또……."

아내는 어린애를 흘겨보다 말고 사내를 쳐다보면서,

"아까 저 안방집 어린애가 바나나 먹는 것을 보고 여태까지 트집이라오."

하고 나직이 말하였다. 그는 이 꼴 저 꼴 안 보았으면 좋겠다 생각하면서 아내에게 돈 일 원을 내주었다. 흐리었던 아내의 얼굴은 빛난다. 그의 어머니도 돈을 보더니 무슨 태산 같은 짐을 벗은 듯이 한숨을 은근히 쉬면서도 활기가 띠는 것을 그는 느꼈다. 일 원 돈에 활기가 띠는 가족들을 보니 그의 가슴은 저렸다. 그는 마루 끝에 앉아서 견디다 못해 파리 떼가 끓고 어린것의 기저귀며 의복이 불규칙하게 놓인 방 한구석에 드러누웠다. 걸어 다닐 때에는 그래도 촌보나마 옮길 기운이 나는 듯하더니 정말 몸져 드러누우니 다시 열이 온몸을 엄습하면서 그도 모르게 신음소리를 쳤다.

"어디가 아프냐?"

마루에 앉아서 담배를 피우던 그의 어머니는 춘수를 들여다보면서 걱정스럽게 물었다.

"아뇨…… 학질인가 봐요!"

그는 겨우 대답을 하고 찌긋찌긋 저린 팔다리를 이리저리 눌렀다.

"응 학질이면…… 금게랍이라도 사다 먹어야지……."

하고 방으로 들어와서 머리를 짚어보더니,

"몹시 덥구나!"

하고 수건을 찬물에 축여서 머리에 얹어준다. 펄펄 끓던 머리에 찬 수건이 닿으니 좀 정신이 드는 듯하였다.

"애, 그 돈에서 금게랍을 좀 사오렴."

어머니는 쌀 사러 가는 며느리에게 부탁하였다.

"아니 그만두세요. 그 돈을 모다 쌀과 나무를 사야지요. 약은 달리……"

그가 말을 마친 둥 만 둥해서 그 아내가 방을 들여다보면서,

"언제부터 아프시오? 그저 병날 줄 알았지! 이 더위에 그렇게 애를 쓰시구……"

아내는 뒷말을 흐리마리해 버리고 나갔다.

"야 이년아, 어린애들과 장난만 치지 말고 오빠 다리나 주물려주렴."

그의 어머니는 수건을 머리에 갈아대면서 장난하는 그의 누이동생을 꾸짖었다. 육십이 넘은 어머니가 기운 없이 허둥지둥하면서 걱정하시는 것을 생각하니 바늘방석에 누운 듯이 괴로웠다. 온 식구들을 고생시키는 것이 자기의 죄는 아니건만 그들의 고생을 생각하는 때마다 자기의 죄 같아서 견딜 수가 없었다.

밤 여덟시 이후부터 열이 내렸다. 그는 겨우 몸을 수습해 가지고 일어나 앉았으려니까 찌는 듯한 더위에 숨이 막히었다. 한 칸 방을 혼자 차지하고 앉아도 더울 터인데 온 집안 식구가 기름을 짜게 되니 참말로 견디기 괴로웠다.

마당에 거적자리를 깔고 앉아서 땀을 들였다. 버글버글 끓던 배는 그저 몹시 끓으면서 설사가 나오기 시작하였다. 한 시간도 못되는 사이에 설사를 세 번이나 하고나니 더욱 몸을 걷잡을 수 없었다.

"애 무얼 좀 먹어야지…… 뭘 죽을 쑤든지 해야지"

하고 그의 어머니는 어린애들에게 지친 피곤한 몸을 뉘일 생각도 하지 않고 밤이 들도록 걱정을 하고 그의 아내까지 졸리는 눈을 억지로 비비면서 마루에 나앉아 무엇을 꿰매고 있다.

"또 뒷간을 가니? 큰일 났다. 무얼 막을 약을…… 참 답답한 노릇이

다. 돈이 어디서 다 썩는지…… 하느님도 무심하지……"

춘수가 뒷간으로 가는 때마다 그의 어머니는 걱정하였다. 그것이 춘수에게는 도리어 괴로웠다.

"괜찮아요! 이제 곧 나을 테지요……"

춘수는 식구들의 걱정을 딱해서 방 한구석에 도로 들어가 누워서 눈을 감았다.

그의 어머니와 아내는 행랑방 시계가 새로 한시를 쳤어도 이슥한 뒤에 자리에 들었다.

춘수는 방에 들어와서도 두 번이나 뒷간으로 나갔다. 먹은 것 없이 나가만 앉으면 설사가 대야에 담았던 물을 쏟치는 듯이 났다. 금방 무슨 변이나 박두할 것 같은 공포까지 일어났다.

그럭저럭 오전 세시가 되도록 잠을 자지 못하였다. 그믐달 빛은 쓰러져가는 이 초막에도 찾아들었다. 모기장을 바른 창으로 흘러드는 푸른 달빛을 가슴에 받고 누웠으니 공연히 처량하고 지나간 그림자가 활동사진처럼 머리 속에 떠올랐다. 나이 삼십이 되는 오늘날까지 그는 별을 못보고 그늘에서 살아왔다. 일찍이 아버지를 여의고 홀어머니 아래서 자라느라고 어머니의 두호를 한껏 받기는 하였으나 남에 없는 고생을 하면서 자랐다.

그의 어머니는 사십이 가까워서 그를 낳았다. 그는 외아들인 춘수를 위해서 별별 고생을 다하였다. 머리가 반백이 넘고 눈에 안개가 들게 된 늙은이가 남의 삯바느질과 떡 장사와 심지어 삯방아까지 찧어주면서 춘수를 길렀다. 춘수도 가세가 그런 까닭에 온전한 교육은 받지 못하고 소학교를 다니다가 한문 서당에도 다니면서 남의 삯김도 매었다. 그리다가 서울에 뛰어와서 어떤 강습소에 다니다가 차츰 잡지사로 발을 들여놓게 된 것이 이제 와서는 상당한 수완 있는 기자라는 평을 받게 되었다. 서울서 그렇게 지내는 동안에 결혼까지 하여서 어린것을 셋이나 낳고 고향 있던 그의 어머니까지 올라오게 되었다. 가정을 이룬 처음에는 그다지 궁졸치 않았으나 그가 다니는 반도공론사가 경영 곤란에 빠져서 일 년 가까이 월급 지불을 못하게 되면서부터 그의 생활은 조불려석으로 지내게 되었다. 그렇게 한번 궁경에 빠진 생활은 추어서지 못하였다.

튼튼하던 그의 건강도 거기서 상하였다. 매일 애를 쓰고 돌아다니고 그렇게 다니나 일은 되지 않고 생활난은 어깨를 눌러서 그는 피지 못하고 나날이 시들어지게 되었다. 억지로 악을 쓰고 기운을 내나 좀처럼 기운이 나지를 않았다.

그가 이삼 승의 술을 마시게 된 것도 생활난이 만든 것이었다. 한 잔만 먹어도 얼굴이 주홍빛 같아서 헐레벌떡거리던 그가 지금은 밑구멍 빠진 항아리다. 독한 술을 눈에서까지 흐르도록 마시고 뛰고 나든지 잠이 들어버리면 모든 괴로움이 잊어졌다. 그는 어떤 때 술좌석에서 친구들에게,

"우리네 술은 향락으로 먹는 술이 아니야! 꼭 우리 생활의 필요로 못이겨 먹는 것이지 결코 여유가 있어서 소일로 먹는 것은 아니야! 그렇게 먹는 술이란 몇 친구 앉아서 한담이나 해가면서 얼근하게 마시고 일찍 집에 돌아가서 편안히 자리에 들든지…… 그렇지 않으면 가정의 무슨 취미를 돋울 것을 하든지 해야지…… 우리야 가정에 가면 골치가 아프지, 사회에 나온대야 그 모양이지…… 그러니 이렇게 만나고 술이 생기면 술이 망하나 내가 망하나 하는 격으로 해가 지는지 날이 새는지 생각지 않고 즉살하도록 먹을 수밖에……"

하고 취담으로 한 말이 참말인지도 모른다. 그러나 모든 고통을 잊는다는 것도 취하였을 그때뿐이지 깨고 나면 현실은 의연히 그를 못 견디

게 굴었다. 그는 그러는 때마다 마음을 도사려 먹고 방종에 흐르는 자기의 생활을 꾸짖고 후회하였다. 무엇보다도 식구들에게 미안한 일이었다. 암만 모든 고통을 잊으려 하여도 그것은 되지 않을 일이다. 현실은 의연히 현실이다. 지금도 가만히 드러누워서 이 생각 저 생각 하다가 결론은 발버둥을 쳐도 이 현실을 당장에 면할 수 없다는 데 돌아갈수밖에 없었다. 여기서 행복—뜻과 같은 현실을 바라는 것은 공상이다.

어찌했든지 모든 것은 이 현실과 싸울 수밖에……그는 이렇게 생각하면서도 기분은 어쩐지 나날이 줄어들어감을 느끼었다.

*

그는 이튿날 사에 출근을 못하였다. 점심 저녁을 굶고 밤새도록 설사를 하고나니 들어간 두 눈이 더욱 꺼지고 두 뺨이 무섭게 빠져서 보기에도 흉하거니와 그 자신도 손가락 하나 까딱하기 어려웠다.

하루 동안을 집에 드러누워 있으려니까 병에 괴로운 것도 괴롭거니와 이것저것 눈에 걸리고 귀에 걸리는 것이 심정을 상케 하여서 견딜수 없었다. 아침에 누이동생이 월사금을 못 내어서 학교에 가 얼굴을들 수 없다고 한바탕 비극을 일으키더니, 어린것들이 엿을 사달라느니 참외를 먹겠다는 둥 조그만 집 안이 수라장을 이루었다. 남의 애들이먹으니 철없는 어린것이 먹고 싶어 할 것도 정해 놓은 일이요, 그런 줄알면서도 사주지 못하니 가슴이 아픈 노릇이다. 그는 누워서 견디다 못해 책권이나 남은 것을 이웃집에 있는 친구에게 보내서 육십 전을 얻어다가 어린것들에게 참외를 사주도록 하고 원고지를 끄집어내 가지고방바닥에 엎드려서 무엇을 써보려고 하였다. 무엇이나 끼적거려 가지고 어제 약속한 김에게 보내서 돈푼이나 만들어볼까 하고 생각하였으나 머리가 뒤숭숭하고 팔의 기운이 빠져서 붓을 잡기는 고사하고 보기만 하여도 진저리가 날 지경이다.

"이놈의 노릇을 하고……"

그는 여러 번 붓을 던지고 드러누웠다가는 다시 일어나서 붓을 잡았으나 아무것도 생각나지 않았다. 애꿎은 원고지만 없애버릴 뿐이었다. 겨우 몇 장을 써놓고 드러누웠는데,

"이리 오너라!"

하고 호기 있게 찾는 소리가 난다.

"어제도 왔더니 또 왔네……"

하고 아내는 그를 들여다보면서,

"집세 받으러 왔나 봐요!"

하고 나직이 말한다.

춘수는 까닭 없는 짜증이 나는 것을 꿀꺽 참으면서,

"들어오라고 하구려!"

하고 말하였다.

"이리로 들어오세요."

그의 아내의 말과 같이 맥고모자에 회색 아루빠 저고리를 입은 사람이 낯의 땀을 씻으면서 눈앞에 와 섰다.

"안녕하시오."

춘수는 안 나오는 목소리를 겨우 가다듬어서 인사를 하면서 몸을 반쯤 일으켰다.

"예……어디가 편찮으시우……"

그는 순탄한 목소리로 대꾸는 하나 잔뜩 벼르고 온 것처럼 대단 신기불평하게 춘수의 눈에 보였다.

"글쎄 학질로…… 그런데 집세 때문에 또 미안합니다마는 얼마만 더

참아주시오."

춘수는 어색한 웃음을 지으면서 그 사람을 쳐다보았다.

"그것 어려운데요…… 벌써 두 달이나 밀렸으니까 이달에는 한 달치라도 주셔야 하겠습니다"

하면서 좀처럼 해서는 사정을 볼 수 없다는 듯이 거드름을 뽑는다.

"노형도 자주 다니시기에 괴롭겠지만 우리도 두고야 드리지 않을 리가 있어요. 이달 그믐에는 다만 얼마라도 변통해 드릴 터이니 한 번 더 참아주시오. 물론 주인에게 가서서 노형도 말씀하시기 어려우시겠지만 어떻게 사정을 봐주셔야 하겠습니다."

춘수는 극진히 말하였다.

"그렇게는 못하겠습니다. 오늘은 어떻게든지 해주셔야겠습니다."

그는 마루에 걸터앉으면서 말하였다.

춘수는 더 말하지 않았다. 어찌 생각하면 그도 남에게 돈 때문에 부리는 사람으로 같이 어려운 사람의 사정을 보아주지 않는 것이 야속스럽기도 하나, 어찌 생각하면 그럴 수밖에 없는 일이다. 그렇게라도 하여서 성적이 좋아야 집주인의 눈에 들게 되는 것이요, 집주인의 눈에 들어야 밥알이나 입에 들어갈 것이다. 그에게도 자기와 같이 여러 식구가 달려서 그의 어깨에 매달려 지내게 될 것이다. 그렇게 생각하니 볕에 그을어서 거무접접한 이마에 구슬 같은 땀을 흘리고 앉아 있는 그의 운명과 자기의 운명이 별로 다를 것이 없었다.

"어떡하랍니까?"

하늘을 쳐다보던 그 사람은 이마의 땀을 씻으면서 춘수를 돌아다보고 졸랐다.

"글쎄 어떡해요?"

춘수도 이제는 할 대로 하라는 듯이 배를 내밀었다.

"점잖은 처지에 그렇게 셈이 빠르지 못해서야 쓰겠습니까?"

그는 점잖음을 붙여가면서 틀었다. 춘수는 속으로 흥 코웃음을 치면서,

"여보, 돈에도 점잖고 점잖지 않은 법이 있소? 점잖아도 없으면 못 갚는 것이고 못생겨도 돈만 있으면 신용 있는 세상에……허허……여보, 그럴 것 없으니……이렇게 조르신대야 피차 눈만 붉히게 되었지 별수가 없으니 그믐에 들러주시오……"

하고 한 번 더 인정을 부르면서도 그 비열한 자기의 그림자가 눈앞에 떠올라서 스스로 부끄러움을 느끼었다.

"그렇게 못 하겠어요.……"

"나는 더 도리가 없소."

춘수는 좀 성난 목소리로 말하였다.

"그러면 집주인한테로 갑시다. 가서 당신이 직접으로 말하시오. 집세 전을 낼 수 없다고……"

하고 일어서서 춘수를 들여다본다.

"나는 갈 수 없으니 주인 보고 볼일 있으면 오라고 하시오."

춘수는 귀찮다 듯이 어성을 높여서 말하였다.

"어째 못 간단 말이요. 우리는 법적 수속을 할 테요."

"여보, 그것 참 좋은 말이오. 가서 고소를 하시오. 당신과 나와는 백날 있어야 이 모양이 되겠으니 가서 고소를 하오. 나도 그랬으면 편하겠소."

하고 춘수는 미닫이를 닫았다.

그 사람은 밖에 서서 별별 소리를 다 하더니,

"댁에서는 집세를 해 놓았어?"

하고 안방 부인을 보고 말을 건넸다.

"저는 모릅니다. 바깥주인이 아시지……"

"늘 바깥주인 하지만 바깥주인은 만날 수 있어야지…… 오늘은 해놓아야 해……"

하고 또 반말로 으른다.

'저놈이 내게 대한 분풀이를 애꿎은 남의 부인께 하나.'

하고 생각하는 때 이것저것 모르고 빚진 죄인으로 집 없이 벌벌 떨고 섰을 안방 부인의 그림자가 눈앞에 떠올랐다.

그는 참다못해 미닫이를 열었다.

"여보, 주인 없이 부인들이 어떻게 안단 말이요."

하고 나무라듯 말하였다. 그자는 춘수를 홱 돌아보면서,

"댁이 무슨 참견이오…… 어서 댁 낼 것이나 내시오……"

한다.

"뭐 어째…… 돈을 받겠으면 돈을 달라지 남의 집 부인을 보고 반말은 무슨 반말이야? 응 아니꼽게…… 그 버릇 고칠 수 없어……"

춘수의 기운 없던 얼굴 근육은 흥분에 긴장되었다.

"내가 언제 반말했소…… 그래 댁이 내가 반말하는 것을 보았소?"

하고 그자도 '나도 주먹이 있다'는 듯이 웅얼거리면서 이편으로 돌아섰다.

"그래 아까 한 말은 반말이 아니고 뭐야…… 어서 나가! 이 마당에 섰지 말고……"

춘수는 마루로 나와 문턱에 걸터앉았다. 그의 얽은 얼굴에는 홍조가 오르고 두터운 입술이 경련을 일으켜서 험상궂게 보였다.

"애, 몸이 아프다면서 가만 드러누워 있지 왜 이러느냐."

얼굴에 수심이 그득해서 마루에 앉았던 그의 어머니는 그를 보면서 걱정하였다.

"이게 댁 집이오. 가거라 말아라 하고……"

그자는 또 큰소리로 말하였다.

"그럼 아직까지는 우리 집이야! 나가라면 어서 나가지 잔소리가 웬 잔소리야!"

이렇게 서로 주거니 받거니 하다가 그자는,

"어디 봅시다."

한마디 남기고 나가버렸다. 집안은 폭풍우가 지나간 뒤같이 쓸쓸한 침묵에 지배되었다.

춘수는 그저 문턱에 앉아서 먼 하늘을 바라보고 있었다. 생각하면 쓸데없는 일에 흥분된 것이 우습기도 하고 소리를 지르고 나가서 눈에 보이는 대로 부셨으면 속이 시원할 것 같다.

그는 다시 방으로 들어가서 붓을 잡았으나 귀찮기만 하고 아무것도 생각나지 않았다. 억지로 써가면서 두어 줄 쓰다 말고 누웠으려니까 또 저녁거리가 걱정이 되었다. 이제는 어떻게 하는 수가 없었다. 이 지경에 나가 돌아다닐 수도 없거니와 나간대도 어디로 갈 데가 없었다.

*

동편 벽을 담뿍 물들였던 볕발은 밑으로부터 점점 걷히기 시작하였다. 볕발이 뜰에서 걷힌 뒤에도 찌는 듯한 더위는 물러나지 않았다. 낮부터 아프기 시작하는 배를 그러잡고 등골과 가슴에서 흘러내리는 땀을 씻으면서 누워서 저녁을 생각하니까 시간 가는 것이 원수 같다. 기나긴 해에 점심들도 변변히 먹지 못한 식구들이 배가 고픈 내색은 내지 않으나 입술이 말라서 껄떡거리는 것이 눈에 걸려서 견딜 수가 없다. 모두 자기 손으로 요정을 지어놓고 자기라는 존재까지 스러져버렸으면 하는 악까지 올랐다.

하여튼 불쌍한 존재들이다. 자기의 주먹을 바라는 그 여러 식구를 생각하면 그늘에 핀 꽃과 같다. 자기 존재만 사라지면 그들은 어디로 가나? 어찌되나? 그는 일전 광교다리 아래 뼈만 남은 열서너 살 된 어린애와 아래만 누더기를 겨우 가린 젊은 부인이 갓난아이를 안고 마주앉아서 참외 껍질을 먹던 기억이 머리 속에 떠올라서 그 그림자를 보지 않으려고 머리를 저었다. 그런 사람에게 비하면 자기의 생활은 호화롭기 짝이 없다.

그러나 그들과 무엇이 다르랴. 차라리 그렇게 지내는 것이 같이 배를 주릴 바에는, 순스러울지도 모른다. 누가 좋다는 것도 아니며 누가 오라는 것도 아닌데 헐레벌떡거리고 좋아 다니면서 갖은 궁상과 마음에 없는 웃음을 쳐가면서 푼푼이 얻어다가 겨우 연명이라고 하니 그것이 무슨 소용이며 거기서 무슨 수가 나랴. 망치는 것은 자기의 존재뿐이다.

그러나 그래서라도—자기의 존재는 망친다 하더라도 그 때문에 식구들의 존재가 튼튼한 자리를 잡게 된다면 조금도 원통할 것이 없겠다. 그러나 그것은 되지도 않을 일이요, 그래서 겨우 목숨이나 이어간다 하더라도 그 존재는 나날이 마르고 비틀어져서 나중에는 보잘것없는 존재로 사라져버리고 말 것이다. 또 자기의 존재도 보증할 수 없는 일이다. 이렇게 시시각각으로 부대껴서는 몇 날 못가고 어디서 어떻게 꺼꾸러질는지도 모를 일이다. 그렇게 된다면 그의 식구들의 밟을 길은 관교다리 밑에서 신음하던 그 그림자와 같지 않으리라고 누가 보증을 하랴! 그의 가슴은 또 찢기는 것 같았다.

"죄악이야! 죄악, 없는 놈이 자식 낳는 것은 죄악이야."

그는 혼자 뇌었다. 어린것들을 바로 기르지 못하여서 그들이 길거리에서 뭇사람의 발 아래에 짓밟힐 것을 생각하는 때 어쩐지 마음이 괴로웠다.

무슨 죄가 있든지, 그렇지 않으면 병신이 되어서 이 꼴이라면 모르지만 남과 같은 사람으로 남 이상의 힘을 쓰고도 이 고생—고생이야 사람으로서 없으랴마는 배를 곯고 헤매다가 쓰러질 것을 생각하면 적어도 불평이 없을 수 없다. 그는 일전에도 어떤 집을 지나다가 쌀에 좀이 난다고 걱정하는 것을 들었다.

"여보!"

그의 아내가 부르는 소리에 그는 비로소 정신이 들어서 내다보았다. 그의 아내는 문 앞에 서서 어색한 웃음을 벙긋 하더니 주저거리다가 어려운 말이나 하는 듯이,

"이 앞집에서 변돈을 놓는다던데 이삼 원 얻어다가 쌀을 사자오?"

하고 그를 다시 쳐다본다. 그 표정은 무슨 죄지은 사람이 판결이나 바라는 것 같다.

"얻을 수만 있거든 얻구려마는 우리를 줄 것 같지 않구려."

그는 선선히 대답하였다.

"가서 말하면 될 눈치던데…… 그러면 가보지요."

아내는 기쁜 듯이 돌아서 나갔다. 그의 뒷모양을 보는 춘수의 가슴은 또 찢기었다. 혼자 살려고 하는 일도 아니련만 그 돈을 쓰고 갚을 때 남편의 막막해하는 양이 보기가 딱해서 무슨 죄나 지은 사람처럼 돈 말하기 어려워하는 아내가 다시금 눈에 떠올라서 견딜 수가 없었다.

"언제나 좋은 세상이 오나……"

하고 또 쓸데없는 공상을 머리 속에 그려보았다. 한참이나 얼없는 공상에서 헤매던 그는 얼없는 자기를 비웃으면서 다시 붓을 끼적거렸다. 억지로 몇 줄 쓰다가는 붓을 멈췄다가 다시 끼적거렸다. 겨우 몇 장을 써놓고 읽어보니 차마 글이라고 드러내기가 부끄럽게 되었다. 여러 번 찢어버린다고 원고를 집어 들었다가는 그렇게 하여서라도 몇 회 써야

돈이라고 쥐어보겠기에 그대로 썼다. 그러나 먼저 읽어본 서투른 글이 머리 속에서 팽이 굴리듯 팽팽 돌아서 더욱 붓끝이 나가지 않았다.

"이런 글을 써서 무얼 하나! 차라리 지게를 지고 있지 이것을⋯⋯"

그는 여러 번 분개하면서도 차마 그것을 찢어버릴 만한 용기가 나서지 않았다. 그는 스스로 자기의 무력한 것을 탄식하면서 또 몇 줄 썼으나 기운이 빠지고 머리가 무거워서 참말이지 더 쓸 수 없었다. 모든 것을 될 대로 되라는 듯이 붓을 집어던지고 마루에 뛰어나와 부채질을 하였다.

설사는 날 듯 날 듯 하면서도 뒷간에 나가앉으면 나오지 않고 배만 몹시 아팠다. 배가 뒤틀리는 때면 자기의 기운이 깡그리 빠지고 온몸에 땀이 뿌적뿌적 솟는다. 그러지 않아도 더위에 땀이 걷힐 수 없는 몸은 끈끈한 더운 물에서 건져놓는 것 같다. 저녁이라고 두어 술 먹고 나니 뱃속은 더욱 괴로웠다. 후중기가 여러 번 나더니 이질이 되는 것 같기에 마늘을 집어내어서 먹었더니 가슴이 어찌 아린지 그 고통도 적은 고통은 아니었다. 방에 드러누워서 모기, 빈대, 벼룩, 파리와 싸우면서 신음하다가 겨우 잠이 들었다 깨니 어느 사이에 날이 새기 시작하였다. 눈을 뜨니 잊었던 걱정은 또다시 그의 가슴을 눌렀다. 그중에서도 어서 원고를 끝을 맺어야 하겠다는 걱정이 큰 짐이 되었다. 그는 껐던 램프에 불을 켜놓고 또 붓을 잡았다. 그가 한참 원고를 쓰고 있는데 마루에서 손녀를 데리고 자던 어머니가 일어나서 기침을 깃더니 방 안을 들여다보면서,

"어떠냐? 좀 괜찮으냐?"

하고 아들의 병을 걱정하더니,

"애는 웬 일인지 밤에 여러 번 설사를 하더니 몸이 어찌 뜨거운지 펄펄 끓는다."

하면서 마루에 누워 있는 손녀를 돌아다본다. 춘수의 가슴은 더욱 무거웠다. 그는 일어나 마루로 나가니 어린것은 기운 없이 솜을 늘어놓은 듯이 누워서 눈을 감고 있다.

"옥선아! 옥선아! 아파?"

그는 딸년의 머리를 짚었다. 어린애는 눈을 힘없이 떴다 감더니 귀찮다는 듯이 이마를 찡그리고 모로 눕는다. 어린애의 머리는 불이 날듯이 뜨거웠다.

'피차 편하게 어서 죽어라.'

그는 너무도 북받치는 악에 속으로 뇌면서도 그런 악독한 소리를 하는 자기 자신이 밉고 어린것의 괴로워하는 것이 가슴에 걸리지 않을 수 없었다. 그러나 어떻게 하는 수 없다. 친면 있는 의사라고는 수표정에 있으나 거기에도 벌써 약값이 칠팔십 원이다. 이제 또 가서 봐달라면 봐주겠지만 차마 낯을 들고 빈손으로 가기가 무엇한 일이다.

아침 때에도 춘수의 어머니는 숟가락 들 생각은 하지 않고 어린애 병 걱정만 하였다.

"옥선아 아파? 응…… 맘마 먹어?…… 애는 밥 좀 끓여다주렴……"

하면서 어린애를 안았다 뉘었다 하면서 걱정을 하였다.

춘수는 아침밥 뒤에 억지를 쓰고 집을 나섰다. 어제 저녁에 마늘을 먹었던 덕인지 배가 아프던 것은 멎었으나 오장은 뽑힌 것 같고 다리가 허전거려서 동대문 턱까지 나오니 벌써 숨이 찬다. 몇 걸음에 걸음을 멈추고 후—더위를 내뿜으면서 먼저 ××신문사로 갔다. 되지도 않은 원고를 집어내놓고 돈 말하기는 그 친구에게도 미안한 일이나 어쩌는 수가 없는 일이다. 그는 주춤거리는 발길을 끌고 ××신문사에 들어섰다. 공교롭게 그가 찾아간 김은 그날 들어오지 않았다. 그는 원고를 김에게 맡겨달라고 급사에게 부탁하고 나와버렸다. 무슨 짐을 벗은 듯하면서도 김을 못 만난 것은 바라던 일이 모조리 틀린 것 같다. 안 되는 놈의 일은 자빠져도 코가 터진다더니 자기를 두고 한 말이라고 혼자 분개를 하면서 ××신문사를 나선 그는 수표정 ××병원으로 향하였다.

'다시는 죽으면 죽었지.'

빈손으로 가서 진찰을 받고 나오는 때마다 의사의 찌뿌둥한 얼굴이 가슴에 걸려서 다시는 그 꼴을 안 본다고 맹세하다가도 바쁘면 하는 수 없이 발길을 돌리게 된다.

"그도 무리는 아니다. 돈 주고 사오는 약을 그저 줄 리가 있나?"

하고 사리를 캐어서 생각하면서도 때로는 의사에게 대해서 악감이 일어났다.

그러면서도 그 앞에만 서면 자기는 기운이 줄어드는 것을 생각하면 무어라 형용할 수 없는 모욕적 감정이 가슴에 끓어올라서 견딜 수가 없었다. 이 생각 저 생각 하면서 기계적으로 걷다가 머리를 들어보니 수표정으로 간다는 것이 배오개 네거리까지 내려왔다.

"내가 쉬 죽겠는게다."

그는 혼자 뇌고 픽 웃으면서 발을 돌려서 올라오면서 지나가던 사람들이 얼빠진 자기의 행동을 비웃는 것 같아서 무료한 생각을 금할 수 없었다.

병원문 앞에 다다르니 문 위에 달아 놓은 빛나는 주석 간판부터 자기를 비웃는 것 같아서 차마 발이 떨어지지 않는다. 그보다도 어색한 웃음을 지으면서 마지못해 응대를 하는 것 같은 의사의 얼굴이 눈앞에 어른거려서 그는 그도 모르게 액 하고 모욕의 전율을 금치 못하였다. 그러나 어린것의 괴로워하는 것을 생각하면 모욕을 받고 죽는 한이 있더라도 들어가지 않을 수 없는 일이다.

"오셨어요?"

현관에 들어서니 마주보이는 약국 안에 서있던 약제사가 인사를 한다.

"네! 아이, 몹시 덥습니다. 이 더위에 어떠세요."

그는 벌써부터 근질근질하는 얼굴을 겨우 들고 들어가면서 가장 태연한 듯이 말하였다.

"네, 괜찮습니다."

"선생 계셔요?"

그는 진찰실을 바라보고 물었다.

"네, 계셔요."

약제사는 약봉에 무엇을 쓰면서 대답하였다.

그는 진찰실로 들어갔다. 문이 열리니 어떤 환자의 가슴을 두드려보던 의사는 문 앞에 들어서는 춘수를 보고 웃으면서 머리만 끄덕하였다.

"웬일이오? 여름에 댁은 무사하오?"

진찰을 마친 의사는 의자에 앉은 춘수를 보면서 말을 붙였다. 그의 태도는 조금도 춘수를 귀찮게 생각하는 것 같지 않으나 춘수의 마음에는 모든 것이 외식같이 보였다.

"편하면 또 왔겠소…… 허허."

춘수가 말을 다 하기도 전에

"또 누가 앓소? 누가?"

의사는 벌써 알고 있다는 듯이 말하였다.

"어린애가 열이 나고 설사를 어떻게 몹시 하는지…… 또 조르러 왔소……"

춘수는 기분이 좀 피었다.

"응 그거 안됐는데…… 가만……"

하더니 그는 의자를 돌려 책상에 마주앉아 처방지를 펴놓더니 다시 춘수를 보면서,

"언제부터?"

하고 묻는다.

"밤부터."

하는 춘수의 말이 떨어지듯 말듯해서 의사는 처방을 써서 간호부에게 주면서 얼른 지어오라고 부탁하였다.

"저 약을 써보셔요…… 그런데 박은 왜 그리 빠졌소? 어디 편찮소."

의사는 다시 의자를 가로타고 앉아서 담배를 피우면서 물었다.

"설사가 나더니 이질이 되는 듯해서 마늘즙을 먹었더니 좀 괜찮은 듯하나 아직도 덜 놓은데……"

춘수는 말하고 나서,

"병이나 없어야 살지! 허허."

하고 웃었다.

"병 없으면 나부터 못 견딜걸…… 하하하."

의사의 말에 춘수는,

"나 같은 병자야 있으나마나."

하고 마주 웃었다.

그때 간호부가 약을 들고 들어왔다.

의사는 다시 간호부에게 무어라고 하니 간호부는 약국에 나가서 갑에 넣은 알약을 가지고 왔다.

"이 물약과 가루약은 어린애한테 먹이고 이건 박이 잡수."

의사는 약을 춘수에게 주면서 말하였다.

춘수는 병원을 나섰다. 그날은 의사의 기분이 좋아서 그의 기분도 경쾌하였다. 하여튼 고마운 일이다. 가는 때마다 거절 없어 하여주는 것은 눈만 감으면 코를 베어먹을 세상에서 고마운 일이다. 다 까닭이 있는 일이지만 춘수로서는 미상불 감사히 생각할 일이다. 그러나 남의 기분에 오르락내리락하는 자기의 기분을 생각하니 그늘에 피는 꽃 같아서 세상에서 비열한 것은 자기 하나뿐만 같다.

"이러구 살아서 무얼 하노."

그는 거리로 걸어가면서 이렇게 뇌면서도 어린것에게 먹일 약이 손에 쥐어진 것을 퍽 기뻐하였다.

같은 길을 밟는 사람들

같은 길을 밟는 사람들

오늘은 일천구백이십구년 팔월 십구일이다. 나는 오늘 아침까지도 오늘이 그날인 것은 생각지 못하였다. 생각한대야 별일이 있는 것은 아니지만 어저께까지 생각하였던 오늘을 정작 오늘 와서는 잊었다. 아침부터 내가 다니는 C일보사에 들어가서 일을 마치고 오후에 한강으로 나가다가 버스 속에서,

'오늘이 팔월 열아흐레…… 그날이로구나—'

하고 생각이 났다. 나의 눈앞에는 두 뺨이 쪽 빠져서 광대뼈가 유난히 드러난 핼쑥한 얼굴이 떠올랐다. 뒤따라,

"인제는 글렀어……"

하고 절망에 가까운 어조로 자기 운명을 탄식하던 그의 소리까지 귓속에 흐르는 것 같다. 나는 나로서도 알 수 없는 짜릿한 기분에 잠겨서 버스가 한강 종점에 닿는 것까지 깨닫지 못하였다.

오늘은 K군의 일 주기다. 그는 병을 요양하려고 석왕사釋王寺로 갔다가 회복이 못 되고 거기서 작년 이달 이날 새벽에 가냘픈 그 그림자를 마지막으로 감추어버렸다. 나는 작년 이날 인천 갔다가 그날 석간신문에서 그가 세상 떠난 것을 알았다. 나는 그 신문을 보고도 별로 놀라지 않았다. 얼마 전부터 그의 목숨은 오늘내일 한다는 말을 들었고, 그 안

날 편지와 전보로 그의 목숨이 이제는 분초를 다투게 된 것을 알았던 판이므로 무슨 의외의 일같이 놀라지는 않았다. 그러나 그의 형모形貌가 눈앞에 떠오르고 가슴이 자릿하여서 종일 월미도 바다 바람과 물 같은 달빛에 경쾌하여졌던 기분은 다시 무겁고 어둑한 기분에 흐리었다.

나는 그날 밤 막차로 집에 돌아와서 자리에 누워서까지 K군 생각으로 잠을 못 들었다. 생각하면 생각할수록 K군의 죽음은 남의 일 같지 않았다. 한편으로는 그가 죽었다는 것이 거짓말 같기도 하였다.

그날 밤 달빛은 몹시 밝았었다. 나는 자리에 누워서 창문에 흐르는 달빛을 바라보면서 K군의 죽은 창에도 저 달이 비치려니 생각하니까 가슴속이 이상스럽게 흔들렸다. 그의 그림자는 내 곁에 어딘지 와 서서 정력이 스러진 가느다란 눈으로 나를 내려다보는 것 같기도 하고, 때로는 나의 그림자가 그의 그림자 같기도 하였다. 그 때문에 나는 여러 번 자려고 눈을 감았다가는 도로 뜨면서 돌아누웠다.

K군과 내가 알게 된 것은 내가 ×잡지를 편집하던 때였다. 그때 그는 ○잡지를 편집하고 있었다. 하루는 인쇄소로 교정하러 가니까 맞은편 책상에서 보지 않던 사람이 교정을 하고 있었다. 보지 않던 사람이요, 또 무슨 잡지 교정을 하고 있기에 나는 동업자의 호기심으로 그를 유심히 보았다.

그는 그때에도 풍부한 머리를 보기 좋게 뒤로 넘겼었다. 머리를 뒤로 넘겨서 그런지 조붓한 이마가 좀 벗어져 보이었다. 이마가 좁은데 하관까지 빨라서 광대뼈가 그리 드러나지 않았건만 유난스럽게 눈에 띄었다. 입은 큰 입이나 보기에 흉한 입은 아니요, 코는 넓적한 코도 아니었고, 오똑한 코도 아니었다. 나를 언뜻 건너다보는 눈은 좀 가늘고 맑은 기운이 돌아서 쌀쌀하고도 상냥한 맛이 있었다. 좀 낡은 아청세루 오리에리 양복을 입었는데 낡기는 낡았으나 가냘픈 몸에 잘 어울려서 보는 사람에게 경쾌한 기분을 주었다.

'깔끔하고도 상냥한 사람이로구나.'

이것이 그가 나에게 준 첫인상이다. 그의 성격은 나의 첫인상에서 별로 틀리지 않았다.

나는 그 뒤로 그와 친하여져서 그를 자주 찾았다. 그는 그때 필운동 막바지 일본식 이층집을 얻어가지고 살림을 하였다. 나는 자주 상종하게 되는 사이에 ○잡지는 그가 취미로 편집하는 것이고, 어떤 신문에 서양소설을 번역하고 생활을 겨우 지속해 간다는 것을 알았다. 생활은 넉넉지 못하여도 방 안에 들어서면 유리알처럼 깨끗하고 책장이며, 책상이며, 의복, 모자가 질서 있게 놓이고 걸려 있었다. 지금도 그를 처음 찾아가서 책망받던 일이 잊혀지지 않는다.

"이 사람, 이게 무엇인가…… 재떨이에다 떨게나."

그는 내가 흘린 담뱃재를 종이로 쓸어 재떨이에 담으면서 여지없이 톡 쏘았다. 피차간 허교하는 정도까지 친하기는 하였으나 처음으로 그의 집에 갔던 판이라,

"허, 이 사람이 손님 괄세를 단단히 하는데…… 허허……"

나는 태연한 말로 하면서도 불유쾌하였다. 그는 그렇게 톡 쏘아 놓고는 안 되었던지,

"자네 노했나? 하하……"

하고 커다란 입을 더욱 크게 벌리면서 상글상글하는 가느다란 눈으로 나를 건너다보고 웃었다. 나는 그 비슷한 책망을 그에게서 여러 번 받았다. 그러나 그의 성격을 알게 된 후로는 별로 그것을 개의치 않았을 뿐더러 어떤 때에는 그가 싫다는 것을 짓궂게 하여서 기가 막혀 하는 그의 웃음을 받고야 말았다. 그러면서도 모든 게 규칙적이요, 담백한 그의 태도가 옳다고 생각하였다.

그해 가을이었다. 나는 ×잡지사를 나와버리고 직업을 찾아다니느라고 그를 별로 못 찾았다. 그도 ○잡지를 집어치운 후로 별로 나를 찾지 않았다. 그렇게 서로 만나보지 못한 지 한 달이나 넘어서 어떤 가을 석양에 그를 찾아갔다. 필운동 막바지로 타박타박 찾아갔더니 그가 있던 집에는 다른 사람이 들어 있었다. 그 집에서 내다보는 젊은 부인을 보고 K의 소식을 물어보니까,

"그이는 벌써 떠난 지가 한 달 가까이 됩니다. 창성동 어디로 가셨다는데 잘 알 수 없어요."

하고 대답을 듣고 나는 나와버렸다.

'이상스런 일이다.'

나는 혼자 뇌면서 광화문 앞으로 나오다가 그를 만났다.

"잘 만났네…… 나는 자네를 찾아갔다 오는 길일세……"

나는 그의 앞을 막아섰다.

"어디 필운동 갔던가?"

그는 기운 없이 말하면서 호젓한 웃음을 웃었다. 어쩐지 그의 얼굴에서 활기가 스러지고 무슨 병색이 도는 것 같았었다.

"그럼 필운동 갔었지…… 그렇게 떠난 줄이야 누가 알았나……"

"가세 우리 집으로 가세. 바로 저길세……"

그는 그저 호젓이 웃으면서 나를 끌었다. 나는 그를 따라서 창성동 어떤 집으로 들어갔다. 누구의 집 사랑채인데 정쇄한 이칸방이었다.

"그런데 이리로 이사했나?"

나는 자리에 앉자마자 물었다.

"흥, 나 혼자 왔네……"

"그럼 식구들은?"

"귀찮아서 살림을 걷어치웠지……"

그는 말을 마치자마자 허허 웃었다. 아까보다는 신기가 좀 편 것 같았다.

그는 확실히는 말하지 않으나 아내와 살림을 가른 눈치였다. 그가 어떤 신문에 번역하는 소설까지 끝나버리고 생활이 곤란하니까 그만 홧김에 살림을 떠엎었나 보다 하고 나는 생각하면서 자세한 것을 묻지 않았다. 물어야 대답하지도 않았을 것이다.

"이거 사람이 이러구 죽지 않는 것만 다행이야⋯⋯ 구더기만도 못한 인간들이야⋯⋯."

아니꼬운 꼴만 본 것 같았다. 우리 눈에는 대단치 않은 일이로되 그는 분개하는 일이 많았다. 어느 때 어떤 잡지사에서 그의 원고를 청하여 놓고 얼른 내지 않았다고 얼굴이 파랗게 질려서 그 원고를 가져온 이후에는 그 잡지사에 다시 원고를 보내지 않았다. 그날 그는 그처럼 몇 번이나 분개하다가 현대작가 단편집을 나와 같이 편집하여 어떤 책점에 팔아먹을 것을 약속하였다.

그럭저럭 그해도 지나갔다.

그 사이에 그와는 여러 번 만났다. 그해 여름에 나는 동소문 안에서 살림이라고 벌여 놓고 사람 사는 흉내를 내고 있던 때라 어떤 때에는 그가 반찬을 사들고 와서 저녁을 지어 먹고 놀다 간 일도 있었다. 그해 여름 소나기가 몹시 지나다가 청량리 어떤 전주에 벼락이 내린 이튿날이었다. 그는 문밖에 갔다 오는 길에 우리 집에 들렀다. 그날 아침에 쌀이 떨어져서 아침을 못 짓고 점심 때가 가까워서 왜국수를 사다 삶아먹는데 그가 와서 마루에 앉아 담배를 피우고 있었다.

"문안 가세⋯⋯."

그는 내가 국수 먹기를 기다려서 마루로 나오는 나를 보면서 말하였다.

"문안 가서는 뭘 하게…… 나는 싫어……"

"글쎄 볼일이 있으니 가세……"

나는 그의 권을 못 이겨서 떠났다. 효자동 전차를 갈아 타고 광화문 저편 정류장에 내려서 그가 몸 붙여 있는 창성동 집으로 갔다. 그는 방 안에 들어서더니 부리나케 두루마기를 벗어놓고 책상에서 제일 값나갈 만한 책 열한 권을 뽑아 내려놓더니 책상 위에 놓인 조그마한 좌종을 집어서 책과 함께 책보에 쌌다. 싸서 이리저리 보더니 의아한 눈으로 그것만 보고 섰는 내 앞에 내놓으면서,

"어따, 이것 갖다 끓여라!"

하고 나를 치어다보면서 벙긋 웃었다.

"그건 뭣 하게……"

나는 무슨 영문인지 어리둥절하였다.

"뭣 하긴? 그깟 놈의 글이 밥을 주나! 이 책은 팔고 이 시계는 갖다 잡혀서 쌀 팔아다 먹게…… 돈 생기면 또 사지……"

그는 내가 미안히 생각할까 보아서,

"이건 다 본 책이야…… 인젠 소용 없는 짓이니 팔아나 먹지."

하고 여러 번 말하였다. 나는 사양치 않았다. 그가 주는 대로 받아 가지고 나섰다. 책을 유별히 아끼는 그가 나의 살림이 얼마나 보기 딱하였으면 이렇게 하랴. 나는 매일 얼굴빛이 글러가는 그가 딱하게 보이는데, 그는 내가 딱하게 보이던가 하고 혼자 웃었다. 나는 시계 초침 소리가 째깍째깍 하는 책 보퉁이를 들고 나오다가 광화문 앞에서 K군의 생활을 잘 아는 S를 만났다. 오래간만에 만나니 길바닥에 섰었으나 여러 가지 이야기가 있었다. 나는 이야기 끝에 K군의 살림 떠엎은 이야기를 하였더니,

"그것들 늘 그 모양이야…… 어린애 장난두 아니고……"

그리 걱정할 것 없다는 듯이 말하였다. 그 뒤 얼마 지나지 않아서 나도 K군에게 대해서 S와 같은 말을 하게 되었다.

하루는 어디 갔다가 밤 아홉시가 가까워서 집으로 가니까 K군이 와서 기다리고 있었다.

그는 윗목에 앉았고 아내는 아랫목에 앉았는데 아내의 곁에 보지 않던 부인이 쪽을 이쁘게 찌고 앉아 있었다.

"내 아낼세…… 인사하지……"

K군은 나와 그 부인을 번갈아 보면서 웃었다. 나는 어리둥절한 인사를 하였다.

남의 집에 오래 있으니까 의복 음식이 맞지 않고 또 돈푼이나 생겼으므로 신교동에 셋방을 얻어 가지고 다시 살림을 시작하였다는 것을 그 며칠 뒤에 K군에게서 들었다. 나는 그 말을 들으면서 이상스런 사람도 있다, 하고 혼자 웃었다. 그러다가 그해 가을에 그들은 또 살림을 갈랐다. 하루는 종로에서 K군을 만나니까 그는 살림이 귀찮아서 걷어버리고 아내는 어디로 갔다 하였다.

그는 살림뿐만 아니라 무슨 일이나 하다가도 좀 귀찮으면 집어치웠다. 그 이듬해라고 기억하지만 문밖 어떤 학교에 가서 교사 노릇을 하였다.

"더러운 것은 사람이야! 목구멍이 포도청이라 할 수 있나…… 그 지긋지긋한 교원 노릇을 또 하네……"

하더니 얼마 뒤에 나를 만나서,

"그놈의 교원 노릇 그만두었네…… 굶어 죽지 그 노릇을……"

하고 말하였다. 입을 위하여 마음에 없는 노릇을 하는 괴로움은 나도 맛보고 오는 터이라 나는 어디 가서 안절부절못하는 그를 나무란다느니보다 귀찮으면 그만두어버리는 그와 같은 용기가 나에게 없는 것을 도리어 부끄럽게 생각한 적도 없지 않았다.

그러나 그렇게 지내는 사이에 나는 그의 건강이 나날이 틀려가는 것을 보았다. 빠진 뺨이 더욱 빠져서 광대뼈가 나날이 더 나오고 가느다란 눈에는 정력이 빠져서 곤한 잠을 깬 사람 같았다. 얼굴에는 나날이 노랑꽃이 돋고 웃음은 여전히 잘 웃으나 어쩐지 속없는 웃음이었다. 어느 때 그를 보고 그 이야기를 하였더니,

"이 꼴에 건강인들 부지할 수 있나…… 살아 있는 것이 다행이지."

하고 어디가 아프다는 말은 별로 없었다.

그 뒤에 그는 C신문사 기자가 되었다. 처음 얼마 동안은 C신문사가 활기를 띰에 따라 K군의 생활도 다소 안정이 된 모양이었다. 그는 어디인지 가 있는 아내를 또 다시 데려오고 시골 있던 늙은 어머니를 모셔다가 살림을 시작하였다. 그러나 얼마 뒤 C신문사가 경영 곤란에 빠지게 된 뒤로 그의 생활도 흔들리지 않을 수 없었다. 그렇게 일 년을 지내는 동안에 그는 더욱 히스테리컬하게 되고 그의 건강은 날로 상하게 되었다. 어느 때인가 그는 위산을 먹는 나를 보더니,

"자네 왜 위산을 먹나?"

하고 물었다. 나는 오래 전부터 위장병으로 신고한다는 설명을 병인의 버릇으로 앞에서 금방 죽는 듯이 말하고 위산의 효과를 설명하였다.

"나도 윗병이 있어…… 요새 와서는 더한데…… 그러니 약이나 변변히 쓸 수 있나……"

그는 남의 말 하듯이 대수롭지 않게 말하였다. 듣는 나도 심상하였다. 그러다가 얼마 뒤에 들으니 그는 병이 심하여서 사에 출근을 못한 지 오래라고 하였다. 전하는 바에 의하면 위장병으로 처음은 신고하다가 나중에는 폐와 심장까지 좋지 않다는 진단을 받았다.

나는 항상 그를 찾아가 본다고 벼르면서도 공연히 분주하여서 이날

저날 미루다가 작년 이른 봄에 그를 찾아갔다. 그러나 그는 문밖 어떤 절로 나가 있는 때이므로 그의 아내에게서 그의 병이 조금도 낫지 않고 더하여 갈 뿐이라는 말만 듣고 돌아왔다. 그 뒤에 나는 그가 다니던 C 신문사에 입사하게 되어서 그의 소식을 매일 듣게 되고 그의 성격에 그처럼 병날 만한 기분도 느껴 보았다. 어떤 친구는 K군을,

"이 생활에 병 안 나면 그건 참말 쇠로 부어 만든 사람이야."

하고 말하였고, 어떤 사람은 K군을,

"그 사람은 성질이 고약해서 병을 못 고쳐."

하고 말하였다. 나는 그 두 가지 비평이 다 옳다고 생각하였다.

나는 입사한 지 얼마 되지 않아서 모든 사원들의 노랑꽃 핀 얼굴을 의미 있게 보았다.

그들은 축 처진 어깨를 어쩔 줄 모르고 이맛살을 펼 사이가 없었다. 간혹 무슨 일에 웃음이 없지 않으나 그것은 거개 속없는 웃음이요, 이맛살을 펴지 못하였다. 그것은 그들만이 아니었다. 그 속에 묻힌 나 자신도 그들과 같은 운명의 길을 밟지 아니치 못하였다.

오늘이나 내일이나 하고 사의 운명이 펴기를 바라는 초조한 마음은 가슴에 재가 들어앉을 지경이었다. 그것은 대개 자기 생활의 안정을 얻으려는 초조한 마음이었다. 몸을 의지한 데가 흔들리니 따라 각자의 생활도 흔들리지 않을 수 없었다. 빚쟁이에게 쫄리고 먹을 것 입을 것에 쪼들리고, 별말은 없으나 집으로 들어가면 손을 치어다보는 식구들의 표정에 쪼들려서 이날이나 저날이나 기다려도 일은 되지 않고, 그러나 별수는 없으니 헛 노력은 노력대로 하게 되고 나중은 홧김에 서로 눈을 붉히게까지 되니 신경이 둔하던 사람들까지도 조그마한 일에 흥분이 되어서 짜증을 내게 되었다.

눈에 보이지 않는 무슨 그림자가 두 어깨를 찍어 누르는 것 같고 마

음은 바람에 뜬 듯이 어디가 지접할 곳을 몰라서 갈팡질팡하면서 무슨 큰일이나 앞에 닥쳐온 듯이 두근두근 하였다. 이렇게 되니 손발까지 떠서 어디가 오래 앉았을 수 없고 앉았대야 무슨 일에 마음이 잠기지 않았다. 그것도 하루나 이틀이면 또 모르지만 한 달 두 달 지나 해가 넘도록 그 꼴이 되니 애가 탈 대로 타서 신경이 마비되다시피까지 되었다. 이렇게 지내는 사이에 피가 마르고 고기가 시들어서 얼굴에 노랑 싹이 돋고 두 어깨가 축 처져서 속없는 웃음만 웃게 된다.

"이걸 이러구두 살았다구……"

"엑, 구더기만 못한 인간들이……"

이 입 저 입에서는 매일 비탄과 저주만 흐르게 되었다. 일은 일대로 뼈 빠지게 하고도 학대받는 인간에게 저주가 없을 리 없다. 이렇게 지내는 사이에 모두 건강을 잃게 되었다.

검은 그림자가 시시각각으로 자기 생명을 아삭아삭 먹는 것을 보면서도 그것을 벗지 못하는 비탄까지 그 검은 그림자의 힘을 더하였다.

K군의 건강도 이 기분 속에서 희생이 되었다. 조금만 성가신 것을 보아도 얼굴빛이 파랗게 질리는 그가 벌써 병나지 않은 것만 다행이라고 할 것이다. 그는 병나 드러누워서도 두 첩 거푸 먹어본 약이 없었다고 들었다. 한 첩 먹어보아 듣지 않으면 다른 약을 먹어보고, 한 번 보여서 맞지 않으면 다른 의사를 찾다가 나중에는 혼자 화를 내고 푸닥거리를 노상 했다. 그렇게 되니까 의약을 믿지 않으면서도 의뢰에 의뢰를 하게 되고 병 요양을 갔다가도 좀 괴로우면 다른 데로 옮겼다. 그러나 그것도 자유로 못 되었다. 경제의 맥박이 미미한 그는 믿지 않는 약이나마 자유로 못 쓰고 전지요양도 자유로 못 하였다. 그것이 화가 되고 그 화가 병을 더욱 부채질하였을 것도 명약관화의 사실이다. 그의 성격이 그의 병을 더하였다는 것도 괴이치 않은 말이다.

뒷 숲에 매미의 소리가 시원스럽게 흘러 내려오는 어떤 여름날이었다.

사에서 일을 끝내고 신문을 보고 앉았는데 누가 들어오면서 K군이 왔다고 말하였다. 나는 그가 병이 좀 나았나 하고 밖을 내다보니 문 앞에 놓인 인력거에 그의 그림자가 나타났다. 나는 놀라지 않을 수 없었다. 만나본 지 얼마 되지 않는 사이에 그는 딴 사람이 되었었다. 인력거에서 단장에 의지하여 땅에 겨우 내려서는 그는 뼈만 남았다. T군이 그를 부축하여서 편집실 한귀퉁이 의자에 앉히었다. 그저 미미히 남은 강기로 막대를 지접하고 두어 걸음씩 걷기는 하나 보는 사람에게 무서운 예감을 주었다. 의자에 간신히 기대어 앉은 그의 얼굴빛은 아편쟁이처럼 푸르고 눈은 쑥 들어갔었다. 지금도 그를 생각하면 그때에 보던 유난스럽게 불거진 그의 광대뼈가 떠오른다.

"그렇게 얼른 낫지 않아서 됐나!"

나는 무어라 말하면 좋을는지 몰랐다. 그러나 그저 들여다보고만 앉았기가 뭣해서 입을 떼었다.

"배는 고픈데 무얼 먹나……"

그는 한참 앉았다가 혼잣말처럼 뇌면서 먹을 것을 생각하고 있었다.

"밥 먹겠나? 소화가 될까……"

"소화가 잘 되지는 않지만…… 밥 생각이 나는데 국물을 먹었으면……"

그는 나를 치어다보면서 기운 없이 말하였다.

나는 그의 의견을 들어 가지고 동아식당에서 보리죽을 주문하여 주었다. 그는 배달이 가지고 온 보리죽을 두어 숟가락이나 떠먹더니,

"이것 먹겠니! 쌀이 왜 이 모양이냐! 퍼지들 못하고……"

하면서 곁에 서서 기다리는 배달을 흘겨보았다.

"얼른 하느라구 잘못됐습니다."

배달은 허리를 굽실하였다.

"얼른 하면 대가리도 걸어다니느냐?"

그는 목구멍으로 간신히 흘러나오는 소리에 열을 올려서 팩 쏘면서 죽 그릇을 집어던지었다.

"그 성벽은 그저 없어지지 않았구나."

나는 죽값을 내주면서 그를 보고 웃었다. 그는 그저 이맛살을 찌푸렸다. 그리고 나서 그는 다시 대구탕을 주문하였다. 그것도 두어 숟가락 먹다 말고 내던졌다.

"약은 늘 썼나?"

나는 담배를 피우다가 또 입을 열었다.

"약? 그놈들 모두 도적놈들이야! 병도 낫지 않는 약만……"

하고 그는 공연히 의사와 약장수를 욕하다가,

"글렀어! 인제는…… 이제 살아보겠나."

하고 자기의 운명을 내다보는 듯이 말하는 그 소리는 슬프게 떨렸다.

"별소리 다하네!"

나는 이렇게 말하였으나 어쩐지 그의 말이 헛된 말 같지 않았다. 다시 회복되리라는 생각은 십분의 이삼도 나지 않았다.

"병과 가난은 부부여!"

하던 그의 말마따나 병이 그처럼 되었더라도 믿는 구석이나 있어야 할 터인데 그것저것이 없으니까 어찌 살려고 튼튼히 믿었으랴.

그는 두어 시간이나 그렇게 앉아 있다가 인력거로 돌아갔다. 그것이 그와 나와의 마지막 작별인 것은 나도 몰랐거니와 그도 몰랐을 것이다. 그가 나간 뒤에,

"죽게 된 사람이 돈 때문에 눕지도 못하고 저렇게 다니니……"

누구인지 자기 신세나 탄식하듯이 말하였다. 모두 K군의 신세가 남

422

의 신세같이 보이지 않나 보다.

그 뒤 얼마 되지 않아서 K군이 석왕사로 갔다는 말을 같은 사에 있는 S에게서 들었다. K는 석왕사와의 인연이 깊은 사람이다. 그는 석왕사에서 경영하는 보통학교 교원으로 오래 있었다. 그런 관계로 석왕사에는 중과 속인 간에 천면 있는 사람이 많다고 들었다.

그가 떠난 뒤로 그의 소식은 종종 들었다. 그의 병은 나날이 더하여 간다고 하였다. K군과 친할 뿐만 아니라 척분이 있는 S는 늘 석왕사로 가 본다고 벼르면서도 노자가 변통이 못 되어서 하루 이틀 어물어물 보내게 되었다.

칠월 그믐께였다. 그에게서 엽서가 나한테 왔다. 그것은 내가 먹는 위장약이 효과가 있다고 하니 좀 사 보내달라는 글이었다. 어느 때 나는 그에게 나도 위장병으로 고생하는데 어떤 의사의 처방을 써보았더니 좀 차도가 있다고 말하였다. 그는 그 말이 생각났던가 보다.

나는 그 약을 지어 부치려고 여러 번 벼르면서도 약도 못 부치고 편지도 못 하였다. 지금 와서는 나의 일이 탐탐하여서 친구의 병보가 그렇게 신경을 찌르지 못하였다. 그런대로 그가 살았다면 모르지만 그가 죽고 보니 모든 것이 후회가 된다. 외로운 병석에서 부탁한 약을 얼마나 기다렸으랴.

내게 편지를 부친 며칠 뒤였다. S에게 편지가 왔는데 그것은 그가 친히 쓰지 못하고 남의 손을 빌어 대필한 것이었다. 사연을 안 보아도 대필로 보아 그의 병이 얼마나 된 것을 알 수 있었다. 그러나 우리는,

"그것 참 큰일인데……"

할 뿐이요, 어떻게 하는 도리가 없었다. 한 손 떨어져 있는 친구의 죽는 것은 고사하고 지금 당장에 내 몸이 쓰러진 대도 할 수 없는 사람들이라 그저 살아 있는 입이나 벌리는 수밖에 도리가 없었다.

그 편지가 온 며칠 뒤에는 K군이 있는 주인의 편지가 S에게 왔다. K군은 이제 음식도 못 먹고 뒷간 출입도 못하게 되도록 위중하니 속히 오라는 편지였다. 나는 S에게서 그 편지 사연을 들을 때 K군의 그림자가 눈앞에 보이는 것 같았다. 아무도 간호하는 이가 없는 외로운 병석에서 대소변까지 자유로 못 보게 되는 그의 괴로움이 얼마나 컸으랴. 남의 사폐를 조금도 보지 않는 배짱이라도 그 지경이 되면 눈치만 보게 될 터인데, 그렇지 못한 K군으로서 그처럼 되고 보니 자기 화에 더욱 괴로울 것이다. 그러나 아직도 팔다리가 성한 우리는 그의 소식을 들을 때에만 안됐다 걱정할 뿐이었고, 그 순간이 지나면 잊다시피 지내었다.

　그러한 주인의 편지는 여러 번 왔으나 S는 그저 오늘 내일하고 벼르면서 사정이 허락지 않아서 못 떠나다가 위중하다는 전보까지 받고 그가 죽던 안날에 떠나갔다.

　S가 떠나던 이튿날, 즉 작년 오늘이었다. 나는 오후 차로 인천 갔다가 서울서 내려간 신문에서 그의 부음을 접하였다. 그때 나의 감상은 무어라 말할 수 없었다. 예기하였던 일이라 별로 놀라지는 않았으나 어쩐지 나 자신도 그와 같은 운명의 길을 밟는 것 같아서 그날 밤을 집에 돌아와서까지 잘 자지 못하였다. 암만 생각하여도 그는 제 명에 죽은 것 같지 않았다. 제 명에 못 죽을 것은 그의 운명만이 아닌 듯도 싶었다.

　나는 며칠 뒤에 S에게서 K군의 임종 당시의 이야기를 들었다.

　S가 먼 하늘에 아침 볕발이 치밀락 말락 할 때에 석왕사 역에 내려서 K군이 있는 집으로 달려간 것은 K군의 목숨이 끊어진 뒤였다. K군이 운명할 때 곁에 있었던 주인의 말을 들으니까 그는 운명할 때까지 정신은 멀쩡하였다. 그러나 목이 붓고 가래가 끓어올라서 말은 못하고 눈만 힘없이 굴렸다. 그 눈은 하고 싶은 말이 있었을 것이요, 보고 싶은 사람이 있었을 것이다. 그 말을 듣는 나의 눈앞에는 마지막 보던 푹 꺼진 가

느다란 눈이 떠올랐다.

S가 방에 들어서니 숨이 끊어진 K군의 옆에 삼십가량 되는 부인이 앉아서 울고 있었다. 그 부인의 차림차림은 얼른 보아도 보통 부인이 아니었다. 화류항花柳巷의 기분이 어디라 없이 흘러 있었다. S는 이상스런 감정을 금할 수 없었다. K군을 잘 아는 S는 군의 과거에 그런 종류의 여자가 얽힌 일이 없었는데 그런 여자가 그 자리에 나타난 것은 의문이라 하지 않을 수 없었다. K군이 이만저만한 몸으로 내려왔을 새 그 사이에 순간의 달콤한 꿈이라도 없지 않았겠다고 믿겠으나 거의 죽게 된 몸으로 내려온 사람이 딴 생각할 여유도 없었을 것이요, 설사 생각이 없지 않았다 할지라도 언제 대할 만한 근력이 있었겠느냐 하는 것도 의문이었다.

그러나 언제 그 의문을 풀려고 할 사이는 없었다. 송장 치울 것이 급한 일이다.

K군의 시체는 K군의 유언대로 석왕사 승려들의 손을 빌어서 화장을 하였다. 그들은 그들 전래의 화장법이 있었다. 산에 올라가 나무를 베어 쌓아 놓고 그 속에 송장을 넣어 사른다.

K군의 시체도 그렇게 재가 되었다.

지금도 나의 눈앞에는 보지도 못한 그 때의 광경이 활동사진 필름처럼 돌아간다. 승려들의 들채에 담긴 K군의 시체는 친구라고는 S의 외로운 그림자에 호위되어 푸른 산 나뭇잎 속으로 쓸쓸히 들어갔을 것이다. 쌓아 놓은 나뭇가리 속에 들어 온몸이 불길로 변할 때 혼령이 있다면 그는 세상을 어떻게 보았을까? 불길 뒤에 남은 재는 그것을 친히 본 S에게는 어떤 감상을 주었으며 멀리서 듣는 우리에게는 무엇을 보이는가?

K군의 시체 곁에서 울던 여자는 K군의 화장터에까지 술과 안주를 가

지고 따라가서 이 세상에서 시체의 존재까지 감추는 K군을 슬퍼하였다. 곁의 사람들에게서 들으니 그 부인은 석왕사에 와서 술 파는 여자였다. K군과는 무슨 관계가 있는지 자세히 알 수 없으나 K군이 임종할 때에 K군 곁에 달려와서 섧게 섧게 울고 감지 못하고 목숨이 끊어지는 눈까지 쓸어 주었다. 그리고 술까지 가지고 화장터까지 따라왔다. K군은 운명하던 찰나에 울고 달려드는 그 여자를 보고 눈물을 흘리었다. 그 사람은 그렇게 말하고 나서,

"하여튼 고마운 아낙네야! 술은 팔망정……"

하고 말하였다.

그 말을 들은 S도 감격하지 않을 수 없었다. 거기서 직접 보고 들은 S만 감격한 것이 아니라 S의 입을 빌려 간접으로 들은 우리까지 감격하였다. 무조건하고……

화장이 끝난 뒤 마을로 돌아와서 S는 그 여자에게 감사한 인사를 하고,

"K군과는 이전부터 친면이 있었어요?"

하고 물었다. 그러나 여자는 K군과 조금도 친면이 없다고 대답하였다. S는 더욱 의심스럽지 않을 수 없었다. 여자의 말을 들으면 이러하였다.

그는 부모도 없고 일정한 주소도 없이 동지서지로 술을 팔아 살아가는 신세이었다. 그의 동기라고는 손아래 남동생 한 사람뿐이었다. 그는 어려서 그 남동생을 업어 기르다시피 하였다. 그러나 그들이 하늘인가 땅인가 믿었던 부모가 구몰한 뒤에 가세가 넉넉지 못하고 일가친척이 없는 그들은 의지할 곳이 없었다. 어린 아우를 이끌고 남의 집으로 돌아다니면서 얻어먹다가 아우는 어떤 농사하는 집에서 심부름이나 시킨다고 두라고 하기에 주어버리고 그도 어떤 아는 사람의 지시로 아우가

있는 데서 멀리 떨어져 있는 어떤 읍에 나와서 객줏집 부엌 심부름을 하고 얻어먹었다.

예까지 말한 그 여자는,

"그때 춘삼(남동생)이는 열네 살이고 나는 열여섯 살이었지요…… 그때 춘삼이가 나를 따라 그 읍으로 간다고 울던 것이 지금도 눈에 선해요! 그때 데리고나 다녔다면……"

하고 목 메인 소리로 외면서 눈물을 떨어뜨리었다. 여자는 다시 말을 계속하였다.

그 뒤 그는 어떤 사람의 소개로 좋은 데라고 가보니까 색주가色酒家였다. 그것이 그의 열아홉 되던 해인데 그가 오늘같이 되게 된 동기였다. 남의 집에서 떠날 수가 없고 무식한 여자라 글을 몰라서 편지도 못 쓰고, 교통이 드문 곳이므로 기별도 못하고 남모르게 항상 남동생 춘삼이를 생각하고 있었다.

그러다가 그곳서 몇 백 리 되는 원산으로 팔려온 뒤에는 더욱 소식이 아득하였다. 그럭저럭 육칠 년이나 팔려 다니다가, 어떤 사나이가 살림을 한다고 그의 몸값을 치르게 된 것이 그가 팔려 다니지 않게 된 원인이 되었다. 그 사나이와는 불과 일 년을 못 살았으나 몸은 자유롭게 되었다. 그러나 벌어먹을 길이 없어서 술장사를 다시 시작하게 되었다. 술장사로 돈푼이나 벌어 가지고 주야로 가슴속에 맺힌 춘삼이를 찾아 경상도 한끝으로 갔으나 만나지 못하였다. 춘삼이는 몇 해 전에 주인과 싸우고 떠난 뒤로 일본으로 갔다고도 하고 서울서 보았다는 사람도 있고 어떤 항구판에 가 있다고도 하나 자세히 알 수 없다는 것이 그 동리 사람들의 말이었다.

그는 하는 수 없이 하늘이 무너질 듯한 설움을 품고 돌아와 원산에 얼마 동안 있다가 작년 여름에 석왕사로 왔다. 업이 업인 것만큼 그는 많은 남자를 보았다. 보는 쪽쪽 춘삼이라는 이름을 물었으나 모두 몰랐다. 간혹 안다기에 자세히 물어 보면 그것은 이름은 같으나 사람은 달랐다. 그는 예까지 말하고 흐르는 눈물을 씻더니 다시 말을 이었다.

"지금도 젊은 남자만 보면 춘삼이 생각이 나서 가슴이 꿈틀꿈틀해요…… 어디 가서 죽은 것만 같아서 늘 마음에 걸리겠지요! 전달에 누가 이야기를 하는데 춘삼이라는 경상도 사람이 서울서 노동을 하다가 차에 치어 죽었다는데 나이를 물어 보니까 사십 넘은 사람이라고 하기에 내 오라비는 아니다 하면서도, 어디 가서 장가도 못 들고 그렇게 별 발 없이 죽은 것 같아서……"

하고 그 여자는 목 메인 눈물을 지었다.

이번에도 K군이 그렇게 와 있는 것을 모르다가 하루는 누가,

"웬 서울 손님인데…… 부모처자가 있다고도 하고 없다고도 하는 사람이 저렇게 와서 외로이 앓다가 죽는 줄도 모르게 죽게 되어서…… 없는 사람의 팔자는 다 같은 것이여."

하는 말을 들으니 그로도 모르게 가슴이 찢어지는 것 같았다.

"그래 염치를 불구하고 뛰어갔지요. 남의 사내란 생각은 나지 않고 우리 춘삼이가 어디 갔다가 그렇게 와서 죽는 것만 같아요…… 가 보니 아직도 새파란 젊은 어른인데 목에 담이 끓어올라서 숨도 바로 못 쉽디다. 벌써 알았다면 병구완이라도 해드렸을 것을……"

하고 한숨을 쉬더니,

"우리 춘삼이도 어디 가 죽게 되면 저 모양이지 누가 들여다나 보겠어요. 그이(K)가 눈을 못 감으시고 돌아가시는 것을 보니(그는 코를 들이마시고 나서)…… 조금 전에만 오셨다면 (S를 보면서) 돌아가시기 전에 보셨지요! 얼마나 보고 싶으셨겠습니까."

이렇게 울음 절반 한숨 절반으로 이야기하던 그는,

"죽고 싶은 마음이 하루에도 열두 번씩 나다가도 행여나 춘삼이를 만나볼까 하는 생각에 모진 목숨을 끊지 못합니다. 춘삼이만 살았다면 이까짓 몸은 가루가 되더라도 고생을 하지 않도록 하겠구먼……"

하고 한숨으로 말끝을 막았다.

석왕사에 갔다 와서 K군의 화장과 그 여자의 이야기를 우리에게 들려주던 S는,

"참 고맙고도 이상한 여자야! 하하."

하고 웃음으로 끝을 막았다.

그러나 나는 웃는 S의 얼굴에서 처참한 검은 빛이 흐르는 것을 발견하였다. S뿐 아니라 S의 이야기를 듣는 모든 사람들의 얼굴은 약속이나 한 것처럼 다같이 초연한 빛이 흘렀었다. 그 속에 끼인 나의 얼굴에도 그러한 빛이 흘렀을는지 모른다. 아니 확실히 흘렀을 것이다.

S의 말을 들은 나의 가슴은 소발에 밟히는 것 같았다. 죽어 불에 재가 된 K군의 운명이나 동생을 생각하는 누이의 운명이나 누이의 가슴에 그림자를 남긴 동생의 운명이나 S와 S의 말을 듣고 슬퍼하는 우리들의 운명이나 무엇이 다르랴? 그들은 다 다른 사람들이로되 모두 같은 운명이란 궤도 위에 선 것을 나는 그윽이 느끼었다.

그 생각은 날이 갈수록 더욱 몹시 나의 가슴을 찔렀다. 지금도 버스에서 내려 한강으로 나가는 나의 눈에는 더위를 피하여 물을 따라 나온 모든 사람들이 무심히 보이지 않는다. 그들 가운데는 우리와 운명의 궤도를 같이한 이가 얼마나 되는지?

그들은 내일의 해를 어떻게 맞으려나?

누이동생을 따라

누이동생을 따라

1

4년 전 여름이었다.

나는 김군과 해운대에 갔다가 이 얘기의 주인공을 만났다. 그것도 그
때에 비가 오지 않아서 예정과 같이 떠났다면 나는 이 얘기의 주인공과
만날 기회가 없었을 것이다.

해운대에서 이틀 밤만 자고 떠나 동래 온천으로 가려던 우리는 비 때
문에 하루를 연기하였다. 김군과 나는 여관 이층 방에서 비에 잠긴 바
다를 바라보면서 오전 중은 바둑으로 보내었다. 오정이 지나서 우중충
하던 천기가 훤해지며 빗발이 걷히었다. 구름 사이로 굵은 빗발이 군데
군데 흘렀다. 조각조각이 서로 겹쳐 흐르던 구름은 석양에 이르러서는
한 조각도 남기지 않고 맑게 걷히었다.

나는 김군과 같이 온천에 갔다가 붉은 빗발이 푸른 벌판에서 자취를
한 걸음 두 걸음 감출 때 온천을 나섰다. 오랜 가뭄이 남겨주었던 텁텁
한 기운은 비에 씻겨버렸다.

석양은 눈이 부시게 맑았다. 먼지를 뒤집어쓰고 시들시들히 늘어졌
던 아카시아 잎들은 어린애 눈동자처럼 반짝거렸다.

푸른 잔디와 흰 모래 깔린 저편에 굼실거리는 바다를 스쳐오는 바람은 여느 때보다 더욱 경쾌한 맛이 있었다. 나는 석양을 안고 여관으로 향하였다. 유카타에 수건을 걸친 김군도 나의 뒤를 따라섰다.

아까부터 들리는 단소 소리는 점점 가까이 들렸다. 길고 짧고 높고 낮게 흘러오는 그 소리는 발을 감추는 석양볕을 따라 머나먼 바다 저편 하늘 가로 흘려갔다.

우리는 단소 소리가 나는 저편 나무 그늘로 갔다. 단소 부는 사람 앞에 오륙 인이 반달같이 벌려 서서 고요히 듣고 있다.

가슴에 석양을 받고 앉은 단소 부는 사람은 사람이 가고 오는 데는 아무 상관없다는 태도였다. 깎은 지 오랜 머리는 두 귀를 덮었다. 가락을 뜯는 쇠갈고리 같은 손가락하며 땀과 먼지가 엉긴 시커먼 낯빛하며 둥긋한 이마 아래 조는 듯이 감은 눈은 푹 꺼져 들어서 험상궂게 생겼다. 한 다리는 거두고 한 다리는 뻗고 앉아서 정신 없이 단소를 불던 입술에서 스르르 떼었다. 그는 눈을 떠서 돌아선 사람을 바라보았다. 눈 뜨는 것을 보고 비로소 그가 애꾸눈인 것을 알았다. 그는 한숨을 휴 쉬더니 곁에 벗어 놓았던 군데군데 뚫어진 검은 사지 양복저고리를 집어 들고 일어섰다. 흙투성이된 누런 양복바지는 무릎이 뚫어졌다. 그는 서산에 뉘엿뉘엿 넘어가는 볕을 바라보더니 저편을 향하고 발을 떼었다. 그는 애꾸눈만이 아니었다. 왼편 다리까지 절었다.

나는 어디서 본 사람같이 느껴지면서도 얼른 생각이 나지 않았다. 나로도 알 수 없는 째릿한 감정으로 절름절름 걸어가는 그의 뒷그림자를 바라보았다.

"여보게, 우리두 가세, 인젠……"

나는 김군의 부르는 소리에 발을 떼어 놓았다. 나는 여관에 돌아와 머리 속을 언뜻 지나가는 기억에 "옳지" 하고 큰 발견이나 한 듯이 앞에

올라가는 김군에게,

"인제 생각나네!"

말하였다.

"지난 봄 종로 야시장에서 지금 단소 불던 작자를 보았군!"

하고 나는 돌아다보는 김군에게 말하였다.

"그 단소 잘 불던데!"

김군은 내 말에는 별로 흥미 없다는 듯이 말하였다.

"야시에서 들을 때엔 모르겠더니 예서 들으니 그럴 듯하네."

나는 난간에 서서 석양에 잠긴 아른한 먼 바다를 바라보면서 말하였다.

2

저녁 뒤에 김군은 달빛을 본다고 전등을 껐다.

2층 난간에 나 앉으면 바다와 산과 달 바라보는 맛은 옛날 한시를 읽는 맛이다. 서산에 넘어가는 해를 기다리고 있는 듯이 바다 저편 동쪽 산 위에 높이 솟은 달은 물 같은 빛발을 바다와 육지에 던졌다.

저녁연기에 흐렸던 바다는 달빛에 잠겨서 전면에 은빛이 굼실거렸다. 그 위로 미끄러져 나가는 두어 개의 돛도 달지 않은 어선은 수묵을 찍은 것 같다. 두어 개의 어화가 해운대 아래 희미하였다.

바닷가에 어른대는 것은 사람의 그림자인가? 간간이 웃음과 노래가 흘렀다. 달이 높이 걸림을 따라 사면은 바다 소리와 달빛에 고요히 잠기었다.

"낮에 불던 그 사람인가 보이!"

김군은 드러누워서 모기를 날리다가 벌떡 일어난다. 단소 소리가 달빛을 타고 들려온다.

"그걸세…… 그 사람이야."

달빛이 흐르는 바다를 고요히 바라보고 앉았던 나의 가슴은 흘러오는 단소 소리에 아른아른 흔들렸다. 그 소리는 낮에 듣는 것보다 한껏 처량하였다. 이어지는 듯 끊어지는 듯 굵고 가늘게 흘러오는 그 소리는 밝은 달빛과 조화되어 달이 단소 빛 소린지, 단소 소리가 달빛인지 바다와 산을 스쳐 먼 하늘가를 흐르는 그 소리는 때로 여울 소리같이 격하고 때로 먼 하늘의 기러기 소리같이 처량하였다. 나는 세상을 떠나 달빛을 타고 하늘로 오르는 듯이 표연한 맛을 느끼면서도 인간의 애틋한 심정을 벗을 수 없었다.

우상같이 앉아 바다를 바라보는 나의 머리에는 어제 들은 그 얘기가 떠올랐다.

"자살! 젊은 여자의 자살!"

젊은 여자로 물에 몸을 던졌다는 것도, 그것이 보통 여자가 아니었다는 것도 역시 젊은 나의 가슴에 애틋한 그림자를 긋는다.

그가 죽었다는 곳은 지금 바로 내다보이는 저 아래편 해운대 앞바다였다.

"바로 열흘 전입니다."

우리가 있는 윗방에 한 달 전부터 와 있는 마산 친구가 어제 우리와 같이 바닷가에서 거닐다가 말하였다.

"그날 나는 저편에서 미역 감다가 사람 죽었다는 소리에 여러 사람과 같이 이리로 왔더니, 에익 끔찍도 헙다."

하고 그는 그때의 광경이 눈앞에 떠오르는 듯이 이마를 찌푸렸다.

"팅팅 불은 계집이겠지요! 머리는 흐트러지고 치마는 찢겼습디다 그려…… 그런 것을 낚시질하던 웬 늙은이가 '제기 꿈자리가 사납더니'

어쩌고 투덜거리면서 옷을 벗고 들어가더니 저 바위 사이에서 물결을 따라 오르락내리락하는 송장을 끄집어 내왔던데."

그는 바닷가를 가리키면서,

"바로 저기로군…… 저기다 내다 놓은 것을 보고는 나는 어떤 친구가 동래서 올 시간이 되었기에 여관으로 돌아갔지요. 그래 뒤에 들으니……"

하고 그는 그 죽은 여자의 내력을 들은 대로 얘기를 하였다.

그 여자는 부산 어떤 유곽의 창기였었다. 그는 몹시 더운 어떤 날 해운대에 나타났다. 포주의 학대에 못 이겨 도망한 거라고도 하고 어떤 놈과 배가 맞았다고도 하나 이리로는 혼자 왔었다. 그는 여관에 들어 하룻밤 자고 이튿날 새벽에 나가서 해가 낮이 되도록 들어오지 않았다. 여관에서는 온천으로 찾아가 보았으나 없었다.

"그래 여관에서는 퍽 궁금히 여기다가 그 소문을 듣고 와보니 그 여자더라는데, 부산서 포주가 와서 어딘지 물었답디다."

하고 마산 친구는 창망한 바다를 바라보았다.

지금 나의 눈앞에는 보지도 못한 그 여자의 그림자가 창백한 얼굴로 떠오른다. 흘러오는 단소 소리는 그 그림자의 원한을 하소연하는 듯이도 들리었다.

3

아홉시가 친 뒤 이슥해서 나는 김군과 같이 바닷가로 나갔다. 그때는 단소 소리가 그친 뒤였다. 바람 소리와 물소리가 어우러져서 들을 지나 산으로 올라가는 맛은 한여름의 괴로움을 씻고도 남음이 있었다. 온몸에 달빛을 받고 시원한 맑은 바람을 쐬면서 달 아래 이슬에 빛나는 잔디를 밟고 바닷가에 나서니 흰 모래판은 은가루를 뿌린 것 같았다. 하늘과 땅에 찬 것은 달빛과 바다 소리와 바람 소리였다. 그 속에 흘러오는 사람의 소리는 먼 세상에 떨어져 있는 사람의 소리같이 들렸다.

나는 아무 말도 없이 물결이 들어왔다가는 밀리고 밀렸다가는 들어오는 바닷가로 올라갔다. 고기 후리를 늘이는 어선 두 척이 구물거리는 물 위를 미끄러져 나간다.

"여보게."

하고 부르는 김군의 소리에 나는 발을 멈추고 머리를 돌렸다. 김군은 저편에 빈 배를 의지하여 쳐 놓은 모기장 앞에서 누구와 얘기를 하고 있었다.

"응, 게서 뭘 하나?⋯⋯"

나는 술놀음이 벌어졌구나 생각하면서 말하였다.

"이리 오게, 여기 마산 이 선생이 계시네."

김군은 말을 마치며 무슨 뜻인지 허허 웃었다.

"이리 오세요. 같이 좀 놀 수 없을까요? 허허."

마산 친구는 일부러 빈정대는 어조였다. 나는 별 이의 없이 그리로 갔다.

모기장 속에는 삼사 인이 모여 앉았다.

동래에서 놀러 온 친구들인데, 바닷가에서 밤을 새기 작정하고 모기장을 가지고 왔었다. 나도 그때에 비로소 알았지만 해운대의 모기는 유명하였다.

"들어갑시다, 모두 좋은 친구들이오. 술항아리들이랍니다."

하고 마산 친구가 김군과 나를 끌었다.

"어서 들어오시지요, 여기는 조금도 허물 없습니다."

술병을 가운데 놓고 둘러앉았던 그들은 자리를 비키면서 우리를 청하였다. 나와 김군은 인사를 마친 뒤에 술잔을 받았다. 모기장으로 흘러들어 잔에 던져진 달빛은 그럴 듯하였다.

몇 순배가 지나 몸에 술이 피면서부터 김군과 나도 여러 사람과 같이 떠들었다.

제가 제라고 떠들던 우리는,

"가만있어! 저 소리 듣게."

험상궂게 얽은 목소리와 손짓에 얘기를 그쳤다.

단소 소리가 흘러온다. 천뢰같이 울리는 물소리 속을 실개천이 흐르듯 흘러든다.

"저게 그 병신이지?"

손짓하던 얽은 친구 곁에 수긋하고 앉았던 얼굴 기름한 친구가 누구에게라고 지목 없이 물으면서 이 사람 저 사람의 얼굴을 번갈아본다.

"좋은데……"

마산 친구가 술을 따르면서 대답하였다.

"저 녀석 잡아다가 예서 좀 불라지?"

술잔을 드는 얽은 친구의 말이었다.

"그건 잡아오면 그저 불어주나?"

벌써부터 술기운에 몸을 가누지 못하고 한편 구석에서 씨근씨근 하던 키 작은 친구가 아무 흥미도 없다는 듯이 말하였다.

"술잔 먹이면 안 될라구! 또 돈 달라면 주지…… 허허허."

얽은 친구가 커다랗게 웃더니,

"내가 붙잡아옴세."

하고 일어서 모기장 밖으로 나갔다. 우리는 그가 가는 곳을 바라보았다.

저편 모래 위에 뒤집어 놓은 뱃등에 바다를 향해 앉은 그림자가 단소
부는 주인공이었다. 달빛이 넘치는 뱃등에 앉은 외로운 그 그림자는 그
소리와 같이 그럴듯하게 보인다.

"자, 술은 아무도 안 먹나?"

얼굴 기름한 친구가 단소 소리에 끌리는 여러 사람의 마음을 잡아 돌
리려는 듯이 말하였다.

"안 먹긴, 내가 먹지."

마산 친구가 잔을 들었다.

그때 단소 소리는 뚝 그쳤다. 사면에 바다 소리만이 흘렀다.

4

"참 잘 부시오, 언제 그렇게 공부하셨소!"

술이 한 순배 지난 뒤에 김군은 그를 바라보면서 농 비슷하게 말하
였다.

"천만에, 그저 불지요."

그 사람의 목소리는 퍽 가라앉았다.

술이 몇 차례 지난 뒤에,

"인제 좀 더 불어보시오."

하자 그는 옆에 놓았던 단소를 집어 들었다.

"변변치 못합니다."

그는 좌중을 돌아보며 어색한 웃음을 벙긋하였다. 그는 수염이 쑥밭
같은 턱을 손가락과 맞추어 흔들면서 몇 번 곡조를 골랐다. 소리는 바
른 길을 찾았는가? 활개를 펴기 시작하였다. 물을 뿌린 듯이 좌중은 고

요하였다. 낮에는 그처럼 험상궂게 보이던 사람의 그 모양이 달빛 아래 서는 아주 딴판으로 보였다. 푸른 달빛에 비친 먼지와 땀에 절은 그 모양은 동으로 서로 정처 없이 흐르는 그의 운명을 말하는 듯이 애틋한 감정에 내 가슴은 젖었다.

한 곡조 두 곡조 흐르는 곡조는 곡조가 곡조를 따라 한 걸음 두 걸음 하늘 아래 퍼지었다. 한문식 문자로 표현한다면 바다에 잠긴 어룡들도 그 소리에 큰 숨을 죽이는 듯하였다.

"변변치 못합니다."

그는 감았던 눈을 번쩍 떠서 중천에 가까운 달을 쳐다보고 우리를 돌아보았다.

"수고하셨습니다. 술 한 잔 잡수시지요."

나는 애연한 꿈을 깬 것 같았다.

"참 잘 부십니다."

마산 친구가 입을 열었다.

"참 명창인데, 명창이야……"

저편에 드러누웠던 키 작은 친구는 그저 술이 취한 목소리였다.

"이자식 명창이라니? 하하하 명창?……"

하고 얽은 친구가 웃는 바람에 모두 한바탕 웃었다.

밤은 깊었다. 달은 바다를 지나 육지에 높이 솟았다. 물같이 맑은 빛은 아까보다 좀 찼었다.

"에야차 에야."

후리 당기는 소리가 저편 아래서 들렸다. 바다 저편에 수목을 찍은 듯하던 어선은 점점 후리 소리 나는 편으로 가까워진다.

"단소는 언제 배웠소?"

얽은 친구는 달빛이 넘실거리는 술잔을 들면서 그 사람을 치어다보았다.

"어려서 장난으로 불었지요! 별로 배우지는 않았습니다."

묻는 사람은 신기하게 물었으나 대답하는 사람은 극히 평범하였다.

"여보! 언젠가 내가 서울 야시에서 뵌 듯한데……"

나는 그를 건너다보았다.

"네…… 서울 있었습니다. 이곳 온 지 며칠 안 됩니다. 이런 놈의 신세가 어디를 가면 값이 있겠어요? 허허."

술에 젖은 그의 목소리는 아까보다 기운 있게 흘렀다.

"천만에, 그 팔자가 도리어 편할는지도 모르지요!"

김군은 무엇을 생각하는 어조였다.

"편해요?…… 허허."

그는 어이없다는 듯이 웃었다.

"고향은 어디에요?"

누가 묻는 말에 그는,

"고향이라구 할 것두 없지요. 이 팔자에…… 나기는 평안도 영변서 났습니다."

하고 한숨을 쉬었다. 그는 지나간 기억을 밟는 듯이 왼쪽 눈을 먼 하늘에 주었다.

"부모처자가 다 있어요?"

"아무도 없습니다. 부모처자가 있으면 이 꼴이겠습니까. 벌써 송장된 지 오랜 사람이지만…… 허허."

그는 무슨 말을 하려다 말고 코를 벌룩이며 웃음으로 말끝을 막았다. 여러 사람은 약속이나 한 듯이 그 사람의 얼굴만 쳐다보았다. 잠깐 침묵이 흘렀다. 달빛은 더욱 밝았다. 후리 당기는 소리가 들려왔다.

술이 한 순배 지나갔다.

우리는 어찌어찌하다가 단소 불던 사람의 내력을 그에게 들었다. 그는 술 한 잔을 마시고 안주를 집으면서,

"말씀한대야, 변변치도 못한 것입니다."

하고 눈가에 그윽한 웃음을 띠었다.

여러 사람은 두툼하고 검푸른 그의 입술만 치어다보았다.

"사람의 일생이란 생각할수록 맹랑하지요…… 나도 병신되기 전에는 지금에다 대었겠습니까마는 이 꼴이 된 뒤로부터는…… 허허…… 그래도 죽지 않고 살아 있으니…… 어찌 생각하면 더럽지요……"

그는 탄식 비슷이 뇌었다. 그 탄식은 무슨 철리나 머금은 듯이 구수하게 들렸다.

"그런 거지요! 죽으려면 파리 목숨만도 못하지만 끌면 쇠심 같은 것이 목숨이지요."

김군 맞은편에 앉았던 얽은 친구가 맞장구를 쳤다.

"참말 그래요…… (하고 그는 말을 잠깐 끊었다가) 내 고향은 아까도 말씀드렸지만 평안도 영변이지요. 나는 사 남매지만 어머니에게는 남매뿐이외다. 우리 어머니에게는 나와 내 아래로 난 누이동생이 있고…… 그리고 내 위로 남매가 있다는데, 그들은 다 그들 어머니에게 외딴 외아들로 지금 어디 가 있는지 살았는지도 모르지요……"

"그러면 어머니가 셋이게? 하……"

김군은 의아한 눈으로 그 사람을 바라보았다. 그 사람은 김군의 말이 끝나자 곧,

"말하자면 그렇지요…… 허허…… 우리 아버지가 천하난봉이던가 봐

요…… 어머니의 말씀을 들으면 평양 관찰사 누구와도 친하고 또 무슨 벼슬도 지낸 잘난 어른이라고 합디다만, 그랬는지 저랬는지 나는 모릅니다. 내 기억에 남은 것은 아버지와 어머니가 밤낮 싸우는 것밖에 없습니다."

하고 그는 잠깐 말을 그쳤다. 그의 어조는 내가 상상하던 바와는 딴판으로 퍽 점잖고 기품이 있었다.

"내가 열한 살 때에 어머니가 돌아가셨습니다. 그때에 내 누이동생은 여섯 살이었지요. 본디 우리 아버지는 전라도 사람으로 영변 갔다가 우리 어머니와 만나서 우리 오뉘를 낳았는데, 전실에서 낳은 아들이 전라도 어딘가 있다고 들었습니다. 그리고 전라도서 떠나 송도 가 계시던 때에 또 어떤 기생에게서 딸 하나를 낳았답니다. 그러다가 영변까지 불려가서 우리 어머니와 만난 것이 그럭저럭 세상이 이렇게 되고 더 뛸 길은 없고 하여 그대로 주저앉아서 장사를 하였습니다 그려."

하고 그는 혼잣말하는 것이 싱거운 듯이 말을 끊었다가,

"자, 술이나 잡수시면서."

하는 마산 친구의 말을 따라 술을 마시고 말을 이었다.

"어머니가 돌아가시니 기가 막힙디다. 어린 마음에도 그때 어머니는…… 마흔셋이고 아버지는 예순둘이었는데, 아버지는 그때에도 첩을 얻어 가지고, 말하자면 우리 어머니도 첩이지만 딴살림을 하면서 며칠에 한 번씩 집에 오셔서는,

'이건 왜 이 모양이냐? 저건 왜 저 모양이냐? 집에는 밥귀신들만 모였느냐?'

하시고 기를 못 펴게 야단을 쳤습니다. 그러면 우리 오누인 호랑이나 만난 듯이 큰 숨도 못 쉬고 어머니는,

'괜히 집에 들면 야단이야…… 그년이 그러라고 시킵디까?'

하고 싸움을 시작하였습니다. 그렇게 아버지가 돌아나가시면 집 안
은 폭풍우가 지나간 뒤같이 어수선하였습니다.

그러나 아버지가 돌아나가신 뒤면,

'이리 오너라, 괜찮다…… 빌어먹을 년놈, 어린 것들까지 기를 못 펴
게……'

하시면서 나와 골짝골짝 우는 누이동생 용녀를 달래었습니다. 지금
도 그러시는 어머니의 얼굴이 보이는 것 같습니다. 그러므로 우리는 아
버지의 애정이라군 요만큼도 (그는 손가락 끝을 보이며) 없습니다. 어머니
생각은 지금도 가슴에 그득하지만…… 휴……"

그는 한숨을 쉬었다. 잠깐 흐르는 침묵 속을 사람의 소리가 지나갔다.

"암, 내가 지내보니 아버지가 야단만 치시구 성가시게 구니까 밉기
만 해."

마산 친구가 동감이라는 듯이 말하였다.

"그래 우리 형님이 망발이로군…… 그것 버릇 좀 가르쳐야…… 허
허허."

얼굴 기름한 사람이 마산 친구 보고 농을 치다가 웃는 바람에 모두
따라 웃었다.

"이놈의 버릇 없는 놈 같으니라구, 흐흐."

하고 마산 친구가 웃음을 내는데,

"그 입들 좀 닥쳐라…… 엑 인두루다 지져야겠다……"

하고 얽은 친구가 제지하면서 벙긋하였다. 주거니 받거니 하는 여러
사람의 말에 입을 닫쳤던 그는 다시 입을 열었다.

"그러던 집안에서 우리 오뉘가 하늘인가 땅인가 믿던 어머니가 돌아
가셨으니 우리 꼴이야 더 말할 것도 없지요. 어머니가 그렇게 병환으로
근 한 달이나 누워 계셔도 아버지는 잘 들어오시지 않았습니다. 간혹

오시더라도 화만 내시고 나가버렸습니다. 그때 김덕대라고 금점에 돌아다니던 늙은이가 우리 아버지와 친하였는데, 그이가 아버지를 못 견디게 졸라서 의사도 부르고 약도 썼습니다. 그리고 이웃에 사는 이모가 항상 와서 밥을 지어주었습니다. 지금도 잊혀지지 않습니다마는, 어느 날 어머니가 냉면이 잡숫고 싶다고 하시기에 돈은 없고 어쩝니까? 김덕대를 찾아갔더니 그 영감도 없겠지요.

'엑 죽어봐, 죽으랴.'

어린 가슴에 결심하고 아버지 전방으로 찾아갔습니다. 그때까지도 가게라고 벌이기는 하였으나 속은 빈때였더랍니다. 전방으로 찾아가니 아버지는 안 계시고 서모가 저편 방에서 나오시면서,

'왜 왔니?'

하기에 나는 머뭇머뭇하다가 그냥 돌쳐서려다가 저리로 올라오시는 아버지를 만났습니다.

'어째 왔니? 응.'

아버지는 벌써 눈살이 꼿꼿하셔서 나를 보십니다. 나는 기가 질려서 머뭇머뭇하다가 겨우 말을 끄집어냈습니다.

'냉면? 앓아 뒈질 지경에 냉면?'

하시면서,

'가라! 보기 싫다.'

하시기에 그만 돌쳐섰습니다. 어떻게 분한지 돌아서서 눈물을 씻고 집으로 돌아갔습니다. 해골만 남은 어머니가 나를 보시더니,

'네가 왜 울었니?'

하고 끓어올라오는 가래를 억제하십디다. 나는 어머니를 보니 더욱 서러워서 아무 대답도 하지 않고 흑흑 느껴 울었습니다.”

446

6

"어머니는 괴롭게 지내시다가도 정신만 쫌 차리시면 '내가 죽으면 너희들을 누가……' 하시고는 목이 메어서 더 말씀을 못 하셨습니다. 돌아가시는 때에도, '용녀야, 순남아' 모기 소리만큼 뇌셨습니다."

그의 목소리는 아까보다 격하였다. 그는 목이 메는지 침을 삼키고 한숨을 쉬면서 달을 쳐다보았다.

달빛이 이상히 빛나는 그의 왼쪽 눈은 눈물에 스르르 젖었었다.

그는 다시 말을 이었다.

"그러던 어머니가 돌아가신 뒤에 우리 오누이는 아버지에게 끌려서 거리에 있는 서모의 집으로 갔었습니다. 우리가 살던 집은 그 뒤 일본 사람이 들어 있었습니다. 서모의 집으로 간 날부터 우리 오누이는 설움이었습니다. 생아자도 부모요, 양아자도 부모라고 나로서 서모의 말씀을 하는 것은 불효막심한 일이지만 그때 그 서모는 참말 지독하였지요…… 그는 강계 기생이었는데 그때 나이 서른셋인가 되었으나 퍽 젊게 보였습니다. 그의 독살이 오른 눈과 안으로 옥은 이빨은 지금도 눈앞에 보이는 것 같습니다. 우리 오누이는 편히 앉아 보지도 못하고 배불리도 못 먹었습니다.

'오늘 ××장에 갔다 오너라. 사내자식이 밥만 처지르지 말고 일도 해야지…… 나이 열한 살에 저 꼴이냐?'

아버지가 하루는 들어오시더니 부엌에서 솔개비를 때기 좋게 자귀로 찍고 있는 나에게 편지를 주십디다.

'××장에 가서 황 주사를 찾아 전하고 주는 것이 있을 터이니 가지고 오너라.'

하시기에 나는 서모가 주시는 찬밥을 먹고 떠났습니다. 그때가 지금으로 치면 아홉시는 되었겠습니다. ××장은 삼십 리였습니다. 두루마기도 없이 땟국이 흐르는 엷은 옷을 입고 나섰더니 눈 위에 스쳐오는 바람은 살을 에는 것 같았습니다.

'어머니가 계셨으면……'

나는 겨울이면 바지저고리에 솜을 통통 놓고도 두루마기까지 지어주시던 어머니 생각을 하고 눈물을 흘렸습니다. 나는 눈길에 찬바람을 쐬면서 울었습니다. 오정이 지나서 ××장에 이르러 그 사람에게 찾아가 그 편지를 주었습니다.

'응, 알았다.'

'춘데 욕봤다. 배가 고프겠구나.'

그는 나를 방으로 불러들이더니 국수장국을 사다 줍디다. 나는 어떻게 고마운지 세상에는 친아버지보다도 나은 사람이 있고나 생각하니 눈물이 납디다. 그리고 국수를 먹으려니까 늘 배를 주리는 누이동생의 그림자가 눈앞에 선해서 목에 넘어가지 않았습니다. 나는 그 황주사가 어디로 나갔으면 하고 은근히 기다렸습니다. 그가 만일 없었으면 그 국수를 좀 건져서 감추었다가 용녀에게 갖다 주고 싶었습니다. 그러나 그는 어디로 나가지 않았습니다. 내가 국수를 다 먹고 나니 그는,

'네가 저것을 지고 어떻게 가겠니!'

그는 윗방에서 커다란 자루를 내다줍디다. 그것은 녹말가루였습니다. 촌말 한 말은 되는 것 같았습니다. 그가 새끼로 짊어져 주기에 등에 지니 허리가 휘청합디다. 길에 나서 몇 걸음 걸으니 그 추운 날에도 땀이 흐릅디다. 땀을 흘리면서 찬바람을 받으니 더욱 견딜 수 없었습니다. 나는 그날 컴컴한 때 집으로 돌아갔습니다.

'요 배라먹을 자식…… 어디 가서 낮잠 자다 지금 오니? 집에선 애가 타도록 기다렸는데……'

서모가 나오더니 짐 지고 마루에 올라서는 나를 사정없이 밀치겠지요. 그러지 않아도 기운 없이 허덕이던 나는 그만 모로 쓰러져 마루 아래 떨어졌습니다. 마루 아래 떨어지자 눈에서 불이 번쩍 나더니 이 눈(먼 눈을 가리키면서)이 들이 제리는데 온몸이 송그러들고 이가 빠각거렸습니다. 그래 눈을 붙잡고 몸을 일으키려니까 짐이 등을 꽉 잡아당겨서 그대로 몸을 틀면서,

'아이구, 악 아이구.'

하고 이를 갈았습니다. 언제 어디서 왔는지 용녀의 울음소리가 귓가에 들렸습니다.

'또 엄살이지, 어서 못 일어나겠니?'

서모의 악쓰는 소리가 들렸습니다.

'에그 이게 웬 피여? 응, 눈 다쳤구나.'

가게 심부름을 다니는 김 서방이 나를 일으키다가 깜짝 놀라 치는 소리에 서모도 겁이 났던지,

'피가 무슨 피…… 저런 못생긴 자식.'

하는 목소리는 아까보다 누그러졌습디다.”

그는 말을 마치고 기침을 두어 번이나 기쳤다. 나는 머리끝이 옴싹하고 가슴이 찌르르 전기를 받은 것 같았다.

“엑, 끔찍하군!”

마산 친구가 말하였다.

당시의 기억을 끌어내는 듯이 바다를 한참 내다보던 그는 천천히 입을 열어,

“이 눈은……”

하고 멀은 눈을 손으로 가리키면서,

“으흠…… 이 눈은 그때에 잃은 눈입니다. 이것도 내 팔자가 그리 되

었겠지만, 생각하면 생각할수록 분하고 원통합니다. 하긴 그보다도 더 큰 설움이 있지만……"

"팔자가 무슨 팔자요…… 그렇게 지독한 계집두 있담……"

얽은 친구가 그 사람의 말을 가로막으면 흥분한 어조로 말하였다. 그는 아무 대답도 없이,

"흥" 하고 자기 신세를 비웃는 듯한 코웃음을 쳤다. 나는 그를 다시금 쳐다보았다. 그 사람과 나 사이에 가로놓였던 장벽은 점점 물러가고 점점 친하여지는 듯하였다.

달은 한공중에 높이 솟았다. 어디선지 물새의 울음이 파도 소리에 들렸다.

후리 당기는 소리와 멀리 울려오는 발전기 소리가 은근히 들리었다.

7

밤은 점점 깊었다. 그는 그저 말을 이었다.

"그것은…… 내가 이 눈을 다치던 것은 열세 살 때이었습니다. 나는 그 뒤로 이 눈을 넉 달이나 앓다가 그 이듬해 봄에야 겨우 나았어요. 그 해 여름에 아버지가 술 잡숫고 며칠 앓다가 돌아가셨습니다. 아버지는 돌아가시는 때에 무슨 생각이 나셨는지 보시기만 해도 이맛살 찌푸리던 우리 오뉘를,

"순남아! 용녀야!"

하시며 불러들이시더니 두 눈에 눈물이 핑그르 듭디다.

"나는 아마 죽나보다! 너의 모와 너희 오뉘한테 내가 못할 짓을 했다……"

하시고는 목이 메어서 다시 말씀을 못하시는데, 두 눈에서 눈물이 흘러내리는 것은 지금도 잊혀지지 않습니다. 나는 그때 어떻게 서러운지 목놓아 울었습니다. 아홉 살 된 용녀도 엉엉 울었습니다. 나는 아버지의 따뜻한 사랑을 그때에 느꼈습니다. 아버지가 돌아가시던 해 초겨울에 서모는 집을 팔아 가지고 자기 고향인 강계로 갔습니다. 나는 하는 수 없이 이모의 집으로 가고 용녀는 읍에서 오십 리 되는 촌에 민며느리로 보냈습니다. 기구한 우리 오뉘는 이렇게 갈렸습니다. 이모의 남편 되는 사람은 그때 사십이 넘었는데, 사람이 퍽 얌전하고 동리에서도 인심을 괴고 지내었으나 집은 넉넉지 못했습니다.

나는 그때 다시 학교를 다녔습니다. 옛날 어머니 계신 때에 학교에 다니다가 중도에서 서모를 모시게 되면서 못 다니던 학교를 4년 만에 애꾸눈이 돼 가지고 가니 반가워하는 사람은 없고 놀려주는 사람만이 있었습니다. 그때 학교란 우스웠지요. 이십이 넘은 이는 고사하고 사십 되는 사람이 학교에 다녔습니다. 그때 황해도 살다가 이사 온 사람이 하나 있었는데 그는 나보다 일곱 살인가 여섯 살 위로 나를 퍽 귀애하였습니다. 그런데 그 사람이 단소를 잘 불었습니다. 나는 그때 불어본 단소를 인제는 한평생 불다 죽을 것 같습니다.

내가 고향을 떠난 것은 열일곱 살 되는 해 여름이었으나 학교를 졸업하던 이듬해였습니다. 평양 나가서 공부한다는 것이 처음 목적이었습니다.

"어디 가든지 편지 자주 해라! 그리고 가 보아서 고생되거든 오너라. 죽식간에 집에서 지내게."

이모부는 십 리나 바래다 주면서 신신부탁을 하였습니다. 나는 그날 용녀를 찾아보고 이튿날 떠났습니다. 그때 열두 살 된 용녀는 서모 밑에 있을 때보다 별로 나은 것 같지 않았습니다. 그는 나를 만나 갈리는 때까지 울기만 하였고, 내가 떠나는 때 어디서 얻었는지 엽전 여덟 닢을 내다줍디다. 나오는 눈물을 억제하던 나도 울지 않을 수 없었습니다.

"용녀야, 아무쪼록 괴로움을 참고 잘 있거라, 응? 내가 가서 공부해 가지고 돌아올게 응?"

하고 우리는 갈렸습니다. 그것이 영영 갈리는 것이라고는 용녀도 몰랐을 것입니다.

평양으로 나갔으나 이런 놈의 신세가 무엇이 변변히 되겠습니까? 더구나 애꾸눈이 되고 보니 병신이라고 누가 돌아도 보지 않았습니다. 하는 수 없이 어떤 국수집 심부름꾼으로 들어갔습니다. 그것도 객줏집에서 친한 친구가 소개하여서 들어가게 되었지요. 그럭저럭 그해도 지나고 그 이듬해도 지나갔습니다. 3년 되던 해에 나는 평양을 떠났습니다. 다시 영변을 들려서 이모 댁과 용녀를 찾아본다는 것이 바빠서 그렇게 못 되었습니다. 어떤 친구가 진남포에 벌이가 좋다고 끄는 바람에 솔깃하여 진남포로 나갔습니다. 그러나 진남포에 가서 나는 재미를 못 보았습니다. 다만 국수집 한 모퉁이를 차지하였을 때보다 좀 넓은 세상, 분주한 세상을 하나 더 보았습니다. 진남포서 겨울을 지나 이듬해 목포로 내려갔습니다. 목포 가서 일 년 동안은 비교적 편히 지냈습니다.

어떤 운송부에서 짐을 취급하였는데, 그때 주인 되는 일본 사람이 처음에는 가다메상, 가다메상, 하기에 어떻게 골이 나는지 두어 번 화를 냈더니 그는 허허 웃고 맙디다. 그런데 이상한 것은 그는 내가 화낸 것도 개의치 않는다는 듯이 얼마 뒤부터는 나를 퍽 신임하였습니다. 무슨 일이 있어도, 박 서방, 박 서방! 하고 긴요한 심부름이 있어도, 박 서방, 박 서방! 하고 나를 찾았습니다. 나도 그 사람이 시키는 일은 성심껏 하였습니다. 나는 목포에서 일 년을 지내고 이듬해에 그 운송점의 지점 일을 맡아 가지고 원산으로 갔었다가 다시 곤경에 들었습니다. 그것은

그때 그 운송점 본점 주인이 갈린 탓도 있었습니다만 내가 어떤 색시한
테 반해서 마음이 들뜨게 된 탓이었습니다. 나는 운송점을 나온 뒤에
한산인부로 투족하였습니다. 낮이면 괴롭게 일하다가도 저녁에 돌아와
서 젊은 아내를 대하는 기쁨은…… 참…… 허허허……"

하고는 그는 말하기 뭣하다는 듯이 웃었다.

"암, 그 맛 꿀보다 더 좋지…… 하하하."

마산 친구가 웃는 바람에 모두 홍홍 하고 웃었다.

8

"그러나 그 색시와도 오래 못 살았습니다. 그는 술장사 하던 계집이
었는데 꽤 이뻤지요……"

하고 그는 벙긋하더니,

"한산인부로 지낼 때의 생활은 운송점에 있을 때보다 형편없었습니
다. 그 계집이 나를 배반한 것은 그 까닭도 되겠지만, 또 생각하면 누가
이 (그는 멀은 눈을 가리키며) 꼴에 좋다겠습니까? 하하하하."

하고 그는 좌중을 돌아보며 웃었다. 우리들도 웃었다.

한 공중에 떴던 달은 서쪽으로 기울었다. 나는 아까보다 좀 찬 기운
을 느끼었다.

"나는 그때부터 술을 먹었습니다. 그전에도 좀 먹기는 하였으나 그때
처럼은 많이 먹지 않았습니다. 돈푼 있으면 술 먹고 없으면 단소나……
그때에도 단소는 차고 다녔지요. 사람이란 이상한 것이 처음에는 고향
생각과 누이동생 생각이 간절하더니 차츰 세월이 가고 멀어지니 애즐
자즐하던 생각은 좀 엷어집디다. 그때까지도 편지 왕래가 있었으나 그

뒤로는 그것조차 없었습니다. 몇 번 편지 하였으나 회답이 없기에 나도 그만두었지요. 그러나 때때로 조용한 때면 용녀 생각에 가슴이 찢겼습니다. 내가 회령 가 있을 때에 어떤 고향 사람에게서 소식을 들으니 용녀는 성례까지 하고 잘 지낸다고 하였습니다. 나는 그 뒤로 어디 가 오래 있지 않았습니다. 내가 회령 있다가 부산 내려갔다 대구로 가보았습니다. 그렇게 다니는 사이에 일도 별일을 다 해보았습니다. 치도판으로, 항구판으로 탄광으로 돌아다니는 사이에 술과 계집도 자연 가까워졌습니다. 그렇게 이리저리 흘러 다니면서도 고향에는 못 가보았습니다. 이렇게 말씀하고 내가 용녀를 못 잊는다면 거짓말 같지만 실상은 빈 주먹만 들고 고향이라고 찾아가기가 뭣해서 못 간 것입니다. 그렇게 굴러다니다가 부산까지 가게 되었지요…… 그것은 내가 스물여섯 된 때이었습니다. 아니 스물일곱……"

그는 말을 끊고 손가락을 꼽더니,

"옳군, 스물여섯이 맞습니다. 그해 여름에 청진서 벌이가 없으니 항구판에서 같이 일하던 친구들과 나와 셋이 주인집에 밥값도 못 갚고 떠나서 부산으로 갔었지요. 그해 여름은 어떻게 더웠는지 참말 몹시도 더웠습니다. 처음 그리로 가기는 여림창 뗏목일이 좋다고 해서 갔으나 그해따라 어떻게 가물던지 물이 불어야 떼도 몰지요. 그런데 떼에는 모두 경험이 없는 작자들이니까 떼청에서 받아 주지 않습디다. 그래 하는 수 없이 감자밭 조밭 김도 매고 꼴도 베어다 주면서 밥을 얻어먹고 그해 여름은 그럭저럭 지냈습니다. 도끼톱을 들고 산에 가서는 몇 아름씩 되는 나무를 찍어 넘어뜨렸습니다. 그 크나큰 나무가 우지직하고 쾅 쓰러지는 때면 좁은 골이 떠나가는 것 같습니다. 도끼질과 톱질에 괴롭던 마음도 큰 나무가 벼락같이 쓰러지는 것을 보면 유쾌하기 그지없습니다. 그렇게 쓰러진 나무를 다시 눈길에 두장을 대어서 머리를 돌려놓으면 그 큰 나무통이 내리쏠리는 것은 무어라 할 수 없지요. 그렇게 나무를 넘어뜨릴 때나 골에 내리칠 때에 아차 잘못하면 몸이 가루가 되지요……"

하고 그는 뻗치고 앉은 다리를 내려다보면서,

"이 다리도 그렇게 상한 것입니다."

말하였다.

좌중의 눈은 그 사람의 얼굴에서 다리로 옮겼다.

나는 알 수 없이 온몸에 소름이 끼쳤다.

넘어가는 나무와 내리질리는 나무통이 눈앞에 보이는 것 같았다.

"하루는……"

그는 천천히 입을 열었다.

"도끼를 들고 산으로 올라갔습니다. 어쩐 일인지 그날 아침에는 몸이 찌긋찌긋하고 어젯밤 뒤숭숭하던 꿈자리가 생각나 하루 쉴까 하고 망설이다가 그날이 삯전 주는 간조날이니까 말하자면 돈 욕심이 나서 일터로 나갔습니다. 그러지 않아도 돈은 주지만 간조 하는 날 안 가면 감독 녀석의 잔소리가 더욱 심하니까 나갔던 것입니다…… 두 번째 나무를 베어서 다듬어 놓고 두장을 내다가 쏠리는 나무통에 치어 넘어졌습니다.

'엑, 큰일났다!'

하는 사람의 고함소리가 귓가에 들리자마자 나는 그만 정신을 잃었습니다. 나무가 이만저만할세 내려가는 것을 잡지, 그렇게 큰 나무는 내리쏠리게 되면 항우 같은 장사라도 걷잡지 못할 것입니다. 나는 얼마 뒤에 정신을 차리니까 후끈후끈한 방에 누웠는데,

'정신 차리게, 어떤가?'

하고 같이 일하던 친구가 모여 앉았다가 묻습디다. 나는 처음에는 어

리둥절한 것이 어떤 줄을 몰랐었으나, 차츰 이 다리가 저리고 무겁고 가슴 팔 할 것 없이 아프지 않은 데가 없었습니다. 들으니 이 무릎, 보시오, 지금도 이렇게 (그는 옆으로 툭 비어진 무릎을 걷어 올리고) 불거졌습니다만, 그때에는 심하였습니다. 이렇게 무릎을 삐고 넓적다리가 부러진 것을 모두 다리고 맞추어 놓고 나무를 대어 처맸습니다. 그때 서 서방이란 강원도 친구는 그 즉석에서 머리가 부서지고 갈빗대가 부러져 죽었습니다.

'그만하기 하늘이 도왔지……'

친구들은 나의 목숨 붙은 것만 다행이라고 이렇게 말하였습니다. 그러나 병신 되고 살아갈 것을 생각하니 기가 막힙디다. 그러나 하는 수 없었습니다. 나는 여러 달을 자리에서 일어나지 못하였습니다. 나를 낳은 아버지까지 돌보지 않은 세상에서 그와 같은 친구의 도움을 받을 때 나는 무어라 할 수 없었습니다. 나는 그 뒤로 친구의 고마움을 느꼈고 한 번 사귄 친구는 소홀히 여기지 않았습니다. 이듬해 봄부터는 막대를 짚고 걸어 다니게 되었으나 이 다리를 가지고 무슨 일을 하겠습니까? 평생에 배운 재주라고는 막벌이밖에 없는데, 그것을 못하게 되니 굶는 수밖에 무슨 수가 있겠습니까? 나는 얼마 동안 더 조심을 하다가 친구들이 한푼 두푼 모아주는 돈을 받아가지고,

'고향에나 가지.'

하고 떠났습니다. 말은 좋게 고향으로 간다고 하였으나 돈 한푼 없이 더구나 병신까지 되어 가지고 무슨 면목에 고향으로 갑니까? 청진으로 배 타러 나가다가 중로에서 길을 변경하였지요. 별로 정처도 없이 떠나 촌촌이 들러 밤을 지내었습니다. 늦은 봄이라 길에 나서면 몸이 노그라지는 듯하고 어떤 촌집을 찾아들면 저녁을 먹고 봉당에 나앉아 황혼 빛에 잠긴 산과 들을 바라보면 무어라 할 수 없는 애틋한 생각에 가슴이

찢겼습니다. 나는 가슴에 서린 정을 단소로 하소연하였습니다. 단소 소리가 나면 온 동네가 모여들어서 들었습니다. 어떤 늙은이가 자기 집으로 끌고 가서 술도 받아주고 밥도 먹이고 어떤 사람은 돈푼씩 줍디다. 처음에는 사양하였으나 차츰 궁하니까 사양하던 마음은 딴판으로 돈 주기를 원하였습니다. 그때부터 나는 단소로 밥을 먹었고, 밥이 떨어지면 단소를 불었지요. 나로 생각해도 내 소위가 더럽기 측량 없습니다."

하고 그는 한숨을 쉬었다.

"산천은 고금동이요 인심은 조석변이라는 말과 같이 알지 못할 것은 사람의 마음인 줄 압니다. 몸이 성하고 주먹이 든든해서 어디를 가나 두려울 것이 없을 때에는 고향 생각이 나고 용녀 생각이 나도 빈주먹에 어찌 가랴 하여,

'어느 때든지 돈 벌어가지고'

하고 어느 때든지 돈 벌 날이 있으리라는 것을 믿었으나, 이렇게 병신 된 뒤로는 그런 희망은 끊어졌습니다.

'인제야 언제 돈 벌어가지고……'

하는 생각이 앞서서 용녀와 이모 생각을 하다가도 혼자 탄식하였습니다. 그리고 이렇게 병신이 되어서 어디를 가든지 별로 돌보는 사람도 없이 되니까 더욱 고적하고 옛날의 어머니와 이모 내외와 용녀가 생각 납디다. 작년…… 아니 재작년이었습니다. 나는 어찌어찌 영변 근방까지 갔다가 부끄러움을 무릅쓰고 영변읍으로 들어갔습니다. 그러나 고향을 떠난 지 열세 해 만에 고향땅을 밟게 되었지요. 옛날 면목이 있으면서도 생소한 것이 마치 꿈에 본 산촌 같았습니다. 길에서 옛날 면목이 있는 사람을 만났으나 나는 그의 눈에 띄는 것이 싫어서 슬슬 피하여 갔습니다. 그렇게 이 골목 저 골목으로 돌아다니다 옛날에 내가 있던 이모의 집 골목에 들어서서 한참 가다가 나는 놀라지 않을 수 없었

습니다. 이모의 오막살이가 있어야 할 터에는 커다란 기와집이 놓였겠지요.

'우리 이모가 갑자기 부자가 되었나?'

하고 나는 문패를 들여다보니 그것은 딴 사람이었습니다. 거리에 나오면서 누구보고 물어볼까 하다가 나의 꼴이 이 꼴이 되다 보니 차마 묻지 못하였습니다. 그러나 그저 돌아서기는 너무도 섭섭하여,

"어떻게 찾노?"

하고 계책을 생각하다가 저편으로 점점 가까이 오는 사람을 보고 놀라지 않을 수 없었습니다. 그 사람은 나에게 단소를 가르쳐주던 소학교 시대 친구였습니다. 나는 머뭇거리다가 지나가려는 그의 이름을 불렀습니다.

'이게 웬일이오, 응?'

그는 나를 돌아다보고 의아해하더니 차츰 눈이 둥그레져 내 손목을 잡았습니다.

"이렇게 만나기는 참 뜻밖인데?"

나는 그 사람이 반가우면서도 사람의 시선이 몸을 스치는 것이 싫었습니다.

'자, 우리 집으로 갑시다.'

그 사람은 싫다는 나를 짓궂게 끌었습니다. 그는 옛날 집대로 있었으나 모든 것이 옛날만 못하였습니다. 그도 변모가 퍽 되었습니다.

'차츰 얘기하지.'

내가 모든 것을 물으니 그는 이렇게 대답하였습니다. 나는 저녁 때에 그의 얘기를 들었습니다. 그의 말을 듣는 나는 무어라 형용할 수 없는 감정에 어쩔 줄 몰랐습니다. 이모 내외는 삼사 년 전에 북간도로 갔다는데 소식이 없었습니다. 늙은이가 간도 간다고 나으리만은 낯익은 곳

에서 남에게 창피하니까 갔다 보더군요! 그리고 용녀는 참말 기막힌 일이지요……"

그는 차마 말할 수 없다는 듯이 한참이나 머뭇거리다가,

"용녀는 신세를 망쳤습니다. 내가 떠난 뒤에 성례하여 그럭저럭 살았으나, 그 남편 되는 사람이 아편쟁이가 되었더랍니다. 본래 없는 형세에 그 꼴이 되니 집안은 더 말할 수 없이 되고 용녀의 괴로움은 컸던가 봅니다. 그것도 시어머니와 시아버지가 있었다면 괜찮았겠는데, 그들이 구몰하고 남편이 그 꼴이니 얼마나 괴로웠겠습니까? 그 뒤 그들은 평양 가까운 곳으로 이사하였다가 그 남편은 용녀를 어떤 유곽에 팔아먹고 도망하였습니다. 그 뒤 용녀는 안동현 어떤 유곽에 있다고도 하고 대련 어떤 유곽에 있다고도 하는데 잘 알 수 없다고 하였습니다. 나는 그 말을 듣고 그날 밤을 일각이 삼추같이 지냈습니다. 이튿날 떠나 절름절름하면서 안동현으로 향하였습니다. 안동현과 대련의 유곽 밖으로 돌아다니면서 찾아보았습니다. 나는 용녀라고 불렀으나 용녀를 아는 사람은 없었습니다. 나는 단소를 불며 다녔습니다. 단소 소리에 머리를 내미는 분바른 여자의 얼굴은 마른 내 가슴에 이상한 물결을 쳤습니다. 나는 그 속에서 용녀 비슷한 얼굴만 보면 가까이 가서 들여다보았더니,

'얘, 너한테 반했나보다.'

'아이, 별꼴 다 보겠네.'

하고 저희들끼리 농도 하고 욕도 합디다.

그러나 근 1년이나 그렇게 다니면서 물어보았더니 나는 대련 창기들과는 거의 면목이 익어지고 또 용녀란 이름은 이 입 건너 저 입 건너 그들이 대개 알게 되었습니다. 첨에는 그들이 용녀를 감추고 가르쳐주지 않는 것같이 생각이 되었으나, 그 뒤에는, 참말로 거기에는 용녀가 없다고 믿었습니다. 그래 나는 떠나려고 하였습니다. 그러다가 하루는 어

떤 키 작고 예쁘장하게 생긴 색시가,

'그것이 아마 계월인가봐! 그래, 옳아. 영변이 고향이라던가? 한데 키가 크고 눈이 작은…… 저 어른 말과 같이 생긴 애예요…… 첨, 그 오빠가 있는데 애꾸눈이래.'

하고 나를 보더니,

'서울 신마치 ××루에 가 찾으세요.'

하고 가르쳐줍디다.

나는 어떻게 반가운지 미칠 것 같습디다.

이튿날 그곳을 떠났습니다. 도보로 근 한달이나 걸려서 서울로 갔습니다. 서울 가서 그런 색시를 찾았더니 얼마 전에 군산 유곽으로 갔다고 역시 어떤 색시가 가르쳐줍디다. 나는 그만 어깨가 축 늘어지고 가슴이 덜렁 내려앉았습니다. 여러 가지 사정으로 서울서 봄을 지나 군산으로 내려갔습니다.

돈이나 있어서 차를 타고 다녔으면 무슨 걱정이겠습니까만 이 다리를 가지고 도보로 다니니 그 고생은 무어라 할 수 없이 컸습니다…… 그렇게 군산으로 간 것은 작년 여름이었습니다. 군산 가서 한 달이나 찾았습니다. 그들은 내 꼴이 이 모양이니 잘 가르쳐주지 않습디다.

그런 것도 귀찮게 돌아다니면서 단소를 불다가는 물어보았더니, 그런 색시가 서울서 온 평안도 색시 계월이가 얼마 전에 부산으로 내려갔다고 합디다. 나는 부산으로 떠나 내려가다가 중로에서 절도 혐의로 경찰서에 잡혔지요…… 가도록 심산이라더니 나 두고 한 말인가봐요……

그래 얼마 신고하다 전에 부산 가서 군산서 가르쳐주던 그 유곽으로 찾아갔더니…… 참……"

그는 기가 막힌 듯이 머리를 들어 하늘을 쳐다보았다.

나의 머리 속에는 아까부터 떠오르는 생각이 있었다.

먼촌에서 닭 우는 소리가 들렸다.

"이곳 와서……"

하고 그는 입을 열었다.

"용녀는 열흘 전에 이곳 와서 물에 빠져 죽었답니다. 나는 마지막으로 예까지 찾아왔습니다마는…… 조금만 일찍이 왔다면 그가 죽지 않았을는지……"

이때 곁에 앉았던 친구가,

"응, 전번에 그 송장이로군!"

하고 말하였습니다.

그는 말을 하고 그 사람을 바라보더니,

"나도 이곳을 인제는 떠나겠습니다."

하고 고요히 말하였다.

나는 이튿날 아침차로 김군과 같이 동래 온천으로 갔었다. 그 이튿날 해운대에서 온 사람의 편에 '그 단소 불던 사람도 어제 낮에 물에 빠져 죽었다'는 마산 친구의 편지를 받았다. 그도 누이동생의 뒤를 따랐는가?

홍염 紅焰

홍염紅焰

1

겨울은 이 가난한— 백두산 서북편 서간도 한 귀퉁이에 있는 이 가난한 촌락 빼허[白河]에도 찾아들었다. 겨울이 찾아들면 조그만 강을 앞에 끼고 큰 산을 등진 빼허는 쓸쓸히 눈 속에 묻히어서 차디찬 좁은 하늘을 치어다보게 된다.

눈보라는 북국의 특색이다. 빼허의 겨울에도 그러한 특색이 있다. 이것이 빼허의 생령들을 괴롭게 하는 것이다.

오늘도 눈보라가 친다.

북극의 얼음 세계나 거쳐오는 듯한 차디찬 바람이 우 하고 몰려오는 때면 산봉우리와 엉성한 가지 끝에 쌓였던 눈들이 한꺼번에 휘날려서 이 좁은 산골은 뿌연 눈안개 속에 들게 된다. 어떤 때는 강골 바람에 빙판에 덮였던 눈이 산봉우리로 불리게 된다. 이렇게 교대적으로 산봉우리의 눈이 들로 내리고 빙판의 눈이 산봉우리로 올리달려서 서로 엇바뀌는 때면 그런대로 관계치 않으나, 하뉘[天風]와 강바람이 한꺼번에 불어서 강으로부터 올리닫는 눈과 봉우리로부터 내리닫는 눈이 서로 부딪치고 어우러지게 되면 눈보라와 바람 소리에 빼허의 좁은 골짜기는 터질 듯한 동요를 받는다.

등진 산과 앞으로 긴 강 사이에 게딱지처럼 끼어 있는 것이 이 빼허의 촌락이다. 통틀어서 다섯 호밖에 되지 않는 집이나마 밭을 따라서 이리저리 흩어져 있다. 모두 커다란 나무를 찍어다가 '우물 정井' 자로 틀을 짜 지은 집인데 여기 사람들은 이것을 '귀틀집'이라 한다. 지붕은 대개 좃짚이요, 혹은 나무껍질로도 이었다. 그 꼴은 마치 우리 내지(간도서는 조선을 내지라 한다)의 거름집[堆肥舍]과 같다. 심하게 말하는 이는 도야지굴과 같다고 한다.

이것이 남부여대男負女戴로 서간도 산골을 찾아들어서 사는 조선 사람의 집들이다. 빼허의 집들은 그러한 좋은 표본이다.

험악한 강산, 세찬 바람과 뿌연 눈보라 속에 게딱지처럼 붙어서 위태스럽게 침묵을 지키고 있는 이 모든 집에도 어느 때든─공도公道가, 위대한 공도가 어그러지지 않으면, 언제든지 꼭 한때는 따뜻한 봄볕이 지내리라. 그러나 이렇게 눈발이 날리고 바람이 우짖으면 그 어설궂은 집 속에 의지 없이 들어박힌 사람들은 자기네로도 알 수 없는 공포에 몸을 부르르 떨게 된다.

이렇게 몹시 춥고 두려운 날 아침에 문 서방은 집을 나섰다. 산산이 흐트러진 머리카락을 뿌연 상투에 휘휘 거둬감고 수건으로 이마를 질끈 동인 위에 까맣게 그을은 대팻밥모자를 끈 달아 썼다. 부대처럼 툭툭한 토수래 바지저고리는 언제 입은 것인지 뚫어지고 흙투성이 되었는데 바람에 무겁게 흩날린다.

"문 서뱅이 발써 갔소?"

문 서방은 짚신에 들막을 단단히 하고 마당에 내려서려다가 부르는 소리에 머리를 돌렸다. 펄쩍 문을 열면서 때가 찌덕찌덕한 늙은 얼굴을 내미는 것은 한 관청韓官廳(관청은 직함)이었다.

"왜 그러시우?"

경기 말씨가 그저 남아 있는 문 서방은 한 발로 마당을 밟고 한 발로 흙마루를 밟은 채 한 관청을 보았다.

"엑, 바름두…… 저, 엑 흑……"

한 관청은 몰아치는 바람이 아츠러운지 연방 흑흑 느끼면서,

"저, 일절 욕을 마오! 그게…… 엑, 워쩐 바름이 이런구. 그게 되놈(胡人)인데, 부모두 모르는 되놈인데……"

하는 양은 경험 있는 늙은 사람의 말을 깊이 들으라는 어조이다.

"나는 또 무슨 말씀이라구! 아 그늠이 이번두 그러면 그저 둔단 말이요?"

문 서방의 소리는 좀 분개하였다.

눈을 몰아치는 바람은 또 몹시 마당으로 몰아들었다. 그 판에 문 서방은 바람을 등지고 돌아서고 한 관청의 머리는 창틀 안으로 자라목처럼 움츠러들었다.

"글쎄 이 늙은 거 말을 듣소! 그늠이 제 가새비(장인)를 잘 알겠소? 흥……"

한 관청은 함경도 사투리로 뇌면서 다시 머리를 내밀었다.

"염려 마슈! 좋게 하죠."

문 서방은 더 들을 말 없다는 듯이 바람을 안고 휙 돌아섰다.

"그새 무슨 일이나 없을까?"

밭 가운데로 눈을 헤치면서 나가던 문 서방은 주춤하고 돌아다보면서 혼자 뇌었다.

눈보라 때문에 눈도 뜰 수 없거니와 지척을 분간할 수 없이 되어서 집은커녕 산도 보이지 않았다.

"그새 무슨 일이 날라구!"

그는 또 이렇게 혼자 뇌고 저고리 섶을 단단히 여미면서 강가로 내려가다가 발을 돌려서 언덕길로 올라섰다. 강얼음을 타고 가는 것이 빠르지만 바람이 심하면 빙판에서 걷기가 거북하여 언덕길을 취하였다. 하다니던 길이니 짐작으로 걷지 눈에 묻히어서 길이 보이지 않았다.

언덕길에 올라서니 바람은 더욱 심하였다. 우와— 하고 가슴을 쳐서 뒤로 휘뚝 자빠질 것은 고사하고 눈발에 아츠럽게 낯을 치어서 눈도 뜰 수 없고 숨도 바로 쉴 수 없었다. 뻣뻣하여 가는 사지에 억지로 힘을 주어가면서 이를 악물고 두 마루턱이나 넘어서 달리소 강가에 이르니 가슴에서는 잔나비가 뛰노는 것 같고 등골에는 땀이 흘렀다. 그는 서리가 뿌연 수염을 씻으면서 빙판을 건너갔다. 빙판에는 개가죽모자 개가죽바지에 커단 울레를 신은 중국 파리꾼들이 기다란 채찍을 휘휘 두르면서,

"뚜—어, 뚜—어, 딱딱."

하고 말을 몰아간다.

"꺼울리 날취(저 조선 거지 어디 가나)?"

중국 파리꾼들은 문 서방을 보면서 욕을 하였으나 문 서방은 허둥허둥 빙판을 걸어서 높다란 바위 모퉁이를 지나 언덕에 올라섰다.

여기가 문 서방이 목적하고 온 '달리소'라는 땅이다. 이 땅 주인은 인(殷)가라는 중국 사람인데 그 인가는 문 서방의 사위이다. 저편 밭 가운데 굵은 나무로 울타리를 한 것이 인가의 집이다 그 밖으로 오륙 호나 되는 게딱지 같은 귀틀집은 지팡살이[小作人]하는 조선 사람들의 집이다. 문 서방은 바위 모롱이를 돌아 언덕에 오르니 산이 서북을 가려서 바람이 좀 잠즉하여 좀 푸근한 느낌을 받았으나, 점점 인가—사위의 집 용마루가 보이고 울타리가 보이고 그 좌우의 같은 조선 사람의 집이 보이니 스스로 다리가 움츠러지면서 걸음이 떠지었다.

"엑 더러운 놈! 되놈에게 딸 팔아먹는 놈!"

그것은 자기 스스로 한 일은 아니지만 어디선지 이런 소리가 귓청을 징징 치는 것 같은 동시에 개기름이 번지르르하여 핏발이 올올한 눈을 흉악하게 굴리는 인가—사위의 꼴이 언뜻 눈앞에 떠올라서 그는 발끝을 돌릴까 말까 하고 주저하였다. 그러다가도,

"여보 용녜(딸의 이름)가 왔소? 용녜 좀 데려다 주구려."

하고 죽어가는 아내의 애원하던 소리가 귓가에 울려서 다시 앞을 향하였다.

"이게 문 서뱅이! 또 딸 집을 찾아 가옵느마?"

머리를 수긋하고 걷던 문 서방은 불의의 모욕이나 받는 듯이 어깨를 툭 떨어뜨리면서 머리를 들었다. 그것은 길 옆에서 도야지 우리를 치던 지팡살이꾼의 한 사람이었다.

"네! 아아니……"

문 서방은 대답도 아니요 변명도 아닌 이러한 말을 하고는 얼른얼른 인가의 집으로 향하였다. 온 동리가 모두 나서서 자기의 뒤를 비웃는 듯해서 곁눈질도 못 하였다.

여기는 서북이 가려서 뻬허처럼 바람이 심하지 않았다. 흐릿하나마 볕도 엷게 흘렀다.

2

"여보! 저 인가가 또 오는구려!"

가을볕이 쨍쨍한 마당에서 깨를 떨던 아내는 남편 문 서방을 보면서 근심스럽게 말하였다.

"오면 어쩌누? 와도 하는 수 없지!"

뒤줏간 앞에서 옥수수 껍질을 바르던 문 서방은 기탄없이 말하였다.

"엑, 그 단련을 또 어찌 받겠소?"

아내의 찌푸린 낯은 스스로 흐리었다.

"참 되놈이란 오랑캐……"

"여보 여기 왔소."

문 서방의 높은 소리를 주의시키던 아내는 뒤줏간 저편을 보면서,

"아, 오셨소?"

하고 어색한 웃음을 웃었다.

"예, 왔소. 장구재(주인) 있소?"

지주 인가는 어설픈 웃음을 지으면서 마당에 들어서다가 뒤줏간 앞에 앉은 문 서방을 보더니,

"응, 저기 있소!"

하고 손가락질을 하면서 그 앞에 가 수캐처럼 쭈그리고 앉았다.

서천에 기운 태양은 인가의 이마에 번지르르 흘렀다.

"어디 갔다 오슈?"

문 서방은 의연히 옥수수를 바르면서 하기 싫은 말처럼 힘없이 끄집어내었다.

"문 서방! 그래 올에두 비들(빚을) 모 가프겠소?"

인가는 문 서방 말과는 딴전을 치면서 담뱃대를 쌈지에 넣는다.

"허허, 어제두 말했지만 글쎄 곡식이 안 된 거 어떡하오?"

"안 돼! 안 돼! 곡시기 자르 되고 모 되구 내가 아르오? 오늘은 받아 가지구야 가겠소!"

인가는 담배를 피우면서 버티려는 수작인지 땅에 펑덩 드러앉았다.

"내년에는 꼭 갚아드릴께 올만 참아주오! 장구재도 알지만 흉년이 되

어서 되지두 않은 이것(곡식)을 모두 드리면 우리는 어떻게 겨울을 나라구 응?……자 내년에는 꼭, 하하……"

인가를 보면서 넋 없는 웃음을 치는 문 서방의 눈에는 애원하는 빛이 흘렀다.

"안 되우! 안 돼! 퉁퉁디(모두) 주두 많이 많이 부족이오."

"부족이 돼두 하는 수 없지. 글쎄 뻔히 보시면서 어떡하란 말이오? 휴―."

"어째 어부소? 응 니디 어째 어부소! 응 니디 어째 어부소! 마리해! 울리 쌀리디, 울리 소금이디, 울리 강냉이디…… 니디 입이 (그는 입을 가리키면서) 다 안 먹어? 어째 어부소, 응?"

인가는 낯빛이 거무락푸르락해서 소리를 고래고래 질렀다. 문 서방은 더 말이 나오지 않았다.

언제나 이놈의 소작인 노릇을 면하여 볼까 경기도에서도 소작인 생활 십 년에 겨죽만 먹다가 그것도 자유롭지 못하여 남부여대로 딸 하나 앞세우고 이 서간도로 찾아들었더니 여기서도 그네를 맞아주는 것은 지팡살이였다. 이름만 달랐지 역시 소작인이다. 들어오던 해는 풍년이었으나 늦게 들어와서 얼마 심지 못하였고 그 이듬해에는 흉년으로 말미암아 일 년 내 꾸어먹은 것도 있거니와 소작료도 못 갚아서 인가에게 매까지 맞고 금년으로 미뤘더니 금년에도 흉년이 졌다. 다른 사람들도 빚을 지지 않은 바가 아니로되 유독이 문 서방을 조르는 것은 음흉한 인 서방의 가슴속에 문 서방의 용례(금년 열일곱)가 걸린 까닭이었다. 문 서방은 벌써 그 눈치를 알아채었으나 차마 양심이 허락지 않았다. 인가의 욕심만 채우면 밭맥(1맥은 10일경日耕=1일경은 약 천 평坪)이나 단단히 생겨 한평생 기탄없을 것을 모르지는 않지만 무남독녀로 고이 기른 딸을 되놈에게 주기는 머리에 벼락이 내릴 것 같아서 죽으면 그저 굶어죽었지 차마 할 수 없었다. 그는 그런 것 저런 것 생각할 때마다 도리어 내지—쪼들려도 나서 자란 자기 고향에서 쪼들리던 옛날이—삼 년 전의 그 옛날이 그리웠다. 그러나 그것도 한 꿈이었다. 그 꿈이 실현되기에는 그네의 경제적인 기초가 너무나도 어줄이 없었다. 빈 마음만 흐르는 구름에 부쳐서 내지로 보낼 뿐이었다.

"어째서 대답이 어부소, 응? 그래 울리 비디디 안 가파? 창우니— 빠피야(이놈 껍질 벗긴다)."

인가는 담뱃대를 꽁무니에 찌르면서 일어나 앉더니 팔을 걷는다. 그것을 본 문 서방 아내는 낯빛이 파랗게 질려서 부들부들 떨면서 이편만 본다. 문 서방도 낯빛이 까맣게 죽었다.

"자, 그러면 금년 농사는 온통 드리지요."

문 서방의 목소리는 힘없이 떨렸다. 마치 종아리채를 든 초학 훈장의 앞에 엎드린 어린애의 소리처럼……

"부요우(싫어)…… 퉁퉁디…… 모모 모두 우리 가져가두 보미(옥수수) 쓰단〔四石〕, 쌔엔(소금) 얼씨진〔二十斤〕, 쑈미(좁쌀) 디 빠단〔八石〕 디 유아(있다)…… 니디 자리 알라있소! 그거 안 줘?"

검붉은 인가의 뺨은 성난 두꺼비 배처럼 불떡불떡 하였다.

"나머지는 내년에 갚지요."

문 서방은 머리를 뚝 떨어뜨렸다.

"슴마(무엇)? 창우니 빠피야!"

인가의 억센 손이 문 서방을 잡았다. 문 서방은 가만히 받았다. 정신이 아찔하였다.

"에구, 장구재…… 흑흑…… 장구재…… 제발 살려줍쇼! 제발 살려주시면 뼈를 팔아서라두 갚겠습니다. 장구재 제발!"

문 서방의 아내는 부들부들 떨면서 인가의 팔에 매달렸다. 그의 애걸

하는 소리는 벌써 울음에 떨렸다.

"내 보미 워디 소금이 낼라! 아니 줬소? 아니 줬소? 어 어째니 줬소?"

인가의 주먹은 문 서방의 귓벽을 울렸다.

"아이구!"

문 서방은 땅에 쓰러졌다.

"엑 에구…… 응응응…… 에구 장구재! 제발 제 제…… 흑 제발 살려 줍소…… 응."

쓰러지는 문 서방을 붙잡던 아내는 인가를 보면서 땅에 엎드려서 손을 비빈다.

"이 상느므 샛지(상놈의 자식)…… 니디 로포(아내) 워디(내가) 가져가!"

하고 인가는 문 서방을 차더니 엎디어서 손이야 발이야 비는 문 서방의 아내의 손목을 잡아끌었다.

"니디 울리 집이 가! 오늘리부터 니디 울리 에미네(아내)!"

"장구재…… 제발…… 아이구 응?……"

"에구 엠마."

집 안에서 바느질하던 용례가 내달았다. 인가는 문 서방의 아내를 사정없이 끌고 자기 집으로 향한다.

"나를 잡아가라! 나를……"

쓰러졌던 문 서방은 인가의 팔을 잡았다.

"타마나!"

하는 소리와 함께 인가의 발길은 문 서방의 불걸음으로 들어갔다. 문 서방은 거꾸러졌다.

"아이구 어머니! 왜 울 어머니를 잡아가오? 응응…… 흑."

용례는 어머니의 팔목을 잡은 중국인의 손을 물어뜯었다. 용례를 본 인가는 문 서방의 아내는 놓고 문 서방의 딸 용례를 잡았다.

"이 개새끼야! 이것 놔라…… 응응 흑…… 아이구 아버지…… 엄마!"

억센 장정 인가에게 티끌같이 연연한 처녀는 몸부림을 하면서 발악을 하였다.

"용녜야! 아이구 우리 용녜야!"

"에이구 응…… 너를 이 땅에 데리구 와서 개 같은 놈에게……"

문 서방의 내외는 허둥지둥 달려갔다.

낯빛이 파랗게 질린 흰 옷 입은 사람들은 쭉 나와서 섰건마는 모두 시체같이 서 있을 뿐이었다. 여편네 몇몇은 치맛자락으로 눈물을 씻었다.

의연히 제 걸음을 재촉하는 볕은 서산에 뉘엿뉘엿 하였다. 앞강으로 올라오는 찬바람은 스르르 스쳐가는데 석양에 돌아가는 까마귀 울음은 의지 없는 사람의 넋을 호소하는 듯 처량하였다.

"에구 용녜야! 부모를 못 만나서 네 몸을 망치는구나! 에구 이놈의 돈이 우리를 죽이는구나!"

문 서방 내외는 그 밤을 인가의 집 울타리 밖에서 샜다. 누구 하나 들여다보지도 않는데 인가의 집에서 내놓은 개들은 두 내외를 잡아먹을 듯이 짖으며 덤벼들었다.

이리하여 용례는 영영 인가의 손에 들어갔다. 며칠 후에 인가는 지금 문 서방이 있는 폐허에 땅날가리나 있는 것을 문 서방에게 주어서 그리로 이사시켰다. 문 서방은 별별 욕과 애원을 하였으나 나중에 인가는 자기 집 일꾼들을 불러서 억지로 몰아내었다. 이리하여 문 서방은 차마 생목숨을 끊기 어려워서 원수가 주는 땅을 파먹게 되었다. 그것이 작년 가을이었다. 그 뒤로 인가는 절대로 용례를 밖으로 내보내지 않을 뿐만 아니라 그 어버이 되는 문 서방 내외에게도 보이지 않았다.

"용녜는 매일 밥도 안 먹고 어머니 아버지만 부르고 운다."

하는 희미한 소식을 인가의 집에 가까이 드나드는 중국인들에게서

474

들을 때마다 문 서방은 가슴을 치고 그 아내는 피를 토하였다.

이리하여 문 서방의 아내는 늦은 여름부터 아주 병석에 드러누웠다. 그는 병석에서 매일 용례만 부르고 용례만 보여달라고 졸랐다. 그래서 문 서방은 벌써 세 번이나 인가를 찾아가서 말했으나 효과가 없었다.

이번까지 가면 네 번째다. 이번은 어떻게 성사가 되겠지? (간도에 있는 중국인들은 조선 여자를 빼앗아가든지 좋게 사가더라도 밖에 내보내지도 않고 그 부모에게까지 흔히 면회를 거절한다. 중국인은 의심이 많아서 그런다고 한다.)

3

문 서방은 울긋불긋한 채필로 관운장과 장비를 무섭게 그려 붙인 인가의 집 대문 앞에 섰다. 문 밖에서 뼈다귀를 핥던 얼룩개 한 마리가 웡웡 짖으면서 달려들더니 이 구석 저 구석에서 개 무리가 우 하고 덤벼들었다. 어떤 놈은 으르렁 으르고, 어떤 놈은 뒷다리 사이에 바싹 끼면서 금방 물듯이 송곳 같은 이빨을 악물었고, 어떤 놈은 대들었다가는 뒷걸음치고 뒷걸음을 쳤다가는 대들면서 산천이 무너지게 짖고, 어떤 놈은 소리도 없이 코만 실룩실룩하면서 달려들었다. 그 여러 놈들이 문 서방을 가운데 넣고 죽 돌아서서 각각 제 재주대로 날뛴다. 그렇지 않아도 지금 개 때문에 대문 밖에서 기웃거리던 문 서방은 이 사면초가四面楚歌를 어떻게 막으면 좋을지 몰랐다. 이러는 판에 한 마리가 휙 들어와서 문 서방의 바짓가랑이를 물었다.

"으악…… 꺼우디(개를)!"

문 서방은 소리를 치면서 돌멩이를 찾느라고 엎드리는 것을 보더니 개들은 일시에 뒤로 물러났으나 또다시 덤벼들었다.

"창우니 타마나가비(상소리다)!"

안에서 개가죽 모자를 쓰고 뛰어나오는 일꾼은 기다란 호밋자루를 두루면서 개를 쫓았다. 개들은 몰려가면서도 몹시 짖었다.

문 서방은 좃짚 수수깡이가 지저분하게 널려 있는 마당을 지나서 왼편 일꾼들 있는 방문으로 들어갔다. 누릿하고 퀴퀴한 더운 기운이 후끈 낯을 스칠 때 얼었던 두 눈은 뿌연 더운 안개에 스르르 흐리어서 어디가 어디인지 잘 분간할 수 없었다.

"윈따야 랠라마(문 영감 오셨소)?"

캉(구들)에서 지껄이는 중국인 중에서 누군지 첫인사를 붙였다.

"에헤 랠라 장구재 유(있소)?"

문 서방은 어색한 웃음을 지었다. 얼었던 몸은 차차 녹고 흐리었던 눈앞도 점점 밝아졌다.

"쨩캉바(구들로 올라오시오)!"

구들 위에서 나는 틱틱한 소리는 인가였다. 그는 일꾼들과 무슨 의논을 하던 판인가? 지껄이는 일꾼들은 고요히 앉아서 담배를 피우면서 호기심에 번득이는 눈을 인가와 문 서방에게 보내었다.

어느 천년에 지은 집인지, 거미줄이 얼키설키 서린 천장과 벽은 아궁이 속같이 까만데, 벽에 붙여놓은 삼국풍진도三國風塵圖며 춘야도리원도春夜桃李園圖는 이리저리 찢기고 그을었다. 그을음과 담배 연기에 싸여서 눈만 반짝반짝하는 무리들은 아귀도餓鬼道를 생각게 한다. 문 서방은 무시무시한 기분에 몸을 부르르 떨었다.

"추엔바(담배 잡수시오)?"

인가는 웬일인지 서투른 대로 곧잘 하던 조선말은 하지 않고 알아도 못 듣는 중국말을 쓰면서 담뱃대를 문 서방 앞에 내밀었다.

"여보 장구재! 우리 로포가 딸을 못 봐서 죽겠으니 좀 보여주,

476

응?……"

문 서방은 담뱃대를 받으면서 또 전처럼 애걸하였다. 인가는 이마를 찡그리면서 볼을 불렀다.

"저게(아내) 마지막 죽어가는 데 철천지한이나 풀어야 하잖겠소, 응? 한 번만 보여주! 어서 그리우! 내가 용녜를 만나면 꼬일까 봐…… 그럴 리 있소! 이렇게 된 바에야…… 한 번만…… 낯이나…… 저 죽어가는 제 에미 낯이나 한 번 보게 해주! 네? 제발!……"

"안 되우! 보내지 모하겠소. 우리 지비 문바께 로포(아내, 용례를 가리키는 말) 나갔소. 재미어부소."

배짱을 부리는 인가의 모양은 마치 전당포 주인과 같은 점이 있었다. 문 서방의 가슴은 죄였다. 아쉽고 안타깝고 슬픔이 어우러지더니 분한 생각이 났다. 부뚜막에 놓은 낫을 들어서 인가의 배를 왁 긁어놓고 싶었으나 아직도 행여나 하는 바람과 삶에 대한 애착심이 그 분을 제어하였다.

"그러지 말고 제발 보여주오! 그러면 내 아내를 데리구 올까? 아니 바람을 쏘여서는…… 엑 죽어두 원이나 끄고 죽게 내가 데리고 올게 낯만 슬쩍 보여주오, 네? 흑…… 끅…… 제발……"

이십 년 가까이 손끝에서 자기 힘으로 기른 자기 딸을 억지로 빼앗긴 것도 원통하거든 그나마 자유로 볼 수도 없이 되는 것을 생각하니! 더구나 그 우악한 인가에게 가슴과 배를 사정없이 눌리는 연연한 딸의 버둥거리는 그림자가 눈앞에 언뜻하여, 가슴이 꽉 막히고 사지가 부르르 떨리면서 주먹이 쥐어졌다. 그러나 뒤따라 병석의 아내가 떠오를 때 그의 주먹은 풀리고 머리는 숙었다.

"넬리 또 왔소 이얘기하오! 오늘리디 울리디 일이디 푸푸디! 많이 있소!"

인가는 문 서방을 어서 가라는 듯이 자기 먼저 캉(구들)에서 내려섰다.

"제발 그러지 말구! 으흑 흑…… 제제 제발 단 한 번만이라두 낯만……… 으흑흑 응!"

문 서방은 인가를 따라 밖으로 나오면서 울었다. 등 뒤에서는 웃음소리가 들렸다. 그러니 그 웃음소리는 이때의 문 서방에게는 아무러한 자극도 주지 못하였다.

"자— 이거 적지만……"

마당에 한참이나 서서 무엇을 생각하던 인가는 백조百弔짜리 관체〔官帖〕석 장을 문 서방의 손에 쥐였다. 문 서방은 받지 않으려고 했다. 더러운 놈의 더러운 돈을 받지 않으려 하였다. 그러나 지금 붙여먹는 밭도 인가의 밭이다. 잠깐 사이 분과 설움에 어리어서 튀기던 돈은— 돈힘은 굶고 헐벗은 문 서방을 누르지 않을 수 없었다. 그는 못 이기는 것처럼 삼백 조를 받아넣고 힘없이 나오다가,

'저 속에는 용녜가 있으려니!'

생각하면서 바른편에 놓인 조그마한 집을 바라볼 때 자기도 모르게 발길이 도로 돌아졌다. 마치 거기서는 용례가 울면서 자기를 부르는 것 같았다. 그러나 인가는 문 서방을 문 밖에 내보내고 문을 닫아 잠갔다.

문 밖에 나서니 천지가 아득하였다. 발길이 돌아서지 않았다. 사생을 다투는 아내를 생각하면 아니 가든 못 할 일이고 이 울타리 속에는 용례가 있거니 생각하면 눈길이 다시금 울타리로 갔다.

그가 바위 모퉁이 빙판에 올 때까지 개들은 쫓아 나와 짖었다. 그는 제 분김에 한 마리 때려잡는다고 얼른 돌멩이를 집어 들었다가, 작년 가을에 어떤 조선 사람이 어떤 중국 사람의 개를 때려죽이고 그 사람이 주인에게 총 맞아 죽은 일이 생각나서 들었던 돌멩이를 헛뿌렸다.

돌아 떨어지는 겨울 해는 어느새 강 건너 봉우리 엉성한 가지 끝에

걸렸다. 바람은 좀 자고 날씨는 맑으나 의연히 추워서 수염에는 우물가처럼 얼음 보쿠지가 졌다.

4

눈옷 입은 산봉우리 나뭇가지 끝에 붉은 석양볕이 스르르 자취를 감추고 먼 동쪽 하늘가에 차디찬 연자줏빛이 싸르르 돌더니 그마저 스러지고 쌀쌀한 하늘에 찬 별들이 내려다보게 되면서부터 어둑한 황혼빛이 삐허의 좁은 골에 흘러들어서 게딱지 같은 집 속까지 흐리기 시작하였다.

까만 서까래가 드러난 수수깡 천장에는 그을은 거미줄이 흐늘흐늘 수없이 드렸고, 빈대 죽인 자리는 수묵으로 댓잎[竹葉]을 그린 듯이 흙벽에 빈틈이 없는데, 먼지가 수북한 구들에는 구름깔개(참나무를 얇게 밀어서 결은 자리)를 깔아 놓았다. 가마 저편 바당(부엌)에는 장작개비가 흩어져 있고 아궁이에서는 뻘건 불이 훨훨 붙는다.

뜨끈뜨끈한 부뚜막에는 문 서방의 아내가 누덕이불에 싸여 누웠고 문 앞과 윗목에는 이웃집 사람들이 모여 앉았는데 지금 막 달리소 인가의 집에서 돌아온 문 서방은 신음하는 아내의 가슴에 손을 얹고 앉았다.

등꽂이에 켜놓은 등(삼대에 겨를 올려서 불 켜는 것)불은 환하게 이 실내의 모든 사람을 비췄다.

"용녜야! 용녜야! 용녜야!"

고요히 누웠던 문 서방의 아내는 마지막 소리를 좀 크게 질렀다. 문 서방은 아내의 가슴을 지그시 눌렀다.

"에구, 우리 용녜! 우리 용녜를 데려다 주구려!"

그는 눈을 번쩍 뜨면서 몸을 흔들었다.

"여보 왜 이러우. 용녜가 지금 와요. 금방 올걸!"

어린애를 어르듯 하면서 땀내가 꽤저분한 아내의 얼굴을 내려다보는 문 서방의 눈은 흐렸다.

"에구, 몹쓸놈두! 저런 거 모르는 체하는가? 쩻"

윗목에 앉은 늙은 부인은 함경도 사투리로 구슬피 뇌었다.

"허 그러게 되놈이라지! 그놈덜께 인륜人倫이 있소?"

문 앞에 앉았던 한 관청은 받아쳤다.

"용녜야! 용녜야! 흥, 저기 저기 용녜가 오네!"

문 서방의 아내는 쑥 꺼진 두 눈을 모듭떠서 천장을 뚫어지게 보면서 보기에 아츠러운 웃음을 웃었다.

"어디? 아직은 안 오. 여보, 왜 이러우? 정신 채리우. 응?"

문 서방의 목소리는 떨렸다.

"저기 엑…… 용………… 용녜…………"

그는 눈을 더 크게 뜨고 두 뺨의 근육을 경련적으로 움직이면서 번쩍 일어났다. 문 서방은 아내의 허리를 안았다. 그는 또 정신에 착각을 일으켰는지, 창문을 바라보고 뛰어나가려고 하면서,

"용녜야! 용녜 용녜…… 저 저기 저기 용녜가 있네! 용녜야! 어디 가느냐, 응?"

고함을 치고 눈물 없는 울음을 우는 그의 눈에서는 파란 불빛이 번쩍하였다. 좌중은 모진 짐승의 앞에나 앉은듯이 모두 숨을 죽이고 손을 틀었다. 문 서방은 전신의 힘을 내어서 아내의 허리를 안았다.

"하하하 (그는 이상한 소리를 내어 웃다가 다시 성을 잔뜩 내면서)…… 용녜, 용녜가 저리로 가는구 나! 으응…… 저놈이 저놈이 웬 놈이냐?"

하면서 한참 이를 악물고 창문을 노려보더니,

"저 저…… 이놈아! 우리 용녀를 놓아라! 저 되놈이, 저 되놈이 용녀를 잡아가네! 이놈 놔라! 이놈 모가지를 빼놓을 이 이……"

그의 앞에는 용례를 인가에게 빼앗기던 그때가 떠올랐는지, 이를 뿍 갈면서 몸을 번쩍 일으켜 창문을 향하고 내달았다.

"여보, 정신을 차리오! 여보, 왜 이러우? 아이구 응……"

쫓아나가면서 아내의 허리를 안아서 뒤로 끌어들이는 문 서방의 소리는 눈물에 젖었다.

"이늠아! 이게 웬 놈이 남을 붙잡니? 응? 으윽."

그는 두 손으로 남편의 가슴을 밀다가도 달려들어서 남편의 어깨를 물어뜯으면서,

"이것 놔라! 에그 용녀야, 저게 웬 놈이…… 에구구…… 저놈이…… 에구구…… 저놈이 용녀를 깔고 앉네!"

하고 몸부림을 탕탕 하는 그의 눈에는 핏발이 서고 낯빛은 파랗게 질렸다.

이때 한 관청 곁에 앉았던 젊은 사람은 얼른 일어나서 문 서방을 조력하였다. 끌어들이려거니 뛰어나가려거니 하여 밀치고 당기는 판에 등꽂이가 넘어져서 등불이 펄렁 죽어버렸다. 방 안이 갑자기 깜깜하여지자 창문만 히슥하였다.

"조심들 하라니! 엑 불두!"

한 관청은 등을 화로에 대고 푸푸 불면서 툭덕툭덕 하는 사람들께 주의를 시켰다. 불은 번쩍하고 켜졌다.

"우우 쏴— 스르르륵"

문을 치는 바람 소리가 요란하였다.

"엑 또 바람이 나는 게로군! 날쎄두 폐릅(괴상하)다."

한 관청은 이렇게 뇌이면서 등꽂이에 등을 꽂고 몸부림 하는 문 서방

내외와 젊은 사람을 피하여 앉았다.

"이것 놓아주오! 아이구, 우리 용녀가 죽소! 저 흉한 되놈에게 깔려서…… 엑 저저…… 저것 봐라! 이놈, 네 이놈아! 에이구 용녀야! 용녀야! 사람 살려주오! (소리를 더욱 높여서) 우리 용녀를 살려주! 응 으윽 에엑끅……."

그는 마지막으로 오장육부가 쏟아지게 소리를 지르다가 검붉은 핏덩이를 왈칵 토하면서 앞으로 거꾸러졌다.

"으윽!"

"응 끔직두 한게!"

하면서 여러 사람들은 거꾸러진 문 서방의 아내 앞에 모여들었다.

"여보! 여보소! 아이구 정신 좀……."

떨려 나오는 문 서방의 소리는 절반이나 울음으로 변하였다.

거불거불 하는 등불 속에 검붉은 피를 한 말이나 토하고 쓰러진 그는 낯이 파랗게 되어서 숨결이 없었다.

"허! 잡싱〔雜神〕이 붙었는가? 으흠 응! 으흠 홍! 각황제방 심미기, 두우열로 구슬벽……."

여러 사람들과 같이 문 서방의 아내를 부뚜막에 고요히 뉘어 놓고 한관청은 귀신을 쫓는 경문이라고 발음도 바로 못 하는 이십팔 수를 줄줄줄 읽었다.

"으응응…… 흑흑…… 여 여보!"

문 서방의 목 메인 울음을 받는 그 아내는 한 관청의 서투른 경문 소리를 듣는지 마는지, 손발은 점점 식어가고 낯은 파랗게 질렸는데, 무엇을 보려고 애쓰던 눈만은 멀거니 뜨고 그저 무엇인지 노리고 있다. 경문을 읽던 한 관청은,

"엑, 인제는 늙어가는 사람이 울기는? 우지 마오! 살아날거!"

하고 문 서방을 나무라면서 문 서방의 아내 앞에 다가앉더니 주머니에서 은동침(어느 때에 얻어둔 것인지?)을 꺼내 문 서방 아내의 인중人中을 꾹 찔렀다. 그러나 점점 식어가는 그는 이마도 찡기지 않았다. 다시 콧구멍에 손을 대어보았으나 숨결은 없었다.

바람은 우우 쏴—하고 문에 눈을 들이쳤다. 여러 사람은 약속이나 한 듯이 두려운 빛을 띤 눈으로 창을 바라보았다.

"으응 에이구! 여보! 끝끝내 용녜를 못 보고 죽었구려…… 잉잉…… 흑."

문 서방은 울기 시작하였다. 그 울음소리는 고요한 방 안 불빛 속에 바람 소리와 함께 처량하게 흘렀다.

"에구 못된 놈도 있는게!"

"에구 참 불쌍하게두!"

"흥 우리두 다 그 신세지!"

무시무시한 기분에 싸여서 낯빛이 푸르러가는 여러 사람들은 각각 한 마디씩 뇌었다. 그 소리는 모두 갈 데 없는 신세를 호소하는 듯하게 구슬프고 힘없었다.

5

문 서방의 아내가 죽은 그 이튿날 밤이었다. 그날 밤에도 바람이 몹시 불었다. 그 바람은 강바람이어서 서북에 둘린 산 때문에 좁한 바람은 움쩍도 못하던 달리소까지 범하였다. 서북으로 산을 등지고 앞으로 강 건너 높은 절벽을 대하여 강골밖에 터진 데 없는 달리소는 강바람이 들어차면 빠질 데는 없고 바람과 바람이 부딪쳐서 흔히 회오리바람이 일게 된다. 이날 밤에도 그 모양으로, 달리소에는 회오리바람이 일어서 낟가리가 날리고 지붕이 날리고 산천이 울려서 혼돈이 배판할 때 빙세계나 트는 듯한 판이라 사람은커녕 개와 도야지도 굴 속에서 꿈쩍 못하였다.

밤이 퍽 깊어서였다.

차디찬 별들이 총총한 하늘 아래, 우렁찬 바람에 휘날리는 눈발을 무릅쓰고 달리소 앞강 빙판을 건너서 달리소 언덕으로 올라가는 그림자가 있다. 모진 바람이 스치는 때마다 혹은 엎드리고 혹은 우뚝 서기도 하면서 바삐바삐 가던 그림자는 게딱지 같은 지팡살이 집 근처에서부터 무엇을 꺼리는지 좌우를 슬몃슬몃 보면서 자취를 숨기고 걸음을 느리게 하여 저편으로 돌아가 인가의 집 높은 울타리 뒤로 돌아갔다.

"으르릉 웡웡."

하자 어느 구석에서인지 개가 한 마리, 두 마리, 세 마리 뒤이어 나와서 짖으면서 그 그림자를 쫓아간다. 그 개 소리는 처량한 바람 소리 속에 싸여 흘러서 건너편 산을 즈르렁즈르렁 울렸다.

"꽝! 꽝꽝."

인가의 집에서는 개 짖음에 홍우재나 몰아오는가 믿었던지 헛총질을 네댓 방이나 하였다. 그 소리도 산천을 울렸다. 그 바람에 슬근슬근 가던 그림자는 휙 돌아서서 손에 들었던 보자기를 개 앞에 던졌다. 보자기는 터지면서 둥글둥글한 것이 우루루 쏟아졌다. 짖으면서 달려오던 개들은 짖기를 그치고 거기 모여들어서 서로 물고 뜯고 빼앗아 먹는다. 그러는 사이에 그림자는 인가의 울타리 뒤에 산같이 쌓아 놓은 보릿짚 더미에 가서 성냥을 쭉 긋더니 뒷산으로 올리닫는다.

처음에는 바람 속에서 판득판득 하던 불이 삽시간에 그 산 같은 보릿짚 더미에 붙었다.

"훠쓰(불이야)!"

하는 고함과 함께 사람의 소리는 요란하였다. 모진 바람에 하늘하늘 일어서는 불길은 어느새 보릿짚더미를 살라버리고 울타리를 살라버리고 울타리 안에 있는 집에 옮았다.

"푸우 우루루루 쏴아……"

동풍이 몹시 이는 때면 불기둥은 서편으로, 서풍이 몹시 부는 때면 불기둥은 동으로 쏠려서 모진 소리를 치고 검은 연기를 뿜다가도 동서 풍이 어울치면 축융〔火神〕의 붉은 혓발은 하늘하늘 염염히 타올라서 차디찬 별—억만 년 변함이 없을 듯하던 별까지 녹아내릴 것같이 검은 연기는 하늘을 덮고 붉은 빛은 깜깜하던 골짜기에 차 흘러서 어둠을 기회로 모여들었던 온갖 요귀妖鬼를 몰아내는 것 같다. 불을 질러 놓고 뒷숲속에 앉아서 내려다보는 그 그림자—딸과 아내를 잃은 문 서방은,

"하하하……"

시원스럽게 웃고 가슴을 만지면서 한 손으로 꽁무니에 찼던 도끼를 만져보았다.

일 동리 사람들과 인가의 집 일꾼들은 불 붙는 데 모여들었으나 모두 어쩔 줄을 모르고 떠들고 덤비면서 달려가고 달려올 뿐이었다.

그러는 사이에 울타리는 물론 울타리 속에 엉큼히 서 있던 큰 집 두 채도 반이나 타서 쓰러졌다.

이런 불 속으로부터 여러 사람이 오고 가는 밭 가운데로 튀어나가는 두 그림자가 있었다. 하나는 커다란 장정이요, 하나는 작은 여자이다. 뒷산 숲에서 이것을 보던 문 서방은 그 두 그림자를 향하여 내리뛰었다. 그는 천방지방 내리뛰었다. 독살이 잔뜩 올라서 불빛에 번쩍이는 그의 눈에는 이 두 그림자밖에는 아무것도 보이지 않았다.

"으윽 끅."

문 서방이 여러 사람을 헤치고 두 그림자 앞에 가 섰을 때, 앞에 섰던 장정의 그림자는 땅에 거꾸러졌다. 그때는 벌써 문 서방의 손에 쥐었던 도끼가 장정 인가의 머리에 박혔다. 도끼를 놓은 문 서방의 품에는 어린 여자의 그림자가 안겼다. 용례가……

그 바람에 모여 섰던 사람들은 혹은 허둥지둥 뛰어버리고 혹은 뒤로 자빠져서 부르르 떨었다. 용례도 거꾸러지는 것을 안았다.

"용녜야! 놀라지 마라! 나다! 아버지다! 용녜야!"

문 서방은 딸을 품에 안으니 이때까지 악만 찼던 가슴이 스르르 풀리면서 독살이 올랐던 눈에서 뜨거운 눈물이 떨어졌다. 이렇게 슬픈 중에도 그의 마음은 기쁘고 시원하였다. 하늘과 땅을 주어도 그 기쁨을 바꿀 것 같지 않았다.

그 기쁨! 그 기쁨은 딸을 안은 기쁨만이 아니었다. 작다고 믿었던 자기의 힘이 철통 같은 성벽을 무너뜨리고 자기의 요구를 채울 때 사람은 무한한 기쁨과 충동을 받는다.

불길은─그 붉은 불길은 의연히 모든 것을 태워 버릴 것처럼 하늘하늘 올랐다.

찾아보기

구몰: 구몰俱沒. 부모가 모두 세상을 떠남. (p426)

구성없다: 격에 어울리지 않다. (p190)

군성군성하다: 병정이나 군마가 내는 소란스러운 소리. (p316)

군졸: 있어야 할 것이 없거나 넉넉지 못하여 어렵고 구차함. (p231)

굴어놓다: 야단하다. (p250)

궁덩이: 엉덩이. (p123)

궁항: 궁한 처지를 비유적으로 이르는 말. (p96)

궐자: 궐자厥者. 그 사람. 궐공厥公. (p344)

글다: 걸다. 걸쭉하다. (p74)

금게랍: 금계랍. 염산 키니네의 다른 이름. (p390)

금점: 금점金占. 금광. (p446)

기어가다: 남의 눈을 피해 가다. (p350)

기연가미연가: 그런지 그렇지 않은지 불분명한 모양. (p327)

길마: 짐을 싣거나 수레를 끌기 위하여 소나 말 따위의 등에 얹는 안장. (p176)

깃다: 목구멍에 걸린 침을 힘있게 내뱉다. (p365)

꺼렵다: 껄끄럽다. (p315)

꿈만 하였다: 꿈만 같았다. (p139)

꽤저분하다: 너절하고 지저분하다. (p480)

ㄴ

낙산: 낙산落産. 유산. (p176)

낭탁: 낭탁囊橐. 자기의 차지로 만듦. 또는 그런 물건. 주머니. (p84)

낮전: 오전. (p161)

낯바다기: 낯바닥. 얼굴의 속어. (p249)

낯반대기: 낯바닥. 얼굴의 속어. (p330)

너분적거리다: 매우 가볍고 큰 동작으로 사이가 조금 뜨게 움직이다. (p99)

너불너불: 엷은 물체가 바람에 날리어 거볍게 자꾸 움직이는 모양. (p192)

넌들넌들: 여러 가닥으로 끈기있게 늘어져 있는. (p69)

넌짓넌짓: 드러나지 않게 가만가만히 (p112)

네기: 몹시 못마땅하여 욕으로 하는 말. (p380)

노수: 노수路需. 노자路資. 먼 길을 떠나 오가는데 드는 비용. 여비. (p33)

노숙하다: 노숙老宿하다. 나이가 많아 경험이 풍부하다. (p124)

누대업원: 누대업원累代業冤. 오래된 업원. (p290)

| ㄷ |

다리: 여자의 머리숱이 많아 보이도록 덧넣어 딿은 머리. (p29)

대팻밥모자: 나무를 대팻밥처럼 얇고 길게 깎아 꿰메서 만든 여름 모자. (p466)

댓수: 대代. 큰일. (p261)

더치다: 나아가던 병세가 더하여지다. 남을 건드려서 언짢게 하다. 여기에서는 두 번째 뜻. (p112)

도로꼬: 무개차. (p235)

도모 조센징와 다메다! 쓰루쿠데 다메다: どうも朝鮮人はだめだ つるくてだめだ 아무래도 조선인은 안
돼. 뻔뻔스러워서 안 돼! (p138)

도적나무: 도둑나무. 산 주인 몰래 땔나무를 마련하는 일. 또는 그렇게 마련한 나무. (p49)

도조: 賭租. 남의 논밭을 비려서 부치고 그 대가로 해마다 내는 벼. (p43)

돌치다: 되돌리다. (p96)

동표서랑: 동표서랑東漂西浪. 동쪽으로 표류하고 서쪽으로 방랑한다는 뜻으로, 이리저리 정처 없
이 떠돌아다님을 뜻하는 말. (p56)

두루다: 휘두르다. (p476)

두루막: 두루마기. (p315)

두붓물: 두부를 만들기 위하여 불린 콩을 갈아서 끓인 뿌연 물. (p48)

두호: 두호斗護. 남을 두둔하고 보호함. (p392)

둔팍하다: 굼뜨고 어리석 다. 미련하다. (p298)

뒤두다: 뒤에 남겨두다. (p142)

뒤울안: 뒤란의 본말. 집 뒤 울타리의 안. 뒤뜰. (p27)

드티다: 자리가 옮겨져 틈이 생기거나 날짜, 기한 등이 조금씩 연기되다. 또 틈을 내거나 날짜 등을 연기하다. (p263)

들레다: 야단스럽게 떠들다. (p333)

들막: 들메. 끈으로 신을 발에 동여매는 일. (p466)

들쭉: 들쭉나무의 열매. 모양이 포도와 비슷한 진홍색 열매로 잼과 양주 제조에 사용됨. (p240)

들채: 들것. (p87)

등찌: 등불이 타고 남은 찌꺼기. (p171)

땅날가리: 하루 낮 동안 갈 만한 밭. (p474)

때룩거리다: 자꾸 생각이 떠오르다. (p382)

떼: 나무토막을 엮어 물에 띄워 타고다니게 된 물건. (p454)

‖ ㅁ ‖

마루간: 마루칸. 마루를 놓은 칸. (p113)

만호장안: 만호장안萬戶長安. 인가가 많은 서울을 이르는 말. (p122)

말짱: 말뚝. (p86)

맞찔기다: 서로 맞찌르다. (p64)

모듭뜨다: 두 눈의 동자를 한쪽으로 모아서 앞을 쳐다보다. (p76)

모주: 모주母主. 어머님. (p278)

몸 비잖다: 임신하다. (p46)

몸이 돌다: 움직이다. (p385)

몽글리다: 가루 따위를 미세하고 곱게 하다. 어려운 일에 단련이 되게 하다. 옷맵시를 다듬어 모양을 내다. (p290)

무투: 통나무. (p235)

묵시: 묵시默示. 말이나 행동으로 드러내지 않고 은연중에 뜻을 나타내 보임. (p63)

묽다: 더위나 습기로 인하여 떠서 상하다. (p71)

문안: 사대문 안. (p116)

물상객주: 물상객주物商客主. 상품의 매매와 거간 및 장사치의 숙박 등의 흥정을 도맡는 영업. 또는 그러한 사람. (p338)

뭇: 짚, 장작, 채소 따위의 작은 묶음을 세는 단위. 볏단을 세는 단위.

생선을 묶어 세는 단위(한 뭇은 생선 열 마리). 미역을 묶어 세는 단위(한 뭇은 미역 열 장). 세금을 계산할 때 쓰던, 논밭 넓이의 단위(한 뭇은 한 줌의 열 배). 약간의 그것이라는 뜻을 나타내는 말. (p209)

뭉싯거리다: 뭉기적거리다. (p354)

뭉킷: 뭉클. 슬픔이나 노여움 따위가 갑자기 북받쳐서 가슴이 꽉 차는 듯한 느낌. (p135)

미구: 미구未久. 오래지 않아. (p210)

민민하다: 몹시 딱하여 안쓰럽다. (p257)

밀가룻집: 밀가루 파는 집. (p301)

ㅂ

바깥날: 집이나 방 안에서 바깥의 날씨를 일러 이르는 말. (p23)

바람이 자다: 바람이 잠잠해지다. 바람이 잦아들다. (p85)

바리: 마소에 잔뜩 실은 짐을 세는 단위. (p247)

방치돌: 다듬잇돌. (p175)

배뚱눈이: 배腹를 욕되게 이르는 말. (p173)

번열: 번열煩熱. 몸에 열이 몹시 나고 가슴속이 답답하여 괴로움. (p55)

벳기다: 바뀌다. (p213)

벽장골: 벽장 같은 골짜기. (p35)

보도록새: 들쑥날쑥하게. (p285)

보리마당질: 보리타작. (p214)

부려먹다: 재물을 헛되이 써서 없애다. (p44)

불걸음: 불두덩. (p473)

불찌: 불씨. 불똥. (p171)

빈지: 널빤지로 만든 빈지문. (p107

뻐둑뻐둑하다: 주저앉거나 매달려서 팔다리를 크게 뻗지르며 마구 몸을 움직이다. (p130)

삐종, 미꼬: 담배의 이름. (p299)

ㅅ

사들사들: 약간 시든 모양. (p66)

사세: 사세事勢. 일이 되어가는 형편. (p56)

산날: 산등성이. (p140)

산판: 산판算板. 수판數板. 주판籌板. 셈을 놓는 데 쓰이는 기구의 하나. (p26)

산후풍: 산후풍産後風. 산후발한産後發寒. 출산 뒤 한기寒氣가 들어 떨고 식은땀을 흘리며 앓는 병. (p95)

삿자리: 갈대를 엮어 만든 자리. (p129)

상년: 지난해. (p105)

상반: 상반常班. 상인과 양반. (p313)

상식: 상식上食. 상가喪家에서 아침저녁으로 영좌 앞에 올리는 음식. 또는 음식을 올리는 것. (p168)

생념: 생념生念. 어떤 생각을 가지거나 엄두를 냄. (p247)

서물거리다: 눈부시다. (p75)

설면자: 설면자雪綿子. 풀솜. 허드레 고치를 삶아 늘여 만든 솜. (p287)

섬: 곡식을 담기 위해 짚으로 엮어 만든 그릇. (p132)

세비로: 신사복. (p274)

세연하다: 꼭 그렇다. (p294)

셈들다: 사물을 잘 분별하는 슬기가 있게 되다. (p262)

소조: 蕭條. 풍경 따위가 쓸쓸하고 호젓하다. (p48)

수수거리다: 시끄럽고 떠들썩하여 정신이 어지럽다. (p131)

수연하다: 수심에 잠기다. (p257)

수지기: 수직守直. 건물 따위를 맡아서 지킴. 또는 그러한 자. (p33)

순스럽다: 순純스럽다. 순수하다. (p400)

숫구녕: 숨구녕. (p71)

숫스럽다: 순진하고 어리숙하다. (p305)

슬근히: 행동이 은근하고 가벼움. (p143)

승수: 승수承受. 윗사람의 명령. (p138)

시로도: 시로우토素人. 서툴거나 경험이 없는 사람을 낮춰 이르는 말. (p44)

시우쇠: 무쇠를 불려서 만든 쇠붙이의 한 가지. (p99)

식소사번: 식소사번食少事煩. 먹는 것(소득)은 적은 데 하는 일은 많아짐. (p291)

신기: 신기身氣. 몸의 기력. (p383)

신마치: 유곽. (p276)

신축: 신축伸縮. 늘이고 줄임. (p209)

실머리: 실마리. (p149)

씨비리: 시베리아. (p85)

ㅇ

아심아심: 마음이 놓이지 않아 조마조마하는 모양. (p291)

아유: 아첨. (p292)

아츠럽다: 소리가 신경을 몹시 자극하여 듣기 싫고 날카롭다. (p68)

안날: 바로 전날. (p411)

애잡짤하다: 은근하게 애절한 느낌이 있다. (p51)

애참하다: 애참哀慘하다. 슬프고 참혹하다. (p67)

액색하다: 액색阨塞하다. 운수가 막히어 생활이나 행색 따위가 군색함 (p75)

야즐거리다: 말이나 행동을 밉살스럽게 이리저리 빈정대다. (p117)

약종: 약을 짓는 재료. (p67)

약화제·화제: 약방문. 약을 짓기 위해 약 이름과 분량을 적은 종이. (p101)

양양하다: 넘칠 듯한 수면이 끝없이 넓게 펼쳐져 있다. (p36)

어간: 시간이나 공간의 일정한 사이. (p336)

어벙벙하다: 어리둥절하여 갈피를 잡을 수 없다. (p37)

어슥하다: 어슷하다. (p240)

어울치다: 한데 섞여 치다. (p485)

어유등: 어유등잔魚油燈盞. 정어리나 명태의 창자 기름 따위로 불을 켜도록 만든 등잔. (p27)

어줄: 형편. (p472)

어화: 어화 漁火. (p435)

억결: 근거 없는 짐작으로 일을 결정함. (p95)

언뜩: 언뜻. (p156)

얼른하다: 물이나 거울 따위에 비친 그림자가 자꾸 흔들리다. (p141)

얼없이: 정신없이. 멍하니. (p136)

얼음 보쿠지: 물이나 눈이 얼어붙은 위에 다시 물이 흘러 덧쌓이면서 여러 겹으로 얼어붙은 얼음. (p479)

얼푸름하다: 어슴푸레하다. (p29)

엉큼히: 우뚝이. (p485)

에다: 칼로 도려내다. (p68)

에우다: 다른 음식으로 끼니를 때우다. 사방을 둘러싸다. (p48)

연 덩어리: 연鉛 덩어리. 납 덩어리. (p75)

연: 어떤 일이 일어난 뒤. (p95)

영맹하다: 영맹獰猛하다. 모질고 사납다. (p59)

영좌: 영좌靈座. 위패를 모셔 놓은 자리. (p168)

오리에리: 오리에리折り襟. 밖으로 젖히게 만든 옷깃. (p412)

외식: 외식外飾. 바깥쪽의 치레를 하는 것. 그 치레. (p405)

요정: 요정 了定. 결판을 내어 끝마치는 것. (p372)

우선우선하다: 목소리나 표정이 탁 트여 시원하다. (p333)

우숙그러하다: 우중충하다. (p267)

우시시: 물건의 부스러기가 어지럽게 흩어져 있는 모양. (p105)

울레: 신발. (p468)

유량: 유량嚠喨. 음색이 거침없고 똑똑함. (p36)

유리표박: 유리표박流離漂泊. 일정한 거처나 직업 없이 이곳저곳을 떠돎. (p89)

유위: 일을 할 만한 능력이 있음. (p36)

유음: 유음溜飮. 먹은 음식물이 소화가 되지 않고 위 속에 머물러 신물이 나오는 증상을 이르는 말. (p348)

유카타: 유카타浴衣. 아래위에 걸쳐입는 두루마기 모양의 긴 홑옷. (p434)

응종: 응종應從. 명령이나 요구에 따름. (p115)

의지가지없다: 의지할 만한 대상이 없다. (p167)

이밥: 입쌀(멥쌀)로 지은 밥. (p215)

이살: 잇새. (p196)

이양의: 또 다른. (p341)

이역상설: 이역상설異域霜雪. (p84)

인을 치다: 도장을 찍다. (p76)

일기: 일기日氣. 날씨. (p21)

일삭: 일삭一朔. 한달. (p235)

임리하다: 임리淋漓하다. 피, 땀, 물 따위의 액체가 흘러 흥건하다. (p77)

｜ ㅈ ｜

자심하다: 자심滋甚하다. 더욱 심하다. (p113)

잔나비: 원숭이. (p468)

장쉬: 장수. (p216)

저어하다: 두려워하다. 꺼리다. (p351)

저해물: 저해물沮害物. 방해물. (p289)

전방: 전방廛房. 물건을 늘어놓고 파는 가게. (p166)

제배: 제배儕輩. 나이나 신분이 비슷한 사람을 일컫는 말. (p389)

조력하다: 힘을 써 돕다. (p481)

조불려석: 조불려석朝不慮夕. 형세가 절박하여 아침에 저녁 일을 헤아리지 못함. (p393)

조붓하다: 조금 좁은 듯하다. (p412)

좀하다: 어지간하다. (p483)

좃대 소리: 조의 대가 부딪치는 소리. (p141)

좌종: 좌종坐鐘. 책상이나 탁자 위에 올려 놓게 만든 종. (p416)

주: 귤. (p70)

주새없다: 주책없다. (p223)

주의: 두루마기. (p33)

주인을 잡고 있다: 하숙을 정하고 있다. (p326)

주필질: 글씨를 갈겨쓰는 일. (p384)

죽식간에: 죽이든지 밥이든지 아무것이나. (p258)

준: 준準. 교정. (p382)

지나인: 支那人. 중국인. (p43)

지낙: 저녁. (p213)

지덕지덕: 먼지나 때가 여기저기 묻어 더러운 모양. (p67)

지두르다: 지지르다. 기운이나 의견 따위를 꺾어 누르다. 무거운 물건으로 내리누르다. (p176)

지벌: 지벌地閥. 지위와 문벌. (p327)

지접: 한때 거접居接함. (p69)

직각하다: 직각直覺하다. 보거나 듣고 곧바로 깨닫다. (p64)

짐바: 짐을 묶거나 매는 데 쓰는 줄. (p93)

집어 세이다: 말과 행동으로 닦달하다. (p96)

짓모으다: 짓이기다시피 잘게 부스러뜨리다. (p107)

징기다: 간직하다. (p153)

짚세기: 짚신. (p86)

쫏기다: 아래윗니를 딱딱 부딪치다. (p142)

찌뿌퉁하다: 찌부듯하다. (p378)

찌터러기: 몹시 찌들어버린 것. (p36)

ㅊ

챙챙하다: 목소리가 야무지고 맑다. (p64)

척분: 척분戚分. 성이 다르면서 일가가 되는 관계. (p423)

천부금탕: 天賦金湯. 본래부터 금이 많이 나던 곳. (p43)

천사만념: 천사만념千思萬念. 천사만고. 여러 가지로 생각함. 또는 그런 생각. (p95)

천인갱참: 천인갱참千仞坑塹. 천길이나 되게 파놓은 깊은 구덩이. (p38)

체네: 처녀. (p216)

초들초들하다: 입술이나 목이 마르면서 타 들어가다. (p72)

최최하다: 몹시 초라하다. (p135)

추근하다: 매우 축축하다. (p63)

추들추들: 나무나 풀이 시들면서 마른 모양. 사람이 시든 풀처럼 기운이 없는 모양. 여기에서는 두 번째 뜻. (p115)

추로리: 트롤리trolley. 전차의 트롤리폴 꼭대기에 달린 작은 쇠바퀴. 전기가 통하게 함. (p315)

추어서다: 회복되다. (p393)

축축스럽다: 더럽고 게걸스럽다. (p71)

춤: 침. (p172)

치도판: 치도治道판. 길을 닦는 공사장. (p242)

ㅌ

타조: 타조打租. 벼를 타작한 뒤 지주와 소작인이 그 수확을 반반씩 나누는 것. (p43)

토수래: 베실을 삶아 짠 좋지 않은 천. (p466)

퇴기둥: 툇기둥. 툇간에 딸린 기둥. (p151)

퇴마루: 툇마루. (p65)

투족 : 투족投足. 발을 내딛다. (p453)

트레머리: 가르마를 타지 않고 꼭뒤에다 올려붙인 여자의 머리. (p315)

ㅍ

파겁: 파겁破怯. 두려움이나 부끄러움을 느끼지 않다. (p354)

파리꾼: 썰매를 모는 사람을 낮춰 이르는 말. (p468)

판득판득: 반짝반짝. (p137)

판히: 빤히. (p72)

팔매를 치다: 팔을 흔들어 멀리 던지다. (p139)

페기: 딸국질. (p73)

페이다: 펴다. (p73)

푸접: 남에게 인정이나 붙임성, 포용성 따위를 가지고 대하는 성질. (p163)

피대: 핏대. (p202)

피발: 핏발. (p99)

피줄: 핏줄. (p238)

ㅎ

하득하득: 얇고 가벼워서 연하고 부드럽게 날리는 모양. (p378)

하정: 하정下情. 자기의 심정을 어른에게 대하여 겸사하여 일컫는 말. (p274)

한뉘: 한세상. (p167)

한산인부: 한산인부閑散人夫. 일정한 일자리가 없이 날품을 파는 인부. (p453)

해삼위: 해삼위海蔘威. 블라디보스토크. (p88)

향화: 향화香火. 제사에 향을 피운다는 뜻으로 제사의 다른 이름. (p261)

허천거리다: 허술하고 천하다. (p329)

498

현등: 현등懸燈. 등불을 높이 매달다. 또는 그 등불. (p34)

홍소: 입을 크게 벌리고 웃는 웃음. (p103)

홍우재: 마적. (p484)

황겁하다: 황겁惶怯하다. 겁이 나서 얼떨떨하다. (p64)

홰: 새장이나 닭장 속에 새나 닭이 올라앉게 가로질러 놓은 나무 막대. 새벽에 닭이 올라앉은 나무 막대를 치면서 우는 차례를 세는 단위. (p129)

효: 효험. (p208)

후리: 후릿그물. (p441)

후중기: 후중기後重氣. 뒤가 묵직한 느낌. (p402)

훈채: 훈채訓債. 글을 가르쳐준 값으로 내주는 돈. (p260)

휘주근하다: 몹시 지쳐서 도무지 힘이 없다. (p34)

휘친휘친: 가늘고 긴 나뭇가지 따위가 탄력을 받아 크게 휘어지면서 흔들리는 모양. (p136)

흐느러지다: 휘늘어지다. (p340)

흐뭇하다: 엉길 힘이 없어 뭉그러지다. (p94)

히슥하다: 색깔이 조금 허옇다. (p63)

:: 최서해 연보

1901년   1월 21일 함북 성진군 임명면에서 빈농의 외아들로 출생. 아
          명은 저곡苧谷, 본명은 학송鶴松. 설봉雪峰 · 설봉산인雪峰山
          人 · 풍년년豊年年이라는 호를 씀. 학벌에 대해서는 확실히
          알려진 바가 없음.

1918년   간도로 떠나 유랑생활을 시작함. 한때 아이들을 모아 글을
          가르치기도 하였으나 부두 노동자, 음식점 심부름꾼 등 밑바
          닥 생활을 전전함.

1921년   세 번째 부인과의 사이에서 첫딸 백금白琴을 얻음.

1923년   간도로부터 고국으로 돌아옴. 회령역에서 노동일을 하며 생
          계를 유지함. 서해曙海라는 필명을 쓰기 시작함. 파인巴人 김
          동환과 서신을 주고받기 시작함.

1924년   10월 춘원春園 이광수의 소개로 경기 양주군 봉선사에서 3개
          월간 머묾. 이때 〈탈출기〉를 수정하고 일어로 된 서구 문학
          을 공부함. 11월 15일 〈살려는 사람들〉을 탈고했으나 발표하
          지 못하다가 이후 〈해돋이〉로 제목을 바꿔 발표함. 주지와
          다투고 춘원의 집으로 돌아감. 상경 후 고향의 아내는 시어
          머니와 딸을 버리고 출분出奔.
          처녀작 〈토혈〉을 《동아일보》에 발표(1월 23일~2월 4일).
          〈고국〉〈매월〉을 《조선문단》에 발표.

1925년   2월 조선문단사 입사. 4월 14일 첫딸 백금 병사. 김기진의
          권유로 카프KAPF에 가입.
          〈십삼 원〉〈탈출기〉〈살려는 사람들〉〈박돌의 죽음〉〈기아와
          살육〉 등 많은 작품을 《조선문단》을 통해 발표하며 중견작가
          로 발돋움. 4월 6~13일 〈향수〉를 《동아일보》에, 6월 29일
          〈방황〉을 《시대일보》에 발표. 〈기아〉를 《여명》에, 〈큰물이 진
          뒤〉를 《개벽》에 발표.

1926년	2월 창작집 《혈흔》을 글벗집에서 발간. 4월 8일 조운의 누이 분려와 조선문단사에서 결혼. 6월 《조선문단》이 휴간되자 《현대평론》 문예란 기자로 일하기 시작함.

1926년 2월 창작집 《혈흔》을 글벗집에서 발간. 4월 8일 조운의 누이 분려와 조선문단사에서 결혼. 6월 《조선문단》이 휴간되자 《현대평론》 문예란 기자로 일하기 시작함.

1월 1~5일 〈오원 칠십오 전〉을 《동아일보》에, 7월 12일 〈만두〉를 《시대일보》에, 11월 14일 〈홍한녹수〉를 《매일신보》에 발표. 〈폭군〉을 《개벽》에, 〈설날밤〉 〈백금〉 〈해돋이〉 〈그믐밤〉 〈누가 망하나〉 〈저류〉가 《신민》에 게재됨. 〈의사〉가 《문예운동》에, 〈소살〉이 《가면》에, 〈금붕어〉가 《영대》에, 〈농촌야화〉 〈팔개월〉 〈이역원혼〉 〈무서운 인상〉이 《동광》에, 〈아내의 자는 얼굴〉이 《조선지광》에 발표.

1927년 1월 1일 장남 백白 출생. 같은 달 범문단 조직으로 출범한 조선문예가협회에서 이익상 · 김광배 등과 함께 간사직을 맡음. 《조선문단》의 복간과 함께 편집 책임을 맡고 추천위원이 됨. 5월 5일 문예시대사 주최 문예강연회에서 '소설작법론'을 강연. 서울 기생들의 잡지 《장한》의 편집을 맡기도 함.

1월 1일 〈쥐 죽인 뒤〉가 《매일신보》에, 1월 11~15일 〈서막〉이 《동아일보》에 발표됨. 〈홍염〉이 《조선문단》에, 〈전아사〉가 《동광》에, 〈낙백불우〉가 《문예시대》에, 〈가난한 아내〉(미완)가 《조선지광》에 게재됨.

1928년 조선프로예술동맹 전국대회에서 조중곤 · 이기영과 함께 재무 담당으로 피촉됨. 《중외일보》 기자로 근무.

1월 4~12일 〈폭풍우 시대〉(미완)가 《동아일보》에, 10월 6~22일 〈부부〉가 《매일신보》에 게재됨. 〈갈등〉 〈용신난〉(미완)이 《신민》에 발표됨.

1929년 2월 둘째딸 출생. 《신생》 문예추천작가로 위촉됨. 카프 탈퇴. 《매일신보》 기자로 근무.

1월 1일~2월 26일 〈먼동이 틀 때〉가 《조선일보》에, 4월 12~22일 〈차 중에 나타난 마지막 그림자〉가 《조선일보》에 게재됨. 〈전기〉 〈인정〉 〈주인아씨〉가 《신생》에, 〈경계선〉이

《중성》에, 〈수난〉(미완)이 《학생》에, 〈무명초〉가 《신민》에, 〈같은 길을 밟는 사람들〉이 《신소설》에 발표됨.

1930년   《매일신보》학예부장으로 영전. 둘째딸 사망. 차남 택澤 출생. 〈누이동생을 따라〉가 《신민》에 발표됨. 9월 20일부터 이듬해 8월 1일까지 장편소설 《호외시대》를 《매일신보》에 연재.

1931년   5월 창작집 《홍염》을 삼천리사에서 간행.

1932년   위문협착증으로 관훈동 삼호병원에 입원. 7월 의전병원으로 옮겨 대수술을 받은 뒤 과다출혈로 인해 7월 9일 사망. 장례는 문인장으로 치러짐. 장지는 미아리 공동묘지.

한국문학대표작선집 25

탈출기

초판 인쇄 | 2005년 12월 10일
초판 발행 | 2005년 12월 15일

지은이 | 최서해
펴낸이 | 전성은
펴낸곳 | (주)문학사상
주소 | 서울특별시 송파구 오금동 91번지(138-858)
등록 | 1973년 3월 21일 제1-137호

편집부 | 3401-8543~4
영업부 | 3401-8540~2
팩시밀리 | 3401-8741~2
한글도메인 | 문학사상
홈페이지 | www.munsa.co.kr
이메일 | munsa@munsa.co.kr
지로계좌 | 3006111

* 잘못 만들어진 책은 구입하신 서점이나 본사에서 바꾸어 드립니다.
* 값은 표지 뒷면에 표시되어 있습니다.

ISBN 89-7012-727-5 03810

우편엽서

보내는 사람

□□□ - □□□

문학사상사

우편요금
수취인 후납부담
발송유효기간
2004.6.25~2006.6.24
서울 송파우체국
승인 제184호

받는 사람

서울 송파구 오금동 91번지
전화 (02)3401-8540~4   팩스 (02)3401-8741~2
홈페이지 : www.munsa.co.kr
이메일 : munsa@munsa.co.kr
한글도메인주소 : 문학사상

1 3 8 - 8 5 8

문학사상사의 책을 구입해 주셔서 감사합니다. 너욱 좋은 책을 만들기 위해 독자 여러분의 의견을 듣고자 하오니, 희망해 주시면 추첨을 통해 선물을 보내드리겠습니다.

:: 이름   주소   (휴대)전화

이메일   나이   직업   학교

:: 구입하신 책 제목

:: 구입하신 서점 또는 인터넷 사이트

:: 이 책을 사게 된 동기
□ 주위의 권유 □ 신문·잡지의 광고 □ 신문·잡지·방송의 서평 □ 서점에서 보고 □ 인터넷에서 보고 □ 원저 애독자 □ 책이 마음에 들어서

:: 책을 읽고 난 소감
내용_ □ 만족 □ 무난 □ 불만
불만이 있다면_ □ 내용이 불충실 □ 오탈자 □ 기타(

:: 평소 구독하는 신문, 잡지

:: 문학사상사에 전하고 싶은 말(구입하신 책에 대한 의견 또는 희망사항)